Silvio Blatter

Die Unverbesserlichen

Silvio Blatter

Die Unverbesserlichen

ROMAN

PIPER
München Berlin Zürich

Mehr über unsere Autoren und Bücher:
www.piper.de/literatur

Von Silvio Blatter liegen im Piper Verlag vor:
Zunehmendes Heimweh
Kein schöner Land
Das sanfte Gesetz
Wir zählen unsere Tage nicht
Die Unverbesserlichen

Die Fachgruppe Literatur des Kantons Zürich und das Kuratorium des Kantons Aargau haben dieses Buch ausgezeichnet und meine Arbeit unterstützt. Dafür bedanke ich mich. S. B.

MIX
Papier aus verantwortungsvollen Quellen
FSC® C014496
www.fsc.org

ISBN 978-3-492-05814-8

Satz: psb, Berlin
Druck und Bindung: GGP Media GmbH, Pößneck
Printed in Germany

Für Petra Amerell, die sich einbringt.

∞ Ich lösche das Licht, ich bin der Letzte, der die Bar verlässt und nach Hause fährt. Mein Name ist Jonas Alberding, mir gehört die *Tangente*, die unvermeidliche Bar an der Main Street vor der historischen Brücke. Wenn ich den VW Passat anlasse und losfahre, schneidet das Scheinwerferlicht in ein samtiges Dunkel. Schwarz ist die Nacht nie, schwarz war sie in einem anderen Jahrhundert.

Die Straße, gesäumt von alten Kandelabern mit neuen LED-Strahlern, führt durch dicht besiedeltes Gebiet. Hier und dort brennt noch Licht, helle Fenster bilden ein Muster. Nichts blinkt und flirrt und bewegt sich am Himmel, kein Flugzeug landet oder startet zu so später Stunde. Nachtflugverbot. Der Himmel ist leer. Die Sterne zählen nicht, sie sind zu weit entfernt und haben für mich nicht mehr Bedeutung als die blinden Ungeheuer der Tiefsee.

Auf der Anhöhe pulsieren rote Ampeln. Das Ewige Licht der Flughafenregion. Es warnt zu tief anfliegende Maschinen. Seit ich in Glow-M ansässig bin, hat sich das Schicksal dreimal falsch entschieden. Zuletzt köpfte ein Jumbolino (ein Avro RJ100) die Bäume und stürzte ab. Flammen schossen hoch. Stichflammen, als explodierte das Gehölz, als würde der Wald von einer Feuerwalze verschlungen.

Der Flug Berlin–Zürich.

Vierundzwanzig Tote, neun Überlebende.

Menschliches Versagen.

Sterben kann man auch auf der Straße, und wer ständig mit dem Schlimmsten rechnet, sollte sich in kein Auto setzen. Der Straßentod schlägt launisch zu. Ich verdränge das. Auf dem lokalen Netz beginnt um Mitternacht die Geisterstunde der Raser. Getaktet von der Sirene des Krankenwagens, dauert sie am Wochenende bis zum Morgengrauen. Der Gegenverkehr ist schnell, jede Gerade fordert die Berufenen heraus.

Zugedröhnte junge Männer.

Musik und Pillen und Alkohol und Hormone.

Aber in meinem Passat duftet es nach Kuchen, heute ist Dreikönigstag, ich habe für die Bar Dreikönigskuchen gekauft und die übrig gebliebenen Stücke mitgenommen, ich liebe dieses Gebäck.

∞ Scheinwerfer blenden auf, das Licht schießt vor dem Auto aus der Kurve. Ich nehme die Strecke wie im Schlaf, gleite durch die Wellen der Nacht, fahre eine Minute den Schienenstrang der Bahn entlang, neben einem schwarzen Güterzug, den ich langsam überhole. Der Wolf fällt mir ein, der hier gesichtet wurde, der erste Wolf seit einhundert Jahren. Und nach ein paar Tagen war er tot. Er kam quer über die Gleise, eine Lok erfasste ihn.

Trotz der Gefahren gefällt es mir, durch die Nacht zu fahren, an Wohnblöcken und Siedlungen und vereinzelten Häusern vorbei, in denen die meisten Bewohner nun schlafen. Taucht ein flatteriges Licht auf, ist es die Stirnlampe des Seniorenweltmeisters. Er trainiert unermüdlich: für den 100-km-Lauf von Biel, für den Silvesterlauf in São Paulo, für den Marathon rund um den See Genezareth. Ich hatte ihn gebeten, in der *Tangente* von seinen Läufen zu erzählen. Seitdem grüßen wir einander, wenn unsere Wege sich kreuzen, ich hebe den Arm, er winkelt die Hand an die Schläfe wie ein tadelloser Soldat.

In einem langen Bogen nähere ich mich dem Haus meines Vaters und stelle fest, dass mein alter Herr noch auf ist. Er scheut das Bett, liest und hört Musik und hat eine Heidenangst vor seinen Träumen. Mitten in der Nacht tigert er durchs tote Haus, dimmt das Licht hoch und späht in leere Zimmer hinein. Er hat moderne Leuchten einbauen lassen, die er mit einer Fernbedienung ansteuert. Das Gebäude ragt in voller Beleuchtung aus der dunklen Umgebung heraus. Ich nehme es wahr und behalte es im Kopf, nachdem ich daran vorbeigefahren bin, das Bild glüht nach.

Frage ich meinen Vater, welcher Art seine Träume sind, rettet er sich mit einem Witz.

»Einen ganzen Apfelkuchen musste ich allein aufessen. Und als ich erwachte, war die Bettdecke weg.«

Stopp.

Das Verkehrsschild ist rund um die Uhr verbindlich. Ich halte an und warte kurz, bevor ich wieder Gas gebe. Es wäre mir peinlich, von meinem Freund erwischt zu werden. Officer Silvio Rocchinotti ist im Streifenwagen unterwegs. Noch am Nachmittag haben wir auf dem Sportplatz Elfmeter geübt. Er stand im Tor, ich habe geschossen. Er fluchte und verzog das Gesicht, ich grinste, weil ein scharf getretener Ball, nach dem er sprang, ihm die Finger umbog und ins Tor flitzte.

Jetzt ist er im Dienst.

Langsam gleite ich über die neue Brücke, eine elegante Konstruktion aus Stahlträgern und Drahtseilen, und biege in die kurze Straße ein, in der wir wohnen, Ellis Nemec und ich. Auf dem Parkfeld stelle ich meinen VW Passat neben ihren Mini Cooper. Ich steige aus und lege die Hand auf die Kühlerhaube des Mini. Sie ist kalt. Ellis ist längst zu Hause, sie wird schlafen, Ellis hat einen langen Arbeitstag, ist oft erschöpft und muss früh wieder aus dem Bett. Ich blicke zu unserer Wohnung hoch, die Fenster sind dunkel.

Die Luft regeneriert sich.

Ich achte auf das silbrige Wispern der Bäume, träge plätschert der Fluss, ein vertrautes Aroma lässt mich an Rosen denken, obwohl ich weiß, dass es nicht möglich ist, es ist zu früh im Jahr. Mit Rosen kenne ich mich aus, mein Vater zieht sie, er lässt sie in Bäume klettern.

»Weißt du, warum Rosen in der Nacht so intensiv duften?«, hat er mich einmal gefragt und, ohne mein Nein abzuwarten, behauptet: »Rosen wollen wahrgenommen werden, die Rose stirbt ohne Bewunderung.«

Ich war sein Junge und glaubte ihm. Nun steigt mir der unmögliche Duft in die Nase, dabei liegen abgeräumte Weihnachtsbäume in den winterlichen Gärten, und über mir streichen seltsam von unten beleuchtete Wolken träge westwärts.

Ich schließe nicht die Augen, um die Stimmung auszukosten, ich spule das Heimkommen zügig ab. Es ist immer dasselbe, es bündelt den Tag und entlässt ihn. Es bleibt kein Ballast zurück. Unhörbar setzen meine Turnschuhe auf dem Asphalt auf, und ich könnte jetzt ganz genau sagen, was in meinem Leben das Wichtigste ist. Ich könnte es an den Fingern einer Hand abzählen: Ellis, meine Bar, meine Freunde, Fußball und mein Vater.

Der Lift steigt nach oben.

Ich bin leise, trinke ein Glas Wasser, gehe ins Bad und

schmiege mich, endlich im Bett, an Ellis. Der Gedanke, dass wir im Bett nebeneinanderliegen, wie unten auf dem Parkplatz unsere Autos nebeneinanderstehen, sagt mir zu. Unten: zwei Motoren, beide abgestellt, der eine kalt, der andere warm, sie wissen nichts voneinander. Oben: Zwei Herzen pochen, zwei Herzen, die auch nichts voneinander wissen.

Ellis schläft auf dem Bauch, ich lege eine Hand auf ihre Pobacken, ihr Körper nimmt es wahr. So soll es sein. Meine Hand ist wärmer als ihr Po, das gleicht sich rasch aus.

»Es würde mir fehlen«, raunte sie noch im letzten Sommer. »Bevor ich einschlafe, denke ich, dass du bald neben mir liegst, die Pfote auf meinem Hintern.«

Sie hat gelacht und sich auf mich gerollt und mich heftig umarmt. Ich genoss es und denke, dass ich körperliche Nähe mehr suche und brauche als sie. Nun fehlt mir die Zuwendung. Das liegt nicht unbedingt an der Jahreszeit, an den kalten Winternächten, in denen Ellis einen dicken Pyjama trägt und sich in ihre Decke einwickelt. Meine Hand muss sich zu ihr durchwühlen. Sie findet den Po und liegt da, und es dauert nicht lange, bis die Grenze zwischen den Körpern verwischt, ich werde dösig und schlaff und habe kurz vor dem Wegdämmern den Geruch von feuchtem Moos in der Nase.

∞ Ellis arbeitet für ein Projekt, das sich *The Circle* nennt und in Flughafennähe eine Bürostadt aus dem Boden stampfen will. Glas und Stahl. Das ausgewiesene Überangebot an Büro- und Gewerberäumen schreckt die Investoren nicht, anderswo mag so nüchterner Befund Bremswirkung haben, nicht in Glow-M, dem am besten erschlossenen Raum des Landes. Der öffentliche Verkehr ist vorbildlich, Bus, Tram, S-Bahn und Bahn sind optimal verbunden und smart koordiniert. Das Straßennetz ist feinmaschig, das feinmaschigste in Europa, die Autobahn hat ausreichend Zubringer und Abfahrten, moderne Bahnhöfe und der Flughafen gewähren den Anschluss.

Ellis fühlt sich in der Baubranche deplatziert, sie ist seit längerer Zeit schon unglücklich mit ihrer Arbeit. Ich könnte den Beginn ihrer Unzufriedenheit datieren. Die Firma wurde global neu strukturiert, der Job, den sie zu erledigen hat, entspricht nicht mehr der Ausschreibung, auf die sie sich beworben hat. Die anfängliche Begeisterung ist längst der Enttäuschung gewichen, die neuen Forderungen, das neue Anforderungsprofil geht Ellis gegen den Strich. Sie ist überqualifiziert und mental überfordert, findet es irreal, ständig vor Bildschirmen zu sitzen und Tabellen zu erstellen und normierte Formulare auszufüllen, den ganzen Tag nackte Codes einzulesen, unpersönliche E-Mails zu versenden und bunt aufgeplusterte Dokumentationen zu verschicken, die eine moderne Bürowelt simulieren. Man kann im Lift eines noch nicht gebauten Gebäudes in den obersten Stock fahren und in einem fiktiven Großraumbüro mit Arbeitsplätzen, die nach neuen dynamischen und ergonomischen Erkenntnissen designt sind, aus Fenstern mit Storen schauen, die intelligent, wie sich weitende und verengende Pupillen, auf die Sonneneinstrahlung reagieren. Hinausschauen auf eine von japanischen und kalifornischen Gartenbauern gestaltete Landschaft, die es so noch nicht gibt – und die es genauso bestimmt nie geben wird. Ein Teich ist vorgesehen, auf dem Demomaterial ist er so blau und flirrend real, dass niemand sich wunderte, wenn ein bärtiger junger Mann verheißungsvoll lächelnd übers

Wasser dahergewandelt käme. Nicht einmal die zahmen Kois im Teich wären überrascht.

Wunder sind angesagt, Börsenwunder und Umsatzwunder. Und am Computer kannst du digital auch Himmel und Hölle designen und visualisieren: mit gemeinsamen Elementen. Aus guten Gründen traut Ellis ihren Augen nicht, der Ist-Zustand und der Soll-Zustand erinnern sie an reißerische Projekte in der arabischen Wüste, die reine Fata Morgana. Mit Musik. Jetzt sind da öde Brachen, auf denen Tiere herumlaufen, Enten und ein angriffslustiger Schwan und ein struppiges Pony, das einem Typen gehört, der in einem Wohnwagen haust.

Im Weiteren sind verstreutes Kleingewerbe und mittelgroße Betriebe zu sehen, langweilige Buden mit Dächern aus Wellblech. Die Wände sind so dünn, dass du mit der Faust ein Loch schlagen kannst. Ein schmaler Bach fließt dahin, an dem ein alter Chinese mit Pfadfinderhut angelt.

Mit ähnlichen Worten hat Ellis mir die Umgebung schon mehrmals beschrieben, in der *Tangente*, wenn sie nach einem langen Bürotag vorbeischaute, oder zu Hause, bei einem Brunch auf dem Balkon. Es bricht aus ihr heraus, sie wird erleichtert sein, wenn die großen Baumaschinen vorfahren und die Kräne aufgerichtet werden und der Aushub gemacht wird und die Fundamente gegossen werden und endlich die virtuelle Phase beendet ist und die Umsetzung beginnt. Beton, Glas, Stahl. Woran sie längst nicht mehr glaubt, es ist eine Blase, vermutet sie, sie wird platzen.

»Ich will hier weg, ich halte den Job nicht länger aus«, ereifert sie sich. »Der Job ist überhaupt nicht mehr das, was ich will, ich muss wechseln, bevor ich zu alt dafür bin.«

Ich zögere, ihr eine Antwort zu geben, ich kenne ihre Art, den gordischen Knoten zu lösen, Ellis kann aufstehen und den Raum wie ferngesteuert verlassen. Ohne den PC herunterzufahren. Das war es, basta. Sie ist eine energische Frau, und ich fürchte, sie strebt seit Wochen nicht nach Harmonie, sondern wartet, bis ich mich verplappere. Sie hat mich im Visier. Ich weiß in diesen geladenen Momenten genau, was ich sagen müsste, damit sie hochgeht. Ich müsste eine Bemerkung über ihr Äußeres machen, sagen, dass sie gerade jetzt toll aussieht.

Ellis explodiert stimmlich, wenn sie sich veralbert statt ernst genommen wähnt. Sie verabscheut es, eine Herablassung. Wenn ihr etwas ganz wichtig ist, und jemand verniedlicht es. Die Jahre als Mann hinter dem Tresen haben mich gelehrt, wann ich besser schweige. Und mich zurücknehme. Ich halte Abstand. Selbst wenn es sich um die Wahrheit handelt. Ich gebe nie ungefragt Ratschläge. Bilde mir ein, eine besondere Antenne für Dinge zu besitzen, die ... Firlefanz, für Ellis ist meine Intuition Firlefanz. Ihr weißes Gesicht verrät alles. Ich hingegen glaube, dass die Intuition die schnellste Art des Denkens ist. Sie nimmt keinen Umweg, sie führt zu Handlungen.

»Du lebst in einer kleinen Welt«, sagt sie scharf, und was meine Zurückhaltung betrifft: »Manchmal wünsche ich, dass auch du einmal aus der Haut fährst.«

»Mir ist meine Welt groß genug.«

Ellis mustert mich, als wäre ich ein trotziger Junge. Ihr Blick hat etwas Dunkles. Ich kenne diesen verdrossenen Ausdruck. Sie klagt über Langeweile, Stress, Ausweglosigkeit, sie denkt, in die Falle gegangen zu sein, und hört im Echo der eigenen Stimme eine fremde, die ihren Sermon wiederholt, aber missbilligend.

»Ich muss bei *The Circle* bleiben«, fährt Ellis fort, als wäre sie in meinen Gedankenstrom eingetaucht und fühlte sich genötigt, mein nicht ausgesprochenes Kompliment über ihre Attraktivität zu torpedieren. Sie steigert sich: »Ich werde für immer und ewig in dieser Firma hängen bleiben, ich habe keine Wahl, weil ich für einen neuen Job schon zu alt bin.«

Streitlust und Frustration sind ihr ins Gesicht geschrieben. Was ich auch antworte und anspreche, sie entscheidet, ob es sie nervt oder nicht. Mir ist klar, dass zwischen uns ungleiche Verhältnisse herrschen. Ellis sieht sich am falschen Platz, ich denke, ich bin am richtigen. Ich habe eine mich erfüllende Aufgabe. Sie nicht. Es ist ein Privileg, sagen zu können: Ich mache mein eigenes Ding. Sie gönnt und neidet mir das, ich erkenne und bedaure ihre missliche Lage und möchte nicht mit ihr tauschen. Aber ich habe auch gelernt, Ärger aus dem Weg zu gehen.

∞ Eine Woche nach unserem Gespräch. Während ich in der *Tangente* Belege sortiere, schneit Ellis herein und setzt sich an den Tresen. Ihr Körper ist schmal, das Gesicht wirkt asymmetrisch, sie hat den Pferdeschwanz mit einem grünen Gummi ganz straff gebunden, zieht die Schultern hoch und presst die Ellenbogen an den Körper.

Meinen Gruß erwidert sie knapp, und mein Lachen gefriert.

»Was ist denn los?«

»Frag nichts.«

Ich gehe zu ihr hin, schlinge beide Arme um sie. Ihr Körper ist ungelenk und hart und verkrampft. Ich halte sie umfangen, lege meine Wange an ihre, bis sie sich ein wenig entspannt.

»Ich hol dir ein paar Häppchen«, tröste ich.

Ihre Augen wirken trüb, der Lidstrich ist ein wenig verschmiert, als hätte sie eine Träne weggewischt. Bestimmt ist sie unterzuckert. Ganz bestimmt hatte sie Ärger im Geschäft. Die senkrechte Falte zwischen den Augen ist ein Zeichen für Migräne oder Kummer und Ratlosigkeit, ihre Sorgenfalte. Ich fahre die Musik herunter, der alte Eric Clapton und seine bluesige Gitarre sind nicht gerade Stimmungsaufheller.

Zuerst bringe ich ihr ein Glas Wein.

Beim Essen schaut Ellis auf den Teller, als fiele es ihr unendlich schwer, sich für eines der Häppchen zu entscheiden. Grüne oder schwarze Oliven, gelber oder weißer Käse? Sie leert das halbe Glas in einem Zug und gelangt zum Punkt, als hätten wir das Gespräch über *The Circle* und darüber, dass sie da unbedingt wegwill, nie unterbrochen.

Sie redet und redet, Ellis ist eine Frau, die laut denken muss und einen Zuhörer braucht und Verwirrungen hasst.

Ich unterbreche sie nicht.

»Wer stellt eine weibliche Person ein, die … wer stellt eine Frau ein«, schnaubt Ellis mit zunehmender Verzweiflung: »Ich bin über fünfzig, das kannst du vergessen«, macht sie mich an, als ich sie zu beschwichtigen suche, als ich tröstend behaupte: »Du hast noch jede Menge Möglichkeiten.«

»In welcher Welt lebst du?«

Sie rümpft die Nase, ihre Stimme klingt, als würde sie lieber beißen statt sprechen, und es kostet sie Überwindung, als handelte es sich um eine Beichte, mir mitzuteilen: »Einmal mehr bin ich bei einer erhofften Beförderung übergangen worden.«

»Bullshit«, sage ich, und sie jault auf.

Ellis bedeckt das Gesicht mit den Händen, sie schämt sich. Ich weiß gleich, dass das ein schlechtes Zeichen ist. Sie hat keinen Grund, sich zu schämen, das falsche Schamgefühl wird sich in Zorn verwandeln. Sie wird die Schmach nicht auf sich sitzen lassen.

»Wie hat man das begründet?«

»Gar nicht.«

»Wer hat es dir gesagt?«

»Niemand. Es gab eine E-Mail der Geschäftsführung.«

»Dass du den Job nicht bekommst?«

»Nein, dass Toby Salter der neue Chef der Abteilung ist.«

Ellis fühlt sich betrogen, sie hat diesen Schritt nach vorn unbedingt machen wollen und ist gekränkt. Eine lange Abfolge von Ungerechtigkeiten hat den Höhepunkt erreicht: Ein dreißigjähriger Mann ist ihr vorgezogen worden und jetzt ihr Chef, ein korrekter Amerikaner mit Schlafzimmerblick. Sie nimmt das ganz persönlich.

»Es wird sich eine andere Tür öffnen«, bleibe ich positiv.

»Du redest Blech, Jonas.«

Sie überdenkt alles und stellt es auf den Prüfstand. Und wenn es ganz arg kommt, stellt sie es sogar an den Pranger. Das ist seit Längerem der Fall. Ein Zustand. Eine innere Spannung. Und falls da in ihr eine Saite gespannt sein sollte, wird sie bald reißen.

»Ich habe meine Position«, sagt sie resigniert. »Ein weiterer Aufstieg ist nicht vorgesehen.«

Ihr Job ist Horror, unser Zusammenleben betroffen, ihr Hormonspiegel launisch. Ich bin nicht mehr unantastbar. Schlechte Aussichten. Ich errate ihre Gedanken nicht, ihre Absichten sind mir schleierhaft, und wenn man endlich merkt, dass die Dinge anfangen schiefzulaufen, läuft meist alles schon längst schief.

»Es gab eine muntere Feier«, sagt Ellis zögernd. »Ein Glas Sekt ... im Büro, ich konnte mich nicht drücken. Mein Gesicht schmerzte von der versteiften Artigkeit, aber mittendrin bin ich abgehauen, und nun sitze ich hier.«

»Das hast du gut gemacht«, lobe ich sie.

»Nein, ich war nicht souverän, ich habe mir eine Blöße gegeben, ich hätte mir nichts anmerken lassen dürfen.«

»Du hättest die Sonnenbrille aufsetzen und cool bleiben sollen?«

»Ja, das wäre besser gewesen.«

»Nein, so bist du eben nicht.«

»Du denkst nicht strategisch«, sagt sie. »Es geht nicht darum, wie ich bin, sondern wie ich wahrgenommen werde, capito?«

Was Ellis hasst, ist Schwäche. Sie empfindet es als eine Demütigung, Schwäche zeigen zu müssen. Sie hält die Fäden gern in den Händen. Sie sollte sich lockern.

Da wir ein Paar sind, stehe ich mit ihr im Regen, bin ich Teil ihrer Misere. Ich möchte das Verstrickte aufdröseln. Unsere Lebensumstände klären. Wir müssen die Krise als Paar durchstehen. Den ganzen Murks. Vorerst bleibt mir nichts als Passivität.

»Ich bin hin- und hergerissen«, sagt Ellis.

Sie stockt, sie hat für das, was sie mir sagen möchte, noch nicht die treffenden Worte parat: dafür, dass die Beziehung mit mir, so schön sie auch ist, sich in ihrem Kopf den Platz mit anderen Dingen zu teilen hat. Mit einem neuen Rahmen, den sie für sich schaffen will.

»Jonas, was denkst du von mir?«

Sie schaut mich mit zusammengebissenen Backenzähnen an. Ich habe die Antwort sofort auf der Zunge, nein, ich verschlucke sie nicht, ich spreche sie aus.

»Ich liebe dich, Ellis.«

Ihr Gesicht entspannt sich.

»Jonas, in der Firma werde ich wie Luft behandelt. Ich bin da, und sie sehen mich nicht. Ich sage etwas, und sie hören es nicht, sie denken, sie hätten dies gerade selbst gedacht und gesagt.«

∞ Vor zwanzig Jahren hat Ellis einen Fehler gemacht. In der S-Bahn war sie für einen Augenblick unaufmerksam. Und schon hatte sie zwei Ortsnamen verwechselt. Als Ellis den Irrtum bemerkte, stand sie auf dem Bahnsteig, die Türen des Zuges verschlossen. Es nützte nichts, panisch auf den Öffner zu drücken und die Faust Richtung Lokführer zu erheben.

»Ich stand da, wie vor den Kopf geschlagen«, erzählt sie noch heute gern, wenn sie jemandem die Umstände unseres Kennenlernens schildert. »Ich musste zuschauen, wie die S5 ohne mich abfuhr.«

Es war ein warmer Frühlingstag voller frischer Düfte, die Bäume blühten, die Vögel lärmten, Kinder spielten Fußball auf dem Pausenplatz, mein Vater schnitt die Rosentriebe zurück, die schweren Motorräder waren losgelassen, Gemüsebeete wurden mit Folien bedeckt, die Tennissaison hatte begonnen, man hörte von den Plätzen den satten Klang der Bälle, die volley geschlagen werden.

Ich hantierte hinter dem Tresen. Vielleicht seit einer Viertelstunde hielt ich mich in der Bar auf und wollte eben die Treppe hoch in mein Büro, als eine Frau um die dreißig in die *Tangente* stürmte.

Ich schaute sie an, verblüfft.

»Beim Bahnhof ist das öffentliche Telefon kaputt«, begann sie gleich zu schimpfen. »Irgendein Idiot hat das Kabel ausgerissen.«

»Schon wieder«, wunderte ich mich.

Wir hatten eben geöffnet, die aufgebrachte Fremde war der erste Gast. Das Haar trug sie offen, es wallte über ihre Schultern. Ein skeptischer Blick traf mich: helle, türkisfarbene Augen, im Weiß nicht die geringste Unreinheit.

»Kann ich hier telefonieren?«

∞ Liebe auf den ersten Blick? Ja! Unbedingt. Trotzdem: Bevor Liebe eine Tatsache wird, ist sie ein Versprechen. Ist es nicht so?

Ellis Nemec, eine gereizte Frau mit strohblondem Haar, hob meine Welt aus den Angeln. Ohne es zu merken. Sie war viel zu sehr mit sich selbst beschäftigt, mit ihrem Missgeschick, um das Beben zu erkennen, das ihr Auftritt bei mir auslöste.

In weniger Zeit, als ich benötige, um ein Helles zu zapfen, veränderte sie mein Leben. Ich geriet in ihren Bann, und hätte mich jemand bei ihrem Auftritt fotografiert, wäre auf dem Bild das verdutzte Gesicht eines Mannes zu sehen, der eben von einem hart geschlagenen Tennisball am Kopf getroffen worden war.

Ich wischte mit dem Ärmel über die Augen und die heiß-kalte Stirn, als könnte ich so meine Betriebstemperatur normalisieren.

Wie ungehalten und verächtlich die Frau in der leeren Bar um sich blickte, wie mies gelaunt sie hereingekommen war. Und wie konsterniert sie ihren süßen Hintern auf den Barhocker schob.

Wo bin ich da gelandet? In der Pampa?

Sie zog eine Schnute, kämmte mit den Händen durchs Haar, trommelte mit den Fingern auf den Tresen.

Ich war erschossen, fast schnappte ich nach Luft. Eine tolle Frau, sie war nervös, ich glaubte, dass sie jetzt am liebsten etwas kaputt schlagen würde. Zu meiner Verwunderung bestellte sie keinen trockenen Sherry, um sich zu entspannen, sie orderte einen frisch gepressten Orangensaft und wiederholte:

»Kann ich hier telefonieren?«

Ich gab ihr das schnurlose Telefon.

Ihr Adressbuch lag offen auf dem Tresen, sie wählte eine Nummer, niemand hob ab, und das Signal schien sich in ihrem Ohr mit jeder Wiederholung zu verstärken, bis sie den Hörer auflegte und den Kopf schüttelte.

Ich hatte sie beim Telefonieren beobachtet, ihre Stimmung verdüsterte sich, und mir ging das Herz endgültig auf. Ich halbierte mit dem Messer Orangen und presste den Saft heraus.

»Bitte«, sagte ich und stellte das Glas vor sie.

»Mist«, sagte sie. »So ein verdammter Mist.«

Ich nahm die Äußerung zur Kenntnis. Ich wusste haargenau, dass es ein Fehler wäre, nun einen witzigen Kommentar abzugeben oder eine falsche Frage zu stellen. Ich fühlte mich mit Macht zu ihr hingezogen und musste mir befehlen, sie nicht anzustarren. Sie trug einen blauen Pullover und eine Jeansjacke, dazu einen glockigen Rock und flache Schuhe.

Sie benutzte nochmals das Telefon.

Ich wandte mich ab, reinigte die Saftpresse, warf die Orangenschalen in den Müll und spürte, als sie den Hörer wieder auf den Tresen legte, ihren Blick auf meinem Rücken. Mir war als sei ein Wärmestrahler darauf gerichtet. Die Frau machte mich verrückt. Sie musterte ausführlich meinen Rücken, sie unterzog ihn einer Prüfung. Im Nachhinein weiß ich, sie fand trotz des Ärgers über ihr Ungeschick Gefallen an ihm.

Rasend schnell überschlug ich, was ich tun könnte, um sie hierzuhalten. Wie reagiere ich, falls sie (worst case) vom Barhocker rutscht, den Saft im Stehen austrinkt, bezahlt und geht.

Ich war zweiunddreißig, und mein Rücken war der eines Mannes, der täglich Sport treibt, verstecken musste ich diesen Rücken nicht, ich trug ein blaues T-Shirt mit kurzen Ärmeln, es war Frühling –

»Es darf nicht wahr sein, ich bin einfach zu blöd«, erklärte die Frau sauer und blieb sitzen (best case). »Ich habe die S-Bahn-Haltestellen Glattbrugg und Oberglatt verwechselt, shit, ich war dümmer, als die Polizei erlaubt, oder etwa nicht?«

Sie hatte das Bedürfnis zu sprechen.

»Ich bin richtig fuchsig«, fuhr sie fort. »Der Besichtigungstermin ist verpasst, dabei war ich mir sicher, dass ich die Wohnung bekomme, shit, und jetzt brauche ich etwas Alkoholisches.«

»So was kann jedem passieren, schlecht gelaufen«, begütigte ich vorsichtig, ich musste meine Freude vertuschen.

»In meinem Leben läuft zurzeit zu viel falsch«, sinnierte sie mit einem schiefen Lächeln, verwundert darüber, dass sie das einem Fremden anvertraute.

∞ Das Haus, in dem Ellis in der Stadt wohnte, sollte abgerissen werden. Sie zog aus und kam vorübergehend bei Freunden unter. Die Miete im Neubau würde doppelt so hoch sein. Im Viertel, in dem Ellis lebte, fand sie keine neue Bleibe, und vor den Wohnungen in anderen Stadtteilen, die infrage kamen, standen die Bewerber beim Besichtigungstermin Schlange.

»Die Stadt kannst du vergessen«, schimpfte sie, um gleich einzuschränken: »Ich will so bald wie möglich zurück.«

Nun war sie zu früh aus der S5 ausgestiegen, als hätte sie es nicht erwarten können, mich zu überrumpeln, als hätte sie gewusst, dass es diese eine Chance für uns gab und keine zweite.

»In der Pampa notgelandet«, sagte Ellis noch lange halb im Scherz.

»Ich habe gewusst, dass du kommen würdest«, gebe ich gern den Propheten. »Es war eine Frage der Zeit.«

»Somit des Zufalls«, lacht sie.

Sie benötigte ein paar Monate, um sich einzuleben, und ist zu ihrer eigenen Verblüffung sesshaft geworden in der verpönten Pampa, in Glow-M.

∞ Ellis liebt Begriffe wie *Strategie* und *Konzept*. Wenn ihr etwas zu viel wird oder zu groß anmarschiert, spricht sie sich Mut zu. *Halt die Ohren steif.* Damit baut sie Stress ab. Oder sie stellt sich vor, auf der Kartbahn Kurve sieben absolut perfekt zu fahren.

Zwei Stationen der S-Bahn verwechselte Ellis nur ausnahmsweise. Nur einmal im Leben. Ich weigere mich jedoch, wie sie zu glauben, das Schicksal sei blind. Ich bin ein Anhänger der Theorie des richtigen Moments. Manchmal muss man an der falschen Haltestelle aussteigen, um am richtigen Ort anzukommen. Das gehört zur Logik der Unvollkommenheit, behaupte ich heute.

Willkommen in der *Tangente.*

Ellis' Ankunft war für mich die Offenbarung. Sie saß am Tresen, die Schultern hochgezogen, fast berührten sie die Ohren.

Sie hatte das Bedürfnis, ihr Herz auszuschütten, und wiederholte den Sermon, »blöde Kuh«, bis sie über sich selbst lachen musste, mehr überspannt als befreit.

»Ich kenne da jemanden, wart mal«, sagte ich.

Ellis zerriss einen Bierteller nervös in Fetzchen, während ich mit Nelson Fonseca telefonierte. Wir spielten zusammen Fußball, er war mittelgroß (unter eins achtzig), gut gebaut und technisch brillant. Er war der Ballkünstler, eine trickreiche Sturmspitze, und im täglichen Leben ein umsichtiger Liegenschaftenverwalter.

»Du suchst eine Wohnung?«

»Nicht für mich«, sagte ich und fasste zusammen.

»Ja, ich hätte, nein, ich habe da etwas – im Prinzip ist die Wohnung vergeben«, ließ Nelson Fonseca mich wissen. »Falls deine Frau, falls diese Ellis Nemec sie haben will: Für dich mache ich das möglich.«

Ich hielt den Hörer in der Hand und spürte, wie er sich aufplusterte, gewiss drohten die Knöpfe an seinem Hemd aufzuspringen.

»Erlenstraße 27, dreieinhalb Zimmer, ein Balkon, ein Autoabstellplatz …«

»Wann?«

»Gleich. Schick sie gleich vorbei.«

Wir legten auf. Ich berichtete Ellis.

»Ich fahre dich mit dem Auto hin«, bot ich ihr an. Ich hatte die Sache angeleiert, wollte es in die Hand nehmen. Mir kamen plötzlich ganz irrationale Bedenken.

Im Nachhinein stelle ich fest: Zum ersten Mal regte sich bei mir die Eifersucht. Sie war ein neues Element in meinem Wesen. Ellis und Nelson allein in der Wohnung? Niemals. Ich hatte ein mulmiges Gefühl. Nelson Fonseca sticht mich aus. Er hat bestimmt schon einen Eroberungsplan. Er könnte, er könnte, er ... Ich spürte Druck, als besäße ich ein Anrecht, als hätte ich Ellis bereits verloren und der nicht eben zimperliche Nelson sie flachgelegt, der Frauenmann, der mit seiner Samba-Masche jede Frau willenlos macht.

Als mich Ellis' skeptischer Blick traf, wiederholte ich: »Das mach ich gern, komm, lass uns fahren.«

Und Ellis, leicht verdutzt: »Danke, das ist nett von dir, ich nehme das Angebot gerne an.«

∞ Was Ellis und ich im Gespräch auch anrührten, begann zu beben. Und ordnete sich neu. Wir führten labyrinthische Gespräche, fingen spät am Abend an zu reden, und schon war es drei Uhr früh. Wir hatten mehr Themen und Stoff als Wörter, hielten uns bei den Händen, schon der Klang der Stimme war ein Versprechen, Ellis und ich: So stellte ich mir eine Doppelhelix vor. Sie verflocht unsere Leben.

Schon bevor wir miteinander schliefen, wusste ich, dass Ellis Nemec keine Affäre sein würde, sondern etwas Ernstes und trotz der kurzen Zeit bereits Fortgeschrittenes war.

Sie dachte ebenso. Ihr ging es beim Umzug auf. Inmitten von Kartons und Tragtaschen umarmte sie mich plötzlich, steckte die Hände in meine Gesäßtaschen, zog mich eng an sich und presste das Becken gegen mich, während sie mich auf den Mund küsste. Das dauerte lange drei Sekunden. Danach packten wir mit viel Reden und Tamtam und Lachen die Umzugskartons aus. Eine Möbelfirma lieferte ein plüschiges Sofa, einen Schrank mit Spiegeltüren und ein französisches Bett, die Ellis gekauft hatte. Männer in Overalls trugen die Möbelstücke hoch. Ellis hatte den Grundriss der Wohnung aufgezeichnet und den Platz für alles im Kopf. Ich kam mir wie im Kino vor. Schnitt. Das Alte ist beendet, und das Neue beginnt mit Musik.

∞ Mein Leben vor Ellis, die letzten fünfzehn Jahre, bildete jetzt den Hintergrund. Die Frauen, die ich geliebt hatte, blieben Teil meiner Geschichte, waren aber kein Thema mehr. In der Rückschau waren die verflossenen Frauen Stufen zu Ellis hin. Auch Ellis hatte ja glücklicherweise schon ein Leben und Liebesleben gehabt, bevor sie meines aufmischte.

Das Vergangene war nun versiegelt.

Ich liebte Ellis, ich liebte ihre Stimme, ihren Duft, ihre biegsamen Gelenke, ihr dichtes Haar und ihre Klugheit. Ich liebte alles, was Ellis gehörte (Bücher und Halsketten und chinesische Tässchen und ein Regal voller CDs) und womit sie sich umgab (ihre Kleider, ihre Küchenmaschinen, ihre Töpfchen und Tuben im Bad, ihr Vergangenheitsschrank aus schwerer Eiche), alles, was ihr lieb war und teuer.

Jetzt sollte das Leben einen Buzzer haben.

Stopp, innehalten. Doch statt für immer im Glück zu schmoren, ging das Leben weiter.

In unseren Anfängen hatte Ellis mich einmal zum Essen beim Chinesen eingeladen, war aber spät dran, und ich musste auf sie warten. Sie stand im Bad vor dem Spiegel und schminkte sich sorgfältig, ich linste durch die halb offene Tür.

»Ich mag es nicht, wenn du mich beobachtest.«

»Du bist schön.«

»Mein Mund ist zu breit, die Nase zu klein ... ich bin drei Kilo zu schwer. Schau dir ja nicht meinen Hintern an, ich muss etwas dagegen unternehmen.«

»Ich liebe deinen Hintern, so wie er ist, er ist fantastisch«, sagte ich und überlegte, wie ich sie zum Lachen bringen könnte, weil sie anfing, auf ihrer Unterlippe herumzuknabbern.

»Versprich mir eines«, bat sie.

»Ja?«

»Dass du mich nie belügst.«

Ich drückte ihre Hand.

Sie umarmte mich, und da sie um einen Kopf kleiner ist, lag ihre Wange auf meiner Brust, direkt auf meinem Herzen, sie hörte, wie es tobte.

»Ich weiß ja gar nicht, ob ich dir vertrauen kann.«

Zumindest waren unsere Körper wie füreinander geschaffen: Schenkel, Arme, Gelenke, Geschlecht, sämtliche Teile fügen sich unfasslich gut an- und ineinander, als hätte ein Ingenieur die Proportionen unserer Knochen aufeinander abgestimmt, der Liebesgott persönlich.

Sie löste sich von mir und schubste mich aufs Bett, ich kippte in Rückenlage und zog sie zu mir herunter. Unsere Körper hoben und senkten sich bald, und am Fußende des Bettes verhedderten sich die Laken.

In der *Tangente* oder bei festlichen Anlässen und auf Partys, wenn wir nebeneinanderstanden und ihre Schulter meinen Oberarm berührte, war das Knistern so laut, dass es den Freunden auffiel.

∞ In der Flughafenregion lässt es sich gut leben. Ich habe diese Tatsache Ellis so unaufdringlich wie eigennützig zu vermitteln versucht, als sie noch im Zweifel war und bei allem, was sich für sie neu anhörte, ein neutrales Gesicht zeigte. Ihr Gesicht sollte sich aufhellen, ihr Mund sollte sich zu einem Ja formen. Und ihr Kopf sollte nicht *Bedenkzeit* dazwischenfunken. Die Uhr tickte. Es gibt Dinge, die nur einmal möglich sind, die ein kleines Zeitfenster haben, ich musste den einmaligen Moment nutzen, die Gunst, und ging behutsam vor, mit viel Gefühl. Ellis sollte mich nicht als weiteren Mann wahrnehmen, der Frauen die Welt erklärte. Ich hoffte, dass sie herziehen und bleiben würde. Ich wünschte, Filmmusik würde meine Werbung unterstützen. Mir kam der Gedanke, dass sie gar nicht auf mich hörte, dass sie meine Worte ausblendete und ihrer inneren Stimme folgte. Statt sich von einem Mann führen und überzeugen zu lassen, entscheidet diese Frau autonom. Ich drehte mich zum Fenster und schaute hinaus und bot ihr den Rücken dar, meine Rückenansicht.

»Hier lässt es sich prima leben, Ellis. Vorausgesetzt, du akzeptierst die Umstände und die Spielregeln. Du wohnst in der weiten Umgebung des Flughafens. Fluglärm ist Fakt. Du musst ihn wegfiltern können, du musst ihn überhören wollen. Als Fluglärmgegner wirst du in Glow-M krank. Bevor du am frühen Abend den Fernseher einschaltest, solltest du die Fenster schließen. Der Swissair-Kursflug nach Los Angeles steigt über unserem Haus in den Himmel, du kannst den silbrigen Bauch der Maschine bewundern. Startet die McDonnell Douglas MD-88 der Delta Air Lines pünktlich, übertönt sie die Erkennungsmusik der Tagesschau.«

∞ Nach einigen Jahren, als wir uns als Paar gefestigt glaubten und Ellis längst herausgefunden hatte, ob sie mir vertrauen konnte: In ihrem achten Jahr in Glow-M schlug sie vor, eine Wohnung zu erwerben. Wir hatten uns mit dem Thema beschäftigt, darüber gesprochen, das Für und Wider erwogen, und nun wollte sie handeln.

»Schau dir das einmal an«, sagte sie und legte mir einen farbigen Prospekt auf den Tisch. Ich las ihn gründlich durch. In der Bauzone, am Rand des Naturschutzgebiets, erwogen ein einheimischer Architekt und ein ausländischer Investor, eine Wohnsiedlung hochzuziehen. Mit Blick auf Dickloo, so hieß ein Wäldchen, das sie für das lukrative Projekt in *Zauberwald* umbenannten. Junge Familien fühlen sich zu einem Zauberwald hingezogen. Ellis war hochgestimmt, ich hatte Bedenken. Die Kampfhunde kamen mir wieder in den Sinn, drei Mastiffs hatten auf dem Grundstück (einer Wiese) ein Kind getötet. Sie stürzten sich auf den Jungen, sie jagten ihn über die Wiese und zerrissen ihn am Saum von Dickloo.

Vergiss es, sagte ich mir. Vergiss die Kampfhunde, vergiss das geflossene Blut und vergiss den Tod, von dem Silvio Rocchinotti berichtete, der Polizist und Freund, der sich das Schreckliche vor Ort hatte ansehen müssen, die unkenntlichen Überreste, Rocchi, der die Mastiffs eingefangen und in die Tierklinik zur Giftspritze gebracht hatte.

»Es ist das Furchtbarste, was ich je gesehen habe«, erzählte er mir, nachdem er beim Prozess als Zeuge hatte aussagen müssen. Es störte sein Rechtsempfinden fürchterlich, dass der Hundehalter mit einer Strafe auf Bewährung davonkam.

»Ich hätte ihn gevierteilt«, schimpfte Rocchi.

Ich begrub die Geschichte des Jungen und willigte in den Kauf der Wohnung ein. Seitdem habe ich in der *Tangente* ein paar Tausend Kalenderblätter abgerissen. Niemand weiß, was mit der Zeit geschieht, wenn sie vergangen ist.

∞ Unsere Wohnung am Zauberwald befindet sich auf der Höhe der Baumkronen, wir sind die Nachbarn zahlloser Vögel, die darin nisten. Den Elstern schauen wir beim Brüten zu, wir können die Eier in ihrem frischen Gelege zählen, und wir möchten den Froschteich nicht missen, amüsieren uns über die dicken Prinzen, die vom Winterschlaf in den Paarungsrausch wechseln, wir hören die Frösche, sie treiben es ungemein laut, und eifern ihnen nach.

Wir zelebrieren die Zweisamkeit, wir zwei genießen unsere Eigentumswohnung im dritten Stock mit den schönen Balkonen. Einer geht auf den Fluss, der andere auf den Zauberwald. An eine Rückkehr nach Downtown verschwendet Ellis schon lange keine Gedanken mehr. Ihr früherer Freundeskreis hat sich gelichtet, es hat Verluste und Abschreibungen gegeben und immer weniger Verabredungen, neue Freunde sind dazugestoßen. Das Fußball-Rudel und die GoKart-Mädels.

∞ Meine Bar hatte sich schnell etabliert und wurde auch zum Treff unserer Clique. Man sah sich dort regelmäßig, nicht nur nach dem Sport. Das ist so geblieben, und am Tresen wird die Zeit immer wieder zum Thema. Dabei gibt es keinen Unterschied, ob jemand sagt, *die Zeit steht still*, oder ein anderer meint, *die Zeit läuft mir davon*. Sie verstreicht nun mal, was soll's? Ich kann die Jahreszeit an den Bäumen ablesen, und auch die Typen auf den hohen Hockern blühen auf und werden kahl.

Im Prinzip hat die Zeit einen konstanten Gang, aber der eigene Motor schaltet plötzlich herauf, die Maschine dreht immer schneller, und du wirst dabei langsamer. Will sagen: Die Jahre fangen an, doppelt zu zählen. Die Jungs, denen ich zugeschaut habe, wie sie auf dem Pausenplatz Fußball spielten, haben sich gemausert und sind nun junge Männer, die in die *Tangente* kommen, die alles zu wissen glauben (so wie früher ich), die abenteuerliche Frisuren für dreißig Franken, lächerliche Bärte und eine große Klappe haben. Und die süßen kleinen Mädchen von gestern sind inzwischen selbstsichere Frauen mit riesigen Handtaschen voller Utensilien, die lange nicht zurückkehren, wenn sie die Toilette aufsuchen, dafür mit frisch geschminkten Lippen. Sie sind unverschämt jung und talentiert und zelebrieren das auch. Und du bist kein junger Mann mehr und nicht mehr allwissend. Zumindest auf den zweiten Blick stellt jeder das fest. Der Lack ist ab. Und du betrachtest sie mit Argwohn und empfindest ein dummes, kindisches Überlegenheitsgefühl. Das ist die Faktenlage. Du weißt, was du vom Leben erwartest, und du weißt auch, was du der Welt zu bieten hast. Sie rangeln um ihren Platz, und du verteidigst deinen Platz.

Ein grünschnäbeliges Paar am Tresen, sie küssen sich, sie knutschen, und die junge Frau ruft:

»Chef, zweimal Flammkuchen und zwei neue Helle.«

Ich richte das.

Sie hat schimmerndes Haar und ein unscheinbares kleines Gesicht. Ihre Blicke flitzen zwischen ihrem Freund und mir hin und her.

»Und wechsle die Musik, keine Oldies aus den Achtzigern.«

Ich ignoriere das.

Er hat den Anflug eines Bartes, als wäre er ein Chinese. Er ist ein Angeber, sie durchschaut ihn noch nicht und setzt alles daran, um ihm zu gefallen. Sie bläst sich das Haar aus der Stirn. Lässig schiebt er zwei Finger in den Bund ihrer über den Knien aufgeschnittenen Jeans. Sie lächelt. Und kneift ihn, als sie sich unbeobachtet glaubt, in den Schritt.

∞ Ellis und ich haben im Verlauf der Jahre verschiedene Ansichten über das Dasein an sich kultiviert. Die Denkweise, die Gefühlswelt, die Haltung. Sie arbeitet andere To-do-Listen ab, setzt eigene Prioritäten. Mich nennt sie einen freundlichen Fatalisten.

»Die große Zukunft liegt doch längst hinter uns.«

Sie verkündet das derart unumstößlich, um die Wirkung auszutesten. Ich versuche, solche Treffer mit einem Lächeln zu parieren, was nicht immer gelingt. Ich bin gehemmt, weil ich ihren Standpunkt sehe. Das Büro, ihre Ambitionen. Sie hat sich etwas trotzig widerspenstig Kindliches bewahrt. Zu ihrem Nachteil. Es lässt sie immer wieder glauben, ihr stehe viel mehr zu, als sie erhält.

»Ich mag meine *Tangente*, die Bar ist klein, aber sie reicht mir. Ich habe nie von einem Fünfsterneclub geträumt«, wende ich ein. Und Ellis faucht: »Du hast eben keinen Ehrgeiz.«

Nimm es nicht persönlich, sage ich zu mir selbst und baue auf meine Zehnsekundenregel. Es ist eine Fluchtmethode. Ich zähle langsam von eins bis zehn. In zehn Sekunden legt ein Schnellläufer einhundert Meter zurück. In zehn Sekunden ist meine Wut verraucht.

Meistens grinse ich Ellis dabei an, ich kann das nicht verhindern, mein Gesicht formt sich selbstständig, siebenundzwanzig kleine Muskeln, gegen die ich nichts auszurichten vermag, und ich weiß, das kommt nicht gut rüber.

»Jonas, du verharrst im Status quo, das muss ich dir sagen.«

Jetzt friert mein Gesicht ein.

»Mein Bürodasein ist bitter. Und du bist im ewigen Trott. Unser Leben ist so berechenbar. Nichts prickelt. Offenbar haben wir Angst vor Veränderungen: du auf jeden Fall.«

Ich finde den Vorwurf stark, und obwohl ich nicht aufs Maul gefallen bin, fehlt mir die Schlagfertigkeit, um angemessen zu kontern. Solche Anschuldigungen haben mit Verliebtsein nichts zu tun, fürchte ich. Allenfalls mit Liebe? Stellt sie unsere Beziehung infrage? Mutmaßlich ist Ellis' Bemerkung ein Aufschrei und verzweifelter Rettungswunsch. Auf jeden Fall hat die Rüge mich aufgeschreckt.

»So siehst du mich? Nicht gerade erhebend. Es entspricht überhaupt nicht meiner Einschätzung.«

»Dein Selbstbild, Jonas, bearbeitest du mit Photoshop.«

Ich stelle mich gern als Typen dar, der gut geerdet ist und ruhig bleibt und sich zu nichts drängen lässt.

Ich liebe meine Arbeit und wünsche mir kein anderes Leben, kein Paralleldasein, kein Paradies, nichts außerhalb meiner Reichweite. Ich habe meine Rolle gefunden, meine Nische, ich bin für eine Bar wie gemacht, zumindest erschafft das, was ich Tag für Tag unternehme, eine für mich zusammenhängende, stimmige Welt.

»Du gaukelst dir vor, frei zu sein«, geht sie mich an. »Dabei läuft bei dir einfach immer alles in der gleichen Spur.«

In meinem Selbstbild ist großzügig zu sein ein wesentlicher Faktor. Ich möchte, dass Ellis denkt, Jonas kann fünf gerade sein lassen. *Mein Mann hat ein großes Herz.* Wenn Ellis so etwas über mich verbreiten würde, fühlte ich mich verstanden, und es würde mir mehr bedeuten als jedes andere Lob.

Doch so, wie sie jetzt vor mir steht, die Knie durchgedrückt, eine blonde Strähne um den Zeigefinger drehend und die Kiefermuskeln zu beweglichen Knöllchen verspannt, würde sie sich eher auf die Zunge beißen, als irgendetwas zu sagen, das schmeichelhaft für mich wäre. Sie markiert die harte Frau, die Bescheidwisserin. Und ich halte Streit nicht aus, Streit mit Ellis höchstens zwei Stunden. Es ist uns in all den Jahren nicht gelungen, ein für Auseinandersetzungen taugliches Vokabular zu finden, und jetzt wäre es vonnöten.

»Du bist in deinem Leben stecken geblieben. In den Neunzigerjahren: deine Freunde, dein Sport, deine Bar«, feuert sie.

»Und meine Ellis«, ergänze ich.

Bisweilen verärgert sie mich mit ihren Analysen.

»Und wir beide?«, frage ich. »Was geht dir denn ab?«

Ellis schnaubt.

∞ Unsere Auseinandersetzungen schaukeln sich bisweilen hoch. Je ruhiger ich bleibe, desto zorniger kann Ellis werden. Bis ein Schuh fliegt, eine Orange, eine Tasse. Fange ich das Ding, statt mich demütig treffen zu lassen, heult Ellis auf.

»Du bist unverbesserlich.«

Das war immer so, ich fange jedes Wurfgeschoss und jeden Ball, es ist ein Reflex, ich würde nach glühenden Kohlen greifen, ich kann gar nicht anders und bin als Fänger richtig gut.

»Ich hasse es«, faucht Ellis. »Es ist so selbstgefällig und humorlos.«

Weil ich das allzu gut weiß, werfe ich das Ding nie zurück, ich fische die kleine hübsche Tasse aus chinesischem Porzellan aus der Luft und stelle sie mit einem Grinsen auf den Tisch zurück.

»Mit dir kann man nicht reden, Jonas.«

Unser Gespräch, noch ohne Wurfgeschosse, hat bei der ersten Begegnung angefangen und nie aufgehört. Und was auch nie aufgehört hat? Die Anziehung, das Verlangen; ich liebe und begehre Ellis und kann mir nicht vorstellen, dass das einmal aufhören könnte. Das Herzklopfen. Ihr Körper, die Haut, ihr Haar, der Duft, wie Ellis sich bewegt: Das erzeugt Kino in meinem Kopf, einen Film ab achtzehn. Und ich möchte mir allen Ernstes das Wort *Unzertrennlich* tätowieren lassen.

»Wo?«

»Links, auf der Brust, auf den Pectoralis major.«

»Warum nicht direkt auf das Herz?«

Schon als uns damals der Hausmeister die Tür zur Besichtigung öffnete und Herrn Fonseca entschuldigte, der so kurzfristig unabkömmlich sei, trat ich mit Ellis in die großzügige leere Wohnung, als wäre ich nicht der zufällige Begleiter, sondern ihr Mann. Der Hausmeister, der mich aus der *Tangente* kannte, hielt uns allemal für ein Paar und wandte sich, als er die Räume zeigte, an beide. Und wir hörten ihm zu, als beträfe uns beide, was er ausführte, Frau und Mann. Die selbstverständliche Zuschreibung färbte auf Ellis ab, sie bezog mich in ihre Überlegungen mit ein, wollte meine Meinung über die Wohnung hören, die der Hausmeister uns gleichgültig anpries. Sie hielt sich vertraulich an mich, als zögen wir zu zweit hier ein und beratschlagten, wie wir die Zimmer einrichten könnten, wie wir die Wohnung mit Leben erfüllen würden.

Das prägt sich ein, der Mensch, mit dem man eine Wohnung besichtigt. So oft geschieht das nicht. Es schafft eine Verbindung und spiegelt Vertrautheit, der andere ist eingeweiht in ein wichtiges Vorhaben. Es suggeriert Zusammenleben. Beginnt denn mit einer neuen Wohnung nicht ein neuer Lebensabschnitt? Und da ist unter Umständen ein neuer Lebensabschnittspartner gefragt … lag mir auf der Zunge.

Der Hausmeister stieß die Tür zum Balkon auf. Nach einem Blick auf die fleckige Rasenfläche und den Sandkasten mit Katzengitter wandten wir uns ab und spähten gebannt ins vollkommen leere Wohnzimmer, wo der Hausmeister an einem Schalter herumfummelte.

»Jaaa, gefällt mir, wow«, äußerte sich Ellis. »Passt mir zwar nicht, dass ich gar keine große Wahl habe. Aber ehrlicherweise muss ich zugeben, wow, das ist es.«

Sie schaute mich an, alles an dieser Frau beunruhigte mich.

»Sag Ja.«

Ihr Blick war etwas wolkig, so kam es mir vor, und ich sah bereits ein Bett im Raum stehen, auf dem ein Paar sich liebte. Der Mann hatte meinen muskulösen Rücken und mein schneeweißes Gesäß.

»Ja«, sagte sie.

Ich begleitete Ellis nach der Besichtigung zum gläsernen Hauptsitz der Verwaltung, wo sie in Fonsecas Büro den Vertrag unterschrieb, und fuhr sie anschließend zur S-Bahn. Sie umarmte mich, bevor sie in den Zug stieg, ich spürte ihre Hände auf meinem Rücken, als suchten sie dort Halt, als glaube Ellis, zwischen meinen breiten Schulterblättern entdeckt zu haben, was sie entbehrt hatte, und sie ließ auf der Brust meines blauen Shirts Mascarakrümel zurück.

Als der Zug anfuhr, winkte ich wie ein Hampelmann, und sie winkte mit flatternden Händen zurück. Wir beide wussten, dass es kein Abschied war, sondern ein Anfang, von nun an wollte die Zeit anders gemessen werden.

∞ Yola, meine nigerianische Mitarbeiterin, beobachtet mich beim Schreiben. Ich sitze in der *Tangente*, es ist noch nichts los, ich bin versunken in Gedanken, trinke einen Schluck Wasser.

»Du machst so ein komisches Gesicht. Brütest du über dem Inventar?«

Ich schüttle den Kopf, und als hätte sie mich ertappt, lasse ich den Kugelschreiber, mit dem ich, am Tresen sitzend, Seiten fülle, in meiner Faust verschwinden, den silbernen Parker, den Ellis mir geschenkt hat.

»Ich schreibe ein paar Dinge auf.«

»Damit du sie nicht vergisst?«

»Ja, im weitesten Sinn.«

»Und von Nahem betrachtet?«

»Schwer zu sagen. Es geht mir so viel im Kopf um.«

Ich vertraue ihr nicht alles an, was mich beschäftigt. Menschen ändern sich, klar, Umstände ändern sich, klar, die Zeit schreddert wahllos alles.

Yola kneift die Augen zusammen.

»Wo drückt dich der Schuh?«

»Alles ändert sich.«

»Nein, Boss, nicht alles.«

Ich schaue sie an, ich lasse ihre Worte stehen, mag nicht widersprechen, weil mir gefällt, was sie sagt. Es gefällt mir sehr, und ich glaube es nicht. Yola hat das Bedürfnis nach etwas Festem, Robustem, sie hat all das Provisorische gründlich satt. Sie möchte es hinter sich lassen. Ich kann es ihr nicht verdenken und hüte mich, ihr in dieser Angelegenheit Kontra zu geben. Yola ist überzeugt, dass wir ein wetterunabhängiges und wasserdichtes Ich haben ...

»Hast du Ärger mit Ellis?«, fragt sie.

Ich spüre, dass meine Nasenflügel zucken.

»Ellis war gestern hier, sie hat sich mit Esther DeSoto unterhalten. Sie haben Hugo getrunken.«

»Du hast sie belauscht?«

»Ellis sagt, dass du ein verkappter Romantiker bist, der vorgibt, ein Realist zu sein«, rekapituliert Yola.

»Und Esther?«

»Esther sieht aus wie eine traurige Tante, die kleine Pillen nimmt, um glücklicher zu werden.«

»Ein Romantiker zu sein ist leicht, nach den Sternen kann jeder greifen, ein Realist zu sein ist schwer«, fange ich an und werde unterbrochen.

»Wovor hast du Angst, Jonas?«

»Verlassen zu werden«, sage ich und bin baff, wie

leicht mir das, was ich am meisten befürchte, über die Lippen kommt.

Yola legt das Geschirrtuch, mit dem sie altmodisch Gläser poliert, beiseite und tritt zu mir an den Schanktisch. Ihr Gesicht mit den großen braunen Augen, die jetzt beim Lächeln ernst bleiben, den pflaumenblauen Lippen und den weißen Zähnen.

Ich versuche, die Mimik zu lesen, obwohl ich bezweifle, das schwarze Alphabet zu kennen, die afrikanischen Musterbilder. Die Ausnahme ist die Nähe, die Yola herstellt, sofort stellt Yola körperliche Nähe her, sie legt mir die warmen Hände mit den hellen Innenflächen über die Augen.

»Schreib nichts, was du nachher bereust.«

Was verbrennt gerade in meinem Leben?

Und was ist feuerfest?

Ich versuche, es herauszufinden.

∞ Den neuen Tag beginne ich am liebsten auf dem Balkon unserer Küche. Es ist die Ostseite. Der Blick geht auf den Fluss und die moderne Brücke. Ich absolviere ein paar Übungen, die dem Rücken guttun und die Muskulatur definieren, und stehe mit einem Pott Milchkaffee draußen, Morgenluft wie Dopingmittel durch die Nüstern ziehend, und unten auf dem bereits von der Sonne gestreiften Weg trabt der Seniorenweltmeister mit den fluoreszierenden Schuhen vorbei, es ist genau acht Uhr zwanzig.

Allmählich wird es Zeit für mich. Auf dem Parkplatz stehen der babyblaue Toyota unserer Nachbarin, der Fotografin Esther DeSoto, und mein perlgrauer VW Passat. Esther DeSoto startet zu ähnlichen Zeiten wie ich in den Tag, wir kreuzen uns gelegentlich, wenn sie ihre Ausrüstung zum Auto schleppt und in den Kofferraum packt.

Ellis' zweifarbiger Mini ist schon längst weg, sie muss spätestens um halb acht los, mein Auto steht allein auf dem Doppelfeld, und ich stehe allein auf dem Balkon, ein Mann in den mittleren Jahren: nussbraunes Haar und nussbraune Augen und nussbraune Haut.

Eine Viertelstunde später fahre ich zum aargauischen Bäcker, um Croissants zu kaufen. Die bringe ich meinem Vater, ich lege den Papiersack vor seine Tür, und das heißt, dass Donnerstag ist, jeden Donnerstag mache ich das, es ist ein Ritual, und wenn ich gut im Plan bin, drücke ich die Klingel.

Mein Vater öffnet die Haustür, und ich stehe vor ihm, der längst erwachsene Sohn, mit einem Papierbeutel voller Croissants.

»Komm herein«, sagt er, »ich mache Kaffee.«

Ich gehe hinter ihm durch den Flur. Das Bedürfnis, ihn beschützen zu wollen, so wie er mich als Junge beschützte, beschäftigt mich seit einiger Zeit. Wenn mich als Junge eine Entscheidung überforderte oder mir jemand mit seinen Äußerungen Angst einjagte, ist es meinem Vater immer gelungen, mich zu beruhigen. Sogar seine Stimme hatte diese Wirkung.

»Ja«, sagte er, »da musst du vorsichtig sein.« Oder er sagte: »Nein, was der Typ behauptet, das stimmt nicht.«

Die Beziehung hat sich gedreht, nun steht er in meiner Obhut. Ich empfinde das so. Er will davon natürlich nichts hören und wittert eine unfreundliche Übernahme. Noch ist er Manns genug, um selbst auf sich aufzupassen. Eines räumt er jedoch ein.

»Das Alter ist ein Räuber«, gesteht er. »Es stiehlt dir den Körper.«

Der Kaffee läuft aus einer Maschine, die angesagt ist. Mein Vater findet die Technik genial und die Kapseln sauber.

»Du hast die Wahl, und jede Tasse schmeckt köstlich.«

Er ist ein Technikfreak, und diese Eigenschaft bewahrt ihn vor der traurigsten Niederlage, die das Alter einem zufügen kann: dem Verlust der Neugier. Mein Vater ist außerdem der stolze Besitzer eines neuen, innovativen Nissan Pulsar.

»Es ist das erste mit einem selbstreinigenden Lack versehene Automobil der Welt«, beginnt er. »Eine Nanobeschichtung lässt das Wasser abperlen und stößt Schmutz ab. Ist das nicht aufregend?«

Der dunkelrote Nissan Pulsar parkt vor seinem Haus und sieht tatsächlich immer aus, als wäre er gerade aus der Waschanlage gekommen.

Der Kaffee ist stark und gut. Mein Vater hat warme Milch für einen Caffè Latte geschäumt. Wir tunken die Croissants. Überall tunken wir unsere Croissants, es ist ein Ritual, das uns seit ewig verbindet, zusammen sind wir unschlagbar.

∞ In innigen Momenten rührt mich der Wunsch, auch einen Sohn zu haben, dem ich kumpelhaft und liebevoll gegen die Schulter boxen darf, und, noch besser, eine tolle Tochter zu haben, die meiner Frau ähnlich sieht, Ellis, wie sie war, als ich sie noch gar nicht kannte. Und bin ich schon mittendrin, mir eine eigene Familie auszumalen: Warum nicht gleich mit Sohn und Tochter? Die

Gelegenheiten sind ungenutzt verstrichen. Der Wunsch nach Vermehrung und Elternschaft war bei Ellis und mir zu wenig ausgeprägt.

»Warum seid ihr nicht verheiratet?« Yola wollte das wissen.

Ich hatte zwar begriffen, dass ich für den Rest meines Lebens mit Ellis zusammenbleiben wollte, fand aber die Ehe spießig. Und Ellis schaute skeptisch und neidisch zugleich auf die Frauen einer früheren Generation, für die Liebe-Ehe-Kinder selbstverständlich und erstrebenswert waren.

»Verliebt, verlobt, verheiratet.«

»Verliebt. Es funkt. Es passt. Man zieht zusammen. Man wird schwanger und erwägt die Ehe«, holte ich damals aus und begann zu lachen. »Ein weißes Braut- und zugleich Umstandskleid, die Braut mit rundem Bauch vor dem Traualtar.«

Jetzt ist mir das Lachen vergangen.

Wahrscheinlich hätte Ellis Ja gesagt, wenn ich ihr einen Heiratsantrag gemacht hätte. Aber wäre ich mit Trauschein mehr als jetzt ihr Mann? Und wäre sie mit Trauschein mehr meine Frau? Wären wir verheiratet ein stärkeres Paar?

Eine geballte Macht?

Und kittet die Ehe Risse?

Eine Zeit lang verübelte Ellis mir die Unterlassung. Vermute ich. Sie war aber zu stolz dafür, um selbst den Schritt zu wagen und mir einen Heiratsantrag zu machen. Ich hätte ebenfalls Ja gesagt. Ich hätte mit dem Herzen sofort Ja gesagt, und der Kopf hätte das später abgesegnet und genickt. Wir hätten Ringe gekauft. Vielleicht hätte ich ihr denselben Ring geschenkt, den sie jetzt trägt. Es ist aber nicht so gekommen. Leider? Zum Glück? Die

Hälfte trennt sich von der jeweiligen besseren Hälfte. Ehen sind leicht zu schließen und schwer zu beenden, das Nachspiel dauert oft länger als die Ehe.

Kinder, in diesem Punkt war sich die nüchterne Ellis sicher, Kinder bedeuten das Ende der Unabhängigkeit, der Selbstständigkeit, des eigenen Wachstums, Kinder läuten das Ende der Ambitionen ein: »Mütter sind Wasserträger, sie bilden die Unterstützungstruppe.«

Nachdem besprochen und klar war, dass wir ein Paar ohne Trauschein bleiben wollten, und als Ellis endlich auch damit herausrückte, sie fühle sich nicht gerade zur Mutterschaft berufen, vereinbarte ich mit Dr. Yürük einen Termin, ich wollte mich vasektomieren lassen.

»Ich mache das nicht.« Dr. Yürük blieb stur.

»Wir haben uns das gut überlegt.«

»Sehen Sie«, krittelte Dr. Yürük, »dass Sie *wir* sagen, bestärkt mich in der Ablehnung. Hier gilt ausschließlich ein Ich, Herr Alberding. Sie sind noch keine vierzig, die Beziehung kann scheitern, der Eingriff ist irreversibel.«

Ich ging zu einem anderen Arzt.

Die kleine OP befreite und befeuerte unser Liebesleben, nichts mehr war umständlich und kompliziert und musste fortwährend bedacht werden.

∞ Lange war es her, ein paar Gäste saßen am Tresen, launische Stimmung. Man unterhielt sich lebhaft über Glow-M, wo überall neu gebaut wird und wie hoch. Erschließung war der Aufhänger. Ob Heil oder Fluch, man kann geteilter Meinung sein. Landentwicklung. Von der Wiese zum Baugrund. Wertvermehrung. Der BIP ist pro Quadratmeter betonierter Fläche höher als pro Quadratmeter naturbelassener Erde. Ein specknackiger Typ in einem blauen Anzug, den ich nicht beim Namen kannte, hob das Glas und nannte die Bahnhofstraße *eure Main Street*. Die Bar lachte über den Scherz.

Der Typ ist nie mehr aufgetaucht, ein Durchreisender auf dem Weg zum Flughafen. Der Name ist geblieben, und inzwischen gibt es kaum noch jemanden, der sich an die Zeit erinnert, in der die Main Street *Bahnhofstraße* genannt wurde.

Ich fahre die Main Street hinunter. Kurz nach dem Fahrradgeschäft und der Möbeltischlerei, gegenüber dem Mehrfamilienhaus, das mich an Indien denken lässt, befindet sich die Bar.

Ein tamilischer Clan hat das Mehrfamilienhaus mit den kleinen Fenstern und dem grünen Tonnendach gebaut, samt dem stets mit frischen Blumen geschmückten Tempel, den die Baubehörde als Gartenhaus hat durchgehen lassen. Das Gebäude könnte am Rande von Colombo stehen. Mit Shiva als Gartenzwergriesen neben der geschnitzten Eingangstür aus schwerem Palisander.

Eine Duftwolke umhüllt das Haus der Tamilen wie eine safrangelbe Aura. Sie sind wohlgelitten. Meine Gäste sind sie nicht. Sie meiden die *Tangente* und haben wenig Sinn für europäische Sitten und Sportarten. Auch mein Flammkuchen, den wir in sieben Variationen anbieten, ist nicht ihr Ding. Sie ziehen Asia-Food vor, sie trinken ihren parfümierten Tee und ein King-Fisher-Bier am liebsten zu Hause vor dem Fernseher, der bengalisch und tamilisch und indisch spricht. Sie haben mehrere Satellitenschüsseln auf dem Dach montiert, und die Farben auf ihren Bildschirmen sind bunter und leuchtender als die Farben der Sender Europas. Sie kochen und kochen und putzen und putzen und arbeiten und arbeiten und riechen nach Curry, Kreuzkümmel, Ingwer und Henna. Die Eltern verheiraten ihre Kinder nach eigenen Gesetzen, sie vermeiden die Vermischung mit anderen Kulturen. Sei's drum. Wir sind Nachbarn, wir leben nebeneinander, und an die Musik, die aus ihren Fenstern dudelt und klingelt, kann man sich gewöhnen. Sollte die Verwaltung die tamilische Passage an der Main Street in *Curry Hill* umtaufen, hätte ich keine Einwände.

Das letzte Haus, das stattliche Gebäude vor der historischen Brücke, ist, wie schon erwähnt, die *Tangente.* 87 Main Street – oder 87 Curry Hill. Im ersten Stock schreibe ich in meinem Büro über der Bar. Mir bleiben zwei freie Stunden, der Betrieb beginnt erst am späten Nachmittag wieder, wir öffnen Punkt fünf mit dem Stundenschlag der evangelischen Kirche.

Früh am Morgen verkaufen wir Pendlern, die zum Bahnhof eilen, im Schnellgang Kaffee (*to go*). Das Geschäft läuft prima. Ohne mich, ich leiste keinen Frühdienst mehr. Jeden Tag gehen bestimmt einhundert Pappbecher weg. Seit einem Jahr haben wir Green Smoothies im Angebot, für Leute, die ihr Gemüse lieber trinken, als darauf herumzukauen. Und über Mittag bieten wir bunte Sandwiches an, *organic food,* damit verdienen wir gutes Geld.

∞ Fredy Wimmer mischt sich ein. Der Journalist und Freund, der gern in der *Tangente* schreibt, weil er hier mehr Ruhe hat als im Büro, sitzt am Tresen und sagt:

»In der deutschen Sprache wird Geld *verdient.*«

»Na ja«, sage ich, »was ist daran falsch?«

»Die Amerikaner *machen* Geld«, setzt Fredy seine Lektion fort. »Die Engländer *ernten* Geld.«

Fredy ist hellhörig und mitteilsam, er liebt solche Details, sie klären sein Weltverständnis, sie helfen ihm, die Welt zu komponieren.

»Yola, machst du mir einen Flammkuchen?«

Und einmal mehr schreitet er zur Toilette. Erhobenen Hauptes. Seit einiger Zeit leidet er unter einer lästigen Blasenschwäche.

»Ich habe eine Blase wie eine alte Dame«, sagt er und weiß selbst, dass es kein Witz ist. Und ich weiß außerdem, dass er Mühe hat, geradeaus zu pinkeln, das Problem jedoch unerwähnt lässt, weil er nicht möchte, dass Yola das aufschnappt.

Ich habe ein paar alte Freunde. Manchmal sitze ich einem gegenüber und denke, dass ich sein Gesicht besser kenne als das eigene. Fredy zählt zum inneren Kreis. Unser Mr Allwissend mit der philosophischen Ader, der in den letzten Monaten etwas dünn geworden ist. Er konnte schon im Kindergarten lesen und schreiben. Klein Fredy entdeckte Wörter in der Buchstabensuppe, die seine Mutter ihm vorsetzte, und statt sie brav zu löffeln, schrieb er seinen Namen auf den Tellerrand.

In unserem Fußballteam, das zweimal in der Woche trainiert, verkörpert er das unberechenbare Element. Fredy ist lang und wendig, behält aber nicht immer die Übersicht und weiß selten, wo genau der Ball sich befindet. Er irrt orientierungslos über den Rasen.

»Fredy hat es im Kopf, nicht in den Füßen«, sagt mein Vater.

Und was mich selbst betrifft? Wenn ich einem Ball hinterherlaufe, vergesse ich alles – aber nie, wo auf dem Platz ich bin und wo der Ball ist.

»Du hast einen 360-Grad-Blick«, sagt mein Vater stolz.

Ich schlucke ein paar Schmerztabletten, um mein Knie zu beruhigen, und verteile die Bälle als klassischer Libero, das Spiel macht mich glücklich. Das Spiel lässt mich alle Sorgen vergessen. Und das ist schon immer so gewesen.

Mit Fredy führe ich ausgiebige Tresengespräche. In derselben Woche, in der Ellis zum ersten Mal meine Bar betrat, lernte er Caroline Bach kennen, Caro, die Kunstmalerin mit dem ausforschenden Blick, für die alles mit allem zusammenhängt und mit der er noch immer zusammen ist. Caro durcheilt gerade eine Phase, die sie als *neue Lebensjustierung* beschreibt.

»Jeder hat das Recht auf Erneuerung«, sagt ein mürrischer Fredy.

Dass wir uns im selben Frühling verliebten, hat uns zu Komplizen gemacht. Das zeigt sich, sobald sich das Gespräch um Herzensdinge dreht, *um Ehefrauen und eheliche Kalamitäten*, wie Fredy es gern ausdrückt, und wir uns, ohne es direkt auszusprechen, über mangelnde Zuwendung beklagen.

Fredy zieht am Abend Cocktails vor, ich bleibe bei meinem Wasser, und wenn sein drittes Glas leer ist und er in den halb zerschmolzenen Eiswürfeln herumstochert, bringt er alles Schwebende genau auf den Punkt. Erst beim Aufstehen, auf dem Weg zur Toilette, die er schon wieder aufsuchen muss, hat er ein Problem mit dem Gleichgewicht.

»In letzter Zeit bin ich immer müde«, stöhnt er und senkt den Blick. »Man wird nicht ungestraft älter.«

Er schaut auf die Uhr und schluckt eine Pille. Mir fällt seine fahle Haut auf und das Bläuliche der Lippen, und wie schütter sein kräuseliges Haar geworden ist, und das mittlere Braun hält sich, weil er es nachfärbt.

Er räuspert sich, ich klopfe ihm leicht auf den Rücken.

Beim Austausch unter Männern vertraut er mir an, seine Frau habe angekündigt, sie wolle wieder wegfahren, nochmals ohne ihn nach Marokko, und ich gestehe, dass meine Frau ebenfalls Vorwürfe und Warnungen auf mich herabregnen lässt.

Ellis hat mir vorgehalten: »Du hast dich zu sehr an dein Leben gewöhnt, an den leidigen Alltag.«

»Mein Alltag ist nicht leidig«, fauchte ich sie verständnislos an. »Ich weiß meinen Alltag zu schätzen, ich arbeite gern, sehr gern, ich habe die Bar im Griff, niemand erteilt mir Anweisungen, und keiner schreibt mir vor, wie ich den Laden zu führen habe –«

In den Augen unserer ruhelosen Frauen bewegen wir uns vorwiegend auf dem Fußballplatz. »Und auch dort macht ihr keinen Schritt zu viel«, blaffen sie uns an. Ellis und Caro sind Freundinnen. In meinen Augen sind beide ganz schön überspannt. Ellis und Caro stellen unsinnige Zusammenhänge her und sehen Bezüge, die es nicht gibt. Sie reden alles größer, als es ist. Und sie reden alles kleiner, als es ist. Unsere Frauen sind aber auch gut darin, eigene Interessen wahrzunehmen.

»Was zieht deine Frau nach Marokko?«

»Frag sie selbst, ein Trip, Körperbemalung mit Henna.«

Wir schweigen eine Zeit lang. Yola wieselt aus der Küche, stellt sich zwischen uns und legt jedem eine Hand auf den Nacken. Es fühlt sich gut an, weich und warm und etwas rau, und sie duftet nach einem schweren Parfüm, das es nirgendwo als in Afrika gibt. Wir sitzen nebeneinander, die Zeit dehnt sich wohlig. Yola redet schnell und viel, als müsste sie mit ihrem Geschnatter boshafte Geister von uns beiden abwenden, bis sie das Signal des Backofens hört und zurückgeht.

Ich fasse für Fredy zusammen, wie im Selbstgespräch geübt, was zwischen Ellis und mir steht: Ellis will zurzeit vornehmlich das, was sie nicht bekommen kann. Ihre Launen verkomplizieren unser Leben. Ich mag es, wenn die Dinge wie von selbst ineinandergreifen und nicht jeder Schritt erwogen werden muss. Ich spule meinen Alltag ab wie die Bahnen auf der Minigolfanlage.

»Du wirkst total gesetzt«, stichelte Ellis. »Du bist wie diese Typen beim GoKart, die ohne Risiko fahren und damit rechnen, dass die anderen einen Fehler machen. Die Vorsichitigen fahren konstant gut, sie verlieren nie, sie gewinnen nie.«

Fredy hört sich meine Sorgen an, jetzt ist er mein Kummerkasten.

»Warum sollte ich mich ständig hinterfragen?«

Fredy unterstützt mich, er weiß, wie ich gestrickt bin, ich reiße nicht gern das Hemd auf und entblöße meine Brust.

»Du kannst nichts für ihr Unglück«, meint Fredy.

»Ich bin mir nicht ganz sicher, ich bin ja ihr Mann.«

Fredy Wimmer holt aus und bricht seine Ausführungen ab.

»Schau mal«, setzt er neu an. Sein Laptop liegt geöffnet auf dem Tresen, der Bildschirm leuchtet, und ich denke, Fredy hat eine mehr als ungesunde Gesichtsfarbe. »Schau mal«, wiederholt er, als läge ihm viel daran, das Thema zu verlassen oder die Ebene zu wechseln. Er berührt das Touchpad, und auf dem Bildschirm erscheint ein Teller voll Buchstabensuppe. Er grinst und studiert das Bild, die Buchstabensuppe ist sein Orakel.

»Was siehst du?«, frage ich.

»Ellis hängt *The Circle* zum Hals heraus, der Haussegen hängt schief.«

»Ja, sie muss gerade untendurch. Und wie stehen deine Sterne?«

»Auch lausig.«

»Nun können wir einander bemitleiden.«

»Und ein paar Tränen vergießen.«

Wir lachen beide und denken, dass wir eigentlich nichts zu lachen haben. Zusammen sind wir mehr als einhundert Jahre alt, und als wir uns kennenlernten, waren es noch nicht einmal fünfzig.

Es tut mir weh, das Älterwerden an Fredy zu beobachten. Früher hatte er die Lunge eines Hundes, er lief und lief und jagte fast panisch hinter jedem Ball her. Heute bleibt er oft im Mittelkreis stehen, die Hände verzichtend in die Seiten gestützt. Der Freund sieht angeschlagen aus. Es ist ein schwacher Zeitpunkt in seinem Leben.

»Ich bin ja so leicht zufriedenzustellen«, ruft Fredy übertrieben munter, schnuppert in die Luft und klatscht in die Hände. Yola bringt ihm den leckeren, in acht Teile geschnittenen Flammkuchen und eine Apfelschorle. Er bedankt sich und beginnt gleich zu essen und isst viel zu schnell. Er schlingt die Stücke herunter und spricht mit vollem Mund.

»Das Orakel raunt noch etwas: Du kannst die Vergangenheit nicht reparieren, aber die Gegenwart hat Schrauben, an denen du drehen kannst.«

Er feixt.

Ich strafe ihn ab, ich stehle ein Flammkuchenachtel von seinem Brettchen und beiße ein Stück davon ab.

∞ Eine Bar kann dich ganz schön vereinnahmen. Der Betrieb kann alles verschlingend sein. Doch dieser Eindruck ist immer eine Momentaufnahme. Die *Tangente* zu führen bereitet mir Freude, obwohl ich wenig Freizeit habe und die Aufgaben nicht immer so einfach sind, wie ich es aussehen lasse. Ja, meine Sport-Bar ist mein Zentrum. Ich bin am glücklichsten, wenn ich beim Herumwirbeln die Zeit vergesse.

»Routine ist ein Mysterium.«

In diesem Punkt stimme ich mit Fredy überein.

»Obwohl sich ständig etwas ändert, bleibt im Prinzip alles gleich.«

»Das ist Zen«, johlt er.

»Lass mich mal deinen Puls fühlen«, antworte ich und lege ihm die Hand auf die Stirn. »Du hast ja Fieber.«

»Vor allem muss ich los«, erklärt er und ruft: »Yola, zahlen.«

Und eilt schon über den fast leeren Parkplatz zu seinem rassigen Ford Mustang mit dem Presseaufkleber auf der Windschutzscheibe.

Yola räumt das leere Holzbrett und Fredys Glas ab. Sie lässt afrikanischen Pop laufen, und wenn sie an mir vorbeigeht, streift sie mich absichtlich mit der Hüfte und lacht.

Caro Wimmer war vor ein paar Tagen hier, sie trank ein Glas Weißwein und knabberte salzige Nüsse, »obwohl das gar nicht geht«, wie sie meinte, aber es ging kinderleicht. Sie macht sich Sorgen, nicht allein, weil Fredy vom Fleisch fällt. Er hat rasend Angst vor dem Urologen.

»Mein Mann bringt mich noch um«, brach es aus ihr heraus. »Fredy analysiert die Welt virtuos und ignoriert, was mit ihm selbst passiert.«

Sie bestellte ein zweites Glas kalten Chablis, Yola brachte ihr nochmals eine Schale mit ungesunden Nüssen. Caro aß sie gierig auf, und jedes Mal, wenn sie das Glas zum Mund führte, rutschte der silberne marokkanische Armreif unter den Ärmel ihres blauseidenen Kleids.

»Er hat natürlich keine Angst vor dem Urologen, er hat Angst vor dem Befund.«

»Richtig, aber er hat auch Angst ohne Befund.«

Über ihrem Chablis geriet Caro ins Brüten, wenn sie das Glas in die Hand nimmt und dreht, funkelt der Wein. »Es ist ein Indischgelb«, sagte Caro versonnen. »Ich wollte eigentlich nach Casablanca fliegen, aber so wie die Lage jetzt ist ... Und du solltest ihm klarmachen, dass er mit dem Fußball aufhört.«

Ein Ruck ging durch ihren Körper, Caro stand abrupt auf und verließ die *Tangente*, ohne ein Wort und ohne die Rechnung zu begleichen.

Ich bilde mir ein, zu wissen, was in meiner kleinen Welt sinnvoll ist und was nicht. Ob die Zeit versickert, wegflutscht, sich entzieht, zerbröselt, sich auflöst und verschwindet, ob Zeit eine Endlosschleife bildet, ist letztlich einerlei. Fassbar ist sie nie, sie bleibt eine Funktion. Man muss die Zeit nicht verstehen, um sie perfekt einteilen zu können. Ich weiß, wie viel in fünf Minuten Platz hat und was nicht in zwei Minuten zu erledigen ist. Ich bin mit dem Leben einverstanden, so wie es ist. Es soll sich bitte nichts verändern.

Kein Geschehniszwang.

Kein Tag ist wie der andere, das ist mein Mantra.

Jeder Tag ist wie der andere, das ist Ellis' Konter.

Alles, was ich tue, habe ich so gewollt und selbst entschieden.

Gleite ich am späten Abend mit meinem Passat die Main Street hinunter auf die Bar zu, freue ich mich jedes Mal an unserer leuchtenden Neonschrift, einem satten Magenta. Ellis rümpft die Nase, sie findet Magenta kitschig. Und irgendwie schlüpfrig. »Der schnörkelige Namenszug sieht aus wie das Autogramm eines Stars aus Südamerika«, provoziert sie mich. »Und die Farbe lässt einen an einen Swingerclub denken.«

»Das sind deine Fantasien.«

Manchmal geht mir Ellis ganz schön auf den Geist.

Die Bar gehört mir. Genau gesagt, die *Tangente* gehört mehrheitlich mir (dreiundfünfzig Prozent). Mein Vater ist beteiligt (zwanzig Prozent) und Mladen Krstić (siebzehn Prozent) und einige treue Freunde wie Fredy Wimmer mit symbolischen Anteilen.

∞ In meinem Leben gibt es zwei Menschen, deren Befinden ich über das eigene Glück stelle. Das schwöre ich. Punkt. Ich möchte sie beschützen. Aus diesem Grund habe ich die beiden am liebsten in Reichweite.

Für meinen Vater stimmt der Abstand.

Bei Ellis spüre ich eine Absetzbewegung.

»Du übertreibst«, sagt sie. »Du stützt dich zu schwer auf mich. Das kann ich nicht ertragen.«

Und ein anderes Mal: »Wir wissen zu viel voneinander.«

Ellis nennt mich *Jonas*, mein Vater ruft *Jonass* und verdoppelt das S, das sie weich ausspricht, fast ist es zu überhören. An der Schärfe des S erkenne ich seine Disposition. Als Junge hörte ich heraus, wie viel ich mir herausnehmen durfte, wo auf der Skala der Zeiger stand.

Mein Vater ist alt, liebenswert, klug, und er duftet nach Rosenwasser. Er hat seine Ansichten und ein Motto: So wie ich es will, so mache ich es. Selbstherrlich geht er mit dem Kopf durch die Wand.

Die Geschichte *Schnee am Kilimandscharo* kann er besser nacherzählen, als Hemingway sie schrieb. Das Rätsel um das Gerippe des Leoparden bewegt ihn. Es wurde auf der Höhe von sechstausend Metern gefunden, ausgebleichte Knochen.

Was zum Teufel hatte die scheue Katze dort oben vor?

Warum ist der Leopard dort oben gelandet?

Warum ist die einfachste Frage, die man stellen kann, es ist zugleich die schwierigste und wichtigste und dümmste.

Und Yola, ich will an dieser Stelle Yola Wundaba noch erwähnen, sie ist mir ans Herz gewachsen, auf sie würde ich nichts kommen lassen.

Die Freunde bilden die zweite Reihe, den Rückraum. Sie sind verlässliche Begleiter und nachsichtige Zeugen. Es zählen die Jahre, es zählt all das, was man miteinander erlebt hat und immer noch unternimmt. Die gemeinsame Basis hilft dir, deine Vergangenheitstruppe nicht eigenmächtig aufzustellen. Erinnerungen verändern sich, sie verwandeln sich in Vorstellungen in bengalischem Licht.

Für meine Freunde bin ich Albo, beim Fußballspielen Albo der Große. Ich bin groß gewachsen (eins zweiundneunzig) und wiege sechsundachtzig Kilo. Meine Rückennummer ist die Sechs. Ich bin der Ballverteiler und schieße die Elfer. Meine Schwäche? Ich habe ein Stotterknie und nehme keinen Ball mit dem Kopf.

In der Jugend wissen Freunde, wer vom Rudel schon Sex hatte. Mit fünfzig wissen sie, wer die Liebe gefunden hat. Die Freunde wissen Bescheid: was man einmal werden wollte und was letztendlich aus einem geworden ist. Keiner ist genau dort angekommen, wo er hinwollte. Es hat Verwerfungen gegeben. Das heißt nicht, dass wir trübselig vor uns hinsiechen. Jeder räumt ein, dass es Stufen gibt, die er nicht erklommen hat. Wir haben es nicht ganz geschafft. Punkt. Doch die Zufriedenheit mit dem Erreichten überwiegt. Das Bedürfnis, stundenlang die Zukunft zu erörtern, hat sich verloren. Wäre es nicht vermessen und dumm, mit über fünfzig noch dasselbe zu wollen wie mit fünfundzwanzig?

∞ In einer Zeit ohne Steckdosen und Satelliten, als Ochsen den Pflug zogen und Pferde die Kutsche, als die aufgebrochene Erde noch fett und dunkel war und die Straße unbefestigt, war das Anwesen, in dem ich die Bar betreibe, ein Gutshof, ein ansehnliches Gasthaus mit einer betreuten Station für den Pferdewechsel. Die Stallungen sind längst abgerissen. Anfang der Sechzigerjahre wurde die Liegenschaft umgebaut und im Parterre eine englische Teestube eingerichtet, es galt damals als schick, sie hieß *Tea-Room Rex*.

Das plüschige *Tea-Room Rex* war äußerst beliebt.

Bis es aus der Zeit fiel.

Die Gäste blieben weg, die Ladys schrieben rote Zahlen. Kinder spielten Himmel und Hölle, sie hüpften auf dem Spielfeld vor und zurück, welches sie mit Kreide auf den leeren Parkplatz gezeichnet hatten.

Der Parkplatz ist die Basis für jedes Geschäft in Glow-M.

Jetzt ist er wieder voll, die *Tangente* schreibt schwarze Zahlen.

In der Flughafenregion geht niemand zu Fuß, jeder will überall mit dem Auto vorfahren. Er will aussteigen, die Autotür zuschlagen – und noch im Nachhall die Tür zur Bar aufstoßen. Er will eintreten, die Hand zum Gruß heben, in der Zuversicht, dass die Bedienung seinen Namen kennt und weiß, was er trinken möchte. Kaum sitzt er am Tresen, kommt schon das Glas.

Die Teestube war mir als ein von zwei älteren Damen geführtes Lokal bekannt. Ich betrat das *Tea-Room Rex* zum ersten Mal, als die Idee schon fortgeschritten war, hier eine neue Epoche einzuläuten, und lernte zwei hochbusige Ladys kennen, über die mein Vater sagte:

»Die Schwestern sind in dem zopfigen Ambiente nicht verblüht, sie haben sich in Trockenblumen verwandelt.«

Ich unterhielt mich mit ihnen, wir tranken schwarzen Tee, in den unvermittelt ein kräftiger Schuss Old Monk gelangt sein musste.

»Der Rum ist ein Import aus Indien«, klärte die eine Frau mich auf.

»Old Monk aus Ghaziabad«, bestätigte die andere.

»Ist das nicht eine Satellitenstadt von Delhi?«

»Damit liegen Sie goldrichtig«, antwortete die eine, Gwen.

»Ihr Vater schätzt unseren Old Monk. Besonders das erste Glas nach dem zweiten«, meinte verschmitzt die andere, Kate.

»Marcel ist ja so charmant, ein göttlicher Mann, elegant wie ein Gentleman-Tennisspieler.«

Kate und Gwen hatten ein Glitzern in den Augen.

»Sie lachen wie der schöne Marcel, und Sie haben seine Stimme.«

∞ Als Generalvertreter von Pelikan vertrieb mein Vater als junger Mann im Flughafengebiet Farbbänder für Schreibmaschinen. Die Region boomte. Es war die Zeit, in der er sein schwarzes Haar nass kämmte und nach hinten flappte. Wo immer er auch hinging, bildete sich ein Kreis um ihn. Die Männer schätzten Marcel Alberding. Die Frauen fühlten sich zu ihm hingezogen. Er erzählte einen Witz oder eine Anekdote, sie lachten und legten die Hand auf seinen Arm oder fassten ihn kurz an.

Sein Geschäft lief gut und warf etwas ab. Heute hält er unter anderem Anteile an einer Lodge in Südafrika, diverse Aktienpakete, und in seinem Banksafe liegen Goldbarren.

In der fernen Zeit meiner Kindheit versuchte mein Vater sich als Schriftsteller. »Es ist eine Berufung«, sagte er. Seine Frau zog einsam ins Gebirge, er saß einsam am Schreibtisch. Kein Verleger wollte ihn drucken. Das hielt ihn nicht auf. Ich bewunderte seine Unverdrossenheit, seinen Elan. Um weitere Absagen und Demütigungen zu vermeiden, schützte er sich mit einer Lüge.

»Ich benötige noch Zeit, ich will das Manuskript noch mal überdenken, ich muss es komplett umschreiben.«

Fassung sieben.

Marcel Alberding schrieb auf einer roten Olivetti Lettera 22 mit schwarzem Seidenband und Schweizer Tastatur. Ich erinnere mich an das laute Klappern, er beherrschte das Zehnfingersystem. Ich hörte seine schnellen Anschläge durch die Wand, mein Zimmer lag neben seinem Büro. Stockte der Textfluss, verfiel mein Vater der Unart, laut mit sich selbst zu sprechen.

»Männer sind Glückssucher«, begann Marcel und räusperte sich.

Pause.

Er beförderte das Blatt mit dem Schalthebel ein paar Zeilen nach oben und überpinselte die Wörter mit Tipp-Ex.

Die giftige weiße Tunke trocknete rasch.

Männer jagen das Glück.

Tipp-Ex.

Mein Vater zog das übel riechende, mit weißer Tunke vergiftete Blatt aus der Walze, zerknüllte es und stopfte es in den Papierkorb.

Hemingway war sein Held. Im selben Takt, wie Hem nach der unwiderstehlichen Flasche griff, langte Marcel nach dem unwiderstehlichen Fläschchen. Der Tyrann bedrängte meinen Vater.

»Zum Teufel, schreib endlich wie ein Mann«, nörgelte Hem.

Statt den großen Roman der Epoche zu schreiben und als Schriftsteller nach Anerkennung zu streben, begleitete Marcel Alberding mich, seinen kleinen Sohn, zum Fußball. Er war ein alleinerziehender Vater. Ich konnte ihm meine Sorgen anvertrauen.

»Halb so schlimm«, teilte er meinen Kummer. Oder er lachte und sagte: »Du musst keine Angst haben.«

Er stand an der Seitenlinie und spornte mich an. Wenn ich ein Tor erzielte, bekam ich ein Snickers, und ich bekam auch ein Snickers, wenn der Trainer mich auswechselte oder gar nicht aufstellte.

Snickers waren ein Symbol für uns. Einmal schnitt mein Vater einen der Riegel mit dem Messer durch und zeigte mir die verschiedenen Schichten. Jede war einzeln und für sich genommen nichts Besonderes, der Mix bewirkte das Wunder.

Mein Vater ließ mich täglich spüren, dass er mich

liebte. Ganz unabhängig von meinem Erfolg als Fußballjunior liebte er mich, sogar als Junge mit Plattfüßen hätte er mich großartig gefunden.

Auf der Fahrt zu einem Spiel, während er geradeaus blickte, um den Verkehr im Auge zu behalten, und ich eine Schnute zog, weil mir die Ersatzbank drohte, nervte er mich mit einem Mantra, das er immer herunterleierte, wenn ich mich über eine Angelegenheit beklagte, die nicht in meinem Sinn lief, und ich zu ungestüm reagierte, zu ungeduldig war.

»Das Leben ist ein Puzzle. Es hat viele Teile, Jonas. Und dein Puzzle ist noch nicht vollständig zusammengesetzt.«

Er ist ein verlässlicher Vater, der damals wusste, was sein kleiner Sohn brauchte, und der heute weiß, was sein großer Sohn braucht. Er war auch ein Vater, der einen Machosatz verinnerlicht hatte, leider, er hatte einen Hemingway-Dachschaden:

Die Welt zerbricht jeden … die, die nicht zerbrechen wollen, die tötet sie.

Nur Weicheier schwafeln von Glück.

Ohne Hemingway und Tipp-Ex hätte Marcel Alberding fabelhafte Romane geschrieben. Er hätte den alten Illinois-Angsthasen nie lesen sollen. Ausgenommen *Schnee auf dem Kilimandscharo.* Und *Männer ohne Frauen.* Die vierzehn Storys besiegter Typen sind für ihn zum Lebensbegleiter geworden. In einem Antiquariat hatte er die amerikanische, vom Meister signierte Erstausgabe gekauft.

»Es ist ein Gänsehautbuch, Jonas. Es handelt vom Schmerz und von der Süße des Jungseins.«

Einmal schlug ich den zerlesenen Band auf, als er auf dem Lesesessel lag, und entdeckte die Fotografie einer

Frau. Sie diente als Lesezeichen, eine Bohnenstange im Safarilook.

Mein Vater hat Dinge erlebt, über die er nicht spricht. Das ist gedeckelt. Seine Frau hat ihn verlassen. Sie hat uns verlassen, meine Mutter verschwand ohne Abschied und Spur. Lange verdüsterte die unbeantwortbare Warum-Frage das Gemüt meines Vaters. Bis er beschloss, nie mehr auf dieses Thema zurückzukommen, es war eine Willensleistung. Doch wenn man über Dinge nicht mehr spricht, bedeutet das nicht, dass es sie nicht gegeben hat.

Was hatte sich zugetragen?

Vor Sonnenaufgang war Emma Alberding zu einer Tour aufgebrochen, die Berner Alpen zogen sie an, das Hochgebirge, der mächtige Gletscher. Sie musste los. Sie folgte einem Ruf. So legte sich mein Vater die Bergsteigerei seiner Frau zurecht. In der Sphäre, in der Emma das Glück findet, ist die Luft dünn. Marcel versuchte nicht, sie aufzuhalten. Fragen stellte er keine mehr. Sie stand auf, wir schliefen noch. Leise ging sie fort. Kam sie zurück, roch sie nach Schweiß und Kräutern und Fels. Mein Vater akzeptierte ihre Bergsucht. Und blieb mit mir zu Hause, wir spielten Schach und Fußball, während sie über Gletscher kletterte und durch Felskamine stieg. Emma Alberding suchte die Gefahr, sie war waghalsig.

»Wann hat das angefangen?«

»Sie ist in den Bergen aufgewachsen.«

»Und hinabgestiegen ins Mittelland?«

»Ins Unglück«, sagte mein Vater. »Ich wollte es nicht wahrhaben, ich verdrängte es, Jonas. Ich glaubte lange, Emma sei glücklich mit mir. Emma sei glücklich mit uns beiden.«

Von ihrem letzten Ausflug, angeblich ins Gebiet der

Jungfrau, kehrte sie nie zurück. Es gibt nichts zu beschönigen. Es war schrecklich.

Die Suchtrupps fanden Emma Alberding nicht.

Vermisst, verschollen, für tot erklärt.

Und vor zehn Jahren vom Gletscher freigegeben.

»Aus dem Eis heraus in die Erde«, dachte ich und weinte.

Endlich war die Ungewissheit zu Ende, endlich gehörte sie der Vergangenheit an. Mein Vater war ein noch junger Mann, als das Unheil in sein Leben hereinbrach, ich ein kleiner Junge. Das Leben spuckte uns ins Gesicht.

∞ In seinen ersten Jahren als Vertreter graste Marcel Alberding die Nordostschweiz mit einem nebelgrauen Volvo-Kombi ab, in der Gesäßtasche einen Kamm aus Schildpatt, im Kofferraum das Pelikan-Farbbandsortiment und einige Werkzeuge, um Schreibmaschinen zu reparieren. Mein Vater war ein schöner Mann mit lässig nach hinten geschlagenem Haar, und er konnte auch einen gebrochenen Buchstabenhebel auswechseln oder eine Taste richten, die ständig stecken blieb. Eine Gefälligkeit, die von den Sekretärinnen, seiner wichtigsten Kundschaft, geschätzt wurde. Bevor er den Schraubenzieher ansetzte, schob er die Ärmel des eleganten Jacketts ein wenig nach oben, und an den blütenweißen Manschetten kamen Knöpfe aus Lapislazuli zum Vorschein.

Früh am Morgen startete er in einem Vorort. Am Abend kehrte er zurück zu einer Frau, die zu verbergen suchte, wie unzufrieden sie war.

Mein Vater hat die Flughafenregion zuerst im Militärdienst kennengelernt. Und so fing es an: Nachdem jordanische Aktivisten der *Volksfront zur Befreiung Palästinas* eine Boeing 720 der El Al beschossen hatten, wurde die Armee zum Schutz des Flughafens aufgeboten. Marcel Alberding war Offizier. Was geschieht, fragte er sich, wenn Terroristen das Feuer eröffnen? Seine Soldaten hatten noch nie auf einen Menschen gezielt, geschweige geschossen. Er befehligte lauter junge Männer, die weder sterben noch töten wollten. Er musste Fluchträume für sie schaffen. Doch das wäre Feigheit vor dem Feind. Soldaten verstecken sich nicht. Mein Vater mutmaßte, ob sein alter Hem das billigen würde? Ja. Der Held im Roman *In einem anderen Land* bietet einem angeschlagenen Soldaten, der nicht an die Front will, der ins Lazarett will, Hilfe an.

Der militärische Blick auf die Landschaft ist meinem Vater geblieben, er hat ein Auge für Panzergelände und ungesicherte Objekte, er sieht Einsatzmöglichkeiten für die leichte Artillerie und Kampfzonen für Infanteristen.

Marcel Alberding gehört einer von den Mythen der Landesverteidigung geprägten Generation an, aber er hat die Ideologie der Isolation überwunden. Ein Minarett in unserer Kulturlandschaft würde ihn ebenso wenig stören wie die Straußenfarm neben der Tennisanlage und die Yorkshire-Rinder am grünen Saum des Waldes, die zottigen roten Viecher mit den waagrechten Hörnern.

Erst viele Jahre nach dem mysteriösen Verschwinden seiner Frau beschloss mein Vater, unsere mit Altlasten vollgestopfte Wohnung aufzuräumen und Emmas Plunder zu entsorgen (vier Paar Bergschuhe, Karabinerhaken, ein Kunstfaserseil und so fort, Krimskrams und Bücher und Steine und Windjacken und das weiße Hochzeitskleid). Es gibt Erinnerungen, die einen beschützen, und Erinnerungen, die einen ausliefern. Das Entrümpeln brachte Erleichterung. Die Zeit hatte die Habseligkeiten Emmas in muffige Reliquien verwandelt. Sie rochen und wollten zu Staub zerfallen, endlich. Und die Fotos. Selbst ein Porträt, das im Bücherregal stand, verlor an Vertrautheit, die Mutter und Ehefrau verwandelte sich zu einer Fremden in der Wohnung. Ihre Kleider waren längst aus der Zeit, und das Vermissen und die Trauer und die Wut hatten sich erschöpft. Mein Vater und ich hatten endlich akzeptiert, dass Emma Alberding unser Leben nicht mehr teilte. Und wir mussten widerwillig einsehen, dass sie es nie ganz so, wie wir es uns gewünscht hätten und einbildeten, mit uns geteilt hatte.

Wegen einer neuen Frau ließ sich mein Vater im Flughafengebiet nieder. Ich studierte an der Universität Bern und an der ETS Magglingen, ich wollte Sportlehrer werden und betrachtete sein Haus als meine Basis.

Das Flughafengebiet ist eine weitläufige Landschaft, ein Paradies für Sportler, für Inlineskater, für Radfahrer, für Läufer.

Meine damalige Freundin, eine Marathonläuferin, brachte sich hier in Form. Den Fluss entlang, über Felder, durch den Wald, auf Naturwegen und Asphaltstraßen spulte sie Kilometer ab. Auf der Pferderennbahn drehte sie Runden. Sie war ein Star, eine Olympionikin. Auf der schnurgeraden Panzerpiste des Waffenplatzes absolvierte sie Tempoläufe bis zum Erbrechen. Durch die neuen Siedlungen trabte sie voller Stolz, als stünden die Bewohner für sie Spalier. Locker durchquerte sie bürgerliche Einfamilienhausviertel und Siedlungen mit kasernenartigen Wohnblocks, in denen Menschen aus aller Welt lebten. Auf den schmalen Wegen zwischen den Familiengärten, in denen Fahnen verschiedenster Länder gehisst waren, übte sie Zwischenspurts.

Denke ich an sie, sehe ich eine überschlanke, eisenharte Frau mit kurzem Haar. Sie rennt leichtfüßig im weißen Dress mit den fünf farbigen Ringen und verschwindet aus meinem Blickfeld.

∞ Der Ausdruck *aus allen Windrichtungen* passt an keinem anderen Ort des Landes besser als in dieser unterschätzten Region, die verschiedenen Kantonen angehört. Sie ist Drehscheibe und Ort, um sesshaft zu werden. Sie zieht Menschen an. Ob im letzten Jahr oder vor ein paar Jahrzehnten: Die allermeisten, die hier wohnen, sind Zugewanderte. Sie haben an einem fernen Ort Abschied genommen oder Abschied nehmen müssen und hier den Neuanfang gewagt. Das Geburtsregister verzeichnet, wer in den letzten zehn Jahren in Glow-M das Licht der Welt erblickte. Es enthält vor allem Einträge von Babys mit Migrationshintergrund, Jungen und Mädchen mit zugezogenen Eltern vom Balkan und aus Portugal und Sri Lanka. Ihre zahlreichen Kinder sind die neuen Einheimischen.

Steht man vor einem der großen Wohnblocks und liest die Namensschilder neben der Tür, verraten sie Lebensläufe. Dichte Verkehrsströme fließen auf Schienen und Straßen in alle Richtungen. Und unübersehbar und unüberhörbar sind die Flugzeuge. Die einen erheben sich von der Startpiste und drehen in der Höhe entsprechend ihrer Destination ab. Die anderen kreisen hoch oben, auf Landeerlaubnis wartend, und senken sich danach auf die Landepiste herab.

Fliegen wir am Tag in den Urlaub, sehen wir tief unten unser Haus und die *Tangente*, wir erkennen die Terrasse und den Parkplatz, und auf dem Heimflug ist der verblüffendste Moment derjenige, in dem unser Haus und die *Tangente* wie herangezoomt identifizierbar werden, unsere Terrasse, auf der sich nichts verändert hat, kein Stuhl verrückt, der Tisch ein winziger roter Fleck, und der gut besetzte Parkplatz, was bedeutet, dass viele Gäste am Tresen sitzen und der Laden läuft.

Fliegen wir bei Dunkelheit, flirrt und steht da unten ein Lichtermeer, ein Ballungsraum wie ein naher Sternenhimmel, in dem wir zwar nicht die *Tangente* oder unser Haus, dafür Dickloo, den Zauberwald, ausmachen können, ein schwarzer Fleck. Ellis und ich erkennen seine im Wirrwarr der Lichter wie ausgestanzt wirkende Form.

»Kein Ort, den man wählt«, hatte eine von Ellis' früheren Freundinnen gelästert. »Es ist eher ein Ort, an den es einen verschlägt.«

»Nein«, war ich ihr schroff ins Wort gefallen, »das Gegenteil trifft zu, wir sind hier zu Hause.«

Und wir wollen hierbleiben, zumindest ich will hierbleiben. Ich bin da angekommen, wo ich immer schon sein wollte.

∞ Mladen Krstić hatte mich nach dem Training angesprochen. Wir spielen seit der Jugend zusammen Fußball. Bei ihm wachsen die Muskeln, als würden sie gedüngt, er hat ein ansteckendes Lachen und ist ein Mannsbild mit breiten Handgelenken, ideal für eine Breitling Navitimer. Seine Familie besaß die Baufirma, die er heute leitet.

»Du willst doch eine Bar eröffnen«, fing er an. »Ich sehe Licht im Stollen.«

Mladen wusste, dass die Schwestern aufgeben wollten.

»Die Teestube wirft nichts mehr ab. Die Rentnergarde ist in die Cafeteria im Supermarkt umgezogen. Es ist eine Chance«, sagte Mladen, »die Liegenschaft gehört meiner Familie, ich beteilige mich.«

Unsere Offerte überzeugte. Die ehemals glühenden Verehrerinnen meines Vaters willigten nach kurzer Bedenkzeit in den Handel ein.

Mehr als zwei Jahrzehnte sind seit der Eröffnung verstrichen. Die *Tangente* ist fünfundzwanzig. Wir feiern das Ereignis im kleinen Kreis der Eigentümer. Wir sind eine GmbH. Die Zahlen stimmen, es war für alle eine gute Investition. Wir sind zufrieden, und der Wein, den wir zu unserem berühmten Flammkuchen trinken, könnte bei einem vielgängigen Menü in einem Gourmettempel auf dem Tisch stehen.

»Auf die *Tangente.*«

»Auf Glow-M.«

Ich stoße mit den Freunden an und wechsle zu meinem Perrier.

Als Hobbystatistiker und nüchterner Barbesitzer belege ich in meiner launigen Rede mit Zahlen und Fakten jonglierend, einen erheblichen Aufschwung. Die Bevölkerung hat um vierzig Prozent zugenommen, die Zahl der Flugbewegungen hat sich verdreifacht, der Umsatz der Bar ist im Jubeljahr zehnmal größer als im ersten.

In Glow-M wird investiert. Masterplan. Industrie siedelt sich an, Geld, Dienstleister vermehren sich, Banken errichten gläserne Kreditkartenzentren und Verwaltungstürme. Die Zeit läuft wie auf Schienen. Versicherungsgesellschaften stellen postmoderne Hauptsitze auf. Das Neue klotzt. Die Autohäuser und Zulieferbetriebe und Outletmärkte boomen. Ikea ist unübersehbar. Kaba glänzt, der Sicherheitskonzern. Interio und McPaper und

Ottos Versandhaus. Sie stehen nebeneinander wie klobige Perlen einer Kette, keine passt zur andern: Insgesamt ist es beeindruckend. Dazwischen Spezialisten in bescheideneren, einstöckigen Bauten, die dem Flughafen und dem Flugbetrieb zuarbeiten, Catering und Cleaning, Entsorgung und Recycling. Selbstredend sind Telekommunikationsriesen präsent, Sunrise neben Salt. Sie klotzen auch. Und in atomsicheren Bunkern, mehrstöckig unter der Erde gelegen, die Gigawolken von Google und Apple. Wieder auf der Straßenebene, setzen das blitzsaubere McDonald's-Hotel, das biedere Random, das teure Hilton sowie die stets ausgebuchten Squash-, Badminton- und Tennisanlagen die bunte Zersiedelung fort. Und ESSO, BP, Aral und Migrol. An den Tankstellen ist viel los. Menschen stehen an den Zapfsäulen, sind auf dem Weg zur Kasse und zum Kiosk. Im planlosen Nebeneinander sind Kampfsportschulen und Wellnessoasen die Nachbarn verschiedenfarbiger Gottheiten. Christliche Kirchen und asiatische Tempel und Moscheen ohne Minarett und stille Synagogen. Im Verbund mit Boxclubs, Nachtclubs, Discos und Bars mit Tabledance und einem Eroscenter mit rot schimmernden Fenstern. In Glow-M wird gearbeitet, gewohnt, gebaut, entwickelt, konsumiert und gelebt mit Karacho. Der *Tangente* geht es deswegen gut, uns geht es glänzend.

∞ Nach der Feier fahre ich meinen Vater nach Hause. Er hat von dem südafrikanischen Rotwein ein großes Glas zu viel getrunken und schweigt, weil er eine schwere Zunge hat und ein Riesenrad im Kopf.

»Fünfundzwanzig Jahre – ich kann es nicht fassen.«

Er hat keine Lust, zu sprechen und sich zu erinnern, er sagt nicht, *damals war ich so alt wie du jetzt*, und als ich vor seinem Haus anhalte, bietet er mir keinen Schlummertrunk an. Das nennt sich so. Mein Vater wird sich einen doppelten Espresso zubereiten, einen bitteren Wachhalter. Der alte Mann denkt gar nicht daran, ins Bett zu gehen. Ein fortgeschrittener Abend von der Sorte *geschaffen zum Grübeln*, und er schaut mich an, als wären wir Komplizen.

»Was ist mit Ellis los?«, fragt er mit einem Frosch im Hals und räuspert sich. »Sie kommt mir bedrückt vor in letzter Zeit, und wenn man ihr etwas erzählt, lacht sie an der falschen Stelle, als hätte sie gar nicht zugehört.«

»Sie hadert mit ihrem Job«, erkläre ich. »Ellis hat Schwierigkeiten in der Firma und ist eine Mimose. Doch das wird sich geben, halb so schlimm.«

Ich versuche, bei meiner Beschwichtigung ehrlich zu klingen, aber auch ein wenig rätselhaft, damit mein Vater nicht nachhakt. Er kapiert. Er legt die Hand auf meinen Arm, redet nichts, drückt mich, steigt umständlich aus und geht langsam und nicht auf dem kürzesten Weg auf sein Haus zu. Ich warte, bis die schwere Tür wieder zufällt und das Licht angeht, bevor ich auf die Hauptstraße zurückkehre und nordwärts durch die Nacht fahre, die wirklich niemals dunkel ist, knock-out vom Tag und mit wohl unberechtigter Vorfreude auf Ellis. Vielleicht wartet sie auf mich, wahrscheinlich nicht. Könnte sein, dass Ellis gar nicht zu Hause ist, sondern unterwegs mit Esther DeSoto. Und wenn sie spät ins Bett kriecht, riecht ihr Atem nach Zahnpasta und Alkohol, ihr Körper ist schwer, und sie schwitzt ein wenig, und bevor sie einschläft, was ihr nicht immer gleich gelingt, legt sie eher die eigene Hand zwischen die Beine, statt meine dorthin zu führen, und ich weiß nicht, ob sie stöhnt oder wimmert.

Es hat ja etwas beinahe Ungehöriges, wie nah man sich im Bett kommt, wie verbunden und vertraut man nach dem Sex sein kann, wie innig. Es ist eines der besten Gefühle.

Aber jetzt nicht möglich.

Rühr mich nicht an.

Ich will das nicht wahrhaben, ich will das nicht wahrhaben.

Während ich noch auf dem Heimweg bin und plötzlich am toten Punkt angelangt, sitzt mein Vater bestimmt mit einem heißen, duftenden Kaffee im Wohnzimmer, allein, er ist das gewohnt.

Ich muss das Alleinsein üben.

»Marcels Schönheit ist vergebens«, klagte früher eine Verehrerin. »Wem nützt sie, wenn keine davon kosten darf?«

Der Mann ohne Frau hängt nach der *Tangente*-Feier durch und erhofft sich vom *Buena Vista Social Club* Erquickung. Ich kenne seine Rituale. Mein Vater verehrt die alten Musiker. Sie tanzen noch. Sie sind über achtzig. Ihr ganzes Begehren hat sich in die Stimme verlagert.

Er hat die Lautstärke voll aufgedreht.

Er schwärmte vom alten Havanna. Er hat Hemingways Stadt besucht, als die US-Amerikaner Kuba noch boykottierten. Das Meer prallte gegen den Malecón, wo junge Paare sich küssten. Die Regale der Geschäfte waren leer, die Schaufenster mit Brettern vernagelt, der Ausfall von Gas und Strom gehörte zum Alltag. Ebenso die ausgesonderten Lastwagen der Schweizer Armee, die mit Zuckerrohr beladen durch die Straßen fuhren, Benzinfresser und Giftschleudern, denen er als ausgemusterter

Offizier hinterherschaute, bis er nur noch die Staubwolke sah.

Mein Vater hat sich seiner Geschichte gestellt und Frieden mit sich selbst geschlossen. Jetzt lauscht er in eine andere Zeit hinein und wiederholt Momente luzider Empfindung, denke ich mit einem Anflug von Freude: Sein Puzzle ist fertig.

Aber man weiß das ja nie.

∞ Die Flughafenregion ist Autoland. Ich bin Tag für Tag mit meinem perlgrauen VW Passat unterwegs. Es gibt hier nichts Besonderes, nichts Geschichtsträchtiges, nichts, das man unbedingt anschauen und gesehen und bewundert haben muss. Alles ist gleich sehenswert und gleich vernachlässigbar. Das baut Stress ab.

Gelegentlich verfolge ich die Luftkämpfe der großen Vögel; Milane und Bussarde und Rabenvögel machen sich das Revier und die Weibchen streitig, dass Federn vom Himmel herabregnen.

Eine Vielzahl von Gemeinden aneinandergereiht, die Dörfer zu nennen falsch wäre. Die politischen Grenzen sind für die Verwaltung von Belang, für die Mobilität sind sie irrelevant. Die Flughafenregion ist eine gut genutzte Landschaft. Randlage ohne Ränder. Kein Magnet für betuchte Russen und Inder im Luxusfieber. Man sieht auch, wie Steuergeld sinnvoll investiert werden kann. Ich fahre entspannt durch erschlossene und verbundene Schlaf- und Wohngebiete, durch weitläufige Industriezonen und abgemessenes Kulturland. Es gibt keine ursprünglichen Dörfer mehr, keinen dörflichen Filz und keine Dorfkönige, und auch kaum Einheimische im alten

Wortsinn, ich könnte so viele Alteingesessene wie hochstämmige Obstbäume zählen, Birnen und Äpfel, die niemand pflückt, da niemand mehr derart lange Leitern besitzt, sie fallen reif und prall herunter und werden von Ameisen überlaufen.

In Glow-M leben Abertausende, die heimisch werden wollen oder allmählich heimisch wurden. Und diejenigen, die Hühner und Schafe halten, eine Ziege und einen Hund besitzen oder eine Pferdekoppel einrichten und einen Esel im Garten stationieren, sind entweder Banker oder Alternative aus der Stadt. Sie kochen Beeren kiloweise zu Konfitüre und bieten sie vor der Haustür feil. Auf meiner Einkaufstour halte ich an, um den Eigenbedarf zu decken, Ellis liebt naturbelassene Produkte.

Ich hole die Brioches und Croissants zum Kaffee und die krustigen Brote beim Bäcker. Ich kaufe alle Zutaten, das Fleisch beim Metzger, die Gemüse und Salate und den Käse für unsere Sandwiches im Bioladen. Ebenso die Früchte für leckere Säfte. Ich nehme sie in die Hände, taste, rieche daran. Ich rieche, ob eine Melone gut schmeckt. Ich erledige Geschäfte auf der Bank, fahre zur Post, mein Alltag ist tatsächlich noch analog. Ich habe mir das eingerichtet. Ich treffe gern Leute, ich spreche gern mit verschiedenen Menschen. Ich kenne meine Lieferanten persönlich. Und ich mache sie mit Yola bekannt, es ist meine Absicht, Yola in den Betrieb einzubinden, sie hat eine rasche Auffassungsgabe.

Der Bäcker, der Metzger, ihre Mitarbeiter, ebenso die Angestellten, die auf dem Postamt und in der Bankfiliale am Schalter stehen, auch die Ökotypen aus dem Bioladen besuchen die *Tangente.* Ich serviere ihnen einen Lassi mit Joghurt, Milch und Mangosaft aus ihrem Laden.

Ich könnte die Straßen der Flughafenregion als Blinder befahren, und mein Passat fände den Weg sogar ohne mich. Ich schaue am Morgen in die Agenda und ziehe los, ich halte wenig schriftlich fest, es gilt das Wort, das fühlt sich gelegentlich an, als lebte ich noch im 20. Jahrhundert, ich habe meine Termine im Kopf und verlasse mich auf das Gedächtnis, das bewährt sich.

∞ Yola schaut auf die Uhr. Kurz vor acht. Sie fragt nach meinem Vater. Und als hätten die beiden sich abgesprochen, betritt er die *Tangente.* Yola freut sich und lacht und schaut ihn fadengerade an:

»Wie wäre es mit einem Duvel?«

»Eine gute Idee«, sagt er, und sie bringt ihm das heimtückische belgische Starkbier.

Marcel könnte doch einen Happen vertragen?

Yola backt für ihn den Flammkuchen *Hem* mit Thunfisch, Lauchzwiebeln und Thymian. Meinem Vater würde dieser Fladen jeden Tag schmecken.

»Ich könnte davon leben«, posaunt er.

Mein Vater freut sich immer darauf, Yola zu sehen. Er flirtet mit ihr, sie klopft ihm sanft auf den Rücken oder legt ihm die Hände auf die Schultern und erklärt:

»In meinem Dorf wärst du der König.«

Dabei stammt sie nicht aus einem Dorf, sie ist im Norden Nigerias, in Maiduguri, geboren. Nicht in einer Wellblechhütte ohne Wasser und Strom, sie entstammt der Mittelschicht und hat die Schule besucht, die Schweizer Schule in Abuja.

Yolas Familie war des christlichen Glaubens wegen nach Abuja gezogen. Die Eltern hatten die Heimat verlassen, sie flüchteten mit den Kindern vor unberechenbaren Muslimen. Ein Verwandter, der zum Fahrerdienst gehörte, verhalf Yolas Eltern zu einer Anstellung in der Schweizer Botschaft, sie zählten zum nigerianischen Personal. Die Mutter ist Lehrerin, Natli unterrichtete an der Schweizer Schule und diente der Botschaft als Dolmetscherin. Der Vater gehörte zu den Chauffeuren. Petrus liebte seine europäisch geschnittene Hose, das weiße Hemd und die coole Mütze. Er trug eine goldene Halskette, an der ein fettes Kreuz hing. Er war stolz darauf. Und stolz auf seinen Job.

Yola erzählt in der *Tangente* beim Gläserspülen.

»Vermisst du manchmal deine Familie?«

Yola lacht laut und wendet sich ab. Die junge Frau lacht oft. Ihr schönes kerniges Lachen verrät ihre Gefühle nicht. Und nicht die Wahrheit. Sie hält ein trocken geriebenes Glas hoch, prüft, ob es sauber ist. Sie arbeitet konzentriert, das Glas spiegelt ihr Gesicht und spiegelt ihre Gemütslage. Und mein Vater fragt wie nebenbei: »Kannst du einen Motorroller fahren, Yola? In meiner Garage steht ein Roller, den ich nicht mehr benutze. Du darfst ihn abholen, und ich kenne jemanden, der dir das Fahren beibringt.«

Jetzt strahlt Yola, ganz eindeutig. Sie platzt schier vor Freude und drückt und herzt meinen Vater, und er und ich treffen mit einem langen Blick eine Vereinbarung: Yola ist unsere Schutzbefohlene. Wir passen auf Yola auf, wir unterstützen sie, und wenn es sein muss, adoptieren wir Yola Wundaba.

»Sicher kann ich mit einem Roller fahren«, sprudelt sie. »In Abuja kann das jeder. Ich kann einen Roller auch reparieren.«

»Es ist eine Vespa«, sagt mein Vater. »Seit zehn Jahren

nicht mehr gefahren. Sie muss zuerst in die Werkstatt. Danach läuft und läuft sie wieder – wie eine alte Nähmaschine.«

Yola Wundaba, falls das ihr wirklicher Name ist und nicht das Alias einer neuen Identität und Existenz. Wenn ich sage, Yola sei zu Hause ausgerissen, ist das eine Verkürzung. Sie hat ihre Familie und ihr Land verlassen, sie ist ein Flüchtling aus Afrika. Warum? Weshalb? Die Gründe verrät sie uns nicht, ich habe keine Ahnung, was vorgefallen ist, und Yola verliert kein Wort darüber, wie sie die lange Flucht schaffte. Sie behält für sich, über welche Land-, Luft- oder Seewege sie in die Auffangstation für Asylbewerber von Glow-M gelangte. Damit Yola bei mir in der *Tangente* landen konnte, mischte der Zufall mit. Sie ist hier genau richtig, eine Punktlandung.

Yola Wundaba.

»Unsere Schokoprinzessin«, schwärmt mein Vater.

»Nenn sie nicht so«, wird er korrigiert. »*Schokoprinzessin* verstößt gegen die Political Correctness, es klingt latent rassistisch.«

»Ich weiß«, antwortet er, »ich weiß: Klingt es nicht süß?«

Sie wirkt mitunter verschlossen, sagt den ganzen Tag lieber gar nichts als ein Wort zu viel. Wähnt Yola sich unbeobachtet, lässt ihr Gesicht mich manchmal glauben, dass sie gar nicht anwesend ist. Zumindest ihre Gedanken geistern anderswo herum. Ich weiß, sie ist nicht ansprechbar. Eine Fremde sitzt auf dem Hocker. Ganz die Schwester der Apathie. Es könnten Schüsse fallen, Yola hörte es nicht oder es ließe sie kalt. Die Gleichgültigkeit ist Teil ihres Geheimnisses.

Zuweilen erschreckt mich das. Ich frage mich, ob Yola irgendwelche afrikanischen Blätter kaut, von denen ich nichts weiß, deren Wirkung ich nicht kenne. Als erriete sie meine Grübelei, schaut sie mich an, lacht mich an. Lacht Yola mich aus? Ich weiß nicht, ob ich sie verstehe. Ob ich sie richtig deute?

Yola ist kein kalter Knochen, sie ist eine sehr lebendige Frau. Und unvermittelt driftet sie weg, sie kann tief abtauchen. Ich überlege, ob jemand unter Wasser traurig sein und weinen kann oder einfach ganz und gar unter Wasser ist. In einem anderen Element, in einer anderen Sphäre.

Sie legt den Schalter um, fährt hoch, leuchtet wieder und mischt den Laden auf. Seit Yola Wundaba bei mir arbeitet, geht es in der *Tangente* lauter zu. Sie ist jung. Das ist ihre Stärke. Kein Verdienst. Ein Geschenk. Das unweigerlich kaputt geht. Die Zeit höhlt es aus. Jetzt ist es noch fest und prall und strahlt Unverwüstlichkeit aus. Yola ist schön und frech und klug. Eine Zugewanderte zu unserem Vorteil.

Unterwegs mit dem grasgrünen Roller, ist sie durch nichts aufzuhalten. Yola hat den einheimischen Rechtsverkehr sofort begriffen, fährt schlafwandlerisch, schlängelt sich überall durch, die Vespa und Yola, das ist eins. Ich habe ihr einen Helm geschenkt. Er ist rot wie eine Erdbeere. Yola hat ein Schweizerkreuz daraufgeklebt und trägt ihn mit Stolz.

»So einen geilen Helm hatte ich in Abuja nicht.«

Sie grinst und klopft mit der Faust auf den Kopf, tocktock.

»Dein African Style ist der Wahnsinn. Du musst dich an die Straßenverkehrsordnung der weißen Eingeborenen halten«, ziehe ich sie auf. »Fährst du so weiter, pflückt dich Rocchi heraus, und du gehst wieder zu Fuß.«

∞ Wir kicken auf dem halben Feld mit kleinen Toren, nennen uns Real II und bestreiten Turniere. Fangen wir ein vermeidbares Tor ein, verwirft mein Vater an der Seitenlinie die Arme und schreit:

»In die Tiefe, in die Tiefe.«

Der selbst ernannte Coach ordnet das an, obwohl keiner von uns eine Steilvorlage erreicht. Im Schnitt ist das Team dreiundfünfzig Jahre alt. Die Spiele dauern fünfzehn Minuten, das ist lang genug. Wir hätten das Herz für länger, nicht die Lunge. Außer Fredy Wimmer, und der schwächelt, läuft keiner bis zur Erschöpfung, und jedem tut am Morgen beim Aufstehen etwas weh.

Wir sind keine Krieger auf dem Platz.

In der Pause zwischen den Spielen wirkt mein Vater entspannt. Lässig dreht er die blaue NY-Giants-Cap um, Schild nach hinten. Er sitzt auf der Bank, beweglich genug, um ein Bein über das andere zu schlagen, und weiß, dass wir älteren Herren selbst beurteilen können, wie wir hätten spielen müssen.

Wir können es nicht besser.

»Ich bin zufrieden mit der Leistung, Jungs«, lobt mein Vater und klatscht mit jedem ab. Wir haben gegen die Priština Tigers knapp verloren. Fredy Wimmer blutet, die Augenbraue wird mit Paste verklebt. Er hat einen roten Kopf, und sein Körper hat die Farbe weißer Rosenblätter. Fredy übergibt sich und will nicht mehr weiterspielen. Nelson Fonseca behandelt einen Pferdekuss. Ich hinke, mein Knie streikt. Ich brauche Eis. Die Priština Tigers sind Knochenbrecher. Auch unseren nächsten Gegner haben sie zerlegt.

»Beißt auf die Zähne«, fordert mein Vater. »Gegen Standvögel Wallisellen gewinnen wir.«

Ich knuffe ihn in die Seite, reiche ihm die Flasche mit

dem blauen Verschluss: »Vergiss nicht zu trinken, Coach, sonst kippst du um.«

Er schraubt den Deckel auf, nimmt kleine Schlucke.

»Stilles Wasser«, sagt er und reklamiert: »Es ist zu warm und schmeckt lasch.«

Ich öffne die geheime Flasche mit dem roten Verschluss. Nachdem ich getrunken habe, nimmt er sie und probiert das Getränk.

»Nicht schlecht.« Sein Gesicht hellt sich auf. »So schmeckte wohl der Zaubertrank von Obelix.«

Ich nehme ihm die Flasche wieder ab.

»Was hast du da zusammengemixt?«

»Das Übliche halt.«

»Und das wäre?«

»Tee mit Zitrone, Traubenzucker und Vitamin C.«

Mein Vater schaut mich argwöhnisch an, er fasst mein Handgelenk und prüft meinen Puls und kontrolliert, ob mein Blick umwölkt ist.

»Mach dir keine Sorgen«, sage ich und verschweige, dass ich den Drink mit Koffein, Coramin, Kalzium, Magnesium, Aspirin und Naproxen angereichert habe.

»Du hinkst, kannst du noch spielen?«

»Für die Standvögel wird es reichen.«

Aus meiner Sporttasche nehme ich zwei Bananen heraus.

»Willst du eine?«

Er schüttelt den Kopf.

»Ich brauche etwas Deftiges. Dort drüben ist ein Dönerstand, ich kauf mir ein Schisch Kebab und ein Bier.«

∞ In der Woche nach dem Turnier, bei dem Fredy nach dem ersten Spiel aufgeben musste und wir in der Vorrunde ausschieden, habe ich ein dickes Knie. Die Beschwerden ließen mich im dritten Spiel alt aussehen, die elastische Stütze half mir über die Distanz, ohne sie hätte ich gar nicht laufen können.

Ellis drängt mich, einen Termin beim Arzt auszumachen. Objektiv gesehen, ist das richtig. Subjektiv graust mir vor Dr. Yürük, seine süffisant mahnenden Worte will ich gar nicht hören.

Eine kleine Spritze, wird er vorschlagen.

Mein Knie lechzt nach einem Schuss Cortison.

Dr. Memet Yürük ist kein Sportler. Dass er freiwillig in Trab fällt, ist auszuschließen. Er besitzt kräftige Hände, hat kundige Finger, er bohrt sie rücksichtslos in meine Weichteile und in die verspannte Muskulatur. Die Griffe sind schmerzhaft. Dr. Yürük spricht gebrochen Deutsch. Seine Augen treten hervor, als leide er unter Jodmangel. Der Blick ist schläfrig und eiskalt. Seine Diagnosen sind präzise.

»Herr Alberding, Sie sind über fünfzig«, wird er feststellen.

Als ob mir das neu wäre.

»Eine Neuigkeit ist es nicht«, wird er einwenden. »Leider habe ich den Eindruck: Die Lage ist Ihnen nicht bewusst.«

Und nach einer Pause: »Ihr Knie ist schon achtzig.«

Aus Selbstschutz will mein armes geschundenes Knie nicht in seine Praxis, mein Knie hasst Dr. Memet Yürük, und ich hasse es, mir anhören zu müssen:

»Ihr Knie ist das typische Balltreterknie.«

Er sondert seine Weisheiten mit teilnahmsloser Stimme ab.

»Eine fußballtypische Abnützungskatastrophe.«

Dr. Memet Yürük ahnt nicht, wie grundlegend Sport in meinem Leben ist. Es kümmert ihn wenig, er ist kein Seelenklempner. Und wie sollte ein fauler Nichtsportler nachvollziehen, wie ungestüm mein Bewegungsdrang ist, wie viel Willen ich aufbieten muss, um auf einem Stuhl sitzen zu bleiben statt loszurennen. Dr. Yürük will nicht wahrhaben, wie schwer es seinem unverbesserlichen Patienten fällt, sich an seine medizinischen Gebote zu halten. Ich darf weder durch den Wald laufen noch ein paar Hanteln stemmen, geschweige denn Fußball spielen.

Stattdessen kühle ich das dicke Knie mit Eis und pflege es mit wärmender Heilsalbe, ich werfe Schmerzmittel ein und warte mit Ungeduld, dass die Schwellung abklingt, sie ist die Ursache des Drucks, der jede Bewegung hemmt. Es ist die Sportlerhölle.

Ich bin ein Bewegungsmensch, der keinen Radius mehr hat. Keinen Spielraum. Bälle sind tabu. Mit einem angeschwollenen Knie, in das bei jeder Treppenstufe ein Messer fährt, ist es beinahe unmöglich, die gute Laune zu bewahren. Andersherum: Bei schlechter Laune bin ich ein unausstehlicher Mensch. Die Schwerkraft gewinnt Oberhand. Die Mundwinkel ziehen nach unten. Nichts bereitet mir mehr Spaß. Die Maschine ist kaputt, sie hat eine irreparable Unwucht.

»Du könntest jetzt einen Drink vertragen.«

Yola Wundaba hat die Ambition, einen Gute-Laune-Drink zu kreieren und auf die Karte zu setzen. Ich ignoriere sie. Mir hilft kein GLD. Sie sollte das wissen. Sie sollte es sich endlich hinter die Ohren schreiben. Ich bin ein Wassertrinker. Natürlich weiß sie das. Yola stellt mir demonstrativ ein großes Glas Wasser vor die Nase. Aus dem Hahn, mit einem Zitronenschnitz und Eiswürfeln.

»Water on the rocks.«

Ohne meine Gute-Laune-Basis kann ich nicht über die kleinen Dinge lachen, über die ich üblicherweise lache, die man nicht allzu ernst nehmen darf. Heute lacht Albo nicht: So sieht es aus, wenn ich neben mir stehe und mich von außen betrachte. Es ist gar nichts gut, es läuft nicht einmal suboptimal, Jonas Alberding fühlt sich mit dem aufgedunsenen und schmerzenden Knie wie ein großer Vogel, dem man die Flügel gestutzt hat.

Yola lässt mich im Selbstmitleid schmoren, sie zerlegt die Kaffeemaschine und untersucht die einzelnen Teile, irgendetwas ist nicht in Ordnung, das Zischen hat sich verändert, sie ruft den Servicedienst an.

»Bitte keine Musik jetzt.«

Zu Hause löse ich die Bandage und betaste mein lädiertes Knie. Es tut verdammt weh. Schon wieder werfe ich ein paar gelbe und blaue Tabletten ein, wirksam gegen Schmerz und Entzündung.

Ellis tritt ins Bad, sie will unter die Dusche. Flüchtig begutachtet sie das massige, steife Knie, zuckt mit den Achseln. Sie berührt das kranke Knie nicht, sie hat keine Fragen. Ihre Anteilnahme ist knapp. Zielstrebig zieht sie sich aus, schiebt sich an mir vorbei, ohne mich mit ihrem Körper zu streifen, und stellt sich in der Kabine unter die Brause.

»Was hilft es, dir Ratschläge zu erteilen?«, sagt sie im Wasserdampf und im Rauschen. »Du nimmst sie ja nicht an, dir kann man nicht helfen.«

Ich bin eingeschnappt und spüre zugleich den Drang, die Duschkabine zu öffnen und die nackte Ellis zu packen, ihren nassen Körper zu umschlingen und sie heftig zu nehmen.

»Ich habe große Lust, in die Kabine …«

Sie lacht mich aus. »Mit deinem dicken Knie?«

Ich gebe auf.

Einer Freundin verrät sie am Handy, nicht ohne zu grinsen: »Du solltest sein Gesicht sehen, er ist in Weltuntergangsstimmung.«

∞ Ich fahre ins Hallenbad zum Aqua-Jogging, das tut meinem Knie gut, ich kann es bewegen, es erhält keine Schläge und wird nicht verdreht, der Widerstand des Wassers kräftigt die Muskulatur und schont das beschädigte Gelenk. Nachher Behandlung beim Physiotherapeuten, der es mit Ultraschall und mit Fangopackungen behandelt. Der Mann hilft mir. Er ist nicht der Typ, der mich unters Messer bringen will, vielmehr verkauft er mir einen Nahrungszusatz aus Fischzellen, der die Knorpelregeneration fördern soll. »Bei dir reibt Knochen auf Knochen«, sagt er. »Das tut weh, logisch. Und die Sehnen sind entzündet, ich rate dir zu Cortison. Fahr zum Campus der Grashopper, der Clubarzt soll dein Knie richten«, rät er. »Der Doc ist eine Kapazität. Aus der halben Welt kommen Sportler an Krücken zu ihm. Er hat Sensoren in den Fingerspitzen.«

Zum Trainingsgelände des Grashopper Club mit gepflegten Rasenplätzen und einer Stahlrohrtribüne, auf der ein paar Zuschauer sitzen, pilgere ich einmal im Monat. Von der *Tangente* aus erreiche ich den Campus in weniger als zehn Minuten. Dort treffe ich mitunter Rocchi. Er beobachtet das Training der Torhüter. Die frühere Nummer eins, Yann Sommer, hat Rocchi seine Handschuhe geschenkt. Sie sind ihm heilig. GC gehört zu den besten Mannschaften der Schweiz, einige Stars kommen in die *Tangente*, um Spiele der Champions League zu schauen. Auch der Doc sitzt bei uns am Tresen und scrollt auf dem Laptop durch Tabellen und Grafiken. Er ist ebenfalls ein Wassertrinker. Für ihn lege ich Thelonious Monk auf, das gefällt ihm, das schräge Spiel des schwarzen Pianisten hat uns ins Gespräch gebracht.

∞ Auf dem Weg in die *Tangente* halte ich vor dem Haus meines Vaters an. Niemand öffnet auf mein Klingeln. Der Garten gibt noch keine Schnittblumen her. Das kleine Gewächshaus, in dem er Rosen züchtet, ist tabu. Folglich steuere ich den Fleurop-Laden an, um Blumen zu kaufen. Den frischen Strauß bringe ich zur GoKartbahn, wo Ellis am Abend fahren wird.

Ich biege auf den Parkplatz ein. Zwei Männer tragen eine Leiter und Leimroller mit langen Stielen zum Pickup, sie haben Plakate für die Abstimmung geklebt. Auf der Werbefläche empfehlen mir verschiedene Parteien, ihre Meinung zu teilen und mit Ja zu stimmen oder ihre Meinung zu teilen und mit Nein zu stimmen. Irgendjemand scheint uns sagen zu müssen, was wichtig ist, weil wir es nicht mehr selbst wissen. Möchten wir doch in einer Welt, die wir nicht verstehen, glücklich leben können. Die national-konservative SVP sammelt mit ihren Parolen die meisten Stimmen. Es ist eine bittere Pille, die man in der Region zu schlucken hat. Ich kann es nicht nachvollziehen. Die Standortförderung propagiert Vielfalt und Offenheit, die Menschen, woher sie gekommen sein mögen, um sich in der Flughafenregion niederzulassen, sind nicht rückwärtsgewandt, hier wird eine Variante des amerikanischen Traums gelebt. Im Genpool steckt die Zukunft, und eine SVP-Frau, Ruth Mersold, die auf einer politischen Veranstaltung fragte, ob wir alle langsam dunkelhäutig und arm würden, ob blond aussterbe, erntet viel zu wenig Unverständnis. Diese Ruth Mersold ist mit Ellis befreundet, sie fahren zusammen GoKart.

Die Werbeflächen sind riesig.

Eine Ü-30-Party und ein Konzert von Mark Knopfler sind schon länger ausgehängt. Neu geklebt ist das Plakat für Madonna, die im Hallenstadion loslegen und loslästern wird. *Rebel Heart Tour*, sie nennt ihre Schwestern gern *Schlampen*, auf dem Plakat macht sie mit einem Schwert rum, blutrot die Lippen, und ich spüre eine alte Wunde. Sie geht auf den fünfzigsten Geburtstag von Ellis zurück, exakt an Ellis' Fünfzigstem gab Madonna auch ein Konzert, vor gut zwei Jahren.

Für Mark Knopfler ist unsere Mehrzweckhalle groß genug. Sein baldiger Auftritt hat mich bewogen, die alten Platten der Dire Straits wieder zu hören. Ein Echo aus der Vergangenheit. Sie klingen wie poliert, und der letzte Ton ist die Löschtaste fürs Gedächtnis. Ich habe sie in der *Tangente* abgespielt. Sie funktionieren, solange die Gäste am Tresen sitzen und ein schönes Bier vor sich haben, einen Old Monk oder einen von Yola gemixten funkelnden Drink, und über den Trend von der Viererkette zur Dreierkette reden. Über Griechenland. Über die Türkei. Über korrupte und marode Staaten. Mark Knopflers Gitarre reißt sie nicht aus allem heraus, sie trägt sie sanft und unverbindlich. Dire Straits passt nicht mehr, sobald die Gespräche hitzig werden. Über die Lösung des Schweizerfrankens vom Euro. Über die FIFA. Über den Rechtstrend in der EU. Über den Jungen, der in einem Koffer ins Land geschmuggelt werden sollte und bei der

Sicherheitskontrolle am Flughafen auf dem Bildschirm auftauchte. Hat dieser Irrsinn ein Muster, oder ist es Irrsinn, ein Muster zu sehen?

∞ Die leer stehende Industriehalle für eine neue Nutzung umzubauen hat sich als gewinnträchtige Investition herausgestellt. Den ganzen Tag drehen die tief liegenden GoKarts auf der mit alten Autoreifen abgesteckten Strecke ihre Runden. Ellis' Herz hängt an dieser für große Kinder konzipierten Sportart. Die zehn Kurven taugen ihr, den Tag im gläsernen Büro zu vergessen.

Wer schafft in acht Minuten Rennzeit die meisten Runden? Mit Fahrgefühl und aggressiver Steuerkunst meistert sie den Parcours. Ellis misst sich einmal in der Woche mit ihren Freundinnen. Ihr Rekord liegt drei Sekunden unter meinem. Ich rufe mir unseren letzten Aufenthalt in der Halle ins Gedächtnis.

»Du gibst nie hundert Prozent«, sagte Ellis nach meinen Runden. »Du bist kein Siegfahrer.«

»Für mich fühlt sich GoKart wie Autoscooter an.«

»Nein, Jonas, das Ziel ist ein komplett anderes.«

»Nämlich?«

»Das Ziel ist, immer perfekter durch die Kurven zu kommen.«

Ich schaute sie zweifelnd an.

»Wir haben nicht dasselbe Lebenstempo. Manchmal ist das toll und manchmal wiederum echt nervig«, zischte sie. »Und jetzt will ich keinen Stress mit dir, sonst kann ich den nächsten Lauf vergessen.«

Ellis stieg in ihr Kart und atmete bewusst langsam. Als der Startordner die Bahn freigab, preschte sie los.

Ellis gibt immer Gas. Sie schlüpft in den knallgelben Overall und verwandelt sich in eine andere. Die vergisst die Welt um sich herum, nimmt nichts anderes als die Bahn wahr und das störende Kart vor dem eigenen. Schließt auf, bis die Räder touchieren. Sie zeigt der Gegnerin den Stinkefinger. Doch es gibt kein Vorbeikommen.

Leslie Bodrop ist die Beste. Im Autohaus, das ihr Mann Dieter führt, ist sie die Chefin der Werkstatt. Leslie kann Motoren ausbauen und Getriebe reparieren. Wenn sie mich bei der Begrüßung umarmt, rieche ich Motoröl.

Nach der Fahrt sah ich durch den Sehschlitz, dass Ellis Tränen in den Augen standen. Sie brauchte Trost und legte den behelmten Kopf an meine Schulter. Ich streichelte über das glatte Ding, klopfte auf den harten Kunststoff.

Ellis nimmt die Rennen auffällig ernst. Acht Minuten Zähne zeigen. Ich muss das nicht ganz verstehen. Misslingt ihr eine Fahrt, erreicht Ellis das Bestmögliche nicht, flucht sie über sich und die Bahn und das Kart, sie hasst ihr Unvermögen, an Leslie vorbeizukommen. Meine Frau strebt über ihre Grenzen hinaus, sie tastet sich an ein neues Limit heran.

Bei meinem heutigen Besuch in der Halle, mitten am Nachmittag, ist nicht viel los. Zwei Kinder und ein Erwachsener drehen Runden. Mit den Helmen gleichen sie Comicfiguren mit zu großen Köpfen. Und zu meiner Überraschung hält sich auch Esther DeSoto in der Halle auf, sie richtet einen Platz für ein Fotoshooting ein. Sie grüßt, ohne die Arbeit zu unterbrechen, ich hebe kurz die Hand, Daumen nach oben, gehe an ihr vorbei, ohne sie weiter zu stören.

Ich lege die Blumen auf die Theke.

»Für Ellis«, sage ich und klatsche mit Nina ab.

Nina Feldes steht an der Kasse. Eine sympathische Studentin der Komparatistik. Sie hilft bei besonderen Anlässen in der *Tangente* aus. Nina finanziert ihr Studium mit verschiedenen Jobs, und sobald der Betrieb es zulässt, schaltet sie ihr Lesegerät ein. Nun beschnuppert sie die Blumen.

»Wie geht es deinen Dichtern?«, frage ich sie.

Nina schneit oft in die *Tangente* herein, setzt sich und kramt das Lesegerät aus der Tasche. Ich bringe ihr einen Kaffee mit viel Milch.

»Ich habe noch eine Brioche.«

Nina hat immer Hunger, und dünn wie sie ist, würde niemand glauben, wie viel Süßes sie wegfuttert. Für ihren Master vergleicht sie Kurzgeschichten. Zum Leidwesen meines Vaters steht Hemingway bei ihr nicht auf dem Podest. Nina Feldes zieht Miranda July und Molly McCloskey bei Weitem vor und schwärmt von der jungen Abigail Ulman. Auf dem Sockel steht die schrullige alte Dame Alice Munro.

Bevor sie geht, klaubt Nina Geld aus der Hosentasche.

»Geht aufs Haus«, winke ich ab.

∞ Beim Wegfahren, auf dem Parkplatz vor der Karthalle, blende ich das Plakat der *Rebel Heart Tour* aus und erwäge, Karten für Mark Knopflers Konzert zu kaufen. Ellis könnte sich darüber freuen. Selbstverständlich ist es nicht. Ich sollte das klüger nicht wiederholen, Konzertkarten kaufen, um meine Frau zu überraschen. Natürlich wollte ich Ellis eine Freude machen.

Das war allerdings schon einmal eine Fehlanzeige.

Im Nachhinein glaube ich, dass mein damaliges Vorpreschen etwas Nützliches hatte. Ich suche den positiven Aspekt, ich bin kein Mann, der sich entmutigen lässt. Der Abend im sommerlichen Letzigrund endete ganz anders als erwartet. Ich stach in ein Wespennest. Vielmehr: Madonna setzte Nadelstiche.

»Mich hat das Konzert grausam geschlaucht«, sagte Ellis.

Ellis' Fünfzigster stand bevor, wie gesagt. Ich hielt Madonna für eine wichtige Weggefährtin, eine ältere Schwester, und hatte strahlend verkündet: »Da gehen wir hin«, und mit dummerweise zu siegesgewisser Geste zehn Eintrittskarten für Ellis auf den Tisch gelegt. »Du lädst Freunde ein, alle Kartmädels.«

Ellis brach keineswegs in Jubel aus. Schließlich willigte sie halbherzig ein, weil sie mein Gesicht nicht mag, wenn …

»Schau nicht wie ein geschlagener Hund, Jonas.«

Ellis' Abneigung stieg kurz vor dem Konzert sprunghaft an. Sie schützte vor, nicht zu wissen, was das optimale Outfit für das *MDNA*-Konzert sei. Doch das Drama hatte mit der Frage begonnen, ob sie diesen gewichtigen Tag wirklich in einem Stadion mit vierzigtausend Zuschauern feiern wollte. Ich hatte die Karten überstürzt gekauft. Ich dachte, für sie gebe es nichts Größeres.

»Kann man die zurückgeben?«, fragte sie.

Ich beobachtete, wie Ellis sich zurückzog. Sie ging in sich und klopfte eine Liste ab, ich bildete mir ein, die stummen Gedanken von ihrem Gesicht ablesen zu können. Ihre Augen waren animalisch hell und ließen mich an einen Husky denken.

Will ich das? Was will ich eigentlich?

Eine Party mit Freunden feiern?

Oder solo und versteckt in einem Hotel in Grönland?

Oder mit den Kartmädels abtanzen?

Welche Frau will diesen Tag überhaupt feiern?

Gibt es einen triftigen Grund, den Fünfzigsten zu feiern? Den Anfang vom Ende? Wenn die Jugend hinter dir liegt? Müsste man diesen speziellen Tag nicht beweinen? Allein oder mit gleichaltrigen Klageweibern?

Es ärgerte mich, dass Ellis Madonna als Jugendsünde abtat, statt sich zu ihr zu bekennen. Madonna steht für den ersten Anschub in ihrem Leben. Jeder von uns kennt solche Momente, das Leben macht einen Salto vorwärts. Aha – so geht es also auch. Man spürt den Kick des Möglichen. Madonna stieß den ersten Dominostein an, als Ellis jung war und zu Hause ausziehen wollte. Und ich behaupte, an ihrem Fünfzigsten sei noch einmal eine Kettenreaktion in Gang gesetzt worden, vermutlich ohne dass sie es kapierte.

Zwischen uns regnete es Asche.

»Ich versuche, die Karten zurückzugeben«, sagte ich einlenkend.

Doch die Rückgabe erübrigte sich. Ellis kamen die langen und wilden Nächte in den Discos von damals in die Quere. Gegen ihren Willen kehrte die Vergangenheit zurück. Die Eiswürfel in den Drinks waren noch nicht endgültig geschmolzen.

Über die passenden Kleider für den Tag könnte man streiten. Madonna kennt derartige Unsicherheiten nicht und zieht sich noch an wie früher, wie mit dreißig, sie zeigt viel nackte Haut, sie präsentiert ihren Po (der *Arsch* genannt werden will), sie fasst sich in den Schritt. Madonna tanzt und singt und kokettiert. Sie ignoriert die Zeit. Sie zeigt dem Älterwerden den Mittelfinger. Die

Kabbalistin in Strapsen schreibt Sextermine in die Agenda und mailt sie dem Liebhaber. Sie glaubt, dass ihr zusteht, was sie begehrt. Sollte man sie dafür nicht bewundern? Sollte sie sich in Sack und Asche präsentieren, weil sie keine junge Frau mehr ist? Was ist sie denn, eine alte Schachtel?

In unserer Wohnung steht ein Schrank, ein hundertjähriges Möbel, in dem Ellis Vergangenheit hortet: Kleidungsstücke, von denen sie sich nie hat trennen können. Sie sind zu wichtig, Wegmarken.

Ellis holte einen eingemotteten Jeansrock heraus, der gut zwei Handbreiten über dem Knie endet. Sie hatte den Rock mit achtzehn gekauft. Als Madonna wichtig war. Die Frau, die sich in den Schritt fasste. Es hatte unheimlich Mut gebraucht, die Geste nachzuahmen.

Diesen hellen, verwaschenen, nostalgischen Rock zog Ellis an. Darunter eine Strumpfhose mit Schlangenmuster. Und ein Paar rosafarbene Converse-Turnschuhe. Und als Oberteil erkor sie ein XL-Männerhemd mit Knöpfen aus Perlmutt. Ellis malte die Lippen an und lackierte die Fingernägel in derselben Farbe. In diesem Outfit stieg sie in den Bus, und wir fuhren zum Konzert.

Die Kartfrauen Leslie, Ruth, Tanja und Marina, ähnlich verwegen retrogestylt, kamen mit und Caro Wimmer, die eine Jeans anhatte und einen Pulli und sich keine Gedanken über ihr Äußeres gemacht zu haben schien. Das Auffallendste an ihrem Outfit war eine klobige afrikanische Halskette.

Und Esther DeSoto war dabei, sie war eben in unser Haus eingezogen mit einem seltsam schnöseligen Mann, sie trug ein rotes körperbetontes Kleid und High Heels, auf denen ein Konzert durchzustehen einer Heldentat gleichkam.

Zu meiner Überraschung wollte auch mein Vater ins Stadion, ich hatte gar nicht gewusst, dass Madonna ihm etwas bedeutet. Seltsamerweise hatte er eine Sonnenbrille aufgesetzt und einen cremefarbenen Hut mit einem breiten schwarzen Band auf dem Kopf. Er sah aus wie Warren Beatty, der Madonnas Affäre gewesen war, während sie den Film *Dick Tracy* drehten. Mein Vater trug einen hellen Leinenanzug, ein gelbes Hemd und eine goldene Krawatte. Er war der Einzige auf unserem Ausflug, der wusste, dass wir zu einer Freakshow fuhren.

∞ Im Fußballstadion präsentierte Madonna sich zügellos. Sie tanzte und marschierte und sang und strippte und predigte auf einer sechsundzwanzig Meter hohen, siebzig Meter breiten und vierzig Meter tiefen Bühne aus Stahl, der größten, die in der Schweiz jemals errichtet wurde.

Die Show begann mit Tänzern in dunkelroten Mönchskutten. Sie zogen an Seilen, setzten Glocken in Gang und ließen ein monströses Weihrauchfass hin- und herschwingen. Dazu erschallten kirchlich anmutende Gesänge. Endlich Madonna. Eine Wonder Woman in engem schwarzen Leder. Sie trat schwer bewaffnet aus der sakralen Kulisse und zielte mit der Knarre auf ihre Tänzer.

Girl Gone Wild.

Achtzig Trucks hatten fünfhundert Tonnen Material angefahren, einhundertzwanzig Mann hatten die Bühne aufgestellt, mit den größten Screens, die jemals gebaut wurden – für eine magische Nacht. *Like A Virgin* und *Papa Don't Preach* performte Madonna in Wogen und

Fluten aus Licht und Sound. Und sie trällerte und bellte die Lieder ihres neuen Albums *MDNA*.

Free Pussy Riot, skandierte sie. Breitete die Arme aus, *Free Pussy Riot* hatte sie auf die Haut geschrieben. Okay. Beendet eure Neutralität, jetzt, Schweizer, okay. Befahl sie und schmiegte sich beim Song *Erotica* an ihren Tänzer und Liebhaber, der die Arme schützend um sie schlang, zärtlich ihr Haar streichelte und fordernd an ihren Kleidern herumnestelte.

Nach zwei Stunden gingen die Lichter aus. Der Abbau der riesigen Bühne begann im Nachhall der letzten Klänge, und die Abmarschgeräusche des Publikums mischten sich mit dem Lärm, den die Arbeiter verursachten. Ich sah vorbeihuschende Schatten mit weißen Helmen. Die Männer kamen mir wie ausgesonderte Tänzer vor, von denen Madonna sich getrennt hatte, weil sie zu wenig sexy waren.

Ich war aufgewühlt. Ich musste aufpassen, nicht gedankenlos irgendwelchen Personen und ihren leuchtenden Handys zu folgen, sondern mich an die eigene Gruppe zu halten, an die Frauen, die zu den Ausgängen strebten, breiten Toren. Mein Vater, der einen eigenen Weg zu verfolgen schien, als wollte er backstage zu Madonna, zupfte mich am Ärmel.

»Wir kennen das Stadion«, grinste er und boxte mich gegen den Arm. »Hier haben wir schon viele Derbys gesehen.«

»Richtig«, antwortete ich, »das stimmt.«

»Heute standen wir zum ersten Mal auf dem Spielfeld«, sagte er und bewegte sich zielsicher zum richtigen Ausgang.

∞ War ich im Konzert im falschen Film gewesen, oder war ich es jetzt? Auch Tanja und Marina, die neben mir gingen, waren etwas aus der Spur. Ruth hatte eben noch wild ihr Haar geschüttelt, Ellis sich im Takt bewegt, mit vor der Brust verschränkten Armen, Leslie hatte mit den Knien gewippt wie Tausende Frauen ringsum, die sich eher zaghaft um die eigene Achse drehten und auch nicht richtig auf Touren kamen. Sie konnten nicht. Sie konnten die Zeit nicht zurückdrehen. Und Caro Wimmer stand ohnehin wie eine hölzerne Statue unter lauter Fremden.

Ich selbst spürte, dass ich für zwei Stunden in eine frühere Figur meiner selbst geschlüpft war und nun wieder die alten Knochen in mir steckten. Tragisch ist das nicht, keine Panik, dachte ich, während die ersten *MDNA*-Sattelschlepper schon auf der Autobahn Richtung Süden rollten, im Tross dabei der Camper mit Madonnas Toilette aus weißem Marmor und einer Sitzbrille aus Titan. Die Künstlerin flog im Privatjet zum nächsten Konzert.

Wir gingen zum Auto, das ein paar Straßen entfernt geparkt war, um zurück nach Glow-M zu fahren, auf einen anderen Stern. Die Frauen gingen mit vor der Brust verschränkten Armen. Trugen sie eine Jacke, hatten sie den Reißverschluss bis zum Kinn hochgezogen.

Mein Vater hakte sich bei mir unter und murmelte in mein Ohr: »Madonna ist toll, als ich fünfzig war, hätte ich gern Sex mit ihr gehabt. Warren Beatty ist gerade mal zwei Jahre jünger als ich und war ihr Lover.«

Wir gingen Arm in Arm. Ich belächelte ihn ein wenig, mein Vater kam mir eigenartig vor, wie eine vor dreißig Jahren angefertigte Wachsfigur. Seine Fantasie berührte mich. Nicht weil er sie mit einer schwarzen Ray-Ban

Sonnenbrille getarnt und mit einer goldenen Krawatte geäußert hatte, in einer absurden Bekleidung, die ihm Narrenfreiheit gestattete. Mich wunderte nicht, dass er gern Sex mit Madonna gehabt hätte, dass er als Fünfzigjähriger mit ihr ins Bett wollte, mich überraschte, wie unbefangen er den damaligen Wunsch heute aussprach, dass er das absurde sexuelle Begehren vor sich und mir eingestand.

Auf der Rückfahrt saß er neben mir, wir waren in einem Ford Transit unterwegs, den ich von Dieter Bodrop ausgeliehen hatte, Leslies storchenbeinigem Mann, der bei Real II rechts die Seitenlinie hinauf und hinunter rast und den Ball mit dem rechten Fuß in die Mitte schaufelt, mit links kann er nichts. Leslie Bodrop hatte Netzstrümpfe zu Ballerinas angezogen und einen kurzen pinkfarbenen Rock, der perfekt passte und doch zu eng war. Und ich rechnete es ihr hoch an, dass sie mir das Steuer überließ, obwohl sie den Ford Transit besser kannte und auch besser fuhr als ich.

»Ein Fanbus«, hatte Ellis gescherzt.

Die Frauen hockten betreten da, als hätte der Sound sie taubstumm gemacht, und als wären sie von der Zeit hereingelegt worden.

Mein Vater war von dem Konzert am wenigsten mitgenommen. Was an den Frauen haften blieb, perlte von ihm ab. Er ist nicht leicht zu beeindrucken, ein gut gepanzerter alter Knabe. Trotzdem: Als Madonna die Hose eine oder zwei Handbreit herunterließ, als häutete sie sich, applaudierte er begeistert.

»Ich verreise für zwei Wochen, ich muss durchatmen«, sagte er leise im dunklen Bus. »Ein paar Tage Meer und salzige Luft werden mir guttun.«

»Wo fliegst du hin?«

»Nach Key West.«
»Ist das nicht ein bisschen weit weg?«
»Ich will endlich Hemingways Haus besuchen.«

∞ Ich fuhr die Frauen und meinen Vater bis vor die Haustür. Um Mitternacht brachte ich den Bus zurück und stiefelte zu Fuß nach Hause. Ich folgte dem Fluss Richtung Brücke. Das Gehen tat mir gut. Schwarze Äste hingen tief über dem Wasser, das gelbes Licht reflektierte. Um die Wegbeleuchtungen schwirrten Mücken, und beim Kilometerstein 107 fragte ich mich, wo sich Punkt Null wohl befand. Ein Fahrrad klingelte und überholte mich, ich sah das rote Rücklicht und darüber den Rücken einer Frau.

Nach der heftigen Dusche mit Licht und Tanz und Musik und Madonna kamen mir Stille und Dunkelheit absonderlich vor. Wäre meine Bar als leuchtendes und klingendes Raumschiff am Himmel vorübergezogen, hätte ich das nicht überraschend gefunden.

Der Lift trug mich in die Wohnung, wo kein Licht brannte. Mein Herz fühlte sich gefährlich kompakt an, als legten sich Hände darum und pressten es zusammen. Ich liebe Ellis, und Liebe ist ein Konzept, das Stress in sich birgt. Auf einer Skala von Anspruch und Erwartung jagt sie den Zeiger in den roten Bereich.

Ellis hielt sich weder im Bad auf, noch lag sie schon im Bett, ich hatte mir auf dem Weg nach Hause vorgestellt, wie und wo sie mich erwartete. Ich neige in sentimentalen Momenten zur Verkennung der Realität.

Durchs große Fenster sah ich Ellis auf dem Balkon, sie hatte sich einen Calvados eingeschenkt und das Glas und die Flasche nach draußen mitgenommen, wo sie nun mit der Absicht saß, sich zu betrinken. Ich habe dafür nicht viel Verständnis. Aber es gibt Elenderes. Nicht einmal eine Kerze hatte sie angezündet. Ich weiß nicht, ob sie auf mich wartete, ob sie mich bemerkte und hoffte, dass ich mich zu ihr gesellte. Eher nicht. Ich tat es, ich holte mir ein Perrier aus dem Kühlschrank und ging auf den Balkon und lehnte mich gegen die steinerne Umrandung, den Rücken zum Zauberwald, das Gesicht zu Ellis.

Ich bin der Wassertrinker, ich trinke Wasser, weil ich das Nüchternsein liebe, die Klarheit im Kopf. Am liebsten würde ich auf einer Tribüne sitzen, hoch oben, und das Leben wie ein Spielfeld beobachten, auf dem die Akteure unterwegs sind und sich abstrampeln.

Ich räusperte mich, und mein Räuspern klang, als wünschte ich meine Anwesenheit bekannt zu geben, als wüsste Ellis nicht, dass ich hier stand, so wie ich nicht wusste, was in ihrem Kopf vor sich ging. Immerhin wusste ich, dass man das nie wissen kann. Und für einen Moment dachte ich, es sei mir schnuppe, gegen welche Erinnerungen und Gespenster Ellis nun kämpft.

»Madonna hat mich plattgemacht, ich hasse Madonna.«

Ich nahm einen Schluck Perrier aus der kleinen Flasche in meiner großen Hand. Ellis hatte weniger mit mir gesprochen als laut gedacht. An ihrem fünfzigsten Geburtstag. An dem sie trotz und wegen des Konzerts niedergeschmettert war.

Ich versäumte es zu handeln. Ich hätte zu Ellis gehen, ihr die Hände auf den Nacken legen, ihre Schultern sanft kneten und ihr Haar streicheln sollen. Ich hätte sie umarmen sollen. Ich tat nichts von dem, was ich hätte tun müssen, ich blieb passiv, ich war ein Klotz statt ein Gefühlsmensch.

Steif stand ich auf dem Balkon. Die Lebenszeit, die ich mit Ellis verbracht hatte, zog wie eine Zeile von Jahreszahlen durch meinen Kopf, eine lange Strecke, und ich glaubte vor einer Frau zu stehen, die ich gar nicht so gut kannte. Sie war wunderschön.

Ich wandte mich ab und schaute zum Zauberwald, ein Reh war aus dem Dickicht getreten, ein Tier mit riesengroßen Ohren. Leise wies ich Ellis auf das Reh hin. Es interessierte sie nicht, und das dunkle Tier, als hätte es uns gewittert, war plötzlich verschwunden. Das löste meine Starre. Ich erwog, etwas über fünfzigjährige Frauen zu sagen und zu betonen, wie erotisch fünfzigjährige Frauen sein können (ähm, sind), wie viel Power sie noch (noch?) haben. Oder war das ein Thema, das man besser nicht erörtern sollte? Ich probierte lautlos. »Noch« darfst du nicht einmal denken, Albo. Auf keinen Fall darfst du »Menopause« aussprechen, geschweige denn, wie tapfer fünfzigjährige Frauen der Schwerkraft trotzten, den misslichen Wechseljahren. Geht gar nicht. In dieser Hinsicht hat sie keinen Humor.

In der Stille hörte ich das Knacken der Eiswürfel in Ellis' Glas und das Geräusch der aus meiner kleinen Perrier-Flasche entweichenden Kohlensäure. Durch meinen Kopf schwirrten unaussprechbare Gedanken. Mir kam in den Sinn, wie mein Vater mit Rauch gefüllte Seifenblasen produziert hatte. Er tauchte den Drahtring in die Lauge und blies den Rauch der Zigarette aus. Mit weißem Rauch gefüllte Blasen schwebten davon.

Ich erzählte Ellis davon, um sie aufzuheitern. Es gelang mir nicht, ihr ein Lächeln zu entlocken, sie blickte mich an wie einen aufdringlichen Fremden, und ich begann, mich über sie zu ärgern, etwas Galliges stieg hoch. Was soll das? Das Konzert war doch großartig. Ich fand sie unmöglich, wie sie da vor sich hin schmollte, als hätte sie etwas Unzumutbares über sich ergehen lassen müssen.

Eigentlich war ich gut gelaunt und verträglich. Aber meine Stimmung kippte, eine Leere war plötzlich da, die sich rasch ausbreiten würde, wenn ich nicht dagegen vorging. Aber wie? Ich rührte mich nicht von der Stelle, das war falsch, nahm erneut einen Schluck Perrier, und statt mich zu bewegen, was mir immer hilft, betrachtete ich gehässig die sich im Fenster spiegelnden Sterne.

Ellis ist eine Frau, die es liebt, wenn man sich um sie bemüht. Und das hatte ich doch getan. Mir schien auch, wie Ellis so dasaß, sie sitze vor einer nächtlichen Himmelstapete, die spitzen Knie angezogen, die langen Arme darumgeschlungen, ein übersensibles Rührmichnichtan, so weit entfernt, so unerreichbar wie die Venus.

Warum? Was es genau war, blieb verschwommen.

Könnte ja sein, dass meine Frau ihren fünfzigsten Geburtstag tatsächlich als eine Anmaßung empfand, als ein ihr zugefügtes Unrecht, als ein starkes Stück, für das sie nichts konnte und dessen Unvermeidlichkeit sie in die Enge trieb.

»Fünfzig ist eine Schallmauer«, versuchte ich es. »Wir haben sie durchbrochen, Ellis, da sind wir jetzt durch.«

Sie sagte nichts, aber sie hörte mir zu.

»Ich kam mir vor meinem Fünfzigsten wie ein Löwe vor, der durch den brennenden Reifen springen muss. Das Schwierigste an schweren Aufgaben ist der Umstand, dass sie einem noch bevorstehen.«

»Ich wollte nicht springen, Jonas, ich wurde geschubst. Das ist nicht fair.«

»Als ich an der Reihe war, fand ich die Situation urkomisch«, sagte ich und lachte. »Fünfzig, ich? Warum gerade ich? Inzwischen habe ich mich daran gewöhnt und vergessen, was das Problem war.«

»Es hat null Vorteile«, sagte sie, ohne zu lachen.

»Du wirst dich damit arrangieren müssen.«

»Ich will das nicht, ich will das nicht.«

»Du kannst dich dagegen sperren, ja, aber es ist sinnlos.«

»Es ist, als hätte jemand eine falsche Entscheidung getroffen.«

»Es ist eine natürliche Zwangsläufigkeit.«

»Ich empfinde es als Disqualifikation, Jonas.«

»Du solltest es nicht derart hochschaukeln.«

»Du willst immer so verdammt vernünftig sein, so aufrecht und tapfer, das ist deine Maske, Jonas, es kotzt mich an.«

»Gut, weiß ich jetzt Bescheid«, antwortete ich frostig.

»Gefühlt bin ich zweiunddreißig«, beschwor Ellis.

»Und ich dreiunddreißig«, stieg ich in das trügerische Spiel ein.

Ellis wechselte die Sitzhaltung und legte die Beine auf einen Schemel. Ich betrachtete und rühmte ihre Beine und wusste, dass ich zu ihr gehen und mit den Händen über diese Beine fahren, ja, sie leicht massieren und öffnen könnte, Ellis würde das zulassen, sie war meine Berührungen, meine Hände gewöhnt. Doch mit den Gedanken ganz woanders, zwischen uns war kein Funkenflug.

Die Erinnerung blitzte auf wie ein Film, und ich hörte die Musik dazu, einen Song, den Leonard Cohen mit fünfzig eingespielt hatte, *I'm Your Man* lief, die Kassette, als Ellis zum zweiten Mal in die *Tangente* kam und sich an den Tresen setzte und gleich anfing, mich mit persönlichen Fragen zu löchern. Mein Alltag schien sie zu fesseln, die *Tangente* interessierte sie, woher meine coole Bar ihren Namen habe und wie das Leben auszuhalten sei in der Pampa. Und ich sagte: »Von wegen Pampa, erklär mir bitte, wo deine Stadt aufhört und wo meine Pampa beginnt.« Beim Reden nahm ich ihre Hände, umschloss sie, und sie ließ mich ihre Hände nehmen und mit meinen Pfoten umschließen, Ellis' Hände, die ich jetzt, nach vielen Jahren und zwei Stunden *MDNA* wieder gern gehalten hätte. Ellis' Hände, die nun unter ihren Schultern steckten und kurz hervorkamen, wenn Ellis nach dem Drink griff, einen Schluck nahm, das Glas zurückstellte, bevor sie die Festung wieder dichtmachte und in sich hineinhorchte und hineinschwieg. Ellis' Gedanken waren wie nachtaktive Tiere im Zauberwald, die man nie zu Gesicht bekommt.

Ich empfand die Unmöglichkeit, einen anderen Menschen ganz zu verstehen, als Mangel. Zugleich dachte ich: Genau diese Beschränkung bietet der Liebe Raum. Ich liebe Ellis, ohne sie zu verstehen. Man muss das, was man liebt, nicht unbedingt verstehen. Man liebt es sogar, weil man es nicht versteht. Und die Kehrseite? Wir können nur unvollkommen lieben.

»Ich bin todmüde, ich bin bettreif«, stöhnte Ellis.

Sie stand mit einem Ruck auf, streckte sich und verließ den Balkon wortlos, keine Berührung, keine Hand, die mich streifte, nicht einmal einen Blick gönnte sie mir. Ich weigerte mich, das persönlich zu nehmen, schaute ihr hinterher, behielt meine Hände auch bei mir. Ich begehrte sie, ich bewunderte sie, ich kann das letztlich nicht steuern. Und ich bildete mir ein: Sie spürt es, sie genießt meine Bewunderung. Und trotz ihres grantigen Abgangs war mir, Ellis habe mit dem kurzen Jeansrock und den rosa Converse-Turnschuhen auch die Beine von damals aus dem Erinnerungsschrank geholt, sie waren achtzehn geblieben.

Ich sollte auch hineingehen, ich sollte nicht mutlos sein, sondern ihr mit meinem Riesenbegehren ins Schlafzimmer folgen. Wie ein großer und treuer und beharrlicher Hund. Selbstverständlich. Ich müsste den ersten Schritt machen. Wir sollten uns umarmen und küssen und ausziehen und miteinander schlafen. Wir sollten im Bett übereinander herfallen. Sex wäre die würdige Krönung des fünfzigsten Geburtstags. Es entspräche dem erhabenen Anlass, es wäre ihm angemessen. Ich sollte gestehen: Ich liebe dich, du bist meine Frau. Die ungeschönte Wahrheit wäre das. Wir sollten die ganze Nacht Liebe machen.

Das war vollkommen unrealistisch. Damals, an dieser Schnittstelle, hatten wir einander nichts zu sagen. Wir befanden uns im Vakuum. Ich glaubte sogar, mich in Ellis getäuscht zu haben und zugleich für sie eine Enttäuschung zu sein. Es ist die bittere Erkenntnis jener Sommernacht. Wir redeten aneinander vorbei, die ersehnte Versöhnung fand nicht statt. Ebenso wenig liebten wir uns aus der schlummernden Wut heraus.

∞ Bestimmt zweimal pro Woche erlaube ich mir auf dem Weg zur *Tangente* einen Halt bei der Eisdiele, die von einer aus Deutschland zugewanderten türkischen Familie geführt wird. Ich habe Lust auf ein Cornetto. Die Türken produzieren fantastisches italienisches Eis.

»Pistazie und Nuss«, bestelle ich, und der hübsche Verkäufer, der Anfang zwanzig ist, füllt das Cornetto virtuos mit der köstlichen grünen und braunen Masse, überreicht es mir mit einer angedeuteten Verbeugung und dem lockeren Spruch: »Bitte sehr, junger Mann.« Ich lache hellauf. Und draußen, ein paar Schritte von der Eisdiele entfernt, ich schlecke genüsslich mein Eis, spricht mich ein rumänischer Bettler an, der dunkle Mann stützt sich auf eine Krücke und hält mir den Pappbecher hin, ich gebe ihm ein Geldstück, und er murmelt: »Danke, Papa.«

Eine Viertelstunde weiter, als ich die Bar mit vom Eis kalten Gaumen und dem Geschmack von Haselnuss und Pistazie im Mund betrete, ist Yola am Telefon. Sie wirft einen langen prüfenden Blick auf mich, als würde sie mich nicht gleich erkennen, und schreit laut und offenkundig mit Erleichterung:

»Jetzt läuft er gerade herein, Gott sei Dank.«

Sie strahlt, beendet das Gespräch und läuft auf mich zu.

»Albo, Albo«, juchzt sie, »wie bin ich froh, dass dir nichts zugestoßen ist, Boss.«

»Was ist denn los? Was sollte mir denn zugestoßen sein?«

»Ein Idiot hat vor dem Einkaufscenter um sich geschossen, Hasan von der Eisdiele rief mich an. Du hast ein Eis gekauft und bist weggegangen Richtung Parkplatz.«

»Ich habe nichts davon mitbekommen.«

»Zwei Männer wollten auf dasselbe Parkfeld fahren. Sie haben sich gegenseitig behindert. Jeder wollte genau diesen und keinen anderen Platz.«

»Es gibt doch genügend freie Plätze vor dem Center.«

»Die Männer sind ausgestiegen, einer mit Pistole, er knallte den anderen ab. Er drehte voll durch und schoss auf weitere Leute, wahllos feuerte er Schüsse ab. Hasan sagt, es habe Tote und Verletzte gegeben, und er sah dich weggehen mit dem Cornetto, genau in die falsche Richtung, ins Schussfeld.«

Yola ist außer sich vor Freude, dass ich noch lebe, dass keine der Kugeln mich niedergestreckt hat. Ihre Gefühlsentladung überrascht mich, so aufgelöst habe ich Yola noch nie erlebt. Als wäre ein Bodensatz aufgerührt worden.

Sie nimmt den Old Monk aus dem Regal. »Du brauchst jetzt bestimmt einen Schnaps, um das zu verdauen.« Sie wischt sich mit dem Daumen eine Träne aus den Augenwinkeln. Sie lacht und schluchzt.

Ich sage: »Du brauchst ein Beruhigungsmittel«, und stelle den Old Monk ins Regal zurück und mixe eine Erdbeermilch für sie.

»Ich lebe«, sage ich wie zum Scherz zu Yola. »Ich war keine Sekunde lang in Gefahr.«

Ich schiebe die Erdbeermilch vor sie hin. Sie nimmt einen langen Schluck und schließt die Augen. Ich trinke ein Perrier aus der kleinen Flasche. In Yola rumort es, sie ist an dem Punkt, mir endlich aus ihrem Leben zu erzählen. »Als ich noch nicht Yola Wundaba hieß«, so müsste sie anfangen, und in dieser noch unerledigten Geschichte, das spüre ich, kommt viel Grausamkeit vor, kommen Waffen vor, fallen Schüsse, fließt Blut.

Was weiß ich?

Ihre leeren Augen verraten: Ich weiß, was Männer anrichten können.

»Ich bin wahnsinnig froh, Boss«, wiederholt sie, »dass dir nichts passiert ist.«

Am späteren Abend betritt der junge Eisverkäufer die *Tangente*, er steuert direkt auf Yola zu. Begrüßung ohne Körperkontakt. Yolas Augen verraten, was zwischen den beiden läuft. Das ist mir neu, ich freue mich für meine Yola und schaue den jungen Mann, der sich an einen kleinen Tisch mit Blick zum Tresen setzt, zuerst einmal abwägend an, als wollte ich ihn examinieren, als müsste er vor mir bestehen.

Ellis und ihre Freundinnen peilen nach der Kartbahn ebenfalls die *Tangente* an. Ellis hat sich tierisch über die Blumen gefreut und mich an sich gedrückt und lange auf den Mund geküsst, was neben dem Danke heißt, dass sie gut gefahren ist, dass sie schnell gewesen ist. Sie riecht nach Asphalt und heißem Gummi, und ihre Knochen vibrieren noch von den Erschütterungen der Fahrt.

Das Verbrechen auf dem Parkplatz ist das wichtigste Thema der Gäste. Die brutale Tat löst Kopfschütteln und Flüche und Besorgnis aus. Bedauern.

Das lokale Radio hat darüber berichtet.

»Ein Typ aus Montenegro«, meint ein Gast am Tresen. »Das Land der Zigarettenschmuggler.«

Neue Details erhöhen den Wissensstand. Nicht zwangsläufig unser Verständnis. Die mittelalten Männer, beide aus demselben Dorf in Montenegro stammend, waren nicht zufällig aneinandergeraten, es handelte sich um ein Beziehungsdelikt. Der Täter war dem Auto seines Opfers gefolgt, seinem Rivalen. Im Auto saß eine Frau. Sie hatte den Todesschützen, ihren Ehemann, verlassen und war mit zwei kleinen Kindern zu ihrem Geliebten gezogen. Die dreißigjährige Frau wollte sich scheiden lassen, und der Rächer schoss nicht wild um sich, sondern ballerte gezielt in das Auto hinein, in dem seine Nochehefrau saß. Es war eine Hinrichtung.

»Bei uns geht es bald wie in Amerika zu«, stellt ein Gast trocken fest, und bedauerlicherweise sind Schüsse keine Seltenheit. Im Flughafengebiet spielen sich Familiendramen ab, es gibt häusliche Gewalt, und Häuser gehen in Flammen auf: nicht jeden Tag, nicht jede Woche. Laut Statistik liegen wir im Mittelfeld. Oder die junge Frau mit dem Fahrrad auf dem Heimweg. Nach dem Tennis. Sie wird vom Rad gerissen und vergewaltigt und ist jetzt querschnittsgelähmt, vom Tennis durch die Hölle ins Paraplegikerzentrum.

Der Täter ist noch flüchtig.

Ein Tag, an dem nichts Außergewöhnliches passiert, ist ein außergewöhnlicher Tag, wo habe ich das gelesen? Heute ist etwas Schreckliches passiert. Ich blieb unbehelligt. Obwohl ich mich zwei Minuten vor den tödlichen Schüssen am Tatort aufhielt und, nichts ahnend ein Eis schleckend, Pistazie und Haselnuss, auf dem Weg zu meinem VW Passat war, mit dem ich, was die Bilder des lokalen Fernsehens enthüllten, von genau diesem Parkfeld weggefahren bin, auf dem die blutige Auseinandersetzung stattfinden sollte.

Ja, ich habe Platz gemacht.

Nun kommt es mir sogar vor, ich sei ein Sonntagskind. Als würde ich von vielen Menschen wahrgenommen. Yola hat mich unter Tränen umarmt, Ellis hat mich heftig geküsst. Was willst du mehr, Albo? Bildlich gesprochen, habe ich mich ohne Angst und Ahnung von einem Ort entfernt, und eine Minute später schlägt dort der Blitz ein.

∞ Für ein paar Minuten setze ich mich zu Ellis und den Kartmädels. Sie rücken näher zusammen und freuen sich über die Aufmerksamkeit, die ich ihnen schenke.

»Wer war heute die Beste?«

»Leslie Bodrop ist unschlagbar.«

Leslie schaut mich an mit zusammengekniffenen Augen und gebleckten Zähnen. Sie ist aufgekratzt und erschöpft. Ob Smart oder Sattelschlepper, sie fährt jedes Auto blind und ist derart schnell, weil sie nicht denken muss. Ich höre zu, die Frauen reden und erzählen, wer denken muss, ist im Nachteil, während er überlegt und folgert und zögert, verstreicht Zeit, er entscheidet sich endlich (nach zwei Zehntelsekunden), er hat sich zwar für das Richtige entschieden, aber den richtigen Zeitpunkt verpasst.

Die Gunst des Augenblicks.

Einige meiner treuen Gäste halten mich für spirituell veranlagt, weil ich Wasser trinke und gut zuhören kann. Ihre Ansicht ist falsch. Ein guter Zuhörer bist du, wenn du dein Gegenüber ausreden lässt. Das ist ein Gesetz, das viele nicht kennen, und eine echte Win-Win-Situation. In diesem Klima der Zuwendung und des offenen Ohrs sprechen die Gäste Dinge aus, über die sie am Ende selbst staunen, es löst ihre Zunge. Kleine Techtelmechtel, große Geheimnisse, wahrer Kummer. In der *Tangente*, bei einem Bier, ist es erlaubt, die Dinge ein wenig sentimental und nicht ganz nüchtern zu betrachten. Das gilt auch für die Kartmädels.

»Und warum war Esther DeSoto in der Halle?«

»Esther hat mich fotografiert, in voller Fahrt«, erzählt Ellis stolz, »und im Renndress, Helm unter dem Arm.«

»Probeaufnahmen«, sagt Leslie Bodrop und schaut mich an, als teile sie mit Ellis ein Geheimnis, froh darüber, von sich selbst ablenken zu können, es ist ihr auch peinlich, immer die Siegerin zu sein. Wiederum darf eine Sportlerin auch nicht mit Absicht verlieren.

»Esther hat eine Idee«, ergänzt Ellis, »Esther arbeitet

für verschiedene Agenturen und Magazine, Albo, wir reden darüber ...«

Ich gebe mich mit der Antwort zufrieden.

Als Inhaber der *Tangente* achte ich darauf, allen Gästen ein paar Minuten zu widmen. Trete ich an einen Tisch, wird das Gespräch unterbrochen. Gäste, die immer wieder kommen, wissen es zu schätzen, dass ich ihre Namen kenne. Sie lieben es, wenn ich mir Zeit für sie nehme, und erzählen gern: die einen unverbindliche Witze und Anekdoten, andere, was ihnen auf dem Magen liegt und am Herzen, was sie unbedingt mitteilen und loswerden möchten.

Ich kommentiere anteilnehmend freundlich.

Und natürlich hoffen einige meiner Gäste, mit Neuigkeiten versorgt und amüsiert zu werden. Auch aus Neugier sitzen sie am Tresen. Die *Tangente* ist eine Drehscheibe für Gerüchte und Meinungen, für allerlei Klatsch und Kram und für tiefere Wahrheiten.

Meistens bleibe ich am Tisch stehen. An den Tisch der Kartmädels setze ich mich, um Ellis den Arm um die Schultern zu legen und kurz an ihrem Hals zu schnuppern.

Die Frauen haben das Fotoshooting und die Kartbahn bereits abgehakt. Die Schüsse auf dem Parkplatz nicht, der Mord beschäftigt sie, jede kennt den Ort des Verbrechens, jede ist schon zigmal dort gewesen, und dass solche üblen Dinge überhaupt geschehen, ist deprimierend.

Es macht einen hilflos und zornig. Sagen die Frauen. Esther, Marina, Leslie und Ellis. Es macht dir Angst, du weißt nicht, was du sagen sollst, wiederholst dich, sagst viermal dasselbe und kreist um den Sachverhalt. Du verwendest gehässige Kraftausdrücke. Du verfluchst die üblen Typen, die Konflikte mit der Waffe lösen wollen. Du hütest die Zunge, das Wort *Balkanizer* geht dir nicht über die Lippen. Du möchtest sie alle in die Wüste schicken. Noch besser, auf den Mond verfrachten. Du fluchst über das Frauenbild dieser Kerle, dieser Steinzeitmachos und Zigarettenschmuggler, dabei kennst du nicht einmal den Namen ihrer Hauptstadt in Montenegro. Wo liegt das genau, Montenegro? Und du weißt nicht, welchem Glauben und welchen Gesetzen sie dort anhängen, und ob sie das Wort *Demokratie* schon einmal gehört haben.

»Die SVP weiß das und nennt die Dinge beim Namen«, erklärt Ruth Mersold. »Kommt am Sonntag zum Brunch der Partei.« Sie hebt die Stimme: »Dort wird Klartext gesprochen.«

»Es heißt schwarz-weiß gemalt«, falle ich ihr ins Wort.

»Über Griechenland ...«, sie bricht ab.

Ruth Mersold ist Kandidatin, sie will in den Kantonsrat. Sie ist Madonna-Fan und Blocher-Fan und versteht den Zulauf, den Pegida in Deutschland erhält. Und die AfD. Sie gehört dem Komitee an, das den traditionellen Brunch, den *Bure-Zmorge*, organisiert. Die SVP-Variante der ultrarepublikanischen Tea Party in den finsteren USA. Ein Bauernfrühstück. Der Tisch wird so gedeckt: kanadischer Lachs, ungarische Salami und Bündnerfleisch, Emmentaler Käse, Kiwi aus Ozeanien, deutsche Heidelbeeren, neuseeländische Äpfel, leckeres Biobrot aus der Region nebst Gotthelf-Butterzopf und Honig.

»Schweizer Honig?«, frage ich etwas gereizt.

»Was denn sonst?«

»Könnte ja sein, dass Bienen von Schweizer Imkern im Flughafengebiet süddeutsche EU-Felder anfliegen.«

»Sei nicht so angestrengt witzig, Jonas«, weist Ellis mich zurecht.

»Genau, Ellis«, sagt Ruth Mersold bestimmt und schneidet mich, sie hat die nützliche Gabe zu überhören, was nicht in ihr Konzept passt, »komm am Sonntag doch vorbei.«

Ellis, frei heraus: »Warum denn nicht, der Bure-Zmorge wäre eine Abwechslung, anscheinend lohnt es sich, einmal hinzugehen.«

Während die aufgekratzte Ruth Mersold weitere Ausführungen macht, betrachte ich ihren Mund. Die lange, wulstige Oberlippe und die dünne Unterlippe bilden einen beweglichen Ring, der SVP-Weisheiten absondert, die bei ausgeschaltetem Ton wie Sprechblasen in einer unbekannten Sprache anmuten. Müsste sie all das, was sie heute daherplappert, morgen von einem Tonband abhören, würde sie sich hoffentlich schämen.

Das ist deine moralische Einschätzung, dein Vorurteil, höre ich meinen Vater raunen, *wahrscheinlich wäre Ruth stolz auf sich.*

Diese unerschütterliche dumme Kuh. Zum Glück habe ich keine Kinder, deren Lehrerin sie sein könnte, Ruth Mersold unterrichtet Französisch und Geschichte am Gymnasium.

Leslie Bodrop lacht und zeigt ihr amerikanisches Gebiss, große, breite, teuer überkronte schneeweiße Zähne, die sie, falls nötig, der ganzen Welt präsentiert. Ellis gluckst. Ehrlich, sie weiß nicht, was sie von Ruths Parolen halten soll, sie möchte aus der Gegenwart rutschen und sich von der Realität lösen. Marina Rocchinotti trägt eine Brille mit dicken Gläsern, die ihre Augen wie neongrüne Zierfische in einem Aquarium aussehen lassen. Der Ton ist wieder da. Ruth Mersold unterhält jetzt die Runde und berichtet genüsslich, wie sie den herrlichen Sonnenuntergang fotografierte, während ein Muslim auf dem Gebetsteppich kniete und dem Farbenspektakel seinen fetten Hintern zukehrte.

Ich löse den Arm von Ellis' Schultern, stehe auf und frage: »Darf ich euch noch ein Bier bringen, Mädels, die nächste Runde geht aufs Haus.«

∞ Ellis ist gelernte Bankkauffrau und besitzt ein Diplom in Buchhaltung. Sie liest Geschäftsbücher wie Krimis und bewundert Bilanzen, die ein Unternehmen harmonisch darstellen. Schwärmt sie von der Schönheit der Kosten-Nutzen-Analyse, die mir verborgen bleibt, klingt sie erschreckend rational. Zahlen, das erledige ich eher Handgelenk mal Pi. Und meine Bücher stimmen. Aber ich räume ein, dass es möglicherweise wahr ist, wenn Ellis naserümpfend urteilt: »Du hast den Romantiker-Sprung-in-der-Schüssel.«

Ellis wechselte als Buchhalterin zu einer aufstrebenden Werbeagentur. Sie bildete sich fleißig weiter in Marketing und Kommunikation und arbeitet seit einigen Jahren als Sales Manager.

The Circle.

Virtuelle Bürotürme.

Ellis bezeichnet *The Circle* inzwischen als eine Lebenspanne. Sie schämt sich, dass die Tür, durch die sie geht, um sich an ihrem Arbeitsplatz einzufinden, wo sie neun Stunden ausharren muss, bevor sie durch dieselbe Tür wieder ins Freie tritt, nicht dem goldenen Portal entspricht, von dem sie einmal träumte. Sie beschwert sich über die Geschäftsleitung, die nicht erkennt, wie gut sie ist. Das stimmt nicht ganz. Die Anerkennung findet jeden Monat am Vierten auf dem Salär-Konto statt. Es ist nicht die schlechteste Form, Wertschätzung auszudrücken. Ellis räumt es ein. Mit Schnute. Geld entschädigt nicht für alles.

Die Frauen verlassen die Bar nach dem zweiten Bier, es wird merklich stiller in der *Tangente*. Ich räume die Gläser ab und die leeren Holzteller, sie haben zwei elsässische Flammkuchen geteilt.

Drei Stunden darauf, als ich auf den Parkplatz einbiege, um den Passat neben den Mini zu stellen, brennt Licht in unserer Wohnung. Ellis wartet auf mich, und auf dem langen niedrigen Tisch vor dem Sofa steht eine Vase mit meinem Strauß. Ich bin erschöpft vom langen Tag und gerührt, und Ellis, die sich an mich hängt, mutet mich wie eine bleierne Puppe an.

»Vor zwei Tagen, ich stand beim Kaffeeautomaten«, erzählt sie angesäuert und jetzt auf dem Sofa sitzend, »rauschte der neue Chef vorbei und rief: Bring mir auch einen Kaffee, schwarz, ohne Zucker.«

»Ich bringe den Leuten den ganzen Tag Kaffee«, versuche ich Ellis zu beschwichtigen.

»Das ist dein Job, du führst eine Bar.«

»Du nimmst das zu ernst.«

»Nein, es war ein Machtspiel.«

»Ich würde das auf sich beruhen lassen.«

»Nein, ich kann das nicht.«

»Bestimmt hat er sich nichts dabei gedacht.«

»Das ist es ja, er sollte sich eben Gedanken machen.«

»Und wie bringst du ihm das bei?«

»Jonas, ich habe die Kündigung geschrieben, ich wollte dir das mitteilen, und wenn du damit nicht einverstanden bist, wenn du mich an dem Schritt hindern willst –«

»Es ist dein Job, es ist dein Leben.«

»Richtig, aus diesem Grund zieh ich das durch.«

Nachdem sie es ausgesprochen hat und ich es ihr nicht auszureden versucht habe, beginnt Ellis zu schluchzen. Laut ausgesprochen klingt die Kündigung wie bereits vollzogen. Ich setze mich neben sie und lege die Hand auf ihren Nacken, um sie zu kraulen. Sie liebt das, und ich gebe ihr ein Taschentuch, damit sie sich schnäuzen und die Tränen trocknen kann. Doch das ist ein Tränenstrom und muss jetzt sein und will nicht gestoppt werden und versiegt endlich von selbst.

Sie stellt sich unter die Dusche, und als sie ins Bett kommt, bin ich noch wach und warte auf sie. Ellis ist nackt, sie hat sich eingeölt und Parfüm aufgelegt und will sich an mich kuscheln und mit mir schlafen, sie will geliebt werden, sie will begehrt werden, sie will ihre Macht über mein Begehren prüfen, ich weiß das, es ist gut so, und noch lange nachdem sich unsere Körper wieder voneinander gelöst haben, glüht die Umarmung in der Luft nach, der Duft befriedigter Körper.

Ellis sitzt im Schneidersitz im Bett.

»Esther hat ein paar Aufnahmen mit mir gemacht«, sagt sie. »Esther will die Bilder einigen Leuten zeigen, sie denkt, da liegt etwas drin.«

Ich höre ihr in dem dunklen Schlafzimmer zu, durch die Fenster dringt ein Schimmern in den Raum, kaum sichtbares Licht ist hereingesickert, und wir sind graue Körper, graue Schatten, mehr Stimme sind wir als Leib.

»Esther DeSoto fotografiert für eine Agentur und hat mir erzählt, man suche ältere Frauen. Esther meint, mein Körper sei gut und mein Gesicht fotogen, sie sagt, ich hätte ein schönes Lächeln.«

»Und was hast du gesagt?«

»Ich habe zu kleine Brüste.«

»Und die Sache interessiert dich?«

»Ja, warum nicht?«

Sie küsst mich auf den Hals und streicht mit der Hand wie zur Kontrolle über meinen Penis und rollt sich ein und schläft schon, bevor sie das Laken über sich gezogen hat. Ich empfinde Fürsorglichkeit und Zuneigung. Ich decke sie zu und liege neben ihr, meine Hand dort, wo sie hingehört, alles ist gut. Beinahe. Der Schlaf findet mich nicht. Ich bleibe wach. Das ist ganz ungewohnt. Mein Vater ist der Schlaflose. Und zum Glück dauert keine Nacht vierundzwanzig Stunden.

∞ Als er noch berufstätig war, hingen in seinem Büro zwei Fotos von Ernest Hemingway. Auf einer steht Hem vor der Schreibmaschine und hackt (mit zwei Fingern). Auf der anderen hält er eine Seite in den Händen und liest. Wäre der Schriftsteller nicht so früh aus dem Leben geschlichen, würde eine dritte Fotografie an der Wand hängen: Hem am Computer.

»Ernest Hemingway hätte auch jede mit dem Computer geschriebene Geschichte auf Papier lesen wollen«, belehrt uns mein Vater in der *Tangente*. »Papier ist der Träger der Schrift. Papier gibt es seit mehr als zweitausend Jahren.« Er fasst zusammen: »Bleistift, Federhalter, Kugelschreiber, Druckerschwärze, Farbband, Toner: Mit diesen Medien bringen wir Wörter aufs Papier.«

Mein Vater macht eine Pause, um seine Worte wirken zu lassen. »Der Handel mit Farbbändern für Schreibmaschinen hatte keine Zukunft mehr. Das habe ich im letzten Viertel des letzten Jahrhunderts erkannt. Die Zukunft gehörte der Druckerpatrone, der Tonerkassette.«

Er nahm damals Kontakt mit der Firmenleitung von Hewlett Packard auf und fuhr nach Dübendorf, wo die HP Company residierte. Sein Plan war der Wechsel zu HP, das alte Geschäft sausen zu lassen und auf die neue Technik zu setzen.

Marcel Alberding gibt in der *Tangente* den großen Erzähler. Er trinkt einen Old Monk, wischt mit dem Finger über das Glas, als wollte er es zum Klingen bringen und um Aufmerksamkeit bitten.

»Papyrus, bereits die Pharaonen kannten Papier. Die frühesten Aufzeichnungen stammen von ägyptischen Buchhaltern. Die Rechnung ist älter als der Liebesbrief.«

Mein Vater kann eine Landplage und eine Klette sein.

Sage ich ihm das, grinst er.

Eine lange Zeit hoffte er, dass ich ins Geschäft mit den Tonern einsteige. Ich habe es nie ernsthaft erwogen und Sport studiert. Ich sah Sportler als biomechanische Bewegungsapparate und wollte wissen, wie man sie auf den Punkt fit macht. Und ich kann mich für Spielideen und Spielregeln begeistern. Sportstätten sind magische Orte. Spielregeln der Ausdruck einer Ordnung, der man sich freiwillig unterzieht. Wir Europäer verstünden die USA und ihre Werte besser, wenn wir einen Schimmer von der Spielidee der großen amerikanischen Sportarten hätten. Baseball erzählt, wie schwer und lang der Weg nach Hause ist, Zeit wird summiert. Football spiegelt den amerikanischen Eroberungsdrang. Zimperlich ist der Ami nicht. Wenn man dies weiß, wird es klar, warum US-Amerika das alte Europa nicht versteht. Es ist zu diffizil. Wie der Fußball. Ein Ballspiel, bei dem die Hände nicht benutzt werden, geht einem Ami nicht in den Schädel. Der Ball und die Füße? Ist das nicht ähnlich kompliziert wie mit Messer und Gabel zu essen?

Nach dem Abschluss unterrichtete ich an einem Gymnasium. In jedem Fach gibt es desinteressierte Schüler. Beim Sport sind sie Spielverderber. Sie schnitten Grimassen, als würde ich sie foltern.

Der Abschied fiel mir leicht.

Eine Bar, das war mein Ziel.

Ich schüttelte Hände und lachte und setzte mich in mein Auto und fuhr ohne Blick in den Rückspiegel davon.

Es hat mit Licht und Raum zu tun, mit Musik. Es läuft Musik, die mir gefällt. Es hat mit sparsamen Bewegungen und Gesprächen zu tun, mit einer Stimmung. Mit kleinen Speisen, die ich gern zubereite, natürlich mit Getränken. Und mit vielen Gesichtern und Geschichten. Natürlich mit Sport, mit dem Wunsch und Bedürfnis, Fußballspiele zusammen mit Freunden anzuschauen.

Ich kann nicht aufzählen, was alles mich beflügelt oder geritten hat, eine Bar zu eröffnen. Ich will es nicht zerreden. Ich greife ein Detail heraus, um es begreiflicher zu machen, weshalb ich meine Arbeit liebe: Den Flammkuchen.

Es hat mir Freude gemacht, ihn zu entwickeln und zu optimieren. Es sollte ein Weltmeister-Flammkuchen werden. Ich rühre den Teig mit Buttermilch statt Wasser an. Ein Flammkuchen muss kross sein, nicht hart, er soll sich gut beißen lassen, ohne zu bröseln. Im Mund darf er nicht wie ein sandiges Stück Pappe auf der Zunge liegen, der Teig hat sich angenehm aufzulösen und mit dem Belag, mit allen Aromen und Zutaten, harmonisch zu vermengen. Für Fredy Wimmer backe ich immer den *Greco* mit Ziegenkäse und Feigen.

∞ Steht Fußball im Zentrum, erinnert die *Tangente* an ein Stadion, an ein von Männern bevölkertes Raumschiff. Sie trudeln ein, um das Spiel mit Gleichgesinnten zu verfolgen. Frauen sind willkommen. Einige der Frauen sind sogar Fans auf Augenhöhe. Sie kennen die Teams und die Regeln und begreifen das Spiel. Viele sind Begleiterinnen. Nachsichtig und neugierig. Es amüsiert sie zu beobachten, wie ihre Männer das Spiel erleben, mit welchem Ernst. Einzelne Frauen fiebern und leiden mit und teilen die Freude und spenden Trost. Ich durchschaue ihre Motive nicht ganz, die Tonlage lässt mich zweifeln, ob die Aufregung echt oder vorgetäuscht ist und ob die lauten Frauen das immer selbst unterscheiden können. Der Reiz, sich mitreißen zu lassen, ist allgewaltig. Zum Glück gehört, dass man glücklich sein will. Dass man nach dem Glück strebt. Das Besondere am Fußball ist, dass du aufhörst zu denken und anfängst zu fühlen.

Neben den Sportabenden, bei denen die Gäste in Wallung geraten, zelebrieren wir die stille Stunde. Kein Bildschirm leuchtet. Ich lege Coldplay auf, Yola huldigt einer Passion für Rihanna und legt nach. »Nicht so laut«, ermahne ich sie. Die Musik ist Grundierung, die Stimmen sind gedämpft, die Gäste stecken die Köpfe zusammen und unterhalten sich persönlich und intim miteinander.

Ein spürbares Knistern.

In der stillen Stunde sind Frauen und Männer paritätisch vertreten. Es riecht weniger nach Schweiß und mehr nach Parfüm, eine blumige Note. Die Körperlichkeit ist eine andere. Die Wünsche sind andere. Die Erwartungen sind andere. Man hört Frauen lachen. Es ist ein anderes Lachen, es geht um mehr als um Amüsement.

Die Bestellungen sind individueller, weniger Biere werden gezapft, Yola mixt coole Drinks, sie hat ein

Händchen dafür, ich serviere farbige Häppchen und den Flammkuchen *Amor* (mit Palmherzen). Der Umsatz wird über den höheren Preis pro Bestellung erzielt, nicht über die Menge. Und wäre das, was die Gäste reden und flüstern und einander erzählen, in Sprechblasen über ihren Köpfen zu lesen, könnte man in ihre Seele blicken.

Es entstehen keine Sprechblasen, und ich lausche nicht.

Ich kann mir die Ohren nicht verstopfen und bekomme dieses und jenes unweigerlich mit. Ich sehe leuchtende Gesichter, ich bemerke die abwägende Körperhaltung, Hände nähern sich einander. Ich interpretiere Signale. Sich verlieben und Liebe sind zwei getrennte Welten. Brückenbau möglich. Ich erkenne subtile Gesten und gezielte Berührungen, ich deute verschleierte Blicke. Ich höre Lachen, ich verstehe. Ein Mann legt einer Frau die Hand auf das Bein.

Und viele Hände gehen kurz hoch.

»Bitte, noch einen Caffè Corretto. Und ein Glas Wasser.«

»Für mich einen doppelten Bourbon.«

»Hast du noch von dem tollen Chablis, Albo?«

Ich habe viele Hände und für jeden Gast ein paar Worte.

Die letzten Gäste sind immer Männer. Sind Männer unter sich, erläutern sie die Welt. Den starken Schweizerfranken. Die neue Moschee im Industriegebiet, von den Saudis bezahlt. Die neue FIFA-Regel beim Handspiel, die keiner kapiert. Nach drei Bieren philosophieren, so nenne ich das.

Über Frauen wird am vorgerückten Abend eher selten gesprochen. Jemand erzählt einen Witz mit sexueller Färbung, er meint das allgemein und nicht persönlich. Keiner macht eine Anspielung auf das Liebesspiel der letzten Nacht. Denkbar, weil es gar nicht stattgefunden hat. Tote Hose auf der einen Bettseite, Migräne auf der anderen, jedermann kennt die üblichen Vermeidungsstrategien.

In der *Tangente* wollen die späten Männer abschalten, ein Bier trinken, ihnen wird schnell alles zu viel. Die Dinge sind, wie sie sind, und darüber zu lamentieren ändert nichts. Das ist Zen. Manche Details behält man besser für sich. Das ist ein Punkt, den Frauen auch zu schätzen wissen. Männer müssen nicht jedes Kreuz abladen. Und trotzdem sollten sie mehr von sich preisgeben.

Wenn Frauen als Gruppe in die *Tangente* kommen, wie die GoKart-Mädels, wird viel über Männer geredet. Frauen teilen ihren Kummer. Sie lästern und lachen.

Ich verscheuche die Bilder.

∞ »Ist Hasan dein Freund?«, frage ich Yola, die hinter dem Tresen aufräumt und sauber macht und verkniffen wirkt, wie sie den Rücken krümmt und die Lippen schürzt und maulfaul ist.

»Das geht dich nichts an«, antwortet sie schroff und dreht die Musik laut auf. Revolverheld aus Deutschland, eine Band, die mich nervt. Jetzt ist ein Moment, in dem ich am liebsten *The Dark Side of the Moon* hören würde, meine Lieblingsplatte aus dem letzten Jahrhundert. Oder Sophie Hunger aus diesem Jahrhundert. Ich verzichte auf meine Vorlieben und lasse Yola ihre Musik, obwohl ich das ändern könnte, in der *Tangente* bin ich der Boss. Poche ich darauf, stöpselt Yola ihren iPod ein, und wir stehen, obgleich nebeneinander am Tresen, meilenweit voneinander entfernt, und Yola hat recht, was geht es mich an, sie ist meine Angestellte und macht ihren Job gut, sie ist mir keinerlei Rechenschaft schuldig.

Ich bin mit der Tageskasse fertig und lege das Geld oben im Büro in den Tresor. Als ich wieder in die Bar komme, steht Yola mit hochgezogenen Schultern unter der offenen Tür und starrt in die Nacht hinaus.

Ich verstehe mich auf Körpersprache, ich kann sie lesen.

»Ist was, Yola, oder geht mich dies auch nichts an?«

Sie raucht eine Zigarette, das habe ich noch nie beobachtet, und schnippt den Stummel auf den Vorplatz, wo er wie ein Glühwürmchen liegt.

»Bist du sicher, dass es dir gut geht?«, hake ich nach.

Sie dreht sich um, und ich begreife, dass sie geweint hat. Dass sie eine Zigarette angezündet hat, um die Tränen zu stoppen. Rauchen und weinen geht nicht gleichzeitig, sie schnieft. Sie reißt sich zusammen. Sie hat Rückgrat. Ich sollte ihre Nehmerqualität nicht unterschätzen.

»Seine Mutter macht Stunk«, fängt sie stockend an. »Ich habe gar nicht gewusst, dass er Moslem ist. Hasan betet nie. Er isst Bratwurst und trinkt Bier. Religion war nie ein Thema. Er hat mir Moslemwitze erzählt. Nun findet seine Mutter eine schwarze Christin pervers. Hasan ist vierundzwanzig. Seine Eltern wollen eine Braut für ihn einfliegen. Ein dralles Mädchen aus den Bergen.«

Es gibt Momente, in denen ich meinen Sinnen misstraue. Ich glaube, die Dinge haben aufgehört sich zu bewegen. Die Zeit steht still, und mir fällt nichts ein, was ich sagen könnte, was ich sagen müsste, um Yola zu trösten. Ich schließe sie in die Arme. Sie löst sich abrupt und fragt:

»Was macht ein Moslem, der merkt, dass er schwul ist?«

Sie schaut mich heuchlerisch an.

»Ich weiß es nicht, Yola.«

Sie rümpft die Nase. »Er verschleiert sich.«

Ich lache laut heraus, ich will nicht lachen, ich muss lachen. Und hebe den Mahnfinger. »Erzähl den nicht zu oft.«

»Ich werde mich hüten«, sagt Yola finster. »Fast überall in Afrika werden Schwule verfolgt, und du kannst aus der Haut von Albinos gefertigte Schuhe kaufen.«

∞ Der Montag ist für die *Tangente* nicht besonders ergiebig, ich habe schon überlegt, den Abend ganz zu streichen. Die Gäste trudeln vereinzelt ein, vom Wochenende mit der Familie erschöpft, oder Singles, die ihre freien Tage einsam oder unbefriedigt auf der Pirsch verbracht haben. Beide Gruppen trinken humorlos. Ich registriere die Tristesse, ich höre die Musik, die laut aus dem Spieler schwappt, ein bekannter Song. Er klingt, als befände ich mich in einer Karaokebar, und ein Möchtegern singt sich die Seele aus dem Leib vor einer taubstummen Zuhörerschaft.

Eine Stunde früher als gewohnt fahre ich nach Hause, bemerke vom Parkplatz aus das Licht, aber es brennt nicht im Schlafzimmer.

Ellis nimmt mich beim Lift in Empfang und führt mich geheimnistuerisch in den Raum, wo auf dem Esstisch Fotos ausgebreitet liegen. Werbeaufnahmen, extrem schöne Bilder. Ellis, ein flauschiges Handtuch wie einen Turban um das nasse Haar gewickelt, als käme sie direkt aus dem Bad ... Sie schaut den Betrachter an und hat diesen Blick, der suggeriert, dass man etwas ganz Besonderes ist, wenn sie einen mag. Ihren Beifall erlangt, wer das Shampoo benutzt, mit dem sie eben ihr Haar gewaschen hat, und die Feuchtigkeitscreme, die sie gleich anwenden wird.

»Toll«, sage ich. »Du siehst sexy aus.«

»Oh Mann«, maunzt sie und lächelt.

Ich schaue sie an, ohne eine Miene zu verziehen, ich kenne die Wirkung meiner Blicke auch, und fahre mit den Fingern über ihren Handrücken.

»Esther hat die Aufnahmen gemacht.«

»Hab ich mir schon gedacht.«

»Esther fotografiert für das Kosmetikunternehmen, aber das Portfolio hat sie ohne Auftrag erstellt. Die Chefs sind begeistert.«

»Und wie soll es weitergehen?«

»Schnell, sagt sie, vor allem schnell.« Sie lacht.

Ich warte, ich möchte mehr erfahren.

»Eine Kampagne. Werbung in Printmedien, ein Plakataushang.«

»Vorausgesetzt, du sagst Ja und gibst die Bilder frei?«

Sie wendet sich von mir ab und betrachtet erneut die Aufnahmen auf dem Tisch. Ist sie das? Sie ist von sich selbst geschmeichelt. Ihre Anspannung ist spürbar, ich glaube sogar, sie zu riechen. Bisschen Schweiß im Honig. Ellis erwartet meinen Beifall, eine anerkennende Äußerung, sie will gefallen.

»Jede Frau möchte so sein wie du und kauft das Shampoo«, sage ich.

Sie schaut mich zweifelnd an.

»Und was denken die Männer?«

»So eine Frau hätte ich auch gern.«

Sie lächelt. Genau das bringt ihr Ego wieder in Schuss.

»Und sie schenken das Shampoo ihrer Frau.«

Ich sollte Ellis in dieser Sache bestärken. Es ist im Augenblick nicht wichtig, wohin das Ganze führt, wie es sein wird, die eigene Frau überall auf Plakaten zu sehen. Werde ich stolz sein? Wird es mir peinlich sein? Bin ich der eifersüchtige Typ? Denn die Männer denken, dass sie auch gern so eine Frau hätten, und mehr, sie denken: Ich will mit dieser Frau ins Bett.

»Spring, Ellis.«

»Mehr fällt dir dazu nicht ein?«

»Du willst es doch, es reizt dich. Das Shooting hat dir Spaß gemacht. Es ist etwas vollkommen Neues. Wenn du jetzt aussteigst, flennst du der verpassten Chance hinterher. Und Esther ist sauer auf dich.«

»Ich muss mich entscheiden, ja, vielleicht läuft alles schief, vielleicht entspricht es mir gar nicht und ist nicht das, was ich suche … die Öffentlichkeit, überall mein Gesicht, mein Körper.«

Ich stelle mich neben Ellis, die eine der Aufnahmen in den Händen hält: wie sie über ihre nackte Schulter zurücklächelt, bevor sie im Badezimmer verschwindet. Man möchte diese Frau kennenlernen. Man möchte ihr ins Bad folgen.

»Traust du es mir zu?«

»Hast du mehr Angst davor, es zu tun – oder es nicht zu tun?«

Ich lege den Arm um Ellis' bekleidete Schulter, umschließe das harte, runde Gelenk mit der Hand und halte es fest. »Jedes Mal, wenn du das tust«, hat sie mir einmal gestanden, »fühle ich mich von dir geliebt.«

»Schütz mich vor mir selbst, vor meinem eigenen Übermut.«

Was sie vorbringt, klingt nicht ganz aufrichtig, sie übertreibt ihre Besorgnis aus Berechnung, und während sie weitere kleine Finten ausheckt, schlüpft ihre Zungenspitze heraus und tippt mehrmals an die Oberlippe, so konzentriert denkt sie nach.

»Du musst mich von dem Schritt abhalten, Jonas, er ist bestimmt ein Fehler«, sagt sie flehentlich.

»Nein, nein«, antworte ich mit ruhiger Stimme und lasse mich auf ihr trickreiches Spiel ein, von dem wir beide wissen, dass es ein Täuschungsmanöver ist. Ich will nicht als der ewige Bedenkenträger dastehen. Als kleiner Störenfried. Ellis wäre enttäuscht, wenn ich sagte, *bitte tu das nicht*. Meine Frau erwartet Rückhalt.

»Wirst du mich unterstützen?«

»Ja, ich möchte, dass es dir gut geht.«

Noch während ich den schwammigen Satz ausspreche, senke ich den Blick. Ich verschleiere etwas, weil ich mich schäme. In solchen Situationen bin ich als Junge errötet. Ich willigte in einen Deal ein, der mir gegen den Strich ging, und hatte Angst, meine Feigheit verrate mich.

»Es wird sich einiges ändern.«

»Passt. Wenn du bleibst, wie du bist«, sage ich aufgesetzt munter.

Ellis zeigt mit beiden Daumen nach oben, sie ist stolz auf das Ergebnis des Fotoshootings. Sie habe ein interessantes Gesicht, hat man ihr bescheinigt, ein Gesicht, das viele Frauen schön finden, weil Persönlichkeit dahintersteckte. Ich teile diese Meinung. Und sie hat einen Körperbau, der Männer wild macht. Ellis ist eine Frau, mit der man gern zusammen wäre.

Esther DeSoto möchte die Bilder verkaufen und hat Ellis gewiss angeschwärmt und überschwänglich gelobt und beschnattert. *Ja, ja, wir starten durch. Es ist ein*

Boom. Dein Typ und dein Alter sind enorm trendy. Esther wird ihr aber auch die Jetzt-oder-nie-Pistole auf die Brust gesetzt haben.

Wir gehen spät ins Bett, ich bin hundemüde, zu müde, um gleich wegsacken zu können, und zu müde, um mit Ellis zu schlafen, die neben mir liegt wie neben sich selbst und ihre Hände bei sich behält. Durch meinen Kopf wabert die müßige Frage, wer was im Leben bekommt und warum. Und welche Typen es sich einfach nehmen, ohne lange zu fackeln und zu fragen. Ellis dreht sich auf den Bauch, und ich behalte meine Hände bei mir, werde sie nicht anfassen, sie würde denken, dass ich sie noch rumkriegen will, dabei ist es dafür schon zu spät, wie Langholz liegen wir nebeneinander.

Drei Tage später provoziert sie mit verbalen Ausfälligkeiten gegen den neuen Chef einen Eklat. Als sie am folgenden Tag ins Büro kommt, ist ihr Arbeitsplatz geräumt, eine andere Frau sitzt auf ihrem Stuhl.

∞ Silvio Rocchinotti, der Polizist, den wir *Rocchi* nennen, ist mein liebster Partner beim Joggen. Wir verabreden uns zweimal in der Woche am Morgen und treffen uns auf dem Parkplatz hinter der Mehrzweckhalle. Dort geht ein Pfad ab, am Fluss entlang, und biegt in einen Feldweg ein. Wir laufen zwischen Raps im Frühjahr, Mais im Sommer, Sonnenblumen im Herbst und Stoppelfeldern im Winter. Es ist herrlich. Ich jogge mit Rocchi, weil wir auf dem gleichen Level sind. Er ist zwei Jahre jünger als ich und im Endspurt schneller. Auf die zehn Kilometer gerechnet, die wir zusammen abspulen, ist keiner dem anderen überlegen.

Ich laufe mit einer orthopädischen Kniestütze, die mich hemmt, ich darf beim Laufen nicht an die Bandage denken, ich muss sie ausblenden, und ich schlucke vor dem Start Naproxen, damit bin ich schmerzfrei.

Rocchi hat die gleiche Wellenlänge wie ich. Menschlich und politisch. Man kann sich beim Laufen unterhalten. Diskutieren und streiten geht nicht. Widerspruch verbrennt zu viel Sauerstoff. Und wiederum ist die Unterhaltung der Gradmesser dafür, dass wir im grünen Bereich bleiben. Wer beim Sprechen japst und um Luft ringt, läuft in die Sauerstoffschuld, die Muskulatur macht zu und beginnt zu brennen, und der Spaß ist vorbei.

Rocchi fährt mit seinem schneeweißen Kia Carens vor und parkt neben meinem perlgrauen VW Passat. Seine Jogginghose, seine Laufschuhe, sein T-Shirt sind safrangelb. Hightech-Produkte für Profiläufer, Sportswear, die eine Spur zu eng anliegt. Nur Rocchis Stirnband tanzt aus der Reihe, es hat die Farben der italienischen Trikolore, und vorn prangt das Schweizerwappen, er hat es aufgenäht. Es macht ihm Freude, Schuhe zu tragen, mit denen man die Olympiade gewinnen könnte. »Dieselben Schuhe«, nehme ich ihn auf den Arm, »trägt der Seniorenweltmeister.« Hin und wieder hören wir die entschlossenen Schritte des Meisters im Rücken, er nähert sich unabwendbar und überholt uns. Lässig tippt er an den Schild seiner Mütze und hängt uns ab. Der Seniorenweltmeister hat einen mageren Rücken. Er lässt uns alt aussehen.

Rocchi wirkt müde, nach einer halben Stunde klagt er über Seitenstechen. Da muss er durch. Nein, er geht da nicht durch, er will da nicht durch und bleibt stehen, die Hände in die Seiten gestützt. Ich zögere, halte verstimmt an. Eine Situation, die ich hasse. Ungeplant abstoppen und stillstehen. Ich komme danach schwer wieder in die Gänge. Rocchi hebt die Arme hoch und flucht. »Tut mir leid, Albo, ich muss warten, bis der Puls herunterkommt. Und besser atmen, länger ausatmen.«

Nach zwei, drei Minuten gehen wir weiter, keiner verspürt den Drang, gleich wieder in den flotten Trab zu wechseln. Kein Wort darüber. Wir werden nicht lockerlassen und die Strecke, die wir uns vorgenommen haben, unerbittlich zurücklegen, langsamer als geplant. Wir beißen auf die Zähne. Warum? Wir sind Sportler, wir sind Idioten. Nein, Helden. Kleine Helden.

»Ich hätte nicht kommen sollen, ich hatte Nachtdienst, ich musste für einen Kollegen mit Grippe einspringen, was mir fehlt, ist eine Mütze Schlaf.«

Wir gehen zügig nebeneinander, fast Schulter an Schulter, befinden uns auf dem langen, geraden Weg, der (unten auf der Erde) parallel zum Anflugkurs der Flugzeuge (oben am Himmel) verläuft. Eine Maschine donnert uns entgegen, wir sehen ihren weißen Bauch und die ausgefahrenen Räder, ein Airbus der Finnair, und mit den Lärmwellen breitet sich der Geruch von Kerosin aus. Ich spüre ein Pochen in meinem Knie und merke, dass ich neben dem ächzenden Rocchi leicht humple. Die letzten drei Kilometer traben wir zum Parkplatz zurück, Rocchi grinst wieder, und mein Knie hält sich still.

»Dort drüben, im Sand.« Rocchi streckt den Arm aus und zeigt auf ein niedriges altes Haus, das nicht im besten Zustand ist. »Die Sippschaft, die dort zugange ist, bereitet mir Kopfzerbrechen.«

Die Bewohner halten Kaninchen in Ställen, von denen ein übler Gestank ausgeht. Braune Hühner laufen frei herum, und ein schwarzer Hahn bespringt sie, als wollte er einen Rekord aufstellen.

»Es liegt nichts gegen die Leute vor«, sagt Rocchi. »Aber dort parken teure Autos, viel zu teuer für das mickrige Haus, Albo, Limousinen, die dreimal mehr kosten, als eine Person, die dort wohnt, im Jahr verdient. Und ein teures Motorrad, eine Yamaha XJR 1300, habe ich gesehen.«

»Heißt das«, frage ich, »die Fahrzeuge gehören nicht den Bewohnern?«

Er steht neben seinem Kia Carens, angespannt, so verhält sich ein Tier, das Witterung aufgenommen hat.

»Siehst du den brombeerfarbenen Mercedes, der jetzt dort steht? S-Klasse, russisches Kennzeichen«, sagt er. »Ich habe den Wagen gestern aus dem Verkehr gewinkt und kontrolliert. Absolut korrekt. An den Papieren war nichts auszusetzen, der Mercedes steht nicht auf der Liste der gestohlenen Fahrzeuge, am Steuer saß ein Grieche à la Varoufakis, mit offenem Hemd und gültigem Pass und Führerschein.«

»Der Mann wohnt offiziell nicht im Sand?«

»Richtig.«

»Und die Personen, die dort offiziell wohnen –«

»Sie arbeiten für eine türkische Reinigungsfirma.«

»Und halten dich für einen Schnüffler?«

Rocchi schaut mich an, runzelt die Stirn, ich spüre, dass er in dem Vexierbild weitere Details entschlüsselt. Der Polizist hat eine schwarze Vision. Indizien erhärten seinen Verdacht. Für ihn ist etwas deutlich sichtbar, das ich nicht sehe.

»Ist dir nie einer von den Typen aufgefallen? In der *Tangente*?«

»Yanis Varoufakis verkehrt nicht in der *Tangente*«, sage ich flapsig. »Außerdem bin ich kein Spitzel der Kantonspolizei.«

Rocchi zieht eine Grimasse, die mir signalisiert, *mach keine Scherze. Eines Tages fallen hier Schüsse, und es geht um Leben und Tod.*

Ich zucke mit den Schultern.

Rocchi öffnete die Tür seines Kia Carens, ohne gleich einzusteigen. Nochmals späht er hinüber, der hochpreisige Mercedes S passt nicht in diese dürftige Kulisse, dafür in sein Schema.

»Das geht nicht auf. Definitiv.«

Ich boxe ihm zum Abschied gegen den Oberarm, steige in meinen Passat ein, was Rocchi gar nicht wahrnimmt. Er wird von der Endloswelle krimineller Möglichkeiten fortgetrieben. Sein stechender Blick hat mich verstimmt, mein Freund hat mich angemacht, als wäre es meine Pflicht, die Polizei über Gäste zu informieren. Es gilt das Bargeheimnis.

»Sag mal, Rocchi, hast du Paranoia?«, frage ich durchs offene Fenster, während ich den Motor anlasse. »Oder hast du einfach zu viel Fantasie?«

»Wie kommst du da drauf? So ein Quatsch. Nein, da läuft eine üble Geschichte, das ist nicht sauber, todsicher.«

Und nach einer kurzen Pause ergänzt er, vielmehr denkt er laut: »Ich könnte das Fredy Wimmer stecken. Der ist heiß auf solche Hinweise. Luxuslimousine und Bruchbude, auf was reimt sich das? Die Presse will immer schneller und klüger sein als die Polizei, und da keine Ermittlung läuft, wäre eine beiläufige Bemerkung kein Insidertipp, sondern ein Freundschaftsdienst.«

Ich kommentiere das nicht, ich fahre los.

∞ Wir sind Freunde, und die Freundschaft wird ausgesetzt, sobald Rocchi Streife fährt und in Uniform auftritt. Das funktioniert tadellos. Als Falschparker, Schnellfahrer oder Rechtsbrecher bin ich ein Sünder vor dem Gesetz, dessen Hüter er ist. Als Polizist behandelt Rocchi mich wie alle anderen, die das Gesetz missachten.

Silvio Rocchinotti ist im vorigen Jahrhundert ins Flughafengebiet versetzt worden, ein Greenhorn im Korps der Kantonspolizei. Als er zum ersten Mal in die *Tangente* kam, war er in Begleitung einer jungen Frau, Marina. Ich merkte mir den Typen, weil wir einander, was selten der Fall ist, auf der gleichen Höhe in die Augen schauten, und ich kannte die Frau. Marina Meo arbeitete schon damals im Gemeindehaus. Ich hatte angenommen, der gut gebaute Mann, mit dem sie heftig flirtete, sei ein Lehrer, vielleicht ein Sportlehrer am Gymnasium, und war in der folgenden Woche überrascht, als er mich aus dem Verkehr herauswinkte, weil ich zu schnell unterwegs war. Statt generell fünfzig generell ein bisschen zu schnell. So lernten wir einander näher kennen. Er mit strenger Miene meine Personalien aufnehmend, ich kleinlaut und einsichtig.

»Tut mir leid«, sagte ich überflüssigerweise.

»Mir ebenso«, knurrte er und grinste zurück.

Rocchi ist ein groß gewachsener Lombarde. Mit heller Haut, blauen Augen, dunklem Bartschatten und beweglichen Bizepsen. Und mit schwarzem, krausem Haar.

Daran hat sich, bis auf die Haarfarbe, wenig verändert.

Rocchi trinkt am liebsten ein helles Bier, alkoholfrei im Dienst, frisch vom Fass in der Freizeit. Nachdem wir uns kennengelernt hatten, kam er regelmäßig in die Bar. Gern mit seiner Freundin Marina Meo. Nach einigen Gesprächen lud ich ihn zu einem Training ein.

»Wir spielen Fußball. Du siehst so aus, als würdest du zu uns passen.«

»Ja, ja«, brummte er. »Ich habe als Lehrling gespielt, bei den Junioren des FC Bremgarten, und in der Polizeischule, oh ja, das mache ich, gib mir die Daten, ich bin ein ziemlich guter Torwart.«

Seitdem hütet Rocchi unser Tor, er ist ein zuverlässiger Ballfänger, und weil unsere Spiele auf einem verkleinerten Feld mit kleineren Toren ausgetragen werden, wirkt er wie ein Riese, der mit überlangen Armen und Beinen die Bälle aus der tiefen Ecke wischt und aus dem Lattenkreuz lenkt.

∞ Wir laufen nicht füreinander, es fehlt an Zusammenhalt, es fehlt die Entschlossenheit. Dass wir, Real II, bei den letzten Turnieren schlecht abgeschnitten haben, stinkt uns. Wir pöbeln gegeneinander, die Stimmung ist gereizt.

Die verschenkten Siege gehen nicht auf die Kappe des Torhüters, obwohl Rocchi manchmal danebengreift und es hasst, nach flachen Bällen zu hechten. »Es staucht dich zusammen«, jammert er. »Es tut besonders weh, wenn du den Ball nicht erwischst.«

Wir helfen einander zu wenig, das ist die Krux. Nelson Fonseca und Benno Kohn stehen pomadig auf dem Feld, die Hände in die Seiten gestützt. Fredy Wimmer und Dieter Bodrop schauen dem Ball hinterher. Mladen Krstić rückt die Schienbeinschoner in den Stulpen zurecht. Der Torhüter ist keine Ausnahme, alle Spieler versuchen, den Bodenkontakt mit anderen Körperteilen als den Füßen zu vermeiden. Ich weiche Zweikämpfen aus, um nicht umgesäbelt zu werden, gerade auf Kunstrasen kann ein Sturz zu Hautverbrennungen führen.

»Ihr spielt Standfußball«, stellt mein Vater richtig fest. »Eure Körpersprache ist die von Verlierern.«

Es ist nicht die fehlende Laufbereitschaft, uns fehlt die Lunge. Wir vermeiden Grätschen und ziehen den Fuß zurück, keiner hält seine Knochen freiwillig hin, und was mich betrifft, ich nehme keinen Ball mit dem Kopf. Ich weiß nicht, wann die Bereitschaft aufgehört hat, wann mich der Mut dazu verlassen hat, und ich denke, dass ich das Risiko früher vernachlässigt habe und nicht jetzt überschätze. Der Ball wiegt vierhundert Gramm und fliegt bei unserer Spielweise mit fünfzig Kilometer pro Stunde auf dich zu.

Sonntagmorgen.

Wir trainieren auf Feld drei vor der Mehrzweckhalle. Der Kunstrasen ist taufeucht und schnell. Mladen passt mir den Ball zu, ich nehme ihn schlecht an, und er springt Nelson ins Gesicht. Der Brasilianer sinkt zu Boden, stöhnt animalisch, wir müssen ihn pflegen, ihm das Nasenbluten stoppen, Eis auflegen, und als er endlich aufsteht und herumhumpelt und »Meine Nase ist gebrochen, meine Nase ...« krächzt, ist er stinksauer.

Es gibt Spiele im Modus Leerlauf. Es will kein Tor fallen, der Ball geht einfach nie rein. Die Zeit wird heruntergespielt, und jeder ist froh, wenn der Schiedsrichter abpfeift. Und es gibt Trainings, bei denen alles schiefläuft: Rocchi spürt bei einer Faustabwehr einen Stich in der Hand, hält sich die Pfote und bricht ab. Fredy, der auf dem Rasen steht, als hätte er sich verlaufen, lässt sich plötzlich auf den Rücken fallen, greift sich an die Wade und schreit.

Wir brechen das Training vorzeitig ab.

In der Garderobe ziehe ich die Nockenschuhe aus und

betrachte meinen großen rechten Zeh, er sieht nicht gut aus.

»Gegen die Standvögel Wallisellen hättest du den Ball einnicken müssen«, blafft Nelson mich an. »Du hast den Ball mit der Brust stoppen wollen, und er ist dir versprungen, o Mann, deine Technik, Albo.«

Muss ich mir das anhören?

»Du hättest den Ball mit dem Kopf nehmen oder zu mir durchlassen müssen«, macht Nelson weiter. »Ich hätte ihn reingemacht, und wir hätten gewonnen.«

»Meine Flanke war perfekt, Albo«, nervt auch Mladen Krstić. »Du hattest Schiss, den Ball mit dem Kopf zu nehmen.«

»Und jetzt das instabile Knie«, fängt Nelson wieder an. Er hat Tampons in den Nasenlöchern und stillt auch sein Bedürfnis, mich auseinanderzunehmen. Oder reagiere ich zu empfindlich auf seine Kritik? Und fällt die Kritik sogar zu milde aus? Müsste es nicht heißen: »Du bist zu alt, Albo, als Fußballspieler hast du die größten Schlachten hinter dir.«

»Ich wollte dich nicht abschießen, tut mir leid.«

»Schon vorher hast du mich auflaufen lassen.«

Nelson Fonseca schlägt meine Hand aus.

»Blocken ist Foulspiel.«

»Ich kann mich nicht in Luft auflösen«, antworte ich gehässig.

Nelson sieht mich leider richtig, ich bin zu wenig beweglich. Er ist unser bester Techniker und ein Schwalbenkönig, der in seiner Seniorenepoche allerdings nicht mehr so akrobatisch abrollt.

»So macht das keinen Spaß«, schimpft er.

Ich schließe die Augen und zähle stumm bis zehn. Zählen hilft immer.

Ich grinse Nelson an.

Er explodiert und schmeißt seine Nockenschuhe durch den Raum. Ein Hagel portugiesischer Wörter prasselt auf mich herab.

»Was ist denn los?«, ruft mein Vater. »Habt ihr den Verstand verloren?«

Mein aufgebrachter Vater schätzt die Situation richtig ein. Wir sind zuweilen dumme große Jungs, nicht ganz dicht im Kopf. Wir bekämpfen einander im Training mit stupidem Ehrgeiz und gefährlichen Fouls.

Warum bringen wir einander derart in Schwierigkeiten?

»Hackt nicht auf Albo herum, das bringt nichts«, stellt sich Rocchi auf meine Seite. »Alle haben schlecht gespielt.«

Deeskalation ist sein Job. Heute gelingt es ihm nicht, die Sache wieder einzurenken, er strahlt nicht die gewohnte Ruhe aus. Alle hacken aufeinander herum und fluchen in der Sprache, in der sie auch mit ihren Eltern reden. Rocchi hält seine beschädigte rechte Hand mit der linken, als fiele sie ohne Stütze ab. Er hat das italoschweizerische Stirnband darumgewickelt. Sein Gesicht ist schmerzverzerrt, die rechte Hand ist dick angeschwollen.

»Ich muss vor dem Brunch zum Arzt, in diesem Zustand kann ich nicht selbst fahren.«

Nun wird es in der Umkleide still. Dabei hat Rocchi nicht laut gesprochen. Es hat sich etwas verschoben, jeder spürt es, etwas Grundlegendes hat sich verändert. So geht es nicht weiter. Wir sind festgefahren. Und werden das klären müssen. Ich schaue mir die lädierte Hand unseres Torhüters genauer an, als Sportlehrer und Biomechaniker habe ich für eine grobe Diagnose genügend Erfahrung.

»Es sieht nicht gut aus, Rocchi, es stimmt, du musst zur Notaufnahme ins Kreisspital.«

»So ein Scheißunfall«, sagt er resigniert.

»Ich bringe dich ihn«, bietet Benno Kohn an.

»Ich habe meine Frau angerufen, Marina holt mich ab.«

∞ Nach der Dusche fahre ich zum *Runden Eck.* Hier findet unser Brunch statt. Zum Restaurant gehört ein lauschiger Garten. Ein unter den Schuhen knirschender Kiesplatz. Alte Bäume, Rosskastanien, die den Wind fangen und Schutz vor der Sonne bieten. Rustikale Tische und Bänke aus Holz. Sie sind für uns reserviert.

Um dreizehn Uhr stoßen die Frauen dazu. Sie kennen und mögen einander. Und auch das eine oder andere der erwachsenen Kinder wird sich blicken lassen. Ein Pflichttermin. Sie nehmen ihn ganz gerne wahr, er bietet ihnen Gelegenheit, auf die Verschiebung der Machtverhältnisse hinzuweisen.

Als Rocchi und Marina zum Brunch kommen, liegt die kaputte Hand des Torhüters in einem Gips, und er trägt den Arm in einer Schleife.

»In der Mittelhand sind zwei Knochen gebrochen«, sagt er. »So ein verdammtes Pech.«

Wir sammeln uns um ihn, überhäufen ihn mit Aufmunterungen und versichern, dass das in Kürze wieder gut sein wird, tadellos verheilt. Unser Trost erzeugt einen tiefen Grundton; mit so einem Fiepen, stelle ich mir vor, beruhigen Hündinnen ihre Welpen. Dabei bin ich pessimistisch. Ich glaube nicht so recht daran, dass Rocchi schon bald wieder Bälle fängt oder wegfaustet.

Alte Knochen wachsen langsam wieder zusammen, und nicht immer mit perfekten Nahtstellen.

Rocchi brummt, er ist erschüttert, er tut sich schwer mit dem Umstand, für polizeiliche Einsätze untauglich zu sein, was heißt, er wird zum Innendienst abkommandiert. Er sitzt traurig da, in seiner beschädigten Körperlichkeit, ein stillgelegtes Kraftwerk, und fühlt sich wie ein Kleinkind, weil Marina ihm das Fleisch in Stücke schneidet. Das Steak in Würfel, die Bratwurst in Scheiben, damit er sie mit der Gabel anstechen und in den Mund stecken kann.

»Ein ziemlich komplizierter Bruch«, erklärt er und wiederholt, was der Arzt gesagt hat.

Marina fährt ihm mit den Händen durchs Haar und verwuschelt seine Frisur. Sie ist eine temperamentvolle Italienerin aus den Abruzzen, eine kleine, kompakte Frau, sie trägt einen Bob, seitdem ich sie kenne. Zurzeit ist die Farbe Pfeffer und Salz. Rocchi trinkt ein Bier und noch ein zweites, der Alkohol steigt ihm schnell in den Kopf, die Medikamente verstärken die Wirkung, auf jeden Fall steht er plötzlich auf und macht deutlich, dass er sprechen will, eine Rede halten möchte.

»Freunde«, sagt er, »liebe Freunde.«

Feierlich hebt er die lädierte Hand, seine dicke, gipserne Pranke.

Es sieht aus, als wollte er uns alle segnen.

»Freunde«, wiederholt er feierlich, »liebe Freunde, ich erkläre meinen sofortigen Rücktritt als Torwart von Real II.«

Er macht eine lange Pause und schluckt, sein dicker Adamsapfel geht hoch und geht nieder.

»Der große Keeper Silvio Rocchinotti ist Vergangenheit.«

∞ Im Jahrzehnt vor der *Tangente* war *Das runde Eck* unsere Stammkneipe. Wir gingen im Vertrauen hin, einer der Freunde sei immer dort. Wir philosophierten und blödelten, wir spielten Billard und Tischfußball. Natürlich wussten auch ein paar Frauen, dass wir dort anzutreffen waren.

Wir malten uns die Zukunft aus (rosig) und ahnten nicht, dass sie ein Scheinriese ist. Wir waren noch unfertige Männer (von außen betrachtet), große Jungs, vielversprechend, zu jung, um schon klug zu sein, echte Freunde, die einander in ihre Pläne einweihten. Als Fußballteam waren wir abgezockt. Jeder rackerte sich auf dem Platz für die anderen ab. Und nach dem Spiel waren wir aufgeputschte, tatendurstige Männer mit überschüssiger Kraft, die möglichst viel Freizeit miteinander verbringen und Spaß haben wollten. Und Frauen. Wenn einer einen Witz erzählte, verstanden ihn alle und lachten. Das war wohl der Punkt. Freunde lachen über dieselben Witze, sie teilen den Humor.

Und wir lachen noch immer alle, wenn Benno Kohn, nun mit gelichtetem Haar und einer gelben Brille von Bruno Banani, in der *Tangente* Freunde als die Fremden bezeichnet, die man am besten versteht.

Zwischen Freunden besteht Distanzsicherheit. Man tappt nicht in die Aura des anderen, nicht in seine Intimsphäre hinein. Dieser Fehler bleibt Liebespaaren mit all den damit verbundenen Komplikationen vorbehalten.

Benno Kohn, der honorige Anwalt und Allrounder auf dem Fußballplatz, der nicht schwitzt und immer aussieht, als werde er gleich porträtiert, definiert Freundschaft außerdem als *wenig komplex* und *konfliktarm*, weil es keine Rechtsform ist und keine Sexualität dazugehört. Dafür ein Geheimnis: Wir Freunde teilen das Wissen um die Zukunft, wie sie nicht geworden ist.

In den Zwanzigern glaubten wir, eine Phalanx zu bilden, unzerbrechlich und dem Rest der Welt weit überlegen zu sein. Jeder hatte ein Bild von sich, das glänzte, und ein Ziel vor Augen, eine Position, die es im Leben zu erreichen galt. Wir würden die Big Points machen. Wir strahlten Siegeswillen aus, und das, davon waren wir überzeugt, zog und lockte Frauen an. Über Jahre. Draufgängerische und kluge und witzige Frauen. Schönheiten und keine Schönheiten. Die meisten schieden nach ein paar Runden wieder aus oder sprangen vom Karussell. Einige hinterließen einen Stachel (was wäre aus uns geworden, wenn?). Die Verletzung machte das Scheitern erinnerungswürdig, der Stachel bewahrte die Zeit davor, sich einfach in Nichts aufzulösen.

Auch einige Männer sind weggezogen. Der Beruf, die Familie, mit einem Mal, das kommt vor, hast du den Ort, wo du wohnst, gesehen und willst weg. Du suchst das Glück in der Veränderung. Real II ist aus vielen Gründen nicht der harte Kern, Real II ist die angejahrte Resttruppe.

Die Frauen, die das Muster *in die Disco und ins Bett* sprengten, Frauen, die man schließlich seinen Eltern vorstellte, stießen erst später zu uns. Kurz vor dem Dreißigsten. Lässig und witzig aufzutreten, gut auszusehen und ein toller Liebhaber zu sein war bei diesen Frauen erst die halbe Miete. Wir hatten darüber hinausgehend auch ihren Tauglichkeitstest zu bestehen. Könnte er ein unglückliches Kind trösten? Kann man mit ihm Gespräche führen? Könnte er die Familienkatze zum Tierarzt bringen? Hält er Meinungsverschiedenheiten aus? Wäre er ein verlässlicher Ehemann und Vater? Weiß er, was das ist, halbe-halbe?

Ellis und ich sind in unserem Freundeskreis die Ausnahme geblieben, kinderlos und unverheiratet. Und Benno Kohn ist schwul. Er hat andere Dramen aushalten müssen als wir.

∞ Benno Kohn wollte nach New York auswandern, er beamte sich in ein Büro mit Blick auf den Hudson River, Kohn & Partner, fünfundzwanzig Mitarbeiter, selbstredend alle männlich. Seine Kanzlei in Glow-M läuft gut. Benno hat ein rosiges Kinn, das sich, wie man es von Geckos kennt, hübsch runden wird, sobald er mit dem Fußball aufhört, und trägt seit Neuestem einen goldenen Ohrstecker.

Tanja Schmidt, die seit zwanzig Jahren eisern sein Sekretariat führt und für Real II als Teammanagerin fungiert, hatte nach der Handelsschule ein doppeltes Ziel: eine Familie mit Kindern und einen Bauernhof. Sie ist eine langgliedrige Frau, kurzes sandfarbenes Haar, die Haut wie Japanpapier, so weiß, dass man denkt, durch Tanjas Adern ströme blaues Licht. Mit zwanzig ist sie zu uns gestoßen und die Ausnahme geblieben. Tanja war nie mit einem von uns Freunden liiert.

Tanja behält immer die Übersicht und hat ein Gespür für Fairness. Sie durchschaut jeden. Benno Kohn stünde ohne sie mit seiner Kanzlei im Regen. Spricht jemand sie heute auf den Bauernhof an, verschattet sich ihr Blick. Mit Kindern, Hund, Esel und Hühnern, nimmt sie bisweilen an, wäre sie glücklicher geworden. Dafür nicht so knabenhaft schmal geblieben, wie sie es noch immer ist, während viele gleichaltrige Frauen aussehen, als trügen sie einen Schwimmgürtel unter den Klamotten. Und der springende Punkt: Tanja fand nie einen brauchbaren Mann für das Familienprojekt. Sie ist nie an den Richtigen geraten. Der Pool, aus dem sie Männer fischte, gab so ein Exemplar nicht her.

Silvio Rocchinotti wollte schon als Junge Polizist werden und ist ein rechtschaffener Polizist geworden. Aber damit nicht glücklich. Er hat sich seinen Traumberuf ganz anders vorgestellt, heldenhafter und edler und mit weniger Blut. Er hadert damit. Polizist ist kein Beruf für Tagträumer, für einen Mann mit zu viel Fantasie und der tiefen Sehnsucht nach Ruhe und Ordnung und Gerechtigkeit. Bei einer Befragung neigt Rocchi grundsätzlich dazu, den Leuten zu glauben, obwohl von ihrer Falschheit auszugehen realistischer wäre. Er ist mit den Jahren dünnhäutiger statt dickhäutiger geworden und leidet unter der Tatsache, dass es nichts bringt, sondern einem schadet, alles wissen zu wollen und mehr zu wissen, als seinem Dienstgrad angemessen ist. Er hat es verpasst zu lernen, wie man empfindungslos wird.

»Rocchi denkt um sieben Ecken herum«, meint seine Frau. »Er ist ein Verschwörungstheoretiker.«

Sie nimmt meine Hände und dreht sie um, als verstünde sie sich auf das Handlesen; ihre Fingerkuppen sind weich, und der Druck ist kräftig. Marina ist eine Frau, zu der man gleich Zutrauen fasst. Sie weiß das und nutzt es mit Charme zu ihren Gunsten.

»Du hast eine Bar gewollt und deine Bar bekommen.«

»Du hast auch den Job ergattert, den du haben wolltest, das Einwohnermeldeamt tanzt nach deiner Pfeife«, erklärt Rocchi nicht ohne Stolz.

»Albo und ich sind Macher«, sagt Marina ohne ein Augenzwinkern.

Mladen Krstićs Pflicht, die Firma seiner Familie zu

übernehmen, ist erfüllt. Er betreibt sein Geschäft erfolgreich und hat neu in den lukrativen Bereich *Rückbau, Abbruch und Entkernung* investiert. Der Umsatz hat sich alle sieben Jahre verdoppelt, die Zahl der Sitzungen auch.

»Dabei war mein Traum, Brückenbau zu studieren«, sagt er und richtet den Blick himmelwärts, als erwartete er eine Entschuldigung von oben.

Seine Frau Daria ist mit den Kindern auf und davon.

»Sie hat zehn Jahre gebraucht, um herauszufinden, dass sie mit mir unglücklich ist«, sagt er, ohne Einsicht, dass es in so einer Situation besser wäre, sich für einmal geschlagen zu geben. Doch das schafft er nicht. »Für mich ist sie tot«, meint er bitter. »Jeder hat seine Gefallenen.« Ich denke, dass diese Einstellung gegen ihn spricht, und habe ihm im Vertrauen den Rat gegeben, seinen patriarchalischen Groll nicht als Diamanten zu betrachten, sondern als Zucker, der sich auflösen wird. Jemand müsste ihn umerziehen. Am besten eine neue Frau. Er müsste lernen, mit Dingen umzugehen, die sich nicht von seinem Willen brechen lassen. Die Frauen lieben und hassen Männlichkeit. Mladen Krstić ist aus weiblicher Perspektive auf eine falsche Art männlich.

Sieht man von dem heiklen Komplex um seine desertierte Frau ab, ist Mladen ein loyaler Freund. Einer, dem viel daran liegt, als ein pflichtbewusster Mensch wahrgenommen zu werden. Und ein effizientes Arbeitstier. Mladen ist ein Büffel, der den Sonnenaufgang als Startflagge sieht, um wieder loslegen zu können. Der sich schnaubend ins Zeug legt, damit das Leben besser wird.

Im Team von Real II ist er der eiskalte Knipser. Er dribbelt nie. Ballannahme, Drehung, Schuss aufs Tor. Den Schönheitspreis überlässt er Nelson Fonseca mit seinen Schnörkeln für die Tribüne.

Nelson Fonseca kam als kleiner aufgeweckter Junge nach Glow-M. Sein Traum war es, als Fußballheld und Millionär nach Rio zurückzukehren und barfuß an der Copacabana zu kicken. Als ich ihm zum ersten Mal begegnete, hatte er die Figur und Frisur von Pelé, den wir alle verehrten. Und die Hautfarbe Caffè Latte. Das Spiel am weißen Strand ist in weite Ferne gerückt, die Rio-Zukunft Vergangenheit. Kein weißer Sand rieselt aus den Schuhen, wenn er sie in der Umkleide auszieht. Er hat sich mit dem Kunstrasen abgefunden und gelegentlich den Blick einer Stubenkatze, die vom Balkon auf die unerreichbare Wiese hinunterstarrt.

Verheiratet. Kinder. Geschieden.

Wieder Single und fünfzig.

Dieses banale Schicksal teilen Nelson Fonseca und Mladen Krstić. Dazu kommt eine nicht besonders geschickt getarnte Verzweiflung. Das verdammt ungerechte Leben hat ihnen ein Bein gestellt, denken sie und reden nicht darüber. Schon gar nicht miteinander. Dass sie verlassen worden sind. Sie ziehen es vor, sich nicht damit auseinanderzusetzen und über den Feminismus zu schimpfen, der Ehen zerstört. In ihrer Jugend hat die eingeforderte Gleichberechtigung der Frauen zu mehr Sex geführt. Die neuerdings unabhängigen Puppen hatten es häufiger treiben wollen, als ein gesunder Mann es bringen konnte. Mladen und Nelson interpretierten das falsch. Und zehn kurze Jahre später, als brüskierte Ehemänner, sollten sie kochen-waschen-windeln und so fort, Tätigkeiten, zu denen sich Männer ihrer Strickart nicht unbedingt hingezogen fühlten. Sie lieben Kinder, aber bitte brav und stubenrein. Sie lieben Frauen, aber bitte lieb und unkompliziert.

Fredy Wimmer, unser regional bewegter Weltversteher

mit zeitgemäßem Frauenbild, schreibt in den überparteilichen Glow-M-Nachrichten über Politik, Verbrechen, Sport, Katastrophen, Wirtschaft und Vernissagen. Er ist ein rasender Reporter und über sein Einsatzgebiet hinaus ein Kenner der arabischen Welt, inklusive Kamelrennen und Scharia. Mit fünfunddreißig wollte Dr. Fredy Wimmer Chefredakteur der NZZ sein und in Talkshows brillieren. Jetzt arbeitet er wie versessen an einem Buch über Glow-M. Wenn er zu Späßen aufgelegt ist, erklärt er, das Leben komme ihm wie eine riesige Mahlzeit vor.

»Ein Baggersee voll Erbsensuppe, die ich aufessen muss.«

»Das merk ich mir«, ruft mein Vater und deutet ein Aufstoßen an.

Mein Vater ist gesellig und nervig und so etwas wie das Maskottchen der *Tangente*. Mit dieser Beschreibung wäre er allerdings nicht einverstanden. Er hält sich für unseren Ehrenpräsidenten auf Lebenszeit und gehört schon lange nicht mehr zu der Sorte *Angespannte Männer, die noch etwas werden müssen*. Er hat das Streben hinter sich gelassen. Wenn er Bilanz zieht, ist das kein Schock für ihn. Außerdem erlaubt er sich seit seinem Achtzigsten die Schrulle, zu glauben, Erinnerung sei Einbildung.

»Das Leben ist enorm repetitiv«, klönt Fredy.

Die Sonne geht nun einmal auf und geht unter, und am Morgen klingelt der Wecker. Wir haben den Alltag rhythmisiert.

»Stell dir vor, jeden Morgen wäre alles anders. Genügt es nicht, dass du ständig die Brille suchen musst, weil du sie nie am selben Ort ablegst?«

Mein Vater ist ein launiger Zwischenrufer und erzählt ausdauernd von seiner Zeit als erfolgreicher Geschäftsmann. Rührt jemand an die unrühmliche Geschichte mit seiner Frau, windet er sich heraus und lügt. Eher würde er sich die Zunge abbeißen, als diese Dunkelheit zu erhellen. Im Vergangenen liegt weder Trost noch eine Wahrheit, die es zu bergen gilt. Das ist seine Leier. Es ist gelaufen, wie es gelaufen ist, gelaufen ist, gelaufen ist … In dieser defekten Rille der Platte bleibt die Nadel stecken.

»Man kann vernichtet werden, aber man darf nicht aufgeben«, bringt mein Vater seinen Hemingway ins Spiel.

»Mir geht es gut«, sagt Fredy, »mein Buchprojekt …«

Das stimmt leider nicht ganz, Fredy war endlich beim Urologen, druckst aber damit herum.

»Man hat nicht alles und gelangt allmählich zum Schluss, dass man nie alles haben wird.«

Achselzucken.

»Stimmt doch«, knurrt Fredy und schaut trotzig in die Runde. »Es gibt immer etwas, das knapp außerhalb der eigenen Möglichkeiten bleibt.«

Ich halte das für kein gutes Denkmuster.

∞ Nach Rocchis angesäuselter Grabrede, nach unseren vergeblichen Versuchen, ihn aufzumuntern und umzustimmen: Aus dieser Verlegenheit hilft uns Esther DeSoto. Sie ist beim Brunch dabei, Ellis hat sie eingeladen. Esther hat ihr Tablet dabei und zeigt Aufnahmen von Ellis. Ich kenne sie bereits. Esther hat Ellis in Szene gesetzt, als sei sie ein kommender Star. Die Fotografin redet, es sprudelt nur so aus ihr heraus.

Ellis schweigt, aber sie glüht vor Stolz und Freude.

»Super«, sagt Esther, »toll.«

Und an mich gewandt: »Ellis hat Potenzial.«

Esthers leicht schräg stehende Augen und ihr kühn geschwungener Mund fallen mir auf. Eine schlanke Frau. Ihre Körperlänge ist bei manchen Männern kein Pluspunkt. Bei mir schon.

Esther DeSoto sitzt nicht zum ersten Mal mit uns am Tisch. Alle mögen die beherzte Fotografin, in deren Haar, das rotbraun und gewellt ist wie das Fell eines Setters, bereits graue Strähnen schillern. Esther gibt sich jung und lacht sehr jung und kokettiert mit den Silberfäden. Diese Frau, denkt jeder, schnippt mit den Fingern und erreicht, was sie will. Aber das ist erst die halbe Geschichte.

Esther DeSoto lockt Nelson Fonseca herbei. Passiv, nicht, dass sie es darauf angelegt hätte. Nelson fühlt sich geködert. Ihre weibliche Präsenz erzeugt diese Wirkung. Unser Schwalbenkönig bezieht jedes Frauenlachen auf sich und ist zur Stunde ohne feste Freundin.

Er pirscht sich heran.

Fonseca, der zügellose Frauenmann, hat seit dem Ende seiner Ehe und dem Schock des fünfzigsten Geburtstags ausschließlich Augen für junge Frauen, bei denen er eigentlich chancenlos sein müsste.

»Sie nehmen dich gar nicht wahr.«

»Pah, ich nehme sie wahr. Ich sehe es, wenn sie pflückreif sind.«

Nelson Fonseca hat es geschafft, er sitzt erwartungsvoll neben Esther DeSoto. Mein Vater hat dem Tänzer und Dribbler den Platz mit einem Augenzwinkern überlassen. Ein anderer Mann findet die einvernehmliche Geste ärgerlich. Mladen Krstić. Er hat Esther DeSoto seit Längerem auf dem Radar und immer enger werdende Kreise um sie gezogen. Auch er hat auf genau diesen Platz spekuliert.

Im *Runde Eck* ist er eben um einen Schritt zu spät gekommen und, sozusagen, aus dem Rennen genommen worden.

Esthers schrecklich eisblaue Augen verschleiern sich beim Blickkontakt unversehens. Wie sie lacht und wie sie dreinschaut, es passt nicht richtig zusammen. Esther DeSoto spielt uns Heiterkeit vor, um ihren Liebeskummer zu tarnen. Willie heißt die Flasche. Sechs Jahre ist sie mit dem Mann schon zusammen. Zwei Jahre zu viel, sagt sie selbst, das weiß ich von Ellis.

Zur Tarnung ist sie im Garten des *Runden Eck* so mitteilsam und aufgekratzt. Sie ist zum Brunch mitgekommen, um nicht in der Gegend herumstromern oder abhängen zu müssen. Willie wohnt zurzeit bei einem Freund. Allein zu Hause gerät Esther ins Grübeln und klammert sich an Drinks mit heimtückischem Tröstungseffekt. Willie ist fällig. Esther reif, die Liebe von ihm abzuziehen wie das schmutzige Laken vom Bett. Sie wird das Laken waschen und das Bett für einen neuen Mann frisch beziehen.

Nelson folgt der Unterhaltung am Tisch abwartend, er lauert auf eine Lücke, in die er vorstoßen kann, um dem Gespräch eine Wende zu geben. Ich weiß nicht, was er Esther auftischen wird, was er sie fragen wird, ob er sie mit seinen Scherzen und Zweideutigkeiten nervt und welchen Aufwand er betreibt, was er Esther DeSoto alles vorgaukelt und verspricht, um sie zu gewinnen. Um sie zu erobern. Fonseca, der Samba-Man, glaubt, der Flirt sei seine stärkste Waffe, und seine Augen haben etwas Insistierendes.

∞ An diesem freundlich schillernden Sonntagnachmittag ist der Himmel so hoch und hell, dass die Flugzeuge kaum sichtbar sind, sie kommen mir wie silbern irisierende Pfeile vor. Nelson verlässt die Gartenwirtschaft als Erster. Unverrichteter Dinge fährt er weg, ernüchtert in seinem Porsche Cayenne.

Ich sehe ihn zum Parkplatz hasten.

Esther DeSoto hat sich nicht überreden lassen, mit ihm mitzugehen, sie hat die ausgestreckte Hand ignoriert.

Ich habe den trotzigen Ton des Motors seines Cayennes noch im Ohr, wie Nelson ihn wütend anlässt und startet. Kies spritzt weg. Es fällt mir leicht, mir sein Gesicht dabei vorzustellen. Der Knubbel seiner Nase wird weiß, wenn ihm etwas misslungen ist, die Kiefermuskeln zucken, seine Hände umklammern das Lenkrad bei zehn und zwei: Sogar Schadenfreude gebe ich zu. Doch niemals hätte ich in diesem Augenblick gedacht, dass ich Nelson Fonseca nie wiedersehen würde. Und in der Stunde, während ich diese Sätze schreibe und mir die Situation vergegenwärtige, überflutet mich eine eigenartige Empfindung. Es tut mir leid, dass wir uns nach dem hässlichen Zwischenfall im Training nicht als Freunde und versöhnt mit einer Umarmung voneinander verabschiedet haben. So, als wäre keine Verstimmung zwischen uns gewesen, so, wie wir es an einem ganz normalen Tag tun.

Doch es ist ein besonderer Tag.

Nelson strebt energisch zum Parkplatz und fährt mit seinem lauten, angeberischen Cayenne los, ohne mit mir abgeklatscht zu haben. Er rast über die Autobahn nach Aarau, weiß der Kuckuck, was er dort will. Und Mladen Krstić, der sich wieder gefasst hat und neuen Mut schöpft, schlendert zum Tisch von Esther DeSoto und setzt sich mit seiner ganzen vierschrötigen Körperlichkeit auf den endlich frei gewordenen Platz, der ihm, so denkt er nun einmal, auch zusteht.

∞ Als Nächste brechen der derangierte Rocchi und Marina auf. Der zurückgetretene Torwart mit seiner dicken Gipshand humpelt, warum auch immer. Marina wirkt beschwingt, sie hat sich mit Ellis und Esther unterhalten. Die Frauen haben vereinbart, zusammen ins Kino zu gehen. Am Mittwoch ist Fußball; statt in der *Tangente* mit weggetretenen Männern die Champions League und ihre Helden abzufeiern, schauen sie sich *Wild Tales* an. So heißt der Film, für den sie sich entschieden haben, sechs Episoden. Marina hat eine lobende Kritik gelesen, das Thema soll Eskalation sein, das Schneeballprinzip wird durchexerziert. Jede Geschichte nimmt das schlimmstmögliche Ende, was auch erheiternd ist, tröstlich. Es ist nicht dein Leben, das in diesem Durcheinandertal bachab geht, der Scherbenhaufen ist ein flimmerndes Lichtspiel auf der Kinoleinwand.

Vorher hat sich Marina neckisch mit meinem Vater gestritten, die Lesegruppe war ihre Idee, sie ist die Gründerin, Benno Kohn und mein Vater sind die einzigen Männer in der zehnköpfigen Runde. Marina hat den neuen Roman von Silvia Avallone als Lektüre vorgeschlagen, Benno unterstützt sie, Benno und Marina spannen meistens zusammen. Sie mögen einander, es ist offensichtlich. Marina sagte einmal, Benno Kohn sei der Geschmeidige unter uns Männern. *Schade, dass der Kerl anders herum ist.* Benno legt ihr wie beiläufig den Arm um die Taille, und sie fasst ihn vertraulich am Nacken an. Die zwei verhalten sich wie ein Paar im Gleichklang und möchten nun das Buch der jungen Italienerin durchsetzen, mein Vater knurrt.

»*Das Tal der Puppen* ist hundertmal besser«, behauptet mein Vater. »Wir sollten Jacqueline Susanns Roman lesen.«

Marina Rocchinotti arbeitet in der lokalen Verwaltung, sie ist die Chefin des Einwohnermeldeamtes. Eine kluge Frau, verlässlich, im Dienst eine gewaschene Schweizerin im Businessanzug, in der Freizeit eine klasse Italienerin aus Chieti, die enge, über dem Knie endende Röcke trägt und immer ihre schwarze Gucci-Brille mit den dicken großen Gläsern, und einen schweren Ring, Marina liebt Gold und Klunker.

Muss ich mit der Behörde eine Angelegenheit regeln, frage ich sie um Rat. Marina hat die amtlichen Abläufe und Zuständigkeiten im Kopf und kennt die maßgeblichen Paragrafen und die entscheidungsberechtigten Personen. Marina Rocchinotti ist eine kompetente und resolute Chefin. *Eins nach dem andern*, befiehlt sie und summt, wann immer die Wellen über ihr zusammenzuschlagen drohen, *Step by Step.*

Heute hat sie ein Glas zu viel von dem chilenischen Rotwein getrunken, ihre leicht kratzige Stimme klingt noch rauer als üblich, und ihr gebeutelter Mann, der die unbrauchbare Gipshand wie ein tonnenschweres Gebilde hebt und senkt, hat viel zu viel von dem frisch gezapften Bier intus. Sie streben einträchtig untergehakt zum Parkplatz und zirkeln mit kerzengeradem Rücken an Marinas Ford Focus vorbei. Das Paar lässt den flaschengrünen Wagen vor der Gartenwirtschaft stehen und wartet auf das Taxi, das sie für die Heimfahrt bestellt haben.

So müsste es ewig weitergehen. So sollte es ewig bleiben. Alles Unvorhersehbare sollte sich in einer riesigen Seifenblase sammeln, die davonschwebt.

So wird es nicht ewig bleiben und weitergehen, das ist ein Lebensgesetz. Nichts ist in Stein gemeißelt. Nichts ist in Seifenblasen sicher. Alles ist in Fluss, zieht mir durch den Kopf, während ich mich von Ellis mit einem Kuss trenne, den sie mit weichen Lippen erwidert.

»Ich muss los«, sage ich und beuge mich zu ihr herunter, diesmal, um eine Nase voll von ihrem Haar einzuatmen, während sie mein Handgelenk hält und mit dem Daumen zärtlich über die Pulsader streicht, was ein Zeichen dafür ist, dass sie mit mir schlafen will. Wenn ich nach Hause komme, spät, wird sie noch wach sein, abgemacht.

»Yola schaut bestimmt schon streng auf die Uhr«, scherze ich, »und fragt sich, wo der Boss abgeblieben ist.«

∞ Yola Wundaba hat an der Wirtefachschule einen Kurs besucht und mit dem Barkeeper-Diplom abgeschlossen. Sie betrachtet es als Ehre, dass ich ihr die Ausbildung ermöglichte und sie hinschickte, und freut sich riesig über die bestandene Prüfung.

Yola besitzt ein Talent für den Shaker und das passende Gesicht dazu, konzentriert und lächelnd und süß, sie misst die Zutaten mit großem Ernst ab und zaubert zugleich dabei. Öffnet sie den Shaker, ist es, im Verbund mit ihrer Mimik, als ginge die Sonne auf.

Heute redet Yola von den angesagten XXL-Drinks und meint: »Albo, wir sollten sie auch einführen.«

Ich habe darüber im Bar-Magazin gelesen. Mich erinnert der Trend zum großformatigen Drink unangenehm an die Sangriaeimer aus den verflossenen Tagen der Garagenpartys und an die Pitcher voller Bier, die Verbindungsstudenten bei ihren Saufgelagen stemmen.

»Was schlägst du vor?«

»Einen Riesenshaker anschaffen und große Gläser.«

»Einverstanden, mach das.«

»Wenn wir Jumbo-Drinks servieren, haben die Gäste den Nachschub am Tisch und wir kein Gedränge an der Bar, wo jetzt alle nervig nach neuen Getränken rufen.«

»Ja, das stimmt. Gute Idee, Yola.«

»Du kannst dich als Gast generös geben«, fasst sie die XXL-Philosophie zusammen und strahlt. »Du kannst eintrudelnde Freunde, die auf die riesigen Gläser mit *Ahhhs* und *Uhhhs* reagieren, gleich selbst bewirten: Hoch die Tassen.«

∞ Am Dienstag nach dem Brunch suche ich Nelson Fonseca vergeblich unter den zahlreichen Gästen der *Tangente*. Dabei schauen wir das Spiel des FC Barcelona gegen PSG. Fonseca ist ein Riesenfan von PSG und bewundert den kolossalen Ibrahimović. Wir überlegen uns, was ihn aufgehalten haben könnte.

Eine neue Frau?

Ist das möglich? Eine Frau, die Nelson Fonseca von der Champions League mit Paris Saint-Germain abhalten kann? Von der *Tangente* mit ihrer Heldentheke? Schwer vorstellbar. Er würde seine neue Flamme mitbringen und mit seiner Eroberung prahlen. Er würde

Sekt für alle bestellen oder Drinks nach Wahl spendieren oder Bier und Flammkuchen für die ganze Bude.

Nelson lässt auch das nächste Training ausfallen, ohne sich abzumelden. Abtauchen und nichts von sich hören zu lassen ist nicht seine Art. Er ist verspielt, eitel und zuverlässig.

Was ist los?

Mladen Krstić hat ihn anzurufen versucht, jedoch nicht erreicht. Bei aller Rivalität ist er ein Freund. Auch die treue Teammanagerin Tanja Schmidt, die Nelson Fonseca schöne Augen machte, ohne dass er es bemerkte oder bemerken wollte (er übersieht knabenhafte Frauen mit kleinen Brüsten, deren Haar kurz geschnitten und immer verstrubelt ist), hat sich um Kontakt bemüht. Sein Handy war ausgeschaltet. Tanja ist keine Heulsuse. Nun macht sie sich aber Sorgen. Am Nachmittag stolpert sie in die *Tangente* und hievt ihren schmalen Körper auf einen Hocker. Mit hochgezogenen Augenbrauen und heruntergezogenen Mundwinkeln sitzt sie da, fertig, und ähnelt in den hautengen rosa Jeans und dem rosafarbenen Pullover ein wenig einem erschöpften Flamingo.

»Hast du etwas gehört, hat Nelson sich bei dir gemeldet?«

»Nein, das hat er nicht.«

Nelson ist ballverliebt und selbstverliebt und neigt zu kuriosen Übertreibungen. Er kauft nicht ein Hemd, er kauft ein Dutzend Hemden. Er rast mit seinem Porsche nach Paris, um Ibrahimović spielen zu sehen. Selbstreflexion ist für ihn kein erstrebenswertes Ziel. Stattdessen setzt er sich in der *Tangente* in Szene und zelebriert den Samba, seine beweglichen Hüften.

»Ja, vermutlich ist Nelson in Paris. Er ist nach Paris

gefahren, in den *Parc des Princes*, statt in die *Tangente* zu kommen.«

»Ohne uns zu benachrichtigen?«

Tanja Schmidt hält die Ungewissheit nicht länger aus. Sie ruft bei der Immobilienverwaltung Dumas an, für die Nelson arbeitet, und erhält die knappe Auskunft:

»Herr Fonseca ist seit Montag nicht zur Arbeit erschienen.«

»Warum nicht?«, fragt Tanja.

»Das frage ich mich selbst«, seufzt die Frau, mit der Tanja spricht. Ihre dünne Stimme ist belegt. Und eine Sekunde lang wähnt sich die betrübte Tanja mit der fremden Frau in der Sorge um Nelson Fonseca verbunden. Tanja sitzt bei mir in der Bar, sie ist geknickt und ratlos und unsicher, sie ist ja nicht Nelsons Freundin, die Geschichte geht sie eigentlich gar nichts an. Ein Mann verschwindet, na und? Sie verlangt einen doppelten Old Monk.

»Auf nüchternen Magen?«

Sie schaut mich an, als verstünde sie mich nicht.

»Ich mache dir zuerst einen Flammkuchen.«

»Du hast recht«, sagt sie, und ihre Oberlippe zittert. »Ich habe den ganzen Tag noch nichts gegessen.«

∞ Fredy Wimmer entdeckt die Kurzmeldung in der Zeitung und schickt sie an alle: Tod auf dem Parkplatz.

Ein junger Mann wird zitiert. Er hat den Porsche auf dem leeren Parkplatz gesehen. Ein Hingucker. Er stellte sein Auto direkt neben den Cayenne. Nachdem er ausgestiegen war, warf er einen Blick durch das Seitenfenster des Schlittens und entdeckte hinter dem Steuer einen

Mann, der bloß nicht vornüberkippen konnte, weil er angegurtet war.

In der Zeitung steht geschrieben, der Tote sei identifiziert. Die Polizei hält sich bedeckt. Sicher sei: An der Leiche waren keine Anzeichen von äußerer Gewalt zu erkennen. Der tote Mann saß mit im Schoß gefalteten Händen da.

Fredy unterbricht seine Recherche und stachelt Rocchi an. »Nimm das Telefon in die Hand, du hast die Kontakte.«

Rocchi murrt.

»Ich bin kein Cop in Miami, ich bin ein Polizeibeamter in der Flughafenregion.«

Er hat offiziell keinen Zugang zu den einschlägigen Informationen. Und *inoffiziell* und *informell* sind Begriffe, die er verabscheut. »Nelson ist tot, und wir werden erfahren, was vorgefallen ist«, sagt er gedämpft. Rocchi bleibt sachlich und wirkt bekümmert. Der plötzliche Tod eines Freundes und der plötzliche Gips an seiner Hand, das ist selbst für einen leidensbereiten Helden zu viel. Helden sind aus Titan. Helden haben leider auch Gelenke aus Blech, das geknautscht werden kann.

∞ Mein Vater ist seit Nelson Fonsecas Tod durch den Wind. So durcheinander und zerknirscht und aufgeschreckt habe ich ihn in den letzten Jahren nicht erlebt. Der schwierige Brasilianer war ihm ans Herz gewachsen.

»Ein großer, unsteter Junge«, meinte er oft. »Er spielt nach seinen eigenen Regeln.«

»Dass Nelson gesundheitliche Probleme haben könnte«,

sagt er nun entgeistert, »dass sein Herz nicht das beste sein könnte, daran habe ich nie gedacht.«

Fredy Wimmer telefoniert als Journalist mehrmals mit der zuständigen Polizeistelle im Kanton Aargau. Die Informationen, die er erhält und an uns weitergibt, sind wenig hilfreich und tragen eher zur Verschleierung als zur Lösung des Rätsels bei. Warum fährt ein Mann von zweiundfünfzig Jahren, der in einem schnellen Auto unterwegs ist, plötzlich von der Autobahn ab und stirbt auf einem öden Parkplatz in Aaraus Industriezone? Sein iPhone verriet, dass er zuletzt Sportwettenseiten im Internet besucht hatte, dass Nelson Fonseca täglich Sportwetten abschloss.

Ein Mysterium?

Ich staune. Er setzte auf deutsche Fußballteams und amerikanische Rennpferde und asiatische Boxer, ich wusste das nicht, er hatte es niemals erwähnt und auch nicht mit seinen Erfolgen geprahlt. Er hatte ein gutes Händchen. Nelson Fonseca finanzierte seinen aufwendigen Lebensstil mit Gewinnen aus Sportwetten.

Keiner seiner Freunde hätte das gedacht.

»Aus heiterem Himmel trifft ihn der Blitz«, sagt Fredy trocken. »Wer versteht das? Wie soll man das verstehen?«

Meine Freunde und ich: Wir sind in dem fragilen Alter, in dem man sich fragt, was sich alles in den Arterien abgelagert hat und sie verstopft. Und wie man dem abhelfen könnte. Zu viel Fett in den Kranzgefäßen. Die Drohung macht uns kopfscheu. Als wäre das eigene Leben nun auf einem neuen Level eingerastet. In der Epoche der ersten Herztode, der frühen Beerdigungen, der heiteren Klassentreffen, bei denen jedes Mal einer mehr fehlt und definitiv unabkömmlich bleibt.

Fredy schluckt leer und erinnert sich, wie oft er dem

Ball hinterherlief und sich fast bis zum Erbrechen verausgabte, um ihn Nelson auf den starken Fuß zu spielen.

»Ich werde sentimental, Jungs«, schnieft Fredy. »Hab nicht gewusst, dass ich so nah am Wasser gebaut bin.«

Mutmaßlich wurde Nelson übel, und er fuhr von der A1 ab. Spürte er ein Stechen in der Brust? Ahnte er das Unheil? Die Entladung eines Gewitters, dessen Elektrizität man im Voraus spürt? Möglicherweise war es nicht das erste Mal. Hatte Nelson ein schwaches Herz, das er vor uns verheimlichte?

Er rollte auf den einsamen Parkplatz hinter einem Sägewerk. Dort hörte sein Herz zu schlagen auf und stand still.

Genaueres erfahren wir nie.

Ich bin ein Freund, kein Angehöriger, Freunde besitzen kein Recht auf klärende Auskünfte. Es macht mich wütend. Arztgeheimnis, Datenschutz, Schweigepflicht – eine Mauer. Eine Beerdigung wird nicht stattfinden. Marina weiß das, sie hat beim Bestattungsamt nachgefragt. Es gibt kein Abschiednehmen. Wir reden über Nelson und heben die Gläser und unterdrücken die Tränen. Nelson Fonseca ist aus unserem Leben verschwunden. Er wird nie mehr einen Ball vertändeln. Er wird nie mehr über die Schönheit des weiblichen Hinterns philosophieren.

Auf Wunsch der Familie wird die Urne mit seiner Asche nach Brasilien überführt. In einem Flugzeug hoch über unseren Köpfen wird Nelson uns davonfliegen. Wir heben die Gläser nochmals, und der angeschlagene Rocchi, der zurückgetretene Torwart ohne Nachfolger, spricht betont rührselig aus, was wir alle insgeheim denken:

»Eine Art unvorhergesehene Himmelfahrt.«

∞ Tanja Schmidt, unsere umsichtige Managerin, sagt das Training ab.

»Aus Gründen der Pietät«, hebt sie hervor.

Stattdessen kündigt sie eine außerordentliche Sitzung an.

Real II fehlte der Torwart und die Sturmspitze und die Moral. Um das Team ist es in allen Belangen schlecht bestellt, und statt die kränkende Erfolglosigkeit der letzten Turniere mit neuem Elan und cleveren Spielen vergessen zu machen, erwägen wir bei unserem Treffen, Real II aufzulösen.

Die Möglichkeit schockiert mich.

Wir beschließen eine Auszeit.

Ich jogge jeden Tag, ich schlucke Naproxen und laufe los. Nach einer Stunde entwirrt sich das Durcheinander in meinem Kopf. Gestern habe ich versucht, mich an den Seniorenweltmeister anzuhängen. Der Alte rattert seine Kilometer wie eine Kolbenmaschine herunter. Keine Chance, ihm zu folgen. Er hat eine Uhr gefressen, jeder Schritt ist gleich lang, ob es bergauf geht oder bergab oder geradeaus, ich habe ihn bewundert und verflucht, den trabenden alten Esel.

Öfter als früher spiele ich Tennis und heute Pingpong im Garten meines Vaters.

Ein schöner Abend.

Wir stehen einander an der blauen Platte gegenüber, das Bällchen springt munter hin und her, ping, pong. Wie kurios mein Vater um jeden Punkt kämpft, er ist eine Wand. Er bewegt sich nicht, ich bin gehemmt. Ich will ihn nicht schlecht aussehen lassen und demütigen. Unser Tischtennis ist wie die hoffnungslosen Schachpartien, die er mich als Junge so hatte spielen lassen, dass ich mir, obwohl ich verlor, Augenhöhe einbilden durfte.

Jetzt pfeift er mich unvermittelt an. »Das ist nicht fair, Jonas, es ist unsportlich, Punkte zu verschenken und mich zu verschonen, es ist nicht fair, mir mit jedem lauen Schlag zu sagen, dass ich ein alter Mann bin.«

Seine Kritik beschämt mich, die Empörung ist echt, ich kann gleichwohl nicht anders, ich habe eine Beißhemmung und spiele ihm die Bälle so geschnitten zu, dass er die Chance hat, sie zurückzuschlagen, und ich lobe sein gutes Auge und seine elastischen Beine.

So geht das Spiel noch ein paar Punkte hin und her.

Mein Vater versucht, mich mit Stoppbällen hereinzulegen oder den Ball unerreichbar in die lange Ecke zu pfeffern. Er will es mir zeigen.

Grübeln und Pingpong, das geht nicht. Schon verfehlt mein Ball den Tisch, springt auf die Steinplatten, kullert ins Gras. Mein Vater müsste sich bücken, um ihn aufzuheben, ein alter Mann von achtzig Jahren mit unleugbar steifen Knien und steifer Hüfte.

Ungehalten wirft er den Schläger auf den Tisch.

»Es macht keinen Spaß, Jonas, heute ist nicht mein Tag.«

Er beugt sich nicht ächzend nach dem Ball, der hinter ihm im Gras liegt. Er lässt den Schläger und den Ball liegen, wo sie liegen, und stakst zum Haus, mit kurzen Schritten, als wäre er ein Aufziehvogel. Ich bücke mich und hebe den Ball auf, werfe ihn hoch und schmettere ihn mit dem Schläger in einen Baum, der durchdrungen und durchzogen ist von knospenden Rosen. Ich will, dass das Bällchen stecken bleibt, es tropft ab und fällt ins kurz geschnittene Gras, es ist lächerlich, das bekloppte Bällchen lacht mich aus.

Ohne Fußball bin ich unerträglich. Das Spiel fehlt mir, andere Sportarten sind kein Ersatz auf Dauer. Pingpong,

Tennis, Joggen, Minigolf, Schwimmen: schön und gut – als Ergänzung, zum Ausgleich. GoKart, nein danke. Ich bin ein alter Fußballspieler. Ich liebe dieses Spiel. Mit dem Ball am Fuß über den Kunstrasen zu laufen macht mich glücklich. Fußball setzt in mir etwas frei, was sonst gefesselt ist.

Ich folge meinem Vater ins Haus, er telefoniert mit dem Snoopy-Food-Kurier, bestellt eine Lasagne bolognese und bittet mich, eine gute Flasche zu öffnen.

»Nimm einen Château Margaux, Jonas, ich muss mit dir sprechen, du hast doch Zeit?«

Er beginnt, den Tisch zu decken, stellt die passenden Gläser hin. Sein Groll hat sich gelegt, er wirkt nicht mehr so altmännerhaft, die Bewegungen sind weniger krampfig, nicht mehr ruckhaft und hölzern. Seine Stimme klingt betaut, als er sagt:

»Dass Nelson nicht mehr da ist, quält mich, dass er so früh hat abtreten müssen.«

»Wir hatten diesen läppischen Zwischenfall im letzten Training, jetzt tut mir das leid«, antworte ich und habe Nelsons beschädigtes Gesicht vor Augen.

»Bevor er ging, hat er mir die Hand auf die Schulter gelegt und leicht gedrückt«, sagt mein Vater.

»Ich habe gesehen, wie er sich davonmachte. Er setzte sich in sein außerirdisches Auto und ließ den Motor an. Bevor er den Porsche vom Parkplatz auf die Straße lenkte, hielt er nochmals an, als würde er einen Moment auf etwas warten.«

»Du bleibst sitzen und siehst ihn nie wieder.«

»Und alles, was mit ihm zu tun hat – ist fortan Rückblende.«

Nie mehr werden mein Vater und Nelson Fonseca sich darüber unterhalten, zu welchen Sommerschuhen man

Socken trägt und bei welchen sie unmöglich sind, Slipper nur barfuß … und nie mehr wird er sich als Big-Samba-Man aufspielen und die Hüften kreisen lassen und eine Frau bezirzen.

∞ Ich stehe neben meinem bewegten Vater, ratlos und stumm, die geöffnete Flasche zum Einschenken bereit. Ich fülle die Gläser noch nicht, und er hantiert mit dem Besteck herum, mit gesenktem Blick, als müsste er Gabeln und Messer abzählen.

»Der Körper ist verdammt zerbrechlich«, spricht er leise, wie zu sich selbst. »Viel zu zart sind wir Menschen gebaut. Vollkommen ungeeignet für jede Einwirkung von Gewalt.«

»Er wurde nicht ermordet.«

»Innere Gewalt, Jonas, wir trinken und sind lustig und klopfen Sprüche, und ein paar Kilometer entfernt stirbt unser Freund im Porsche Cayenne.«

»Was für ein protziger Sarg.«

»Das Leben hängt am berühmten Seidenfaden. An einer anonymen Arterie. Die platzt. An einem erschrockenen Herzen hängt das Leben. Das stillsteht. Du weißt nie, was als Nächstes passiert. Das macht mir Angst, Jonas.«

Die Klingel beendet unser Gespräch, mehrmals und lange drückt der Kurier, der die Lasagne bringt, auf den Knopf. Ich gehe an die Tür und nehme die warme Schachtel entgegen und bezahle. Ich trage unsere Mahlzeit zum Esstisch und hoffe, dass mein Vater sich wieder im Griff hat. Seine Weltuntergangsstimmung setzt mir zu.

»Ich bin achtzig, mein Sohn, ich bin ein alter Mann. Ich sehe den Horizont. Und ich habe Angst. Ich habe Angst, allein im Haus zu sein. Allein zu leben. Manchmal in der Nacht erwache ich mit dem Gedanken, gottlob bin ich aufgewacht, und im Kopf ist alles an seinem Platz. Es hat mich nicht der Schlag getroffen. Das wäre der Horror. Man findet mich zu spät, und ich ende in der Pflege, mit irreparablen Schäden, ich vegetiere im Rollstuhl und kann nicht mehr sprechen und kann nichts mehr tun und kann mich nicht gegen das Schicksal wehren, gegen dieses Kreuz. Das will ich nicht, ich habe das aufgeschrieben, ich will nicht an Schläuche und lebenserhaltende Maschinen angeschlossen werden, ich habe eine Patientenverfügung vorbereitet und dir die Vollmacht erteilt, auch meine Konten betreffend, du musst die Formulare noch unterschreiben, es ist ein Grauen, Jonas.«

Wir rühren die Lasagne nicht an, und wir rühren den Wein nicht an, ich schließe meinen Vater in die Arme und drücke ihn an mich, diesen liebenswürdigen alten Mann, diesen geschwätzigen alten Herrn, den ich liebe.

Es huschen mir beschwichtigende Sätze durch den Kopf, Verharmlosungen, *nein, nein, ja, ja, du bist ja gesund, Vater, du lebst noch ganz lange, warum solltest du sterben, warum?* Lauter Unsinn. *Mal nicht schwarz, Papa. Denk positiv.* Barer Unsinn wäre es, ein untaugliches Mittel, die Angst kleinzureden, den Tod abzuwiegeln, das mögliche Siechtum auszuschließen, das wahrhaftige Gespenst mit Verniedlichungen vertreiben zu wollen. So wie man ein lästiges Insekt wegscheucht, am besten gleich erschlägt, einen aufdringlichen Moskito. Unnütz. Es gibt zu viele von ihnen. Man wird nie mit ihnen fertig. Einer bleibt mindestens übrig, der sticht.

Ich habe ja selbst Angst, zugegeben, ich habe berechtigte und irrationale Ängste beim Gedanken an meinen alten Vater und an sein ständiges Alleinsein in dem großen Haus.

»Vor ein paar Tagen fuhr ich mit dem Nissan los«, erzählt mein Vater. »Ich bog bei jeder Gelegenheit nach links ab. Es ist ein Spiel. Jede Möglichkeit, nach links abzubiegen, zu nutzen. Ich landete auf dem Parkplatz des Altenheims.«

Ich erlaube mir, ihn anzugrinsen. Er hat den Humor noch nicht ganz eingebüßt, oder verstehe ich ihn falsch?

»Ein Witz, dachte ich«, fährt er fort. »Ich stieg aus und schaute mich um, ich bin in die Cafeteria, um einen Kaffee zu trinken, und sah all meine Vorurteile bestätigt. Das Altenheim verströmt nicht meinen Lieblingsgeruch, Jonas: Männer und Frauen spielten Karten und Monopoly. Und ein Typ unter Drogen wollte mich zu einem Schachspiel nötigen. ›Ich spiele nicht mehr Schach‹, habe ich gesagt und höflich wiederholt. Er hörte es nicht, er mahlte mit den Kiefern und missachtete mein Nein. Gutmütig, wie ich bin, ließ ich mich auf das Spiel ein. Der Alte ignorierte meine Figuren, nach ein paar Zügen war ich seiner Meinung nach schachmatt.«

Mein Vater lacht, obwohl es nicht lustig ist.

»Komisch war es«, erzählt mein Vater. »Der Alte schlug meine Dame mit meinem Läufer. Du glaubst es nicht. Und die Rollstuhlfahrer überholten die Stockgänger. Und durch ein Fenster blickte ich in den Bastelraum, wo weißhaarige Insassen Zeit in Honiggläser abfüllten. Und aus einem Lautsprecher drang: *Ohne Krimi geht die Mimi nie ins Bett, nie ins Bett, nie ins Bett*, ich habe davon einen Ohrwurm bekommen.«

»…«

»Endlich klopfte ich beim Heimverwalter an die Bürotür, und er gab mir ein Anmeldeformular und den Rat, mich vormerken zu lassen, ›die Warteliste ist lang‹, hat er gesagt, ›füllen Sie die Papiere in der Cafeteria aus‹. Ich tat wie geheißen. Und erschrak. Verstehst du, Jonas? Ich bin noch zu jung und zu fit für ein Leben in Zeitlupe.«

»…«

»Sie halten im Heim eine Therapiekatze. Und im hellen Eingangsbereich hängt ein farbiges Plakat im Weltformat, deine Ellis ist darauf zu sehen. Hast du das gewusst?«

»Natürlich«, sage ich. »Sicher weiß ich das. Ellis hat mir das Plakat gezeigt. Es ist ein Probelauf, es hängt nur an wenigen Orten, zum Beispiel in Altenheimen, die Zielgruppe ist nicht die greise Bewohnerschaft, sondern deren Kinder, die zu Besuch kommen, die über fünfzig und schon lange Großeltern sind.«

»Zuerst traute ich meinen Augen nicht, Jonas, doch es war keine Täuschung, keine Verwechslung, es war eine große Überraschung.«

»Ja, das ist es, es ging so schnell.«

»Ellis gibt ganz schön Gas.«

»Du sagst es. Sie erobert die Welt«, versuche ich einen Scherz.

»Ellis ist eine schöne Frau, das Plakat hat mich beeindruckt, Jonas. Verdattert bin ich in mein Auto geflüchtet. Zum Glück fahre ich einen Wagen mit automatischer Schaltung. Mein Nissan kennt den Heimweg, haha.«

»…«

»Weißt du, wie soll ich es ausdrücken, ich muss es wiederholen, ich habe grausam Schiss vor dem Tod. Ich möchte noch lange leben. Zu meinem Leidwesen packt mich die Angst, wenn die Blase mich aufweckt und ich allein im Haus bin. Ich habe eine Riesenangst vor einem

Schlaganfall, der so heftig ist, dass ich keinen Harndrang mehr spüre, ja, dass ich meine Blase überhaupt nie mehr spüre. Ein Infarkt, der mich zerstört. Und den ich überlebe. Und ich bleibe wach, sitze wach im Bett, damit der Blitz mich nicht im Schlaf überraschen kann. Ich liebe mein Leben. Ja. Freilich ist der Tod nicht das Schlimmste, das Schlimmste wäre es, die Katastrophe zu überleben.«

Mein Vater setzt sich nicht an den Tisch mit dem Wein und der Lasagne und den schönen Gedecken. Er steht auf der Schwelle der Tür zum Garten und schaut in die Bäume.

»Deine Bäume sind großartig«, sage ich.

Das stimmt, das freut ihn, dabei hat er heute ein ganz anderes Anliegen, er springt nicht auf die Bäume an. Nicht einmal die einhundertjährige Birke, sein Lieblingsbaum, aus dem im Sommer gelbe Rosen herausleuchten, ist ein Thema. Der Sommer ist noch fern. Bis dahin wird noch viel passieren. Auch der Lärm der Bombardier CL-600, die im Landeanflug tief übers Haus zieht, erreicht ihn nicht. Er spricht einfach lauter: »Ich werde jemanden ins Haus nehmen, ich will nicht mehr länger allein wohnen, und ich will nicht ins Altenheim.«

Er fragt nicht, was ich davon halte, er stellt mich vor Tatsachen. Ich bin überrascht, spüre, wie meine Augen sich weiten, und noch bevor ich den Mund öffne, um einen Kommentar abzugeben, fährt er fort.

»Ich habe mit Yola gesprochen. Sie hat mir enthüllt, dass ihre Mutter Nigeria verlassen will und mit zwei Kindern in die Schweiz kommen möchte. Es sind Mädchen, Teenager. Yola glaubt, dass sie es über Libyen und Italien versuchen.«

Mein Vater macht eine kurze Pause, als müsste er sich neu disponieren.

»Das ist ja verrückt«, blaffe ich ihn an.

»Genau«, antwortet mein Vater, »ich sehe das genauso.«

»Und Yola?«

»›Weißt du, was sich auf dem Meer abspielt?‹, habe ich Yola gefragt«, berichtet mein Vater. »›Weißt du, was sich abspielt vor Lampedusa?‹«

»Wie hat sie reagiert?«

»Sie rümpfte die Nase, war zornig: ›Denkst du echt, dass mir das nicht auch Angst macht?‹, hat sie geschrien. ›Hat denn meine Mutter eine andere Wahl? Sie kann sich nicht mit zwei Teenagern ins Flugzeug setzen und nach Europa fliegen. Sie sind schwarz. Da wird sie vorher abgefangen, die Grenzen sind dicht für Afrikaner, die nicht erste Klasse fliegen.‹«

»Hätte sie das Geld für Tickets?«, frage ich meinen Vater.

»Das Geld ist nicht das Problem.«

»Und ihr Mann?«

Mein Vater schaut mich vielsagend an und legt sich die Hand auf den Mund.

»Yola hat erzählt, ihr Vater sei vor einem Jahr nach Maiduguri gefahren«, erwähne ich ruhig im Ton. »Er wollte seine Familie besuchen. Das ist nichts Außergewöhnliches.«

Mein Vater räuspert sich: »Der Mann ist nie angekommen, Petrus Osuba ist seither verschollen.«

»Osuba?«

»Das ist der Familienname«, klärt mein Vater.

Ich stecke die Hände in die Hosentaschen und schaue in den Garten hinaus, wo der blaue Tischtennistisch steht, auf den wir achtlos die Schläger geworfen haben. Ich gehe hinaus und bücke mich nach dem Bällchen, das auf dem Rasen liegt, hebe es auf und zerdrücke es in der

Faust. Und weil ich nun nicht so richtig weiß, was ich damit anfangen soll, stecke ich es in die Tasche.

Ich höre einen Airbus A340, ich kenne den Sound des vierstrahligen Langstreckenjets, ich schaue hoch, finde die Maschine in dem breiten Lärmteppich nicht, entdecke dafür andere Flugzeuge. Ein reger, für das Auge langsamer Verkehr. Die vielen Flüge, die sich in der Landeschlaufe befinden, haben ausschließlich Passagiere mit gültigen Papieren an Bord, das ist der springende Punkt, und Yola liegt richtig: Falls sie schwarze Haut haben, reisen sie häufiger Business Class als Economy.

Ich gehe ins Haus zurück.

»Sobald sie die Anlaufstelle erreicht haben und ins Auffanglager kommen, werde ich sie herausholen«, weiht mein Vater mich ein. »Ich schaffe das. Ich habe mir das in den Kopf gesetzt, Jonas.«

Mir fällt ein, wie brüsk er mich als Junge korrigiert hat, wenn ich Wünsche äußerte, die in seinen Augen anmaßend waren.

»Du bekommst im Leben nicht etwas, weil du es unbedingt willst … Man kriegt ab, was das Leben für einen bereithält.«

Und ich erinnere mich körperlich, wie sehr ich ihn für diese demütige Haltung verachtete.

»Überschätz dich nicht«, mahne ich.

»Die Schweiz schickt nicht eine Frau mit zwei Teenagern nach Nigeria zurück«, meint er jetzt. »Yolas Mutter hat die Chance, als Flüchtling anerkannt zu werden. Kommt nichts dazwischen, zieht sie mit den Kindern in die Baracken hinter dem S-Bahnhof ein. Und nun mein Plan, Jonas, ich übernehme die Bürgschaft für Yolas Familie. Die Mutter und die Kinder kommen zu mir, sie dürfen gerne bei mir wohnen, sie sollen in mein Haus umziehen. Platz ist genug, ich habe vier oder fünf meiner Räume seit Jahren nicht mehr betreten, Küche und Bad sind vorhanden, für Yola hätte ich ebenfalls ein Zimmer.«

∞ Die Lasagne und der Wein bleiben auf dem Tisch stehen, wir verlassen das Haus. Ich setzte mich in den Passat, mein Vater nimmt den Nissan. Ohne Spielchen biegen wir viermal links ab und zweimal rechts und erreichen die *Tangente*. Yola ist dort und weiß gleich, warum wir zu zweit einlaufen und so ein Gesicht machen. Und mir geht ein Licht auf: Sie ist längst unterrichtet.

»Wollt ihr einen Kaffee?«, fragt Yola.

»Nein, bitte ein Bier«, sagt mein Vater.

»Für mich Wasser, ein Glas kaltes Wasser aus der Leitung.«

»Ich bin überhaupt nicht begeistert«, beginnt Yola, als sie die Getränke bringt. »Ich lebe seit zwei Jahren hier, und es geht mir gut, ich habe Bewilligung B und einen Job. Kommen meine Mutter und meine Schwestern nach, wird das Leben für mich viel komplizierter.«

»Mein Vater ist fest entschlossen, er will sie bei sich aufnehmen.«

Mein Vater wirkt gelassen. Die Tatsache, mir mitgeteilt zu haben, was sein Wille ist, scheint diesen gefestigt zu haben. Und er wechselt das Thema.

»Übrigens werde ich eine kleine Reise machen.«

»Wohin soll es denn gehen?«

»Ich fliege nach Idaho.«

»Und was zieht dich dort hin?«

»Ich will endlich Hemingways Grab in Ketchum besuchen.«

∞ Die Bewohner der Flughafenregion sind in Tausendschaften von irgendwoher zugewandert. Hautfarben und Nasen aus allen Erdteilen und Kantonen haben sich in Glow-M angesiedelt. Ernsthafte Welterklärer wie Fredy Wimmer verkünden nicht ohne Ironie: »Mittlerweile gibt es neben dem Lebensabschnittspartner auch den Lebensabschnittsort.«

Wo jemand herkommt, ist das wichtig?

Wo jemand hinzieht?

Fredy Wimmer beschäftigt sich mit diesen Fragen. Er sammelt die Geschichten und Fakten für sein Buch.

»Mich interessiert die Peripherie«, beginnt er eine Stunde vor Mitternacht und bestellt einen Drink, einen letzten Daiquiri, den Yola für ihn mixt. Es ist still in der Bar, keine Musik läuft, die Geräusche, die Yola mit dem Shaker macht, sind gut zu hören. Fredy ist blass, und seine Nase wirkt spitz. In der *Tangente* findet er immer ein Publikum.

»Wie verschiebt sich der Stadtrand?«

Er schaut in die Runde, die inzwischen lediglich aus mir und Mladen Krstić besteht, nimmt einen Schluck. »Sternförmig«, doziert er. »Zürich dehnt sich in Richtung Basel und Bern aus. Basel und Bern drängen Richtung Zürich vor, alles verzahnt und verkeilt sich.«

»Ja, genau, weiß ich doch«, stimmt Mladen zu. »Wem sagst du das? Du kannst weder mit dem Auto noch mit der Bahn länger als dreißig Sekunden durch unbesiedeltes Gebiet fahren.«

»So ist es«, bestätigt Fredy. Und mit einem schiefen Lachen fügt er hinzu: »Davon lebst du ja, und nicht schlecht. Krstić & Krstić machen Kohle, ob Häuser nun gebaut oder abgerissen werden.«

»Ja, genau. Vorausgesetzt, dass ich am Morgen rechtzeitig aus dem Bett komme«, antwortet Mladen und rutscht vom Hocker herunter.

»Ciao, Freunde.«

Er strebt zum Ausgang, ein Mannsbild. Und im kurzen Moment, zwischen dem Öffnen und Schließen der Tür, dringt, feucht und wohlriechend, ein Hauch der Nacht herein, in der er verschwindet. Ich sehe durchs Fenster, wie die Scheinwerfer seines Autos plötzlich aufleuchten. Beim Wegfahren beschreibt das Licht einen Bogen.

»Glow-M, die entgrenzte Mittellandstadt, ist vielsprachig und vielgestaltig: Ich bezeichne die Struktur als das *große Nebeneinander*«, holt Fredy wieder aus. Er registriert, dass Yola nun zuhört, sie hat sich auf Mladens Hocker gesetzt und nippt an einem Aperol Sprizz.

»Die Stadtbewohner meinen, Glow-M sei reizlos, hässlich und anonym«, fährt Fredy fort. »Wir wissen es besser, wir wissen, dass das falsch ist. *Agglomeration*, urteilen sie. *Ohne Seele*, lästern sie. Dass ich nicht lache.«

»Die Agglomeration ist die Seele«, nehme ich Fredy auf den Arm, denn genau dies ist sein Credo.

»Hörst du das auch, Albo«, sagt er, »diese Glocken?«

Ich lausche, ich höre nichts.

Yola umarmt mich kurz und geht nach oben.

»Ich fahre dich nach Hause«, biete ich Fredy an.

»Danke«, sagt er. »Nicht nötig.«

Ich unterdrücke den Impuls, ihn an den Schultern zu packen und zu schütteln, als müsste er aufgeweckt werden.

Er stakst nochmals zur Toilette. Und als ich die Bar verlasse und die Tür verriegele, wartet er bei den Autos auf mich. Er ist nicht mehr fahrtüchtig, ich bringe ihn nach Hause, er sitzt steif neben mir, spricht kein Wort und wirkt, als fühlte er sich übervorteilt. Ich bin zu müde, um ein Gespräch anzufangen. Fredy Wimmer ist ein kluger Mann, der Pläne schmiedet und Träume bewahrt, um die sich sein Leben nicht kümmert. Er hat sich mit den Umständen arrangiert und ist mehr an Ideen interessiert als an Dingen. Bei mir verhält sich das gerade andersherum. Ihm ist es wichtig, was Sonne und Mond steuert. Mir genügt, dass sie tun, was sie tun sollen: aufgehen und untergehen.

Ich kaue auf meiner Unterlippe herum, überlege, den CD-Spieler einzuschalten, während Fredy weiterschweigt, was gar nicht seiner Art entspricht, im Gegenteil. Mit einem Mal wird mir bewusst, dass er etwas vor mir verheimlicht. Im Leben läuft vieles schlicht und einfach falsch. Doch Fredy ist nicht der Typ, der einem gern verstörende Dinge beichtet. Ich merke, dass mich das erleichtert. Jetzt lasse ich Musik laufen, den jungen Grönemeyer, *Männer*. Seit dreißig Jahren bellt er dieses wahre Lied, das wir lieben, weil wir uns verstanden fühlen, akzeptiert.

∞ Die Wahl ist vorbei. In der *Tangente* läuft der Fernseher, die Ergebnisse werden aufbereitet. Ruth Mersold hat es geschafft, sie ist SVP-Kantonsrätin geworden. Ellis freut sich, sie ist die einzige Person am Tresen, die in die Hände klatscht.

Man könnte sagen: Es hat sich im Prinzip nichts verändert. Nicht viel. Aber doch genug. Erneut hat eine Verschiebung nach rechts stattgefunden.

»Die Demokratie lässt mich an eine alte Lichtgirlande denken«, sage ich in die Runde. »Nach jedem Wahlsonntag fallen ein, zwei weitere Lämpchen aus.«

»Du bist ein Schwarzmaler«, blafft Ellis mich an.

»Bis wir im Dunkeln herumirren«, nimmt Fredy den Faden auf. Er sitzt neben Ellis am Tresen, beide stochern mit dem Halm in einem Drink herum.

Der Moderator nennt die Zahlen. Weiterhin dominiert die SVP mit achtundzwanzig Prozent aller Stimmen. Bald jeder Dritte wählt national-konservativ. Die Grünen und die Grünliberalen zerbrechen sich den Kopf über ihre Verluste. Sie führen einen bitteren Rosenkrieg. Die SP bleibt die zweitstärkste Partei. Jeder Fünfte wählt die Sozialdemokraten.

Mein Vater nicht. Er ist gut gelaunt. Der Christlichen Volkspartei wurde der Absturz vorausgesagt, doch seine wankelmütige CVP hat sich wacker geschlagen. Und die wirtschaftsliberale FDP hat überraschend zugelegt.

»Die SVP gewinnt, weil sie gegen das Establishment kämpft«, will Ellis wissen. »Der Staat greift uns ständig und überall ins Portemonnaie.« Ellis spricht mit der scharfen Stimme und im Tonfall von Ruth Mersold. »Die SVP kämpft gegen den Schwund im Mittelstand.«

Ich schließe die Hände zu Fäusten, vermeide den Augenkontakt, senke gar den Blick und verachte mich dafür. Ich will Ellis jetzt nicht ins Gesicht sehen. Spricht sie wie Ruth Mersold, schält sich das Hässliche heraus. Das ist nicht die Frau, die ich liebe. Die Anmut ist wie weggewischt, ihre Stimme klingt ätzend, ihr Haar ist dünn und gelb, und ich hoffe, dass dies alles ein Irrtum ist.

Aber Ellis hat Ruth gewählt. Wir stecken in einer Zwischeneiszeit.

»Sie ist deine Freundin, ich weiß. Um Ruth Mersold zu wählen, musstest du deine Stimme der SVP geben.«

»Na und? Es ist nicht alles falsch, was die SVP will.«

»Hast du die Plakate mit dem schwarzen Schaf vergessen?«

»Unterstellst du mir Ausländerfeindlichkeit?«

»Der Gedanke an eine SVP-Schweiz löst bei mir Angst aus. Es will mir nicht in den Schädel, weshalb erwachsene Menschen in Scharen zu der lachenden Sonne und dem schwarzen Schaf überlaufen.«

∞ Yola tut sich schwer mit den neuen Perspektiven, ihr fehlt keine Familie. Sie fürchtet, die gewonnene Freiheit wieder einzubüßen.

Yola fährt lange Touren mit der Vespa. Das hilft. Sie fährt und fährt und lässt den Kummer hinter sich zurück. Den Fehlschlag mit Hasan. Der junge Mann hat falsch gespielt und vor der gebieterischen Familie gekuscht.

Die Braut aus den türkischen Bergen, die weder schwimmen noch lesen kann, ist eifrig dabei, dies aufzuholen. Im Nu hat sie auch gelernt, ohne Kopftuch herumzulaufen, mit wallendem Haar. Das dicke dumme Mädchen von Tepeköy ist als bestrickende junge Frau in Glow-M angekommen. Ilka, die angeblich viel Zeit vor dem Spiegel verbringt und Lippenstift ausprobiert, hat schneeweiße Zähne und seidig schwarzes Haar und Mandelaugen, dunkelstes Braun. Hasan wieselt um sie herum, er ist total in sie verschossen und wäre entrüstet zu hören, Yola unterstelle ihm, ein Fiesling zu sein, ein Heuchler und Verräter, einer, der den Wink seiner rassistischen Mutter verstanden und den Schwanz eingezogen hat. Die von ihm angekündigte Ziegenmelkerin entpuppt sich als Prinzessin, kurz gesagt, und Hasan als Schwindler. Er kannte diese Ilka seit der Kindheit. In der Schweiz geboren und aufgewachsen, verbrachte er die Sommerferien jedes Jahr in Tepeköy, im stein- und hühnerreichen Dorf seiner Familie (Suker) und ihrer Familie (Gül), wo heute in jedem Haus ein Porträt von Erdoğan hängt. Hasan und Ilka waren einander versprochen, sie waren langjährige Verlobte. Ilka Gül, wusste er nur zu gut, ist eine Schönheit, deren Vater in Winterthur Taxi fährt, während seine Familie unter der Regie der Mutter im Heimatdorf eine Nusspaste und Honig produziert, in Gläser abfüllt und an Bioläden in Glow-M verkauft.

»Sicher gewinnt Ilka den Titel *Miss Türkei-Schweiz*«, schimpft Yola, sie zieht die Oberlippe unter die Schneidezähne und stülpt die Unterlippe darüber, grimmig.

»Und du wirst *Miss Afrika-Schweiz*«, muntere ich Yola auf.

Das tröstet sie nicht, sie fühlt sich gedemütigt.

»Schau mal vorbei, die hochnäsige Ilka hilft im Geschäft, sie arbeitet in der Eisdiele«, schlägt sie vor.

Yola schnarrt das in einem Tonfall herunter, den ich nicht richtig einschätzen kann, Zorn, Ironie, was alles schwingt mit? Ebenso wenig vermag ich das Gesicht zu deuten, das sie dabei macht. Yola hat ein A-Gesicht (fröhlich) und ein B-Gesicht (finster), doch die zahlreichen Stufen dazwischen bleiben mir schleierhaft bis fremd. Mein Blick ist zu europäisch für afrikanische Nuancen.

»Ich war dort, die Kleine ist ein Eyecatcher«, gebe ich zu.

»Sie ist entsetzlich blass«, belfert Yola. »Sie hat eine Haut wie Schafskäse.«

Yola Wundaba ist nicht unterzukriegen. *Es ist nicht wirklich schlimm, keine Katastrophe, und es geht auf jeden Fall vorbei*, spricht sie sich selbst Mut zu.

∞ Bei schönem Wetter stellen wir Tische mit Sonnenschirmen auf den Platz vor der *Tangente*, heute ist so ein Tag. Auf dem Parkfeld muss ich die Hand vor die Stirn halten, um die Augen vor dem gleißenden Licht zu schützen. Yola hilft mir, Tische und Stühle hinauszutragen, die Betonständer hinauszurollen und die Schirme aufzuspannen. Sie unterhält zur Sonne ein anderes Verhältnis, mehr eine Feindschaft als eine Freundschaft, und meidet sie. »Ich muss ja nicht mehr braun werden«, scherzt sie. Und was für viele rosahäutige Weiße ein Luxus ist, mit geschlossenen Augen dazusitzen, die Sonne auf dem Gesicht, ist ihr fremd.

»Albo«, sagt Yola unvermittelt, »ich finde es krass, dass ihr Real II sterben lasst.«

»Tun wir das?«

»Ihr habt das Turnier abgesagt, das verstehe ich.«

Yola vermeidet es, den Namen des Verstorbenen auszusprechen. Sie ist abergläubisch. Spricht man den Namen eines Toten nach dem Begräbnis wieder aus, weckt man seine Geister.

»Ihr habt nie mehr trainiert.«

»Rocchi ist zurückgetreten«, beginne ich eine traurige Aufzählung. »Nelson Fonseca ist zurückgetreten. Mein Knie streikt. Und Fredy Wimmers medizinischer Befund hat uns erschreckt. Nach dem miserablen PSA-Wert hat er eine Biopsie machen lassen. Seitdem rennt er von Arzt zu Arzt.«

Yola schaut mich fragend an: »PSA-Wert?«

Ich erkläre ihr, was PSA ist und dass Männer ab fünfzig zur Prostatavorsorge sollten. »Fredy hat das versäumt. Wird der Krebs rechtzeitig entdeckt, ist er heilbar.«

»Davon höre ich zum ersten Mal.« Yola ist verblüfft. »Ich glaube, in Nigeria ist das kein Thema«, überlegt sie.

»Ich werde Fredy Wimmer Mangos schenken. Mangos heilen.« Sie macht eine kleine Pause und meint ernst: »Und seine Prostata hat nichts mit Real II zu tun, ihr solltet das Team nicht sterben lassen.«

»Mladen überlegt, bei den Priština Tigers einzusteigen«, sage ich. »Ihr Spielführer hat ihn angefragt. Er fühlt sich geschmeichelt. Demzufolge bleibt uns gar nicht viel anderes übrig, als das Team aufzulösen.«

»Dir fehlt der Fußball, Albo, ich spüre das.«

»Ja, das ist richtig.«

Yola baut sich vor mir auf, stützt die Fäuste in die Seiten und bleckt ihre weißen Zähne. Ich schaue sie verwundert an, sie wirkt wild entschlossen, als sie mir auseinandersetzt, was nun zu tun ist.

»Du kannst mit einer Kniestütze spielen, Albo, du stehst als hinterster Mann gut, deine Pässe sind nicht immer genau. Das musst du verbessern. Für dich spricht: Meistens sind sie klug gedacht. Und ich könnte Rocchi ersetzen. Im kleinen Tor bin ich nicht schlecht. Ich muss natürlich üben. Du könntest mir Torwarttraining anbieten, und wenn das klappt, wenn du mit meiner Leistung als Torfrau zufrieden bist, bauen wir ein neues Team auf, Real III klingt prima.«

Ohne sich zu verhaspeln, hat sie mir das auseinandergesetzt. Jetzt schaut sie mir fadengerade in die Augen, als wäre darin ablesbar, ob auch alles verstanden worden ist, bevor sie zum Schluss erklärt: »Noch cooler wäre es, ganz in Weiß zu spielen: unter dem Namen Real Madrid Mixed Team.«

Verblüfft lege ich eine Hand aufs Herz und lache laut heraus. Yola findet die Reaktion nicht angebracht, sie ist eingeschnappt.

»Ich meine das ernst. Albo, verdammt noch mal.«

∞ Wir warten in der *Tangente* auf die Übertragung des Spiels Real Madrid gegen Juventus Turin. Halbfinale. Die Bar ist wie schon gestern Abend gerammelt voll. Nervöse Juve-Fans und merkwürdig abgeklärte Bayernfans bilden die Mehrheit. Dass Bayernfans so zahlreich vertreten sind, erstaunt auf den ersten Blick.

Gestern Abend ist der FC Bayern ausgeschieden. Heute wird das Team von Juventus Turin abserviert werden. Rocchi ist skeptisch. Am Abend zuvor die unantastbar geglaubten Bayern, und heute die überschätzte italienische Mannschaft, für die sein Herz uneingestanden schlägt.

»Ronaldo wird treffen. Er trifft immer.«

»CR7 hat ein kaputtes Knie, wie ich«, sage ich zu Rocchi.

Er mustert mich herablassend. »Dein Knie und das Knie von Ronaldo sollte man nicht vergleichen.«

»Mein Knie und sein Knie sehen auf dem Röntgenbild oder MRI nicht viel anders aus.«

»Das täuscht. Sein Knie ist für ein paar Millionen versichert, und dein Knie hat keinen Versicherungswert.«

»Mein Knie ist menschlich, sein Knie ist göttlich«, gebe ich mich geschlagen.

∞ Seit ihrem Rausschmiss aus der Firma verbringt Ellis viel Zeit im Studio von Esther DeSoto.

»Hast du Einwände, Jonas?«

»Nein, habe ich nicht.«

»Begeisterung klingt anders.«

»Gib mir Zeit.«

Ellis und Esther DeSoto entwickeln als Tandem eine

abenteuerliche Betriebsamkeit, eine weibliche Energie, die erfolgreich ist, aber nicht viel Spaß verträgt. Ich schaue staunend zu. Worte, die angemessen wären, wollen mir nicht über die Lippen oder stehen mir nicht zur Verfügung. Etwas in mir hat zugemacht wie ein Muskel, der einen im Spiel zum Aufgeben zwingt.

Es wird sich alles regeln, auch wenn es jetzt nicht danach aussieht. In dieser Tonart spreche ich mit mir selbst. *Rede nichts Unüberlegtes daher, Albo. Die meisten Dinge erledigen sich von selbst. Die Wellen glätten sich wieder*, das ist meine Lieblingsbeschwichtigung, mit der ich Ellis auf die Palme jagen könnte.

»Offenbar entspreche ich der Matrix«, hatte sie gelacht. »Ich habe ein gefragtes Profil.«

Woher sie diese Wörter holte? *Ich will das nicht, ich mache nicht mit*, giftete eine Stimme in mir, kleinmütig, engherzig. In mir brachen Gefühle auf, von deren Vorhandensein ich bisher gar nichts gewusst hatte. Mir war, als überzögen fein verästelte Ableger der Angst wie Besenreißer das, was man Seele nennt. Zum Glück besann ich mich auf meine wirkungsmächtige Zehnsekundenregel. Beim stummen Zählen entspannte sich mein Körper, und mein Gesicht war wertfrei, und bevor ich zur letzten Zahl gelangte, fragte Ellis: »Darf ich dir etwas beichten?«

Schon steckte sie mittendrin: »Vor einiger Zeit, als ich in der *Welcome-Bar* auf die Landung des Flugzeugs wartete, mit dem Esther DeSoto reiste, bin ich von einem Mann angesprochen worden. Ich wunderte mich, dass er sich direkt neben mich setzte, obwohl an der Theke mehrere Hocker frei waren.«

Ich dimmte meinen Verdruss herunter und signalisierte aufmerksames Zuhören. *Die Zeit steht auf meiner Seite*, dachte ich ganz unbegründet, und wurde von einer sinnlosen Fröhlichkeit erfasst.

»Gut aussehend, gut gebaut, hohe Stirn«, beschrieb Ellis den Mann mit einem verschwörerischen Lächeln, als hielte sie mich für einen ergebenen Komplizen, den das Aussehen eines jungen Mannes interessierte, der sie am Flughafen angemacht hatte.

»Gel im Haar, Undercut, ein klasse Typ.«

Er übersah Ellis nicht. Das war das Entscheidende, er musterte sie mit fast schon unanständiger Ausführlichkeit.

Fehlte noch, dass er pfiff.

»Sie sehen ganz toll aus«, hatte der junge Mann skandiert und die Arme ausgebreitet. »Umwerfend gut sehen Sie aus.«

Ellis fühlte sich geschmeichelt. Im Gespräch stellte sich heraus, dass er, Milo Munch, der Juniorpartner der Agentur war, für die Esther DeSoto zurzeit unterwegs war. Er war ebenfalls zum Flughafen gefahren, um sie abzuholen.

∞ Ellis hat die letzten großen Schlachten in der *Tangente* wegen ihrer neuen Tätigkeit verpasst. Sie hat sogar das geliebte GoKart geschwänzt. Die Kartmädels sprechen mich darauf an. Sie sind genervt und enttäuscht, eine langjährige Freundin entzieht sich ihnen, und sie stellen, nicht frei von Neid, ihre Vermutungen an.

»Wo ist Ellis abgeblieben?«

»Fragt sie selbst, ich bin kein Gedankenleser.«

»Man sieht sie mit Esther DeSoto, die zwei sind oft zusammen auf der Piste«, hat Marina beobachtet.

»Ja, ja. Ruft sie doch an.« Für mich ist das ein Reizthema.

»Ihr Handy ist meistens ausgeschaltet«, weiß Tanja.

»Ellis modelt«, sagt Leslie, sie kennt den neuesten Stand.

»Ellis hält dich jung«, sagt Ruth Mersold mit einem breiten Grinsen.

∞ Ich fahre zum Altenheim. Endlich. Ich will das Plakat in seiner ganzen Größe sehen, ich will Ellis als schöne Oma im Weltformat sehen.

Ellis fährt mit Kindern, die deutlich ihre Enkel sind, Fahrrad auf einer ruhigen Landstraße. Blühende Bäume, ein herrlicher Himmel, Haar im Wind. Die Enkel mit kleinen stabilen Rädern und Helm. Meine Ellis in Jeans und weißer Bluse, dunkelblond ihr Haar, der Mund schön geschminkt, die Augen strahlend. Eine tolle Oma – und warum ist sie so toll? Immer noch so cool in diesem kippeligen Alter? Ellis wirbt für ein Nahrungszusatzprodukt, das zwölf Vitamine und Hormone und Spurenelemente enthält.

Ein göttlicher Mix.

Der Anblick erschüttert mich. Ich nehme Ellis als Fremde wahr, als eine sportliche ältere Frau, als eine junge Oma mit süßen Enkeln. Sie steht im Mittelpunkt, und mir geht durch den Kopf, dass ich selbst auf dem Plakat mit dabei sein könnte, ich wäre der Opa.

Über fünfzig ist nicht lustig. Im Augenblick dieser schlichten Erkenntnis fehlt mir der Humor, und ich bin froh, dass kein Spiegel neben dem Plakat hängt. Allerdings flammt auch der Gedanke auf, dass diese aparte

Jung-Oma so aussieht, als hätte sie noch Sex. Dass die Werbung genau dies suggeriert.

Es stimmt ja auch.

Liebesnächte sind der Lohn der gesunden Lebensweise. Die Lunge soll nicht nur beim Sport keuchen. Auch ältere Menschen haben Körper, die sich gut anfühlen, bedürftige Körper, die berührt und geliebt werden möchten, gierige Körperteile, die Lust spenden und Lust empfinden möchten.

Die Tatsache, dass ich mit dieser schönen Fremden auf dem Plakat das Bett teile, hat etwas Erregendes und Überrumpelndes. Es erfüllt mich mit Stolz. Jedermann darf diese schöne Frau auf dem Plakat anschauen, jedermann darf ihr Lächeln auf sich beziehen. Ich darf sie auch anfassen. Und ihr Lächeln gilt mir. So will ich das sehen, so rücke ich es für mich zurecht.

Ich begehre Ellis. Ich stelle mir vor, sie in die Arme zu schließen. Ich werde Ellis heute Nacht in die Arme schließen und anfassen, ja, sie packen, falls sie überhaupt nach Hause findet.

∞ Rocchi hat sich eine Angelrute gekauft. Er verbringt die Zeit, die er sich vor dem Handbruch für den Fußball genommen hat, nun am stillen See. Es ist ein abgelegener Ort, hohes Schilf, blaues Wasser mit tiefgrünen, sich unter der Oberfläche bewegenden Algen. Dazwischen ein silberner Fisch, den er zu fangen trachtet.

Ich habe mich einmal eine Stunde neben ihn gestellt. Angler reden nicht viel, sie schweigen. Das ist ihr Image, das sie lieben und pflegen. Angler stehen schweigend da, beobachten den Schwimmer, holen die Schnur ein, werfen sie mit frischem Köder wieder aus. Angler schweigen Löcher in die Luft. Und das passt gar nicht zu Rocchi. Es wird der Tag kommen, da wird der energische Polizist platzen, da wird er zu brüllen und zu schreien beginnen und davonlaufen – zurück auf den Fußballplatz.

»Wenn einer anbeißt, was machst du?«

»Ist das ein Witz?«

»Hast du schon einmal einen Fisch gefangen?«

»Nein.«

»Sei dankbar dafür.«

»…«

»Ein geangelter Fisch zappelt und ist lebendig.«

»…«

»Du musst ihn von der Angel lösen und töten.«

»…«

»Bevor du den Fisch braten kannst, musst du ihn ausweiden, du musst ihm den Bauch aufschneiden und –«

»Erspar dir das, Albo. Ich will nicht ins Tor zurück. Ich werde nach dem Rückschlag nicht mehr der Alte sein und zu alt, um mich noch zu verbessern. Mit fünfzig wird man in nichts mehr besser.«

»Es macht dir daher Spaß, im Schilf zu stehen und die Angel auszuwerfen und zu hoffen, dass nie ein Fisch anbeißt? Damit du keinen Ärger mit Marina bekommst? Denn Marina kauft den Fisch im Supermarkt, pfannenfertig.«

»Lass Marina aus dem Spiel.«

Er schaut mich gehässig an.

Ich weiß nicht, was in mich gefahren ist, es ist nicht meine Art, Dinge einfach hervorzusprudeln: »Du und Marina«, frage ich, »vögelt ihr noch miteinander?«

»Du nervst, Albo, ich habe dich nicht gebeten, mir Gesellschaft zu leisten. Ich bin zufrieden hier. Alles ist bestens. Ich denke, du fährst jetzt besser nach Hause, statt dich bei mir unbeliebt zu machen. Sieh dich vor, fange ich einen Fisch, könnte es sein, dass ich ihn dir um die Ohren schlage. Verpiss dich, du Nervensäge.«

Ich bleibe neben ihm stehen und weiß, dass es in seinem Inneren rumort, Rocchi kann brummig und unwirsch und unzugänglich sein.

»Willst du das wissen, weil du mit Yola rummachst?«

»Wie kommst du darauf?«

»Sieht doch jeder. Du schleichst ständig um sie herum, ihr fasst euch an.«

»Ellis und ich«, höre ich mich ungeniert lügen, »schlafen noch jeden zweiten Tag miteinander.«

»Ha«, schnaubt Rocchi. »Wir machen es zweimal – im Monat.«

Das Geständnis ist ihm herausgerutscht. Er wirft mir einen wilden Blick zu. Ich boxe ihn mit zu viel Schwung gegen die Schulter. Der Schlag bringt ihn aus dem Gleichgewicht.

»Spinnst du?«

Er schusselt mit der Angelrute. Das Garn verheddert sich.

»Sorry«, entschuldige ich mich. »Sorry, sorry, sorry.«

Und ich denke, *Rocchi, was bist du für ein blöder verklemmter alter Sturkopf.*

Da sickert eine dicke Träne aus jedem seiner Augen. Ich bin fassungslos. Die Tränen sind zu zäh, um herunterzukullern.

»Ich wollte dir nicht zu nahe treten.«

Rocchi ist ein Freund. Es gibt wenige Menschen, mit denen ich so viel Zeit wie mit ihm verbringe, entspannt, fast brüderlich, in der Bar und beim Sport. Wir sprechen über das alltägliche Sorgenpuzzle und tauschen nicht unbedingt das Intimste aus. Dafür hat er mir den Taser gezeigt, mit der die Polizei neu ausgerüstet worden ist.

»Du schießt zwei kleine Pfeile auf die Zielperson ab, die Pfeile sind über Elektrodrähte mit der Waffe verbunden. Nun drückst du ab und löst den Stromstoß aus, und der Mann fällt.«

Rocchi kann auch mitteilsam sein.

Jetzt beobachtet er den dreifarbigen Schwimmer im glatten Wasser, als hinge das Leben davon ab. Ich habe ihn mit meiner Direktheit in Schwierigkeiten gebracht. Wenn in diesem Augenblick ein Fisch anbeißt, löst er unser Problem, kappt er die Verlegenheit.

Ich bin versucht, die Büchse auf dem Steg ins Wasser zu kicken, in der er seine Köder aufbewahrt, ein Knäuel lebendiger Würmer.

»Warum angelst du?«

Auf dem kleinen See schwimmt ein Haubentaucher, hyperaktiv dreht er den langen Hals und sticht blitzschnell in die Tiefe, unheimlich lang bleibt er unter Wasser und schnellt an einem ganz anderen Ort wieder hoch. Die Fische da unten haben ganz schön Stress. Rocchi spürt einen leichten Zug, der ihm anzeigt, dass ein Fisch am Köder knabbert.

Wieder nichts. Der Schwimmer zittert. Rocchi zieht die Angelschnur ein, befestigt einen neuen Köder am Haken.

Und wirft aus.

Die Geste berührt mich, der Schwung sagt: Zuletzt stirbt die Hoffnung. Du hast eine Chance, auch wenn die Quote gegen dich spricht.

»Über Marina möchtest du nicht sprechen?«

Rocchi tut so, als hätte er das Angebot überhört, er spielt mir etwas vor, als spürte er im Urin, dass sich ein neuer Fisch nähert, ein alter, dummer Hecht, der nicht zögerlich am nun ertrunkenen Wurm nagt, sondern gutgläubig anbeißt. Ein kleiner Ruck geht durch Rocchis Arm, die Angelrute schnellt hoch, und die Leine zupft am Schwimmer.

Das wiederholt sich.

Angeln ist ein Sport für Langeweiler. Nein? Ich bin falsch gewickelt. Angeln ist eine geschickte Tarnung für Männer, die ihre Ruhe haben möchten und nicht angesprochen werden wollen. Rocchi ist ein Scheinangler, der mit Gerätschaften hantiert, von denen er wenig Ahnung hat, um davon abzulenken, dass er nichts tut, vielmehr, dass er nachdenkt, dass er in seiner Gedankenwüste herumgeistert und nicht gefragt werden möchte, woran er gerade denkt.

»Marina hat sich verliebt«, knurrt er und beginnt, wie wild die Kurbel der Rolle zu drehen, holt die lange Schnur ein, den dreifarbigen Schwimmer und den Haken, um einen neuen Wurm daran zu befestigen.

»Sie hat sich in Benno Kohn verknallt.«

»Benno ist schwul«, antworte ich ruhig. Und ich sehe Benno in einer schicken, durchschnittlich ausgebeulten Calvin-Klein-Unterhose in der Umkleide stehen, ich sehe seinen überweißen, haarlosen Körper mit den markanten Leberflecken.

»Das weiß ich, Albo. Leider beruhigt es mich nicht, es macht mich nervöser, offenbar weiß Marina es nicht.«

»Was ist in dich gefahren, Rocchi, eine Frau merkt das sofort.«

»Ich fürchte, meine Frau hat eine Affäre.«

Der Polizist, der sich im Innersten als Puma fühlt, wähnt sich plötzlich hilflos unterlegen und ist halb von Sinnen. Sein Bammel zeigt, wie viel im Leben nicht mit dem Verstand zu steuern ist.

»Ich glaube, auch deine Frau wandelt auf seltsamen Pfaden«, orakelt er.

Ich bin erleichtert, dass er Yola nicht mehr ins Spiel bringt. Anderseits fühle ich mich getroffen, als hätte er mit der Taserpistole auf mich gezielt. Ich widerstehe dem Drang, in die Knie zu gehen. Der überraschende Angriff macht mir klar, dass ich genauso wie die meisten Männer bin: Ich befinde mich im Irrtum über meine Frau.

»Unsere Frauen sind anders, als wir denken.«

»Es gibt die braven Mädchen. Sie bleiben beim Schwimmen in der Nähe des Strandes. Die anderen wagen sich sehr weit hinaus.«

»Und du? Weiß Ellis, dass du Yola bumst?«

»Es wundert mich, dass du das für möglich hältst«, sage ich in einem Ton, der mir selbst nicht gefällt. Dennoch, bin ich weniger verstimmt als geschmeichelt und lasse die Unterstellung so stehen. Ich fühle mich jung damit. Und lasse Rocchi, den selbst ernannten Angler, an seinem Teich stehen und schmoren.

In der Bar zeigt Rocchi sich weiterhin. Er macht einen Bogen um etwas anderes. Unsere Debatte am See wird mit keinem Wort erwähnt. Hat sie überhaupt stattgefunden? Oder hat Rocchi beim Angeln ein Selbstgespräch geführt, in dem ich auftrat wie in einem Traum? Er könnte erzählen, *ich habe von dir geträumt, Albo.* Wir würden in Gelächter ausbrechen und genau an dem Punkt weiterreden, an dem wir aufgehört haben: Unsere Frauen machen uns Sorgen. Sie schwimmen so weit hinaus, dass wir sie vom Ufer aus nicht mehr sehen. Anders ausgedrückt: Wir waren es gewohnt, größer und stärker als sie zu sein. Nun wachsen sie uns über den Kopf.

Rocchi wiegelt ab, und ich schweife ab. Doch es ist nicht so, dass es uns allgemein schwerfällt, über Gefühle zu sprechen. Es fällt uns schwer, den Wandel zu akzeptieren, wir wollen das Neue nicht wahrhaben.

Während er einen Flammkuchen isst, erlaube ich mir die Bemerkung, dass er ohne Sport aus der Form zu geraten droht, vielmehr, ich wähle einen Umweg und erwähne, dass Fredy Wimmer entsetzlich abgenommen hat, seit er nicht mehr Fußball spielt.

»Du bist der gegenteilige Typ, Rocchi, Jogging ist –«

»Wozu soll ich joggen? Herrgott noch mal. Ich stehe nicht mehr im Tor«, bellt Rocchi. Er hat den Seitenhieb kapiert. »Ich bin nie wahnsinnig begeistert durch die Gegend gerannt.« Klares Bekenntnis. »Ich bin kein Läufertyp, Albo, das Joggen tut mir weh, ich bin ein Ballfänger.«

»Und das Gewicht?«

Er winkt ab. »Mein Maß ist der Gürtel. Ab Loch fünf gilt: Friss die Hälfte. Und kein Alkohol, aber wem predige ich das.«

∞ Wir treffen uns erneut, um über die Zukunft von Real II zu entscheiden. Ich sitze mit Mladen Krstić, Fredy Wimmer, Silvio Rocchinotti, Dieter Bodrop und Benno Kohn am Tisch im kleinen Raum der *Tangente*, im Hinterzimmer. Tanja Schmidt hat ihr Team versammelt und in stiller Übereinkunft den Vorsitz übernommen. Auch mein Vater hat sich eingefunden, Marcel Alberding, der selbst ernannte Coach. Und zum ersten Mal ist Yola anwesend. Ihr überraschender Vorschlag hat uns aus der Lethargie befreit und den Anstoß zu einer weiteren Sitzung gegeben.

Yola ist aufgeregt und freut sich, das Projekt ist ihr

wichtig. Sie lechzt nach Anerkennung. Am liebsten würde sie uns mit ihren Fertigkeiten als Bar-Fachfrau beeindrucken und für jeden einen Kate & Gwen mixen. Mit frischer Minze. Die unverkennbar duftenden Blätter gibt sie, vom Rezept abweichend, dazu. »Weil es schön aussieht und mehr Pfiff hat«, urteilt sie selbstsicher. Sie weiß natürlich, dass die Sitzung kein Anlass für farbige Cocktails ist. Obendrein sind wir, wenngleich das Selbstbild trügerisch sein mag, doch immer noch Sportler. Alle trinken eine Limo oder ein Helles, Rocchi ein Alkoholfreies, weil er anschließend Streife fährt. Und vor mich stellt Yola, die künftige Torfrau, falls ihr Plan aufgeht, mit einem Lächeln ein Glas Wasser hin.

»On the rocks, bitte.«

Ich mache die Lautsprecher aus, U2 nervt mich.

Tanja Schmidt hat sich nach Nelson Fonsecas abstrusem Tod wieder gefangen. Sie ist noch durchsichtiger geworden und heute stark geschminkt. Mit fetten Schutzschichten, denke ich. Tanja entfaltet Yolas Vorschlag, ein Mixed-Team zu bilden und das scheintote Real II in dieser exotischen Gestalt neu aufleben zu lassen.

»Yolas Projekt hat eine Menge für sich, es liegt voll im Trend.« Tanja hat sich schlau gemacht. »Bei vielen Turnieren sieht man Mixed Teams, die Zuschauer lieben ihre Spiele.«

»Ich bin eure Torfrau«, bietet Yola sich an. Sie grinst und zeigt ihre angespannten Bizepse.

»Ich bin ebenfalls dabei«, bekennt Tanja und reckt das Kinn.

Sie bleibt demzufolge auch in der neuen Konstellation unsere Teammanagerin. Das ist gut so, sie ist zuverlässig und effizient, eine Frau, die den Dingen auf den Grund geht.

»Danke, Tanja.«

Sie schaut mich aus schmalen Augen an, als wäre ich begriffsstutzig.

»Ich spiele als Stürmerin im Mixed-Team mit«, stellt sie klar. »Ich habe Nockenschuhe und Schienbeinschoner gekauft.«

»Die Chefin hat gesprochen«, tönt mein Vater und klatscht in die Hände, als erwartete ihn ein Mordsspaß. Und so, wie er Tanja anschaut, vermute ich, dass er denkt: *Du musst noch viel Suppe essen.*

»Ich bin bereits im Training«, bekräftigt Tanja. Sie fährt mit der Hand durch ihr Haar und verstrubelt es, kriegerisch wirkt sie. Ich sehe schon, wie sie mit ihren langen dünnen Flamingobeinen auf dem Platz herumstümpert.

»Ich will auch ins Team«, quengelt mein Vater und setzt seine blaue NY-Giant-Cap verkehrt herum auf. »Ich habe ein Paar Fußballschuhe aus den Fünfzigerjahren aufbewahrt, Größe 43, die passen noch.«

Alle lachen, selbst die unerschrockene Tanja.

Bevor sie den ersten Teil der Sitzung mit einem »Haltet die Ohren steif« beendet, schlägt sie mit charmanter Zuversicht vor, dass wir uns am kommenden Sonntag, morgens um zehn, zu einem Mixed-Team-Probetraining treffen.

Yola Wundaba strahlt. Sie möchte sofort loslegen, ihr Körper ist geschmeidig und kompakt. Angst kennt diese Frau nicht. Bestimmt kann sie Kommandos brüllen und eine Abwehr dirigieren.

Und Fredy Wimmer schnieft: »Mein Arzt meint –«

»Stopp«, sagt mein Vater und stößt Fredy mit dem Zeigefinger gegen die Brust. »Du bist jederzeit willkommen auf der Bank, ich ernenne dich ab sofort zu meinem Assistenten.«

∞ Als Idee ist Yolas Vorschlag, ein Mixed-Team zu bilden, witzig. Wir sind uns rasch einig, in unserer Schieflage ist es eine aussichtsreiche Option. Yola reckt beide Daumen hoch. Sie sieht sich bereits fliegen, ganz in dunklem Nigeria-Grün, das ist ihre Lieblingsfarbe geblieben, und stellt sich vor, wie katzenhaft sie einen verflixten Ball gerade noch über die Latte lenkt.

Ob sich die prickelnde Vorstellung sportlich umsetzen lässt, wird sich nach ein paar Trainings zeigen. Gelingt die Fusion und gelangen wir zur Überzeugung, in der Kategorie Mixed-Team aussichtsreich mitmischen zu können, wird die definitive Entscheidung gefällt.

Ich bin dem Ganzen nicht abgeneigt.

Doch schwelt da noch ein Feuer.

Und darum hat die Sitzung einen zweiten Teil. Ein paar Traktanden, die wir Stammspieler nicht gern in Anwesenheit der Frauen verhandeln, müssen auf den Tisch. Nämlich, ob wir Männer ein Mixed Team wollen. Tradition versus Innovation. Ob das wankende, aber auch bewährte Real II, ein Männerteam, mit Frauen zusammen Fußball spielen will, muss eingehend besprochen und entschieden werden.

Mladen Krstić fängt an. Er fragt, ob die Verschmelzung nicht zu kompliziert sei. Umkleide und Dusche, wie soll das gehen? Und, tiefer schürfend: Wollen wir Männer mit unserem heiligen Fußball nicht am liebsten unter uns bleiben? Können wir die Männermannschaft aufgeben?

Tanja und Yola stehen auf und verlassen den kleinen Raum. Sie verzichten auf brüske Bemerkungen. Es muss sein, so sind die Regeln. Tanja sagt, dass sie mit dem kurzzeitigen Ausschluss kein Problem hat. Die Frauen sind angespannt. Kein Augenzwinkern. Die Vorgehensweise erinnert mich an eine geheime Abstimmung. Die Antragsteller, deren Projekt verhandelt wird, warten draußen auf den Bescheid.

Nicht alles, was Männer unternehmen, wird zwangsläufig besser, wenn Frauen dazustoßen. Mir fallen die Pétanque-Spieler ein, die hinter der Mehrzweckhalle ihre silbernen Kugeln werfen. Eine zufriedene Truppe. Eher Genießer als Sportler. Sie trinken Weißwein zwischen den Punkten. Ein Gläschen beeinträchtigt ihre Präzision nicht. Ebenso wenig ein behäbiger Bauch. Sie spielen mit viel Gespür. Und nun sind Frauen dabei. Drahtige und mollige Frauen, Streberinnen, die das diffizile Spiel nicht verstehen. Ihnen fehlt das Auge für den Wurf. Das feine Handgelenk. Sie sind blutige Anfängerinnen, spielen seit drei Monaten. Die Pétanque-Männer sind alte Hasen, sie spielen seit dreißig Jahren. Nun sollen sie ein Lächelgesicht zum veränderten Spiel machen. Das stinkt ihnen gewaltig. Stets mehr von ihnen bleiben zu Hause oder weichen auf einen anderen Platz aus.

Real Madrid Mixed-Team wird unser Untergang.

Wir mögen Frauen. Witze helfen nicht weiter. Man kann die heikle Sache auch nicht mit feiner Ironie abtun. Es geht um etwas, das uns ungemein wichtig ist: Fußball. Es geht ans Lebendige. Die klägliche Real-II-Resttruppe ist in eine personelle Notlage geraten. Wir Veteranen werden uns einigen müssen, ob wir die Veränderung wagen. Jeder trägt seine Einwände vor. Keiner lehnt das Experiment einfach ab und verwirft die Hände oder schreit mit geballter Faust: *Neiiin, niemals!*

Wir bilden im Hinterzimmer eine Männerrunde und haken eine Liste mit Fragen ab: Wie setzt du den Körper ein, wenn der Gegenspieler eine Frau ist? Ist eine besondere Rücksichtnahme auf die weibliche Anatomie erforderlich, oder darfst du im Spiel vergessen, dass du mit und gegen Frauen spielst? Darfst du eine Frau beschimpfen, wenn ihr ein Fehlpass unterläuft? Darfst du auf eine Frau losgehen, weil du mit dir selbst haderst und unzufrieden bist, so wie du gegen einen Mitspieler loslederst? Wie gehst du mit der Frustration und der Wut um, wenn Feindseligkeit aufbrodelt, wenn die Fehlerkette dich würgt?

Weitere Fragen?

Wie jubelst du, wenn eine Frau ein Tor schießt? Darfst du sie herzen und umarmen und an dich drücken und abküssen? Sind Frauen im Team Spaßbremsen? Darfst du im Spiel einer Frau einen aufmunternden Klaps auf den Hintern geben wie einem männlichen Mitspieler? Macht Fußball noch Spaß, wenn du dich nicht gehen lassen darfst aus Angst, etwas falsch zu machen? Sexual Harassment? Dürfen wir einen Leiberhaufen bilden, dürfen wir uns knutschen und aufeinanderlegen und animalisch aufeinanderwerfen vor Freude, wenn zuunterst eine Frau liegt, die Matchwinnerin?

Tanja, Yola?

Wir Männer haben das nicht gelernt und nicht geübt, und wir müssen es Punkt für Punkt thematisieren, was uns nicht leichtfällt und nicht ohne Lachen und Verlegenheit geht. Und was ist, wenn eine Frau dich mit einem schmerzhaft scharfen Ball abschießt? Und kann eine Frau den Ball mit der Brust stoppen? Zugegeben, wir haben eine Heidenangst, dass wir Fehler machen und, um ein Klischee zu bemühen, aus dem letzten Männerreservat vertrieben werden.

∞ Ich übe mit Yola das Torwartspiel. Für mich ist es eine willkommene Ablenkung von den Turbulenzen mit Ellis. Bereits den Umstand, dass meine Frau morgens nicht mehr eine Stunde früher, sondern zur gleichen Zeit wie ich aufsteht, empfinde ich als Komplikation. Dass ich mein Ritual nicht mehr ungestört durchführen kann, bereitet mir Mühe, ich bin pingelig und gereizt. Manchmal schließt sie sogar die Tür zum Bad ab, und sie plappert mit einem Handtuchturban auf dem Kopf fortwährend von neuen Dingen, die ich nicht hören möchte, aber fühlen muss. Ich möchte mich in der eigenen Wohnung verdünnisieren. Es ist, als weigerte Ellis sich, mit mir über Bedeutungsvolleres als Wellnessprodukte und verdauungsförderndes Joghurt zu sprechen.

Yola Wundaba ist beweglich und flink und hat eine gute Kondition. Als Ballfängerin macht sie bella figura. Das kleine Tor hat für sie eine beherrschbare Größe. Erst im Nachhinein erkenne ich, wie riesig Rocchi mit seinen langen Armen und der breiten Brust und den stämmigen Beinen darin wirkte, mit seinen Comic-Händen, den Pumapfoten in Yann Sommers Torwarthandschuhen.

Für Rocchi war das Tor zu klein. Er hat nicht hineingepasst, das erkennt er jetzt offenbar selbst und verzieht das Gesicht, als hätte er beim Fußball Zeit vergeudet.

Das sieht er ganz falsch. Ich habe mit ihm gesprochen. Er hat seinen Schock überwunden, nein, er will nicht mehr im Tor stehen, glaubt aber noch nicht, dass Yola ein ebenbürtiger Ersatz ist. Er hatte eine gebieterische Ausstrahlung und Körperpräsenz. Die Gegner fürchteten sich vor ihm. Er baute sich auf, er machte sich im Tor breit.

Er beobachtet mich beim Spezialtraining mit Yola skeptisch, wehmütig und ungeduldig. Er hält die Rolle des passiven Zuschauers nicht lange aus und gibt mir Tipps für Yola. Ich denke, er wird bald unser Torwarttrainer und Ersatztorhüter sein, mehr ist nicht mehr drin. Und das hat er eingesehen. Yola erreicht die flachen Bälle bereits viel besser als er und taucht blitzschnell in die Ecken. Er hat den Bodenkontakt gescheut, der Ball rauschte ins Netz, und Rocchi lag flach im Gras, mehr gefällte Eiche als Held.

∞ Am Morgen fahre ich früher als üblich in die *Tangente*; neben den täglichen Erledigungen – Bestellungen, Rechnungen, Telefonaten mit Lieferanten – sind vorgesehene Investitionen zu besprechen. Wir erwägen, bessere Beamer anzuschaffen, wir müssen Handwerker kommen lassen, um die Theke umzubauen. Ich will die massive Holzplatte abschleifen und neu versiegeln lassen, Krstić schlägt vor, sie durch geschliffenen Granit zu ersetzen, mein Vater meint, mehrere Schichten Milchglas würden am besten aussehen.

»Modern, du musst mit der Zeit gehen, Jonas.«

»Auf Holz lassen sich Gläser und Flaschen besser schieben, schneller, und auf Holz klingen alle Geräusche schön satt. Glas auf Glas und Glas auf Granit, es quietscht mir in den Ohren.«

Ich werde bei massivem Holz bleiben. Granit und Glas sind zu kalt, im Winter wirken sie abweisend. Holz ist angenehm für die Hände, angenehm für nackte Ellenbogen.

Ich arbeite meine Liste ab.

Und ich verdränge meinen Termin mit Dieter Bodrop.

Um mir die Beine zu vertreten und ein paar Dehnübungen zu machen, stehe ich vom Schreibtisch auf. Ich öffne das Fenster und blicke auf den Parkplatz hinunter. Das einzige Auto ist mein perlgrauer VW Passat. Der Anblick stimmt mich melancholisch. Der Passat steht zum letzten Mal hier. Er wird eingetauscht.

Ich bin vier Jahre lang mit dem Wagen gefahren, er hat mich nie im Stich gelassen, er läuft wunderbar, der Motor schnurrt, ein Klang, den ich liebe, ich würde ihn erkennen unter einhundert gleichen VWs, mein Passat ist ein verlässlicher Partner.

Eine große Revision steht an, ich weiß es, die amtliche Motorfahrzeugkontrolle MFK ist fällig, das Auto muss vorgeführt werden, Dieter Bodrop müsste mich nicht nochmals darauf hinweisen. Der Kilometerstand ist ein weiteres belastendes Indiz.

Ein altes Auto rührt mich an. *He, Albo, hinter dem Zauberwald befindet sich eine Pferdekoppel. Ein alter Gaul, der früher tolle Rennen gelaufen ist, frisst dort sein Gnadenbrot.* Soll ich meinen perlgrauen VW Passat dazustellen?

»Jetzt wechseln.«

Das ist Dieter Bodrops Rat. Er bekommt einen gepflegten, zweijährigen marineblauen Passat herein und nennt den Preis (die Preise sind im Keller, ein Vorteil für mich) und die Summe, die er für meinen alten Wagen anrechnen kann (weniger als erwartet).

»Es ist der richtige Moment und ein Superangebot«, erklärt er mir, und die Krise der Branche ist kein Grund, ihm nicht zu vertrauen.

»Lass mich noch einmal darüber schlafen, Dieter.«

Er weiß, wie sehr ich an meinem Auto hänge, ich liebe es wie einen Hund. Den perlgrauen VW Passat auszutauschen ist für mich so schwer wie der unvermeidliche

Gang eines Hundehalters zum Tierarzt, um seinen wegen des hohen Alters und der Gicht nicht mehr gehfähigen Liebling einschläfern zu lassen. Das leidende Tier wird erlöst, wie Menschen sagen. Erlöst von seinen Schmerzen und seinem elend gewordenen Hundeleben, versuche ich mir Trost zu spenden, und weiß, dass der Vergleich nicht stimmt. Mein perlgrauer VW Passat zeigt keinerlei Altersschwäche, die Karosserie ist frei von Rost und Gicht, trotz des Kilometerstands könnte ich den Wagen noch zwei Jahre fahren. Und wer weiß schon, ob Hunde am Leben hängen?

»Rechnest du ohne Sentimentalität«, streicht Dieter Bodrop heraus, »bist du mit dem Wechsel nun gut beraten.«

Ein Auto ist ein Auto, und ein Hund ist ein Hund. Ein junger Hund ersetzt den alten Hund, ein neuer Passat den letzten Passat: marineblau statt perlgrau. Ich schaue auf die Uhr, gebe mir einen Ruck und löse mich vom Anblick des treuen Begleiters auf dem Parkplatz vor der *Tangente*, dessen Tage gezählt sind, dessen Zeit in meinem Leben.

∞ Ich steige ein, starte den Motor, fahre los. Die letzte Fahrt, die erste Fahrt. Vier gute Jahre liegen dazwischen. Natürlich ist ein Auto eine Maschine, es fährt, und es ist gleichgültig, wohin und wer am Steuer sitzt, eine Passfahrt, ein Arbeitsweg. Ich lenke den Passat die Main Street und Curry Hill hoch, am Bahngleis entlang, an der Kartbahn und am BodyFlying-Center vorbei.

Das Ziel ist die Waschanlage, das muss sein, das bin ich meinem perlgrauen VW schuldig. Ich werde ihn noch einmal waschen und auf Hochglanz polieren, damit er beim Casting bessere Chancen hat, denn er soll nicht in den Schredder, für den Schredder ist er zu jung, läuft er noch zu rund.

Ich mache mir die Trennung schwer, weil ich am Bisherigen und Vertrauten hänge und der treue Typ bin. Mein Auto ist meine Fahrweise gewohnt, es hat sich mir angepasst, und umgekehrt gilt das auch.

Dieter Bodrop sieht es richtig, ich muss den Vorteil wahrnehmen. Mit dem marineblauen Passat beginnt ein neuer Lebensabschnitt, think positive, häng dich niemals an Materielles. Jaja, ich weiß das schon, ich habe es kapiert, ich zahle ein paar Violette drauf und steige noch fremdelnd in das neue Auto ein, das im Handumdrehen integraler Bestandteil meines Lebens sein wird, ein neuer Gefährte, der den alten in die Vergessenheit versenkt. Wo er hingehört.

Die besonderen Umstände, das Unvermeidliche, die geforderte Härte, die unerlässliche Anpassung an die Realität: Der Druck führt dazu, dass ich zu weinen beginne. Ich gleiche aus. Mir kommen aber nicht einfach so die Tränen. Ich brauche einen Anstoß. Der muss mit dem eigentlichen Kreuz gar nichts zu schaffen haben. Zum letzten Mal weinte ich, als Schweinsteiger beim Elfmeterschießen nur den Pfosten traf. Ich heulte auf: Aller Kummer, aller Schmerz, all das Verdrängte und nicht Zugelassene stieg in mir hoch. Schweinsteiger sank zu Boden. Ich schluchzte. Geschieht etwas wirklich Folgenschweres, bleibe ich tränenlos. Was das Leben betrifft, das Ellis nun vorzieht, leide ich unter einer Blockade. Dies ist mir selbst nicht ganz verständlich. Ich weine nicht, kann nicht, ich bräuchte einen heftigen Pfostenschuss. Ich könnte eine Rechnung aufstellen, wie viel Gestocktes sich in den Tränen beim Fußball schon aufgelöst hat und welche Fesseln ein jämmerlicher Fehlschuss gesprengt hat, es ergäbe eine handfeste Bilanz.

Ellis ist unterwegs, ich habe seit Tagen nichts von ihr gehört. Dem Anschein nach hat sie mich komplett vergessen. Ich will es der Fairness halber auch anders ausdrücken: Seit Tagen habe ich mich nicht gerührt, ich hätte sie anrufen sollen, ich hätte mich kümmern sollen, ich habe sie ständig im Kopf.

Auch der babyblaue Toyota von Esther DeSoto steht, wenn ich spät von der Bar nach Hause komme, nicht auf dem Parkplatz. Langsamer als üblich gehe ich zum Haus. Ellis fehlt mir. Die Wohnung ist ohne ihre Anwesenheit um drei Grad kälter. Und himmelschreiend verlassen. Bodenlos leer ist die Wohnung, wenn nur meine Lunge arbeitet, mein Herz pumpt, mein Körper Wärme abstrahlt.

Ich hole aus dem von Ellis vorzugsweise mit Health-Produkten gefüllten Kühlschrank ein stinknormales Snickers und setze mich auf das Sofa. Ich reiße die Folie auf, schon ist der Duft von gerösteten Erdnüssen da. Die Zähne knacken den Schokoüberzug und schneiden durch Karamell und Nougat. Ich sitze mit geschlossenen Augen im Wohnzimmer. Ein Snickers hat unverschämt viel Tröstungspotenzial.

Ich bin es nicht mehr gewohnt, allein in einem Bett zu schlafen. Es ist etwas anderes, es bedeutet mehr, als keinen Sex zu haben. Es hat etwas mit den Ohren zu tun. Ich höre, im Dunkeln liegend, wie die Säfte in den Bäumen steigen, ich höre, wie die Nachtblüten im Zauberwald sich öffnen. Und ich weiß nicht, wohin mit den Händen.

∞ Mit mulmigen Gefühlen räume ich meinen alten perlgrauen VW Passat aus, all die kleinen Dinge, die man vergessen hat oder an den Innenspiegel hängt, eine versilberte Christophorus-Medaille, Pluto, den Comic-Hund, ein Taschenbuch (*Mystic River* von Dennis Lehane), die kaputte Parkscheibe, drei ausgetrocknete Kugelschreiber, eine Tüte verpappte Gummibären, eine Rosenschere, einen Nagelklipser, eine veraltete Straßenkarte Europas und ein Dutzend Quittungen und anderen Krimskrams: ein Taschenmesser, Pfefferminzdrops, eine angebrochene Packung Kleenex, ein Paar Socken. Mit jedem Gegenstand, den ich herausnehme, wird das Auto neutraler, unpersönlicher. Zuletzt hole ich die schwarze Adidas-Sporttasche heraus und eine Schachtel Dunlop-Tennisbälle und das alte Racket.

Als ich den Passat langsam in die Waschanlage einfahre und im Wagen sitzen bleibe, der von rotierenden Bürsten und Wasser, das aus Düsen herausschießt, gewaschen wird, meine ich ein Ausklinken zu hören, ein Klick, den Abschied. Die Hydraulik schiebt den Passat aus der Anlage, der Wagen rollt zum Staubsauger, und während ich die Teppiche herausnehme und die Münzen einsammle, die darunterliegen, und ich dabei einen kleinen goldenen Ohrring finde, den Ellis schon lange vermisst, beginnt sich Vorfreude zu regen.

Auf den neuen Wagen.

Vor Dieter Bodrops Autohaus halte ich an und zähle langsam bis zehn, bevor ich den Schlüssel abziehe und zum letzten Mal aus dem perlgrauen Passat aussteige.

»Bist du okay?«, fragt Dieter.

Die Formalitäten sind schnell erledigt, der Preis ist ausgehandelt, Dieters und meine Bank ist dieselbe, die ZKB. Der neue Passat wird von Dieter nochmals ausgiebig gelobt. Das Geschäft ist per Handschlag besiegelt. Fehlt noch: das Objekt, der Wagen.

Um die Wartezeit zu überbrücken, bietet Dieter mir einen Kaffee an. Er weiß, dass mein Auto für mich mehr als ein Fahrzeug ist. Er kennt meine schwache Seite und versucht, mich abzulenken. Er redet von etwas ganz anderem. Ich bin ihm dankbar. Den Pappbecher in der Hand plaudern wir in seinem Büro über Fußball, über das neue Real Madrid Mixed Team.

»Tanja Schmidt hat Probleme. Sie scheut das Eins-gegen-eins.«

Den Hintern herausstellen, den Gegner unter Druck setzen, dorthin gehen, wo es wehtut, unsere Tanja streikt. Sie bleibt mitten auf dem Feld stehen, verschränkt die Hände hinter dem Kopf und schaut dem Spiel zu.

Trotzdem haben wir beim ersten Turnier als Mixed-Team zufriedenstellend abgeschnitten. Es fehlt uns der siebte Mann, ein Auswechselspieler, aber es hat Spaß gemacht mit Tanja und Yola. Unsere Befürchtungen haben sich in Luft aufgelöst. Beim Torjubel umhalste und küsste Yola mich heftig. Tanja sprang Dieter Bodrop auf den Rücken und schlang die Beine um ihn. Er hatte ihr Zuspiel verwertet und wunderte sich selbst über seinen Treffer. Die Umkleide ist auch kein Problem, Tanja und Yola benutzen den Raum des Damenturnvereins.

Nicht unerwartet fährt Leslie Bodrop den Wagen vor.

Unter der Bürotür raunt Dieter: »Ellis' letzter Werbespot, ich weiß nicht. Sie ist mir mit Lesebrille und Dutt fremd. Findest du nicht? Wie sie die Venensalbe auf die Beine streicht, wow. Sind das ihre Beine?«

Dieter Bodrop legt die Hand kumpelhaft auf meine Schulter. Er bewundert Ellis seit zwanzig Jahren, ihre

Energie. Ellis Nemec hat ihm immer schon gewaltig gefallen. Da stehen wir bereits im Freien.

Leslie, im blauen Overall und mit Werkstattschuhen, wartet neben dem Auto, neben meinem neuen marineblauen VW Passat. Sie hält ein Stück Plastikplane in den Händen, mit dem sie den Fahrersitz abgedeckt hat, und strahlt übers ganze Gesicht. Sie freut sich, mich zu sehen. Leslie wirkt auf mich fast unheimlich stabil und sicher in allem, was sie sagt und tut. »Komm mir nicht zu nah, Albo«, ruft sie und grinst. Sie zeigt auf ihren Overall mit den dunklen Flecken von Öl und Schmierfett. »Ich habe den großen Service gemacht«, erklärt die gut gelaunte Chefmechanikerin und geht ins Detail. »Die Achsen sind super, auch die Bremsen, der Filter ist fast neu, die Lichtmaschine und der Zahnriemen sind sehr gut, mit dieser Karre kannst du noch ewig fahren.«

»Danke, Leslie.« Ich nicke, ein Fachmann bin ich nicht.

»Die Papiere liegen im Handschuhfach«, wechselt Dieter das Thema. »Der Schlüssel steckt. Alles paletti.«

Ich steige ein, gurte mich an, starte den Motor, fahre los.

Das erste Mal.

Ich genieße die Fahrt und gebe der Versuchung nach, den Weg zu meiner Bar auszudehnen. Der neue Motor läuft leise, die Schaltung ist geschmeidig, die Pedale sind härter, ich muss mich beim Bremsen umgewöhnen. Ich schaue in den Rückspiegel, kein Wagen hinter mir, ich bremse scharf und wiederhole den Test zwei-, dreimal. Der Wagen hält die Spur.

Ich setze die Fahrt munter fort. Der Blinker tickt, die Scheinwerfer leuchten, ich betätige die Scheibenwischer zur Probe, obwohl der Himmel wolkenlos ist und das

Licht des frühen Nachmittags hart. Ich schalte die Wischer wieder aus, mag das Geräusch von Scheibenwischern auf trockenem Glas nicht. Das Fahrgefühl stellt sich ein, es passt ausgezeichnet, ich gebe Gas, nehme die Straße zum Flughafen, fahre zügig und genieße den Blick auf die Hangars, wo Flugzeuge nebeneinander geparkt sind. Ein Airbus wird aufgetankt. Die Tankwagen mit dem Kerosin und ein Löschfahrzeug sind zu sehen, Arbeiter in Overalls, ein Mann krabbelt auf einen Flügel der Maschine.

Mit einem schwungvollen Bogen parke ich vor der *Tangente*, warte einen Moment und steige aus. In der Bar sitzt Yola am Tresen. Der Fernseher läuft. Sie hat den Nachrichtensender eingeschaltet und ist ganz im Bann eines Berichts über ertrunkene Flüchtlinge vor Sizilien. Etwas ist anders als üblich, noch entsetzlicher. Yola ist nicht ansprechbar.

Laut Kommentar kam es in einem der Boote zum Streit. Fanatische Moslems haben Christen über Bord ins Meer gestoßen. Viele sind ertrunken, darunter Personen aus Nigeria.

Ich lege Yola die Hand auf die Schulter und knete fürsorglich das verspannte Gelenk. Sie nimmt die Zuwendung kaum wahr. Ihr Nacken sieht aus wie sonnenwarmer schwarzer Stein. Sie wendet sich mir zu und im Augenblick zweifle ich, ob sie mich erkennt.

»Ich muss schnell weg«, erklärt sie mit trockener Stimme.

Ohne mein Okay abzuwarten, läuft Yola aus der Bar. Ich höre das Pumpen, sie kickt ihre Vespa an.

∞ Im Fernsehen wird die Nachricht wiederholt. Es ist ein Drama, es ist der Gau und folgenschwer, das kriminelle Ereignis stärkt die Aufwiegler hierzulande, die Stimmen, die gegen die Aufnahme von Flüchtlingen sind.

Ruth Mersold betritt die Bar. Mitten im Raum bleibt sie kurz stehen, als müsste sie zuerst ihre Innenbeleuchtung einschalten. Nun strahlt sie professionell. Bestimmt spekuliert die Kantonsrätin darauf, dass der Skandal auch Fredy Wimmer herbeilocken wird. Die SVP-Tante und der linksliberale Journalist prallen in der *Tangente* oft aufeinander. Beide suchen die Konfrontation, sie muss lohnenswert sein. Ich habe das Paar schon oft beobachtet. Jeder hofft, der Gegner gebe Insiderwisssen preis. Der Journalist und die Politikerin repräsentieren zwei Systeme, die einander mit Hassliebe begegnen.

»Wie geht es Ellis? Was macht Ellis?«

Mit mir spricht Ruth nicht mehr über Politik. Ich bin für sie ein links angehauchter Typ, der in seiner Verblendung nicht versteht, was die Hauptsache ist, nämlich die Behauptung der Souveränität in einem feindseligen Europa: gegen die Vögte in Brüssel.

»Ellis macht sich rar.«

Ich lasse mich nicht auf Ruth Mersold ein, diese nussharte Frau, und halte mich bedeckt. Freunde werden wir nie. Ich gebe mich beschäftigt, zähle Bons, halbiere Orangen, presse sie aus, stelle den Fernseher lauter.

Die Kantonsrätin schaut zum Bildschirm, runzelt die Stirn und mustert mich mit unverdeckter Herablassung. Ich passe haarklein in das Sündenbockschema der Schweizer Volkspartei.

Sie nimmt kleine Schlucke von ihrem Fruchtsaft. Würde ich diese schneidige Frau in den mittleren Jahren nicht schon besser kennen, würde ich einräumen, sie habe schönes Haar und ihr leichter Silberblick mache sie interessant. Kurzum: Ruth ist eine Frau, mit der unwissende Männer gern am Tresen plauschen und sich die Fortsetzung an einem einsameren Ort vorstellen. Viel Fantasie ist dafür nicht notwendig. Mir sticht allerdings ihre Oberlippe ins Auge, ihre Oberlippe ist ungewöhnlich lang und stark vorgewölbt, und es ist bestimmt meiner Voreingenommenheit zuzuschreiben, dass mir ein bissiges Kamel einfällt, wenn ich Ruth Mersold anschaue, die Abendländerin, die Kreuzritterin.

Allmählich füllt sich die Bar. Ich bin erleichtert, als Fredy eine halbe Stunde nach Ruth eintrifft. Er klatscht mit mir ab. Die Kantonsrätin begrüßt ihn überschwänglich. Sie tauschen Wangenküsschen. Er setzt sich neben sie an den Tresen, bestellt ein Mineralwasser und schaut zum Fernseher.

»Die Angst vor Flüchtlingen nimmt zu«, sagt er.

»Wundert dich das?«, fragt Ruth.

»Trotzdem: Wir bekommen weit mehr positive als negative Leserbriefe.«

»Sie machen Schwierigkeiten«, beharrt Ruth.

»Hast du ein paar Nüsse für mich, Albo? Ich habe heute noch nichts gegessen.«

»Soll ich dir einen Flammkuchen backen?«

»Ja, das könnte ich jetzt vertragen.«

»Viele Afrikaner«, moniert Ruth Mersold. »Junge Männer. Wie ein Schwarm Krähen. Hinter dem Bahnhof. In der S-Bahn. Auf dem Parkplatz vor dem Supermarkt. Sie lungern auf unsere Kosten herum und gaffen Frauen an.«

»Sie warten, sie müssen warten«, antwortet Fredy.

»Sie machen Frauen an.« Ruth hebt den Zeigefinger.

»Ein paar Afrikaner kommen zu den Champions-League-Spielen«, sage ich.

»Viele weiße Frauen wagen sich am Abend nicht mehr auf die Straße«, steigert sich Ruth.

»Komm von der Palme herunter.« Fredy packt ihren Zeigefinger.

»Es gibt massive sexuelle Übergriffe.« Ruth faucht. »Einer Frau, die ohne Begleitung unterwegs ist, können üble Dinge zustoßen.«

»Bei den Champions-League-Spielen sind die Flüchtlinge angenehme Gäste«, stelle ich fest.

»Haben sie im Heim keinen Fernseher?«, wundert sich Ruth.

»Es ist doch toll, dass sie in die Bar kommen.«

»Haben sie Geld?«

»Wir lösen das Problem«, erkläre ich mit einem Lächeln.

»Geld für teure Klamotten und Markenturnschuhe haben sie auf jeden Fall«, sagt Ruth spitz.

Ich bin froh, mich anderen Gästen widmen zu dürfen. Nach Flammkuchen wird gerufen, und Getränke werden nachbestellt, Espresso, Campari Orange, frisch gezapfte Helle. Ich arbeite ohne Hilfe. Yola lässt mich hängen. Und die eifernde Stimme Ruth Mersolds verschwindet im allgemeinen Lärmpegel.

Eine geschlossene Gruppe junger schwarzer Männer verfolgt, wie gesagt, die Spiele der Champions League. Am liebsten sehen sie die englischen Clubs. Ich kann sie ethnisch nicht zuordnen, mir fehlt auch hier das Auge für afrikanische Details. Müsste ich ein Puzzle zusammensetzen, das am Schluss die Afrikakarte ergibt, geriete ich ins Trudeln. Ich weiß nicht, wie die Grenzen verlaufen. Die Namen der afrikanischen Herrscher könnte ich nicht aufzählen.

Die Flüchtlinge, die in der *Tangente* Fußball schauen, können ausgelassen und laut sein. Von ihrer Sprache versteht niemand ein Wort. Sie fassen einander an und schubsen sich und klatschen sich wie Europäer ab. Alle tragen eine Cap. Sie sind körperbezogen und ständig in Bewegung, boxen sich gegenseitig auf den Oberarm, gestikulieren wild, und ihre Augen blitzen. Sie tragen Fingerringe, Armbänder, Halsketten. Sie lieben Silber, Leder und Gold. Keiner hat eine Tätowierung. Sie lachen sich krumm über harte Fouls und Fehlpässe. Rutscht ein Spieler aus, finden sie es total lustig. Sie beobachten, ja, sie beäugen die berühmten afrikanischen Stars mit besonderem Stolz und mit besonderer Häme.

Dem Seniorenweltmeister, der gern in der *Tangente* vorbeischaut, bereiten die schwarzen Männer Kopfzerbrechen:

»Man müsste sie zum Marathon hinführen, sie haben göttliche Gene.« Mit eigenwilliger Betonung zählt er Namen afrikanischer Weltmeister und Olympiasieger auf. Er hat ungezählte Wettkämpfe bestritten, bei denen die bleistiftdünnen Afrikaner allen die Fersen zeigten.

»Sie kommen wie Schatten. Nicht nur, weil sie schwarz sind. Sie laufen geräuschlos. Bei den Nachtläufen siehst du ihre Augen und ihre Zähne, ihr geblecktes Gebiss«, knurrt er am Tresen. »Ich liebe die schwarzen Läufer, sie sind genial, aber ich habe Angst vor den Flüchtlingsströmen, obwohl ich weiß, dass ich keine Angst haben sollte.«

Er trinkt sein Bier in einem Zug, und ich lasse unkommentiert stehen, was er gesagt hat. Nichts daran ist falsch.

∞ Nach drei Stunden schockbedingter Abwesenheit kehrt Yola in die *Tangente* zurück. Sichtlich ruhiger betritt sie die Bar, in der noch viele Gäste sitzen und der Fernseher ohne Ton läuft. Sie fällt mir um den Hals. Ich halte sie fest in den Armen.

»Ich war bei deinem Vater, Albo, du weißt nicht alles. Marcel ist schon einmal nach Abuja geflogen«, sprudelt es aus ihr heraus, als sprächen wir unter vier Augen.

»Wir haben dich angelogen.«

Ich lege ihr sanft die Hand über den Mund, damit sie nicht weiterspricht, dabei möchte ich unbedingt weiterhören, bin wie auf Kohlen, und mache dennoch mit dem Kinn eine Bewegung Richtung Ruth Mersold. Sie unterhält sich mit zwei übergewichtigen Dreißigjährigen, die knubbelige Nasen haben. Weder kenne ich sie, noch habe ich die Herren hereinkommen sehen. Könnte sein, dass es die von der Kantonsrätin angekündigten deutschen AfD-Delegierten sind, die in die Schweiz gereist sind, um von der SVP zu lernen.

»Was die einander wohl vorgurgeln?«

»Ruth erklärt ihnen den Begriff *Agglomeration.*«

»Warte, bis sie bezahlt haben«, sage ich leise zu Yola.

Fredy ist längst abgezogen, er war nicht in der Laune für markige Sprüche und entlarvende Späßchen, mit denen er die nie ganz wasserdichten Aussagen und Zahlen der Kantonsrätin gern kontert. Sachliche Argumente prallen an ihr ab. Ihre Schweiz wäre laut Fredy ein Knast, in den sich die Einheimischen selbst einsperrten.

»Dein Vater war in Nigeria«, raunt mir Yola zu, nachdem Ruth Mersold schwungvoll durch die Tür ins Freie getreten ist. Die beiden schweren Männer sind auch verschwunden.

»Dein Vater ist nicht nach Idaho geflogen, nicht zu

Hemingways Grab. Er hat sich mit meiner Mutter getroffen, Marcel hat meiner Mutter Geld gegeben. Und jetzt wird er nochmals nach Abuja fliegen. Meine Mutter und meine Schwestern dürfen auf keinen Fall auf ein Boot. Marcel hat mir versprochen, dass er das verhindert. Wir haben den Plan geändert. Meine Mutter wird mit Maja und Femi nach Europa fliegen.«

»Haben sie denn ein Visum?«

»Meine Mutter wird sich ein Visum beschaffen, sie ist eine zielstrebige Frau«, antwortet Yola. »Sie arbeitet seit fünfzehn Jahren für die Schweizer Botschaft. Dein Vater besitzt die goldene MasterCard. Falls das nicht genügt, weiß meine Mutter, welcher Stempel in welcher Schublade liegt und wie man in das richtige Büro gelangt. Muss ich noch deutlicher werden? Und ist der Stempel ein Original, ist auch die Unterschrift echt.«

Ich komme mir plötzlich betrogen vor. Sie haben ein Riesending hinter meinem Rücken angeleiert.

Ich rufe meinen Vater an. *Der gewünschte Teilnehmer ist zurzeit nicht erreichbar.* Nach einem Blick auf die Uhr und die wenigen noch anwesenden Gäste überlasse ich den Betrieb für die letzte Stunde Yola, ich muss jetzt schreiben. Ich muss zwei und zwei richtig zusammenzählen und ein paar Dinge geraderücken. Ich stecke nicht in meinem Leben fest, wie Ellis mir unterstellt hat, aber eine Glücksphase durchlebe ich ebenso wenig.

Ich drücke erneut aufs Handy, rufe nochmals vergeblich meinen Vater an.

Yola schaukelt die Bar, sie schüttelt vor den drei, vier verbliebenen Gästen den Shaker und lässt Drinks herausspringen wie ein Zauberer Kaninchen aus dem Hut. Die Nachrichten sind eine Giftwolke, die sich verzogen hat. Yola ist ein Stehaufmännchen. Sie besitzt die bewundernswerte Gabe, abscheulichen Ereignissen ihren breiten Rücken zuzuwenden.

Ich bin langsamer. Ein Wiederkäuer. Der ruinierte Tag lässt mich nicht los. Obwohl ich denke, dass ich die meisten für mich wichtigen Dinge selbst steuern kann. Ja, das kann ich. Doch bleibt manchmal ein vergessenes Fenster offen, durch das es hereinregnet.

Ich erwäge, nicht nach Hause in die trostlose Wohnung zu fahren und, statt im breiten beinkalten Bett, auf der schmalen Liege im Büro zu übernachten.

Liege ich ohne Ellis wach im Bett, verfalle ich dem Hirngespinst, das unterbelegte Schlafzimmer sei ein atmender Raum, und mein Körper fange an, mit mir zu sprechen, er erinnert sich. Die Zeit läuft vor und zurück, Personen, Orte und Ereignisse überlagern einander.

Im kleinen Zimmer über dem Büro höre ich Yola telefonieren. Sie streitet sich heftig mit jemandem. Ich verstehe ihre Muttersprache nicht. Aber ich deute den Wortschwall. Kurz übermannt mich der Gedanke, den Rocchi mir beim Angeln am See eingeflüstert hat. Was wäre, wenn. Was wäre, wenn Yola zu mir herunterkäme, wenn sie sich bei mir ausweinte, wenn sie Nähe suchte, Trost, wenn sie Liebe suchte? Ich höre ihre Schritte, sie hat das Gespräch beendet und rennt die Treppe herunter, läuft vorbei an meiner Tür, und ich höre nochmals, wie sie ihre Vespa ankickt und wegfährt, nach Mitternacht.

Ich lösche das Licht.

Neulich hat Yola ihr Wuschelhaar grau gesprüht, im Granny-Style, Rihanna, Lady Gaga, Pink und Madonnas Tochter Lourdes haben es ihr vorgemacht.

»Es sieht geil aus«, meinte sie. »Gefällt es dir nicht?«

»Nein«, sagte ich, »es gefällt mir nicht.«

»Du bist schon zu alt dafür«, meinte sie.

∞ Seit Ellis Fünfzig-plus-Model ist, verbringt sie doppelt so viel Zeit vor dem Spiegel im Bad. Die Spiegelschau ist nicht unbedingt eine Betätigung, die einen stärkt. Mir gefällt das Bild, das Ellis kritisch betrachtet, weitaus besser als ihr selbst. Oh, ich bin nicht mehr ihr Maßstab. Ihre Gesichtspunkte vagabundieren. Warum sollte der Spiegel nicht lügen? Gerade der Schminkspiegel? Er vergrößert jedes Detail, an Ellis' Stelle würde ich den Schminkspiegel zerdeppern, der ein Pickelchen wie eine Ruine aussehen lässt. Ehrlich, nichts an Ellis ist dermaßen krumm, dass es nicht mit minimalem Aufwand korrigiert werden könnte. Und noch etwas: Aus meiner Sicht muss gar nichts korrigiert werden. Auch ihr Haar ist weder strohtrocken noch stumpf. Ihre Sicht, wie sie klagt. Sie leidet unter Gefühlswallungen. Sie kommen Knall auf Fall. Wie die fiesen Hitzen. Ein summender Deckenventilator fällt mir ein, der die verbrauchte Luft und die frische Luft blindlings durcheinanderwirbelt.

Ich stehe unter der Tür zum Bad, das haben wir beibehalten, auch wenn es mir mehr bedeutet als ihr, sie ist mit Tuben und Töpfchen beschäftigt, ich schaue ihr zu, ich könnte ihr stundenlang zuschauen und dabei reden.

Ellis entdeckt sich neu und wirft einen fremden Blick auf ihren Körper, als denke sie die laufende Kamera mit. Abgesehen von den sporadischen Krisensitzungen vor dem Spiegel im Bad, genießt sie ihr neues Leben, ihre spektakuläre Lebenserweiterung. Die zahlreichen Veränderungen bereiten ihr kein Kopfzerbrechen.

Sie findet die Überempfindlichkeit, die ich entfalte, enttäuschend und kleinherzig.

»Die Scheinwerfer sind voll auf mich gerichtet, auf Ellis Nemec«, sagt sie entzückt. »Der Stylist wieselt um mich herum, die Visagistin, der Friseur, ich genieße es.

Ich stehe im Mittelpunkt. Ich genieße das Ganze wahnsinnig. Ich habe noch nie so viele wundervolle Komplimente erhalten, noch nie so große Anerkennung gespürt, noch nie so viele glühende Verehrer und Fans gehabt.«

Ellis fühlt sich so gut, so unbeschreiblich weiblich in ihrer noch taufrischen Rolle, in ihrem brutal umgekrempelten Leben, von dem ich mich abgeschnitten wähne, abgeschottet, dass ich Ellis am liebsten an den Schultern packen, zu mir umdrehen und anherrschen und, ja, ihr eine Ohrfeige verpassen würde. Aber dafür bin ich viel zu gut erzogen.

»Und wenn du nach Hause kommst, wartet das Alte auf dich, das Bisherige«, fahre ich Ellis an. »Kommst du dir nicht vor wie im falschen Film?«

»Zu Hause oder am Set?«

Sie steht vor mir, mit nassem Haar und barfuß.

»Ich liebe dich.«

Chancenlos abgehängt, wie ich bin, benutze ich die Liebeserklärung wie ein Lasso, als hoffte ich, meine sich von mir entfernende Nochfrau mit der Dreiwortschlinge wieder einzufangen. Ich fühle mich, als hätte ich nichts mehr zu verlieren und könnte alle Vorsichtsmaßnahmen aufgeben.

Ellis mustert mich mit einem langen Blick von oben bis unten, sie registriert meine Angst und wendet sich ab. Sie dreht mir den Rücken zu und föhnt ihr Haar mit auffälliger Hingabe. Die selbstbezogene Tätigkeit und das elektrische Dröhnen des Geräts bilden einen Abwehrschild.

Ihr Rücken ist so was von verletzlich und bestürzend schön. Die glatte Haut, die ebenmäßige Muskulatur, ich möchte den Mund darauflegen, sie mit den Lippen erkunden. Oh, ich verkenne die Situation. Zwischen uns steckt gerade ein Keil. Etwas Verkehrtes ist im Gange, rufe ich mir in Erinnerung und beiße auf einen Mundwinkel. Fremde Frauen darf man nicht anfassen, nirgendwo und zu keiner Zeit, und Ellis steht wie eine Fremde da, trotz der samtigen Beugen und Kuhlen, in die ich meine Hände geschmiegt habe, trotz der Rundungen, um die ich meine Hände wölben durfte, und die ich mit geschlossenen Augen erkennen würde, mit dem Tastsinn und der Nase.

Ich setze mich auf den Rand der Badewanne, eine mir lieb gewordene Gewohnheit, es gab Zeiten, da hat auch Ellis meinen Spleen gemocht, und wir haben uns über alles ausgetauscht, das uns wichtig war.

Zurzeit hapert es mit dem Gespräch. Ich bin übervorsichtig, und Ellis, wenn sie redet, klingt nicht, als wären ihre Stimmbänder aus Seide. Wir sind kein so richtig entflammtes, nicht einmal ein besonderes, tapferes Paar. Dabei habe ich uns immer für eine geeichte Überlebenseinheit gehalten. Doch so, wie es aussieht, habe ich mich mit meinen Gewissheiten vertan. Die Gegenwart wird zertrümmert. Dabei ist sie die heiße Münze, die man in der Hand hat. Sie wird gerade eingeschmolzen. Ich möchte das alles beweinen, noch lieber möchte ich laut aufschreien und brüllen. Und ich werde von einem Ohrwurm mit einem blödsinnigen Refrain gequält: Die Liebe ist ein Fehler. Jeder macht ihn.

»Ich liebe dich, Ellis. Vergiss das nicht.«

Sie schaltet den Föhn nicht aus, senkt den Kopf, ihr Nacken ist entblößt und mit zartem Flaum bedeckt. Ich muss an ein Küken denken.

Möglicherweise habe ich Ellis an unsere Liebe erinnert, weil ich im Augenblick selbst kaum einen Schimmer habe, warum ich sie liebe.

Müsste ich fünf Punkte auflisten, die für die Liebe sprechen, wäre ein Aspekt ausgesprochen wichtig. Du hast bei der Liebe keine Wahl. Du entscheidest nicht frei, wen du liebst und wen nicht. Liebe ist eine Offenbarung, gegen die man sich nicht wehren kann und nicht wehren möchte. Liebe ist ein Ideal, das größer ist als man selbst.

∞ Schon von Weitem erkenne ich die elektronische Reklamewand neben der Eingangsfront des großen Supermarkts. Ich bin hierhergefahren, um das Plakat zu sehen, und obwohl Ellis und Esther mir die Bilder ihrer ersten großen Kampagne auf dem Bildschirm gezeigt haben, bin ich doch total überrascht. In meiner Verblüffung vergesse ich, dass ein Plakat nicht ein Ausschnitt aus dem Leben, sondern ein Sujet aus der Werbung ist. Ich stehe mit halb offenem Mund davor und glotze. Ellis (überlebensgroß) ist als dunkelblonde, lebensgewisse Frau und vitale Mutter mit ihrer Tochter zu sehen. Die eigentlich ganz nette Tochter ist Mitte dreißig und schaut zermürbt aus. Die Arme leidet unter Völlegefühl.

Das hilft garantiert, verspricht der Text.

Die Mama mit der perfekten Verdauung rät ihrer von Blähungen heimgesuchten Tochter zu einem lindernden Quark. Er ist mit Enzymen und einem Wirkstoff angereichert, der die lästigen Gärgase neutralisiert. Der Wunderquark verhindert Darmwinde.

Ich bleibe gebannt davor stehen. Nach ein paar Sekunden wechselt das Bild, die Tochter löffelt den grasgrünen Quark aus einem rosa Becher und lässt ein süßes Mädchen im Pippi-Langstrumpf-Look auch probieren: *Schmeckt herrlich, Mama.*

Auf dem dritten Plakat sind Oma, Mama und Töchterchen mit je einem Becher zu sehen: *Das Beste für alle Generationen.*

∞ Die Aufnahmen für die drei zusammengehörigen Plakate sind in einem Anwesen aus dem 19. Jahrhundert mit großbürgerlichem Ambiente gemacht worden.

»In der prächtigsten Küche, in der ich jemals war«, hat Ellis erzählt. »Marmor aus Carrara und Granit aus Brasilien, und der Blick schweift über den Golfplatz auf den See. Ich glaube, man sieht auf die Wahnsinnsvilla von Tina Turner hinunter.«

Ich schaue mir die Werbetrilogie mehrmals an, den fließenden Wechsel der Bilder. Ich bemühe mich um eine objektive Sichtweise. Falsch ist das nie. An dem kleinen Aussetzer zwischen Wahrnehmen und Begreifen merke ich, dass ich eifersüchtig bin, und bekomme ein elendigliches Flattern im Magen. Ellis sieht toll aus. Sie ist doppelt so groß wie ich. Sie wohnt mit ihrer Blähbauchtochter und Pippi-Enkelin auf einem anderen Stern. Dies hat mich nun doch auf dem falschen Fuß erwischt. Auf Ellis' Gesicht glaube ich, einen Hauch aus der Zukunft zu erkennen.

»Meine neue Familie«, hat Ellis zärtlich gesagt, und es liegt wohl an mir, an der Brüskierung, dass ich den Satz so ernst nehme. Wir haben keine Kinder. Bis jetzt haben Kinder uns doch nicht gefehlt. Ebenso wenig wie herumkrabbelnde Enkel. Oder Fußböden aus brasilianischem Granit. Und bestimmt nicht der Ausblick auf ein Anwesen, vor dem Stretchlimousinen vorfahren und Bodyguards stehen.

»Der Job führt mich in ganz neue Kreise, da staunst du, wie andere Leute leben, und du fängst an zu träumen.«

»Immerhin hast du den Albtraum *The Circle* hinter dir.«

»Gott sei Dank, Jonas, ich schwebe auf Wolke sieben.«

»Und ich komme mir da unten wie ein Kettenhund vor.«

»Wie bitte, ich verstehe dich nicht, soll das ein Witz sein?«

»Ich meine, die Hunde bellen, die Karawane zieht weiter.«

»Süß«, sagte Ellis, »du bist so süß in deiner Eifersucht.«

»Süß? Du bist dabei, mich zurückzulassen. Unser Paarleben verdorrt, dein Sololeben blüht auf.«

∞ Das Einkaufszentrum liegt in einem kalten Licht, die Autos auf dem Parkplatz bilden ein zufälliges farbiges Muster, mein neuer marineblauer VW Passat fällt nicht auf. Es ist ruhig, eine träge Stimmung, ein stiller Nachmittag, nichts deutet darauf hin, dass Schüsse fallen könnten. Nie sieht es aus, als könnte jemand plötzlich zuschlagen. Man erkennt den Täter nicht im Voraus. Gegen jede Vernunft sind in dem friedlichen Durcheinander Schüsse gefallen. Das Parkfeld, auf dem eine Frau starb, wird immer noch jeden Tag geschmückt: mit roten Rosen und weißen Kerzen, deren Flammen bei Tageslicht kaum sichtbar sind.

Ich wende mich von der Plakatwand ab und schlendere, wieder gefasst, über den Platz. Ich habe Lust auf ein Eis und es an diesem Tag doch mehr als verdient.

»Bitte einmal Pistazie und Nuss.«

Ilka füllt eine braune und eine grüne Kugel in ein Cornetto und reicht es mir über die Theke.

»Sie sind der Boss der *Tangente*?«, sagt sie und lächelt, als wäre ich ein Widersacher, den sie aus dem Spiel kegeln muss. »Sie sind der Boss von Yola Wundaba, dieser schwarzen Nutte?«

Ich bin außerstande, das mit gebührender Wucht zu kontern. Statt Ilka den gereckten Mittelfinger zu zeigen, deute ich ein Nicken an.

Hier ist etwas aus dem Gleichgewicht geraten.

Ich fange mich, mustere ihr Gesicht, hege die Hoffnung, sie nehme diese Unverschämtheit zurück. Falsch. Ilka erklärt giftig und herablassend: »Sagen Sie der schwarzen Schlampe, dass ich weiß, wo ihr Haus steht.«

»Wie bitte? Ich fürchte, ich habe Sie nicht verstanden.«

»Sie haben mich schon verstanden, Herr Albo, ich meine, was ich sage. Ihre Bedienung soll die Finger von meinem Mann lassen, sie soll ihn in Ruhe lassen, sonst knallt's.«

Ich starre sie an, zum zweiten Mal in zehn Minuten öffnet sich die Lücke zwischen Wahrnehmung und Begreifen. Es ist, als setzte das Herz für einen Schlag aus. Die Pause hat etwas Desorientierendes. Ich möchte zu viel auf einmal sagen, zu viel von meiner Entrüstung in einen Satz pressen. Auf dem Weg zum Passat stopfe ich das Cornetto in den Mülleimer. Nicht einmal die klebrigen Finger schlecke ich ab, ich säubere sie mit einem Tempo und weiß, was mir nun abgeht und was mir helfen würde, was mich seelisch aufrichten würde: ein Ball.

Ich fahre zur Mehrzweckhalle.

Das Mixed-Team belegt in der Umkleide einen von

Real II übernommenen Schrank, da sind Bälle drin. Ich nehme einen schönen Ball heraus, den Brazuca, mit diesem Modell wurde die WM im letzten Jahr gespielt. Und ich ziehe meine Nockenschuhe an. Den Ball am Fuß, laufe ich über den Rasen und schieße ein paarmal auf die Torwand. Das tut mir gut. Ich mache das mit dem linken Fuß, um das rechte Knie zu schonen, und probiere, das Loch oben mit einem Dropkick zu treffen und das Loch unten mit dem Innenrist. Das ist nicht leicht, ich konzentriere mich auf die Schusstechnik und fokussiere das Ziel, ich werde mit Yola sprechen, ich werde Yola das nicht zutragen, was Ilka sagte, die Eisdiele ist für mich erledigt.

»Geiler Ball«, sagt ein junger Mann, er steht mit zwei Freunden da, und dort drüben bei der Sprunggrube hängen noch zwei Jungs ab. »Dürfen wir mitspielen?«, fragt der Schlacks. »Drei gegen drei auf die Torwand?«

Als ich frage, wo sie wohnen, nennen sie das Zentrum der Asylbewerber, sie leben in den Baracken hinter der S-Bahn-Station.

»Und ist es gut dort?«

»Ja, sehr gut.«

»Ehrlich?«

»Also, es gibt zu viele Männer aus Afghanistan.«

»Wie meinst du das?«

»Sie nehmen uns die Plätze weg.«

»Woher kommt ihr?«

»Aus Eritrea.«

»Gibt es Streit?«

»Ja.«

»Und Anfeindungen?«

»Nein, wir werden nicht geschlagen, und niemand schießt auf uns.«

»Keine rassistischen Äußerungen?«

»Was ist das?«

»Hä … wie bitte?«

»Habt ihr eine Arbeit, geht ihr zur Schule?«

»Wir sind Abfallsammler, wir haben Zangen mit einem langen Stiel und picken auf, was herumliegt.«

»Zigarettenstummel?«

»Ja, wir sortieren Müll: Aluminium, Karton, Plastik, Glas.«

Sie sagen dies ganz ernst. Die Männer wissen, dass niemand es lustig findet, wenn sie über unseren Trenneifer lachen. Und dass sie punkten mit der Bemerkung:

»Afrika ist eine Müllhalde.«

»Und die Schule?«

»Wir lernen Deutsch, und wir malen mit einer Künstlerin. Sie ist nett. Ja. Okay. Wir sind keine Kinder mehr.«

»Heißt die Künstlerin Caro Wimmer?«

»Ja, genau.«

»Bei mir zu Hause hängt ein großes Bild von Caro Wimmer. Hat sie euch ihre Bilder gezeigt?«

»Krass, man kann nichts erkennen, man denkt, es ist ein Berg, es ist ein Tier, es ist ein Haus, es ist ein Gesicht.«

»Caro sagt, es sind Farben. Farbe ist ihr Thema.«

»Es ist nicht unser Thema.«

»Auf meinem Bild überlagern sich grüne und blaue Flecken und gelbe und graue Streifen«, sage ich. »Es ist sehr schön. Das Bild klingt, ich höre Musik.«

Die jungen Männer grinsen.

Wir spielen und reden, und ich bekomme mit, dass die Jungs überlegen, ein Asylbewerberteam aufzustellen, aber nicht wissen, welche Stelle dafür zuständig ist. Ihr Betreuer wird sie unterstützen, er leuchtet vor Nächstenliebe, hat aber von dieser Sache keine Ahnung.

»Vereinsfußball ist der falsche Weg«, erkläre ich.

Der Einsatz von Asylbewerbern ist den Vereinen des Schweizerischen Fußballverbands nicht erlaubt. Supertalente dürfen mittrainieren, sind sie überragend, winkt ihnen der Schweizerpass. Spitzensport ist eine Abkürzung.

»Kennt ihr Tadesse Abraham?«

Sie kennen ihn nicht.

»Er stammt aus Eritrea und läuft jetzt Marathon für die Schweiz.«

Die Jungs, mit denen ich spreche, englisch, deutsch, französisch und mit den Händen, spielen gut Fußball. Mit Sicherheit nicht gut genug für die U-Teams der Grasshoppers: Sie könnten nicht mithalten, sie sind zu wenig athletisch, ihnen fehlt die taktische Schulung.

Bei wilden Wiesenturnieren dürfen sie mitkicken. Mir ist keine Vorschrift bekannt, die Asylsuchende ausschließt. Es gibt noch keinen Präzedenzfall. Die Jungs möchten sich *Colgate Kickers* nennen.

»Wie?«

Sie grinsen, und es fällt mir auf, bevor einer es erklärt:

»Wir sind schwarz und haben weiße Zähne, ihr seid weiß, und eure Zähne sind gelb.«

»Kennt ihr die *Tangente*?«

Die Jungs nicken.

»Schaut vorbei, dort besprechen wir das.«

Sie tuscheln in einer mir nicht verständlichen Sprache.

»In der *Tangente* verkehren Typen von Baracke drei, mit denen wollen wir nichts zu tun haben«, sagt einer zu mir.

»Vergesst diese Typen«, fordere ich. »In der *Tangente* wird keiner gefressen.«

Sie lachen nicht. Sie glauben mir nicht.

Caro Wimmer, die mit Flüchtlingen arbeitet und sie

unterstützt, hat mir einmal berichtet, dass es in der Unterkunft öfter Streit gibt, sogar heftige Schlägereien.

»Die Asylbewerber kommen mit leeren Taschen«, sagte Caro. »Sie kommen nicht mit leeren Köpfen und Herzen, sie schleppen Konflikte, Animositäten, Rachegedanken mit. Ihr Schmerzgedächtnis ist intakt.«

Die Jungs sind umgänglich und zappelig, sie haben Zeit und nutzen sie nicht. Sie dürfen sie nicht nutzen, sie müssen die Zeit verstreichen lassen und geduldig auf den Schiedsspruch einer Instanz warten, die über sie bestimmt.

Daumen hoch, und wir stoßen die rechte Faust gegeneinander. Ich bin gerührt und dankbar, und bevor ich in den Passat einsteige, schenke ich ihnen den Brazuca. Ihre Freude ist riesig, sie umarmen und drücken mich und vollführen Luftsprünge und sprinten über den Kunstrasen. Sie rennen ihren Schatten davon. Wie einstudiert fächern sie aus und passen einander den Ball geschickt zu. Gegen Colgate Kickers hätte Real II keine Chance, Real II wiederum ist Geschichte, und Real Madrid Mixed Team wird am Wochenende im weitläufigen grünen Innenraum der Pferderennbahn ein Turnier spielen.

∞ Als ich einmal mehr in der Nacht auf den Parkplatz vor unserem Haus fahre und den VW Passat neben den wieder dastehenden Mini Cooper stelle und aussteige, ereilt mich der Blues. Das neue Paar sieht sehr gut aus, der neue marineblaue Nachfolger neben dem hübschen, zweifarbigen Mini, die Medaille des heiligen Christophorus und der gelbe Comic-Pluto hängen bereits am Rückspiegel.

Aus dem Zauberwald dringen undefinierbare Geräusche. Ein Reh könnte die feuchte schwarze Nase herausstrecken und zu den Gärten hinüberwechseln und Rosenknospen fressen. Und oben, in unserer Wohnung, brennt Licht.

Ellis ist am Nachmittag zurückgekommen, aber nicht allein zu Hause. Ich weiß das schon im Lift. Ellis sitzt mit Freunden im Wohnzimmer.

Vom Flur aus schaue ich durch die offen stehende Tür in den von einer heruntergedimmten Stehleuchte erhellten Raum. Auch eine Kerze brennt. Ich warte kurz, fast halte ich den Atem an, die Frauen haben mich noch nicht entdeckt. Esther DeSoto hockt im Schneidersitz vor dem Sofa. Ellis sitzt ihr gegenüber in einem ledernen Sessel. Zwei Tassen stehen auf dem gläsernen Beistelltisch.

Soll ich mich bemerkbar machen?

Ich zögere, für einen Moment schiebt sich die Plakatwand vor dem Supermarkt in meine Überlegungen, ein leuchtender Hintergrund, vor dem Ellis, wie sie dasitzt, klein wirkt, irreal, als bildete ich sie mir ein.

Die Frauen trinken Chai, ich rieche Zimt, Chai wäre nicht meine Wahl. Esther wirkt derangiert, sie hat ihr Setterhaar mit den Händen zerzaust und wickelt Strähnen um den Zeigefinger. Ihre Wimperntusche ist zerlaufen. Sie wird geweint haben. Und nun ist sie wütend und schimpft gerade laut daher, als ich lache und den Raum betrete. Wie auf ein Kommando verstummt das Gespräch, Ellis und Esther starren mich an.

»Hallo«, begrüße ich sie. »Das ist eine feine Überraschung.«

Die beiden geben keinen Piepser von sich. Ich begreife schnell, dass sie in ein schwieriges Gespräch verwickelt sind und ich mir keinen Scherz erlauben sollte: Ich bin auf Glatteis. Achtung, jedes Wort, das ich nun sage, kann falsch sein, hier wird Kriegsrat gehalten. Ich blicke in verbissene Gesichter.

Und mein Gesicht? Ich spüre, dass die siebenundzwanzig für den Ausdruck zuständigen Muskeln in Betrieb sind.

Die Frauen schauen mich abwartend an, vier glanzlose Augen, kein Lächeln, als wäre ich ein Fremder, der sie stört, der eindringt.

Was soll das, schießt es mir durch den Kopf, geht's noch? Ich bin hier zu Hause. Ich merke, dass ich bissig werde, ich wohne hier, ich habe einen langen und anstrengenden Tag hinter mir und möchte endlich ins Bad und ins Bett, und zwar unbehelligt.

Ellis bemerkt meine Verdüsterung und steht auf, sie küsst mich auf den Mund und lädt mich ein, mich zu ihnen zu setzen.

»Nimmst du eine Tasse?«, fragt sie.

Ich winke ab. Chai schlägt mir aufs Gemüt: das Parfüm, die weltanschauliche Duftnote. Für ihren Yogitee mit Milch und Gewürzen bin ich zu sehr ein Sportler, oder ich finde wegen meines Vorurteils keine richtige Einstellung dazu.

Aus dem Kühlschank nehme ich eine kleine Flasche Adelholzener Pink Grapefruit Sport, isotonisch, mit wenig Kohlensäure und farblich genau passend zu dieser späten Stunde in Gesellschaft zweier unberechenbarer Frauen mit unbekannten Absichten.

Ohne mich zu fragen, ob ich die Geschichte hören und wissen möchte, überfällt Ellis mich mit der absurden Mitteilung: »Esther und ich sprechen über Eizellen.«

Ich trinke das pinkfarbene Wasser aus der Flasche.

»Ja«, sprudelt Esther los, gehetzt, als müsste sie das

Geheimnis endlich loswerden, so wie man Ballast abwirft, und direkt an mich gerichtet, als wäre meine Meinung ausschlaggebend, die Stimme eines besonnenen älteren Mannes.

»Wir haben sechs Eizellen in der Gefrierkammer, seit zwei Jahren, mein Freund und ich wollten Kinder, wir hielten den Zeitpunkt noch nicht für gekommen. Ich bin Mitte dreißig, ab fünfunddreißig stürzt die Fruchtbarkeit ab, und Willie ist schon vierzig, ich habe im Autoradio einen Spot gehört, *sozial freezing*, *FertiProjekt*, und ich dachte, das sei die Lösung. Wir waren zur Beratung in der Kinderwunschklinik und ließen sechs Eizellen künstlich befruchten und einfrieren.«

Sie schaut mir direkt in die Augen, und ich halte ihrem stechenden Blick stand. Ich mag Esther, ihr rotes Haar, die helle Haut, die klare Stirn, sie ist eine kluge und schöne Frau. Ich konnte Nelson Fonseca verstehen, dass er bei ihr zu landen versuchte. Und ich denke an Mladen Krstić und seine Geradeaus-Entschlossenheit. Ich habe ihn zusammen mit Esther erlebt, schmachtend in der *Tangente*, ihre Augen leuchteten, sie mussten bald weiter, ins Kino, hatte Mladen erzählt.

Esther DeSoto ist Ellis' Entdeckerin und Freundin, es irritiert mich, dass sie sich mir in einer so intimen Sache anvertraut. Ich fühle mich wie bei einem Test. Ich schneide bei Prüfungen gut ab, ich bin nicht leicht zu beeindrucken und kann mein Blatt ausspielen.

»Und nun ist er mein Ex«, kreischt Esther.

»Ist das definitiv?«

»Ja.«

»Wem gehören die sechs befruchteten Eizellen?«, bringt Ellis die Geschichte auf den Punkt. »Wer hat Anrecht darauf? Das ist die Streitfrage.«

Mir fällt die Geschichte von den zwei Müttern ein, die um ein Kind stritten, von dem jede behauptete, es gehöre ihr: bis der weise König vorschlug, das Kind mit dem Schwert zu teilen.

Ich behalte die Geschichte für mich.

»Du beanspruchst die Eizellen für dich, nehme ich an. Und dein Ex will sie für sich haben.«

»Willie hat Angst davor, dass er Vater wird und Alimente zahlen muss.«

»Ist diese Befürchtung nicht berechtigt?«

»Viele Paare leben getrennt, und die Väter zahlen Unterhalt.«

»Möchtest du dir eine von Willie befruchtete Eizelle in die Gebärmutter einpflanzen lassen und sie austragen?«

»Ich habe das noch nicht entschieden. Willie ist ein Schuft, andererseits hat er bestimmt gute Gene.«

»Es könnte sein, dass es ihm gar nicht um die Folgekosten geht, er möchte verhindern, dass du, seine Ex, die Mutter seiner Kinder wirst. Willie möchte sein Vaterleben nicht mit einem Fehlstart beginnen.«

»Du bist ein Mann, du stellst dich auf seine Seite.«

»Ein Ex mit sechs befruchteten Eizellen steht einsam in der Wüste«, sage ich brummig.

Sie fixiert mich, ich kann ein Gähnen nicht unterdrücken.

Frauen können Nervensägen sein.

»Eine Frau mit sechs befruchteten Eizellen in der Kühlkammer ist eine Zeitbombe, dein Ex hört sie ticken. Du musst dir keine Sorgen machen, Esther, du hast die besseren Karten. Und nun will ich ins Bett, der Tag war kompliziert, und ich bin hundemüde.«

Unter der Dusche weiß ich, dass befruchtete Eizellen im gemeinsamen Gefrierfach eines Paares, das sich getrennt hat, keine Chance haben. Sie erreichen nicht einmal die Startlinie.

Ich wechsle von warm auf kalt.

Ich höre die Frauen im Wohnzimmer sprechen und lachen, die Spannung muss sich entladen, und Esther wird sich beruhigt haben.

»Du musst dich endlich entschließen, glücklich zu sein«, höre ich Ellis' Stimme und Tom Waits, der einen Song anstimmt, als würde er als Special Guest im Wohnzimmer auf dem Sofa sitzen und die Frauen ermuntern.

And it's time, time, time.

And it's time that you love.

Ich liebe Tom Waits. Er schafft mich immer. Ich kann mir gut vorstellen, dass Esther an der heiseren Stimme Gefallen findet und an den Instrumenten, die klingen, als gehörten sie in die Reparatur. Auf mich wirkt der Sound aus den Achtzigerjahren wie ein Echo, als drohte die Vergangenheit zurückzukehren und uns nochmals mit Toms schwarzer Zuckerwatte zu füttern.

∞ Am nächsten Morgen muss ich früh aus dem Bett, ich habe Ellis angeboten, sie zum Flughafen zu fahren. Sie fliegt für Werbeaufnahmen der Zürich Versicherung nach Lanzarote. Das Thema: Altersvorsorge.

Ellis gibt mit einem Mann, Hannes Dombrowski, ein sorgloses Best-Ager-Ehepaar. Sie leben bewusst, essen gern und gut, trinken schöne Weine, wohnen in einer Suite mit Meerblick und französischem Bett und einem Marmorbad mit chromglänzenden Armaturen. Sie spazieren Händchen haltend am Strand entlang und spielen Tennis im Club, sie kennen keinen Schmerz, unternehmen Ausflüge zu Sehenswürdigkeiten und wandern, von Schmetterlingen begleitet, über blumenübersäte Wiesen: ein Paar, das pure Lebensfreude und Zufriedenheit ausstrahlt.

Und warum haben sie so gut lachen?

Sind sie Lebenskünstler?

Das Best-Ager-Paar hat sich schon lange für das fondsgebundene Angebot der Zürich Versicherung entschieden. Vorsorgeinvest *Premium* ist perfekt für sie.

In der Bar am Pool sprechen sie mit einem anderen, gerade noch jungen Paar. Der Schwiegersohn (mit Sorgenfalten) und die Tochter (schaut vertrauensvoll zu den Eltern auf), mit denen gemeinsam sie den Urlaub verbringen; die Jungen blicken in die eigene Zukunft wie in eine unwirtliche Winterlandschaft.

Sie stochern in Drinks mit Schirmchen.

Sie benötigen Rat.

Und sie bekommen Rat.

Macht es wie Ellis und Hannes.

Ellis' Haar wird bei den Aufnahmen heller blondiert sein, mit einer Kamelie geschmückt. Sie wird ein luftiges, knapp knielanges Kleid tragen und barfuß gehen und toll aussehen. Hannes, ihr Mann mit dem markanten Grübchen im Kinn, wird aufgeföhntes Haar haben, eine melierte Matte. Er wird ein Hemd mit blau-weißen Karos tragen, die obersten drei Knöpfe offen, und eine wadenlange helle Hose. Und er wird toll aussehen. Und so fort. Opa Hannes zeigt seinem reizenden Enkel, wie man einen Drachen steigen lässt. Oma Ellis lädt alle zu ein paar Runden GoKart ein.

Super, wird sie laut Skript juchzen. *Einfach supercool.*

Wieder bekommt meine Ellis eine Familie zugeteilt, eine von ihrer Agentur für den Werbespot gecastete Brut:

eine wissende Tochter, einen ernsthaften Schwiegersohn, einen süßen Enkel. Und obendrein erhält die verwöhnte Ellis einen fabelhaften Mann.

In meiner Eifersucht, die ich mühselig bedeckt halte, unterstelle ich Ellis, dass sie so ein bezauberndes Rudel in ihrem bisherigen Leben vermisse, eine komplette intakte Familie, eine hehre Blase, ein von Serotonin gesteuertes Familienleben, das ich ihr zu bieten versäumt habe und nie werde bieten können. Nicht einmal, wenn wir eine gemeinsame Zukunft hätten. Und alle himmeln sie an. Alle sind in Ellis verliebt. Die Kamera hält es gnadenlos fest. Und im Fernsehen wird es demnächst zu bewundern sein. Hurra. Überall (auf zweitausend Wänden) sollen den TV-Spot begleitende Plakate geklebt werden.

Und in der *Tangente* wird der Spot Thema sein.

Vor dem großen Spiel.

Ellis hat mir das Drehbuch zu lesen gegeben. Sie freute sich auf die Reise und die Arbeit mit dem gut aussehenden Typen, dem Schauspieler, diesem geschleckten Hannes, den ich nicht mag, der mir vehement auf den Zeiger geht, und der schon ihr Partner war im Prostata-Spot.

Ellis liegt neben Hannes im Ehebett. Hannes nimmt Prostaglum in Kapselform ein, um durchschlafen zu können. Prostaglum hilft garantiert. Die Blase weckt ihn nicht mehr alle zwei Stunden auf. Die Reizblase ist befriedet und zwingt Hannes nicht mehr, jede Nacht mehrmals aufzustehen und zur Toilette zu tappen, um sich hinzusetzen und zu warten, bis endlich der Strahl einsetzt (*denn müssen und können sind nicht dasselbe*, höre ich Fredy Wimmer sagen).

Mit Prostaglum schläft Hannes friedlich neben seiner Ellis. Und der eingeblendete Text informiert, dass Prostaglum den lästigen Harndrang besiegt und die Sexualfunktion schont.

∞ Am Flughafen wartet Hannes Dombrowski schon mit seinem Rollkoffer. Er steht im modisch zerknitterten Leinenanzug da und hat, obwohl es regnet und düster ist, die Sonnenbrille aufgesetzt.

Gewiss sieht er mich deswegen nicht.

Ellis steuert beschwingt auf ihn zu. Er umarmt sie mehr als freundschaftlich. Hannes drückt seine schöne Partnerin an sich und will sie gar nicht mehr loslassen. Der Kerl drückt ihr ja die Luft ab. Ellis macht keinerlei Anstalten, sich aus seinen Fängen zu befreien, sie genießt die Umarmung.

Die hübsche Tochter hängt sich vertraulich bei Ellis ein. Der artige blonde Junge schenkt Oma Ellis ein buntes Sträußchen. Der feine Schwiegersohn knutscht Ellis auch ab und macht ihr Komplimente. Die ganze junge Crew bemüht sich rührend um sie. Ellis hier und Ellis dort, unsere liebe, wunderbare, himmlische Ellis.

Ein flinker Teamhelfer nimmt mir ihr Gepäck ab, und ich bin Hintergrund. Tschüs. Merke gleich, dass ich, statt mich davonzumachen, wie festgeschraubt dastehe und gebannt auf die Szene starre, die sich in Zeitlupe zu Personen- und Handgepäckkontrolle verschiebt. Ich stehe untätig da, einsam, ich bleibe zurück, verlassen, nicht einmal meine Ellis dreht sich um, sie hat mich bereits vergessen, jedenfalls kein Bedürfnis, noch einmal kurz zu winken.

Ich hebe schlapp die Hand, sehe Ellis, wie sie den Arm unter Hannes' Ellbogen schmuggelt und mit ihrer neuen Familie verschwindet.

Was fängt hier gerade an?
Lässt Ellis mich fallen?

∞ Nach dem Flughafendebakel muss ich mich zwingen, den Fuß vom Gas zu nehmen. In der *Tangente* bin ich mürrisch und verziehe mich in mein Büro, froh um die täglich anfallende Arbeit. Sie bedeutet: Du bist unentbehrlich, Albo, du wirst gebraucht, dringend.

Mit meinem Team arbeite ich einmal mehr auf das große Spiel hin. Im letzten Jahr war es das Finale der WM in Brasilien, als Deutschland Argentinien besiegte, das überharte Team um Messi, gegen das die Schweiz mit viel Pech ausgeschieden war (der Pfosten, der Pfosten).

In diesem Jahr wird das große Spiel das Finale der Champions League sein. In Berlin. Vor der *Tangente* bauen wir die Leinwand auf, acht Feet, acht Yard: So groß ist ein Fußballtor, 17,86 Quadratmeter. Und fünfzig runde Stehtische habe ich bestellt. Sitzplätze im Freien gibt es keine, die Stimmung wird wie auf der Stehrampe im Stadion sein, ein ganz besonderes Feeling. Die Fans sind ohnehin unruhig und während des Spiels mit den Füßen insgesamt länger in der Luft als auf dem Boden.

∞ Nach mehreren Tagen Funkstille sendet mir Ellis am späten Abend eine SMS.

Abholen: nicht nötig!

Dabei habe ich mich gefreut, sie am Flughafen mit Blumen zu empfangen. Ich habe sie demonstrativ in die Arme schließen und auf den Mund küssen wollen, ich habe mir eine schwarze Jeans und ein schwarzes Hemd zurechtgelegt und neue Sneakers von Bugatti gekauft, ich wollte in der *Welcome Bar* auf die Durchsage warten: »Der Lufthansaflug aus Lanzarote ist gelandet«, und zwanzig Minuten später glückstrahlend vor der gläsernen Wand mit Blick auf das Gepäckband stehen und geduldig warten, bis ich sie entdecke, meinen Liebling, und darauf hoffen, dass sie mich endlich bemerkt und mir zuwinkt, ihrem Liebling.

Und nun diese ernüchternde SMS.

Ellis in Empfang zu nehmen, will ich mir nicht verbieten lassen. Von keinem. Dieses Vorrecht streicht mir niemand. Nicht einmal Ellis. Sicher wird sie sich freuen, befehle ich mir zu denken. Ellis freut sich, dass ich es mir nicht verbieten lasse, sie abzuholen, und mir kein Weg zu weit ist.

Mit schwindender Gewissheit fahre ich los.

Voller Eifersucht beobachte ich die Ankunft des Aufnahmeteams und der lebhaften Werbespotfamilie mit Hannes Dombrowski als Patriarch im dunklen Anzug und mit Hornbrille. Ellis trägt rote Ballerinas, eine khakifarbene Hose mit einem silbernen Gürtel und ein olivgrünes Top. Alles hauteng geschnitten. Ja. Ein aufgeräumter Pulk kehrt aus Lanzarote zurück. Drei Generationen. Fünfzig plus (die strahlenden Babyboomer), dreißig plus (die Wunschkinder nach dem Pillenknick), Kids unter zehn (gehätschelte Raritäten, geboren im neuen Jahrtausend).

Ellis verschwendet gewiss keine Gedanken daran, dass ich ihre SMS gar nicht gelesen haben könnte und wie ausgemacht zum Flughafen gefahren bin.

Sie scherzt mit dem aparten Jungen. Und Hannes weicht nicht von ihrer Seite. Nach der bühnengerechten

Verabschiedung von den Kindern und dem Enkel gehen Ellis und Hannes zusammen, schreiten sie als elegantes Paar zum Parkhaus. Keiner bemerkt, dass etwas falsch ist, vor niemandes Augen würden sie nicht als Paar durchgehen. Selbst ich muss anerkennen, dass sie ein prächtiges Paar sind, wie George Clooney und Meg Ryan, beide mit dem Handy beschäftigt. Ich gebe es zähnefletschend zu und spüre, wie sich mein Magen verspannt, und während ich hinter ihnen hergehe, beginnt mein kaputtes Knie, heftig zu pochen, es tut höllisch weh, als wäre ich mit dem Fuß am Kunstrasen hängen geblieben, als hätte ich mir beim Sturz das Knie verdreht.

Ellis telefoniert unablässig. Mein Handy klingelt nicht. Keine SMS trudelt ein, ich schalte das Gerät aus.

Sie steigen lässig in einen braunen Opel Mokka und fahren zur Schranke, verfolgt von einem marineblauen VW Passat. Falls Hannes Dombrowski in den Rückspiegel schaut, muss er mich sehen. Mir doch egal. Er kennt mich gar nicht. Für ihn bin ich Luft. Und was meinen Tag vollends abschießt, ist der Umstand, dass Hannes am Ziel der zwanzigminütigen Fahrt den hässlichen Mokka auf dem Parkplatz vor unserem Haus neben den treuen Mini von Ellis steuert, er muss den roten Mini Cooper mit dem weißen Dach kennen und besetzt meinen Platz.

Ich habe auf der Brücke angehalten. Mit freier Sicht auf die Szenerie. Gleichzeitig steigen sie aus, Hannes Dombrowski öffnet die Heckklappe und hievt Ellis' Rollkoffer heraus. Ellis nimmt einen Karton aus dem Gepäckraum ihres Mini Cooper und gibt ihn Hannes, der ihn im Opel Mokka verstaut. Was befindet sich im Karton? Detail um Detail nehme ich auf meinem selbstquälerischen Späherposten wahr. Die beiden gehen über den Platz zum Eingang. Wie ein vom Urlaub heimkehrendes Paar betreten sie das Haus, und ich starte den Motor und flüchte. Zuerst zum kleinen See, in der Hoffnung, Rocchi beim Angeln anzutreffen.

Das Wasser ist unbewegt, still, ich sehe die Algen auf dem Grund. Im Schilf bewegt sich nichts. Wenigstens ein paar Enten treffe ich an, Stockenten statt eines anteilnehmenden Gesprächspartners. Ich bücke mich nach einem Stein, schleudere ihn in den See und warte ab, bis die konzentrischen Kreise verebbt sind.

Beim Autohaus Bodrop tanke ich den Passat auf und prüfe den Reifendruck und öffne die Motorhaube, um den Ölstand zu messen. Statt Dieter, den ich mit dem auffälligen Hantieren auf mich aufmerksam machen will, huscht Leslie aus der Werkstatt heraus und beginnt gleich, sich lobend über Ellis auszulassen. Sie bewundert Ellis für den Mut, ein neues Lebenskapitel zu beginnen.

»Ellis weiß, was sie will, alle Achtung, deine Frau hat Biss.«

»Ich bin auch mächtig stolz auf sie«, antworte ich und stutze, wie glatt mir das über die Lippen geht.

»Schade, dass sie keine Zeit mehr hat für ihre Kartmädels.«

»Ellis startet gerade woanders durch, alle Herzen fliegen ihr zu.«

Ich stocke wieder. Warum? Ich habe diesmal die Wahrheit ausgesprochen.

»Ein kühner Schritt«, erkennt Leslie an. »Ellis ist eine Draufgängerin. Kompromisslos. Und sie traut sich alles zu.«

»Ja, das ist wohl richtig.«

»Diesen Kerl, mit dem sie auf dem Plakat für das Programm in der Wellnessoase Alpamare wirbt, diesen Hannes Dombrowski habe ich in einem Kinofilm gesehen. Er spielte einen spanischen Geschäftsmann und Lover aus Madrid. Den würde ich nicht von der Bettkante stoßen.«

∞ Ich setzte meine Trostsuche und Frustrationsrunde fort und komme am schönen weißen Haus meines Vaters vorbei. Im Garten steht die mächtige Birke, in deren Astwerk die Rosen klettern. Mein Vater ist seit Tagen abwesend. Er hat sich weder verabschiedet noch die *Tangente* besucht, um mir zu sagen, dass er zu einer Reise aufbricht. Das muss er nicht tun, ich weiß, aber er hat es bisher immer getan. Er hat mich informiert, ist in den Flieger nach Idaho gestiegen und in Abuja gelandet. Ich traue ihm alles zu, ich traue ihm nicht.

»Beruhige dich, es geht Marcel gut«, sagt Yola.

Mein Vater hätte jetzt ohnehin keine Zeit für seinen erwachsenen und vom Liebeskummer geschwächten Sohn. Erste Priorität hat die *nigerianische Familienzusammenführung*, wie er das nennt, die bevorstehende Ankunft von Yolas Mama Natli Osuba und Yolas Schwestern Femi und Maja. Wäre mein Vater da gewesen, hätte ich ihm meinen Seelenschmetter gestanden. Und er hätte mich ausgelacht: *Jonas, spinnst du, so kenne ich dich gar nicht.*

Das stimmt, so habe ich mich bisher selbst nicht gekannt, ich verhalte mich wie der komische Bräutigam in der Filmkomödie, die ich mit Ellis gesehen habe. Vor dem Traualtar wird ihm die Braut weggeschnappt. Ich amüsierte mich im Kino und schlug mich schadenfreudig auf die Seite der treulosen Braut und ihres Liebhabers. Wie dumm er im Smoking und mit den unnützen goldenen Eheringen dastand: Der Verlassene, der Gehörnte, der Ahnungslose. Erst jetzt empfinde ich Mitleid mit dem armen Kerl.

Ellis und ich sind noch nicht einmal verheiratet, wie gesagt. Wir haben die Eheschließung und die Familiengründung verpasst. Ellis Nemec kann mich ohne jede Formalität verlassen und gehen, wohin sie zu gehen wünscht.

Tschüs, Jonas.

Du verlässt mich?

Sieht ganz danach aus.

Zu viel hat sich verändert. Wie wir leben, wie wir denken.

Ich rufe unterwegs Benno Kohn an, er nimmt nicht ab. Er wäre der beste Freund für ein befreiendes Gespräch, er hat ein verwickeltes Sexualleben, was ich bis jetzt eigentlich nicht zu beklagen hatte, es sei denn, keinen Sex zu haben ist verwickelt. Benno kennt sich aus in Beziehungsgestrüppen. Schwulsein ist kompliziert. In der Umkleide gibt er den kultivierten Rechtsanwalt und duscht mit geschlossenen Augen, damit ganz bestimmt keiner denkt, er werde von ihm beglotzt. Selbstzensur, denke ich. Das Misslichste für Benno wäre, unter der Dusche eine Erektion zu bekommen. Ich glaube, wir würden uns totlachen. Und Fredy Wimmer würde seinen nackten Hintern vor ihm schwenken.

Einmal hatte Benno Kohn sich Luft verschafft: »Ich bin schwul, ja. Ja. Trotzdem freue ich mich, wenn ich einer Frau gefalle. Es gefällt mir, dass sie mich als Mann wahrnimmt und ihr sexuelles Interesse signalisiert.« Er machte eine kleine Pause, nicht um zu warten, ob ihm jemand widerspreche. Warum auch? Ist ja klar. Benno hielt kurz inne, bevor er den Hauptschlag führte. »Ihr Heteromänner seid bejammernswert eng im Kopf. Die

Entdeckung, dass ihr einem Mann gefallt, dass ein Mann euch sexy findet und begehrt, könnte euch wenigstens ein Lächeln entlocken. Was macht euch denn so Angst? Ihr könntet ruhig zugeben, dass ihr euch geschmeichelt fühlt.«

Weil er so tickt, möchte ich mit ihm über Ellis sprechen.

Benno Kohn sitzt oft mit seinem Freund in der *Tangente*. Es gibt dabei kein Händchenhalten. Die beiden sind ein diskretes Paar und knutschen nicht öffentlich herum. Sie pflegen einen gediegenen Stil mit teuren Kleidern und Autos und gelegentlichen Trips nach London, wo sie auch die Tate Gallery und Konzerte besuchen und Termine beim Herrenschneider haben.

Wir mögen ihn alle, Benno ist ein liebenswürdiger Typ und kluger Kopf und gewissenhafter Anwalt. Ich habe von ihm noch nie eine Auskunft erhalten, die nicht korrekt gewesen wäre. Seine sexuelle Ausrichtung ist kein Thema, nicht einmal für meinen Vater, der die prüden Vierziger- und Fünfzigerjahre erlebt hat, deren Prägung schwieriger zu überwinden gewesen ist, als eine Tätowierung zu löschen.

Wir Babyboomer sind frei aufgewachsen, meine Generation ist sexuell freizügig und entspannt. Warum bin ich das jetzt nicht? Warum drehe ich schier durch?

Ein Opel Mokka steht neben Ellis' Mini Cooper auf unserem Parkfeld. Mein Passat hätte keinen Platz mehr daneben.

Ich beschwöre finstere Zusammenhänge herauf, Hirngespinste, und habe nicht einmal Indizien. Ich bin maßlos eifersüchtig und misstrauisch. Eifersucht und Misstrauen erschüttern die Stabilität, sie legen ein eisernes Band um mein Herz.

Ich könnte zu Tanja Schmidt fahren. Sie sitzt in der Kanzlei am Computer und nähme sich Zeit für mich. Ganz bestimmt. Wir würden einen Kaffee trinken und ein offenes Gespräch führen. Ich könnte ihr mein Leid klagen, sie hätte ein offenes Ohr. Sie wäre geduldig und einfühlsam. Sie würde die Hand auf meinen Unterarm legen, leicht massierend, und mich bei der Verabschiedung lange umarmen. Wie eine mitfühlende große Schwester würde sie mich umarmen.

Zu Marina Rocchinotti könnte ich ebenfalls fahren, um zu jammern. Und zu Leslie Bodrop, bei der ich eben doppelzüngig war. Und zu Caro Wimmer mit ihren alles aufsaugenden Augen. Die drei Frauen würden sich, wenn ich meinen vollen Sorgenkorb ausleerte, wie Tanja Schmidt verhalten: schwesterlich, hilfsbereit, beschwichtigend, tröstend. Sie wären reines Verständnis. Jede nähme mich ernst. Keine würde mich auslachen. Spreche ich mit einer Frau aus dem Freundeskreis über etwas Vertrauliches, spüre ich, wie sich ihr Hormonspiegel justiert. Zärtlich und bodenständig und gefühlvoll. Sie können Empathiemonster sein.

Im Gegensatz zu ihren Frauen nehmen meine Freunde mich nicht allzu ernst. Sie stellen mich in den Senkel. Ein guter Freund kann einen Schritt zurücktreten und zum Kumpel werden. Kumpels verteilen Boxhiebe. Und sie stehen beim Pinkeln mit offenem Hosenstall nebeneinander. Jeder hält sein sensibelstes Teil in der Hand, jeder ist auf seinen Strahl konzentriert. Abgesehen von Fredy Wimmer. Er hat sich schon vor der Biopsie beim Pinkeln wie eine Frau hingesetzt. Nicht weil er wohlerzogen ist, Fredy hat nicht mehr richtig zielen können, er hat statt eines Strahls einen Fächer produziert.

∞ Dieter Bodrop bringt es beim gemeinsamen Wasserabschlagen auf den Punkt: »Es ist beschissen, Fredys Krebs. Total beschissen. Operation und Chemo.«

»Ja, es hat ihn bös erwischt.«

»Mich hat das Tempo geschockt.«

»Ganz überraschend kam es nicht, wir wollten es allerdings nicht sehen.«

»Ich war deswegen auch beim Arzt«, sagt Dieter. »Nun warte ich auf das Testergebnis. Es macht mich nervös.«

»Mh, ja, ich mache den Test jedes Jahr in einem Aufwasch mit der Grippeimpfung.«

»Bis jetzt habe ich mich nie für den PSA-Wert interessiert.«

»Ellis will, dass ich das im Auge behalte, sie macht ja auch Vorsorge.«

»Seltsam, bei mir funktioniert alles bestens, ich mache mir keine Gedanken«, erklärt Dieter. »Beim Elfmetertraining warst du richtig gut.«

»Ich habe die Statistik angeschaut. Hohe Bälle verfehlen das Ziel häufiger als tiefe«, kläre ich ihn auf. »Unten rechts, unten links, flach: Und der Ball geht rein. Schießt du den Ball hoch, sinkt die Chance um fünfzig Prozent.«

Behutsam schütteln und streifen wir den letzten Tropfen ab und warten, stumm nebeneinander stehend, ein paar Sekunden ab, ob da noch was nachträufelt, bevor wir einpacken und mit einem Rutsch den Reißverschluss hochziehen.

»Hast du Fredy im Krankenhaus besucht?«

»Nein, ich habe ihm eine SMS geschickt. Fredy will keine Besuche. Er möchte nicht, dass wir ihn so hinfällig erleben.«

»Es hat mit Scham zu tun.«

»Er hat nichts getan, wofür er sich schämen müsste.«

»Ich glaube, er schämt sich für das Bild, das er abgibt. Fredy möchte das positive Bild, das wir von ihm haben, retten. Er will, dass wir ihn als schlauen Fredy in Erinnerung behalten, der in der *Tangente* die Welt erklärt. Er will in unserem Gedächtnis Fredy Alleswisser bleiben, der mit Caro ein schönes und erfolgreiches Paar bildet.«

»Könnte sein. Es tröstet mich fast«, nimmt Dieter meine Worte an. »Vielmehr, es erleichtert mein schlechtes Gewissen. Okay, an den coolen Typen von Real II sollen wir uns erinnern. An Fredy Wimmer, der keinen Ball aufgibt und für Nelson Fonseca rennt und rennt.«

Wir stehen nebeneinander, zwei Freunde, die einen Freund verlieren werden und ratlos sind und traurig.

»Tanja Schmidt hat ihn besucht«, erzählt Dieter. »Sie war danach deprimiert und musste auf der Kartbahn die Runde abbrechen, weil sie vor lauter Heulen nichts mehr gesehen hat. Tränenüberströmt ist Tanja aus dem Kart gestiegen, Leslie war dabei. Und du, Albo, bist du happy mit dem neuen Passat?«

»Es ist ein tolles Auto, die Farbe ist super.«

»Und dein Vater, ist er wieder im Land?«

»Mein Vater ist ein unverbesserlicher Narr, er will Yolas Mutter und Schwestern in Paris abholen, damit er bei der Einreise dabei ist.«

»Haben sie tatsächlich ein Visum erhalten?«

»Ja. Und wie sieht es bei dir aus? Hat Leslie den alten Schulbus durch die Motorfahrzeugkontrolle geschaukelt? Führt sie die US-Schulbus-Tour ein?«

»Leslie liebt die gelbe Kiste und glaubt, dass es eine gute Idee ist, Ausflüge mit einem Schulbus aus Amerika anzubieten.«

»Fährt sie den Bus selbst?«

»Ja, das lässt sie sich nicht nehmen. Die Route über den Gotthard ins Tessin ist ein Erlebnis. Statt in den Tunnel geht es hinauf zur Passhöhe, super.«

»Fünfzig fröhliche Senioren im gelben Oldtimer«, foppe ich.

»Das rechnet sich, Albo, das rechnet sich.«

»Unsere Frauen geben ganz schön Gas.«

»Sie brechen zu neuen Ufern auf«, sinniert der normalerweise eher spröde Dieter.

»Ellis ist kaum mehr zu Hause«, sage ich.

Dieter hört den versteckten Vorwurf heraus: »Du solltest stolz auf Ellis sein. Auf den Plakaten für die Fünfzig-plus-Messe sieht sie wie ein Filmstar aus, sie erinnert mich an Sharon Stone.«

»Die Organisatoren rechnen mit mehr als vierzigtausend Besuchern.«

»Das macht neugierig, ich geh hin«, beschließt Dieter.

»In die Züspa-Halle, du?«

»Warum nicht?«

∞ Ellis fädelt ihre Erfolgsserie in einer Lebensphase ein, in der sie schon befürchtet hat, sich mit der Unsichtbarkeit abfinden zu müssen. Sie hat ihre Prioritäten hinterfragt und die bisherigen Werte wie Schachteln voller Plunder betrachtet. Mit einem Mal hat sie auf den optimistischen Babyboomer Grönemeyer gehört, der krächzt und seine Texte bellt und tanzt wie ein unsportlicher Bär.

Hab keine Angst vor'm Untergehn.

Ellis hat diese Angst abgelegt. Sie ist ganz bei Grönemeyer. Ich nicht mehr. Ich träume von Sinkflügen. Ellis hat es geschafft, die Zeit umzudrehen, sie gegen den Uhrzeigersinn laufen zu lassen. Über fünfzig heißt für die neu erweckte Ellis Nemec nicht: Der Vorhang fällt. Es heißt: Es geht ein starker Scheinwerfer an.

»Eine derartige Wertschätzung habe ich noch nie erlebt«, sagt sie mit einem Unterton, als wäre ihr bisher etwas Wichtiges vorenthalten worden, etwas Entscheidendes, das ihr unbedingt zugestanden hätte.

Ellis ist geblendet von dem starken Licht, von der flirrenden Lichtflut, von der Aufmerksamkeit, mit der sie übergossen wird. Mich sieht sie nicht mehr. Als stünde ich hinter dem Lichtvorhang. Im Verborgenen. Unerkannt mit meiner Liebe.

Das wurmt mich. In meinem Groll nützt es mir wenig, was ich dem in seiner Verbissenheit unversöhnlichen Mladen über Diamant und Zucker ans Herz gelegt habe. Auf mich umgemünzt, müsste ich endlich Entwarnung geben. Ich bin weder Opfer noch ein Schattenmann, ich bin Jonas Alberding, der Lebenspartner der erfolgreichen Ellis Nemec.

Leider hakt es damit. Ich mache die Erfahrung, dass das leichter gesagt ist als getan. Noch immer bin ich nicht fähig, den Wandel zu akzeptieren. Bin ich, wie Ellis mir angekreidet hat, tatsächlich in meinem Leben stecken geblieben? Der Vorwurf hat sich in eine unangenehme Wahrheit verwandelt. Obwohl ich mir jeden Tag neu vornehme, mich mit den Veränderungen anzufreunden, und mir wie ein Mantra einrede, alles Negative sei Einbildung, verteidige ich den Status quo. Mir ist, als stünde ein Hindernis zwischen uns, und ich unterstelle Ellis, sie schließe die Augen davor. Meine Frau geht in die Vollen und stellt mein Leben rücksichtslos auf den Kopf: Sie stürzt es wie einen Pudding.

∞ Mein Vater wartet in Paris am Flughafen auf die Ankunft von Natli Osuba. Falls er die Wahrheit gesagt hat und die fremde Frau nicht gleich persönlich in Abuja abholt, was ich ihm genauso zutraue, wie mich dreist anzulügen. Mein Vater portioniert die Wahrheit. Auch für sie gilt das Eisbergprinzip. Neun Zehntel bleiben unter Wasser verborgen. Und aufs Ganze gerechnet, ist es vernachlässigbar, das ist seine Philosophie: die Messlatte an das windige Zehntel über Wasser anzulegen. Was ist der Unterschied zwischen Abholen in Paris und Abholen in Abuja? Wenn der Coup gelingt? Natli und ihre Teenagertöchter sollen unbeschadet auf dem Flughafen Zürich landen. Sie sollen die Kontrollen unbehelligt passieren. Sie sollen durchgewinkt werden. Natli, Femi und Maja besitzen einen gültigen Pass, in dem kein Stempel fehlt und keiner gefälscht ist. Die Einreise ist das Ziel, das Einzige, was zählt.

Kurz vor dem Flug saß er in der *Tangente* und blätterte in seinem Notizbuch. Er brütete etwas aus, stierte vor sich hin, klickte mit dem Kugelschreiber.

»Was möchtest du trinken?«

»Nichts.«

Er klappte das Notizbuch zu und legte es auf den Tresen.

»Natlis Mann ist tot, Petrus Osuba ist umgebracht worden.« Mein Vater betonte den Namen näselnd, als müsste er sich noch daran gewöhnen.

»Deswegen will Natli Osuba weg«, klärte er mich auf.

»Weiß Yola, dass ihr Vater tot ist?«

»Das ist denkbar, Jonas, es könnte sein.«

»Und warum weißt du es?«

»In Abuja hat mir der Fahrer des Botschafters die Geschichte erzählt, ein Cousin. Halt dich fest, Jonas. Petrus war auf dem Weg nach Maiduguri. Eine Bande, Boko Haram, stoppte ihn. Die Männer zerrten ihn aus dem Auto. Kein Mietwagen, ein Auto der Schweizer Botschaft, welches er sich ausgeliehen hatte, ohne groß zu fragen. Das ist ihm zum Verhängnis geworden. Die fanatischen Kämpfer hatten das Schweizerkreuz falsch gedeutet.«

Ich grinste, ich konnte nicht anders, es tat mir furchtbar leid.

»Sie zerrten Yolas Vater heraus und fühlten sich bestätigt, der Mann trug eine Halskette, an der ein goldenes Kreuz glänzte, das den gläubigen Moslem verspottete. Sie haben Petrus Osuba verprügelt, sie haben ihm das Kreuz vom Hals gerissen, erzählte mir sein Cousin und weinte, sie haben das Gold mit dem Gaskocher geschmolzen, sie haben seinen Mund aufgebrochen und flüssiges Gold hineingegossen.«

Er hatte die Geschichte loswerden müssen. Ich bemerkte seine Erleichterung. Ein geteiltes Geheimnis wiegt halb so schwer, genau genommen ist es gar kein Geheimnis mehr. Ausschließlich, was man definitiv in sich verbirgt, ist ein Geheimnis, die dunklen Strömungen, die das Bewusstsein fluten.

Scheiße, Scheiße, Scheiße.

Mein Vater saß am Tresen nach dem Geständnis, vor einem Glas Chablis. Er wirkte seltsam heiter. Unsere Querelen waren ausgeräumt. Er schaute auf die Uhr, klopfte mit den Fingerknöcheln auf den Tresen, öffnete den Geldbeutel und legte eine Zehnernote hin. Ich gab ihm das Wechselgeld. Er stand auf und umarmte mich.

Bevor er ging, blieb er seltsam steif vor mir stehen, die Stirn gerunzelt, eine Hand aufs Kinn gelegt, als überlegte er, ob er noch etwas Wichtiges vergessen habe zu sagen. Offenbar nicht. Er lächelte und tippte mir mit dem Zeigefinger gegen die Stirn. Ohne ein weiteres Wort verließ er die Bar. Der Nissan Pulsar fuhr weg.

Ich öffnete ein Perrier. Nach jedem Schluck prickelte die Kohlensäure unter der Zunge, die ganz kalt war.

Warum hast du mir das Verbrechen an deinem Vater verschwiegen? So direkt wollte ich Yola angehen, sobald sie in die Bar kam. Doch Yola ist mir keine Rechenschaft schuldig. Um ihren Panzer zu knacken, vielmehr, um ihr Vertrauen in dieser ungeheuerlichen Angelegenheit zu gewinnen, sollte ich ihr von meiner unglücklichen Mutter erzählen, die nach ihrem Verschwinden zunächst eine vermisste Person war und lange Jahre als verschollen galt, bevor sie nach Ablauf der gesetzlichen Frist für tot erklärt wurde.

Meine Mutter hatte raue Hände. Sie wusste die Namen aller Steine und Pflanzen und erkannte jede Holzart am Geruch. Viele Erinnerungen sind mir nicht geblieben.

Vor zehn Jahren ist meine Mutter gefunden worden, sollte ich Yola erzählen. *Sie lag in einer Gletscherspalte. Ihre vierzig Jahre lang tiefgefrorene Leiche kam zum Vorschein, weil das Eis sich zurückbildete. Es war ein Schock, der Anblick hat mir zugesetzt und meinen Vater erschüttert.*

»Gott sei Dank«, sagte mein Vater, nachdem er die Beherrschung wiedererlangt hatte und die Stimme zurückkam. »Vom Eis in die Erde. Endlich hat Emma ein Grab. Ich bin erleichtert, dass sie jetzt endgültig der Vergangenheit angehört.«

Ich werde mit Yola den Friedhof aufsuchen und ihr die Grabstätte zeigen. Der Bericht meines Vaters über den Tod von Petrus Osuba hat in meinem Innern den

Raum geöffnet, in den ich die Gefühle für meine Mutter weggesperrt hatte.

Vielleicht würde der Grabbesuch bei Yola die Schleuse öffnen.

∞ Ich warte auf Ellis. Wir treffen uns beim Eingang zur Minigolfanlage. Es war mein Vorschlag. Man kann beim Minigolf gut miteinander reden. Sitzt sich nicht mit einer Armlänge Abstand gegenüber, fixiert. Ich habe viel Redebedarf.

Minigolf ist ein unkompliziertes Freizeitvergnügen für Paare, die sich sportlich betätigen möchten, ohne ins Schwitzen zu kommen. Doch ich gerate schon in Wallung und spüre den kalten Schweiß, wenn ich an die bevorstehende Aussprache denke.

Ich schaue auf die Uhr. Als der rote Mini mit dem weißen Dach heranfährt, beginnt mein Herz heftig zu klopfen. Ellis parkt neben dem marineblauen Passat und steigt aus. Die Beklemmung fällt wie eine Kruste von mir ab. Ellis geht über den asphaltierten Platz zum Eingang, und als sie mich entdeckt, hellt sich ihr Gesicht auf. Ich freue mich und breite die Arme aus. Sie winkt und läuft und fällt mir um den Hals. Ich ziehe meine Frau an mich und denke: *Mein Mädchen* und drücke sie innig und lege die Hand fest auf ihr Kreuz, so wie sie es liebt, und küsse sie lange auf den Mund. Alles gelingt wie von selbst, mein Körper folgt einer eigenen Uhr und hat schon verziehen und vergessen. War da was? Zwischen uns? Dunkle Wolken?

Mein Körper entscheidet schnell, mein Körper ist eine Instanz, kein Planer, kein Rechner. Ich überlasse mich ihm.

Er führt Regie. Nun formt sich auch die Lust, versteift sich und fordert, ich will sie, ich will mit Ellis ins Bett.

Ich sage: »Herrlich, der perfekte Tag für Minigolf.«

Ellis antwortet zu meiner Enttäuschung: »Das stimmt, etwas Besseres könnten wir jetzt nicht tun.«

Am Anfang sind wir fast allein auf der Anlage. Ein paar junge Leute sind anwesend. Sie hampeln herum, lachen und mähen mit dem Schläger imaginäre Wiesen, sie sind schon bei Bahn vier, als wir anfangen. Es wird keinen Stau geben, wir können unser Tempo gehen.

Die Bahnen sind abwechslungsreich angeordnet, alte Bäume, Zierpflanzen und Beete mit Blumen und Heckenrosen rundum. Ich halte mich mit Vergnügen hier auf, den Schläger in den Händen, einen Ball auswählend, der zur Aufgabe passt, ich bevorzuge schwere Bälle und glatt lackierte. Der blaue Belag der Bahnen schimmert, das Herz bleibt ruhig, ich bin gesammelt, um die tückischen Hindernisse zu überwinden und mit möglichst wenigen Schlägen einzulochen. Es macht Spaß. Ich spiele locker. Mit dem jeder Bahn angemessenen Schwung. Bis jetzt hatte ich noch keine Flatterhand. Und jedes Mal, wenn ich meine Ellis wie zufällig streife oder berühre, wenn ich sie anfasse, wenn ich den Ball aus dem Loch fische und ihr gebe, wenn ich sie auf dem Weg zur nächsten Bahn kurz beschnuppere und ihr die Nase ins Haar stecke, denke ich, nein, ich denke nicht, das Denken hat damit nichts zu tun, die Nase meldet, meine Ellis riecht ambrosisch, sie hat Rhabarber und Rose aufgelegt, ihr neues Parfüm. Und solange ich den Duft in der Nase habe, könnte ich Punkt nach Punkt auflisten, warum ich sie liebe.

Der Duft des Parfüms ist flüchtig. Verliere ich ihn aus dem Gedächtnis, beengt mich die Furcht, was ich für meine Liebe halte, könnte die Nachglut eines Feuers sein, das bereits ausgetreten worden ist.

Warum liebe ich diese Frau?

Warum liebe ich Ellis Nemec?

Könnte ich die Gründe aufzählen, erstens, zweitens, drittens – wäre es nicht Liebe. Ellis würde sich beim Aufzählen in einen lieben Freund verwandeln. Bei meinen Freunden kann ich es auflisten, Merkmale, die ich besonders schätze. Natürlich hat Ellis viele Vorzüge, die ich anführen könnte. Ich liebe sie nicht deswegen. Ich liebe sie blind, und ich akzeptiere deshalb unbequeme Dispositionen, die bei einem Freund zum Ende der Freundschaft führen würden.

Meine Ellis ist nicht ganz bei der Sache, sie begeht ungewohnte Fehler, denkt wohl beim Schlag an andere Dinge. Sie ist nicht vollständig anwesend. Sie schaut einer Taube zu, die auf der Bahn landet. Sie köpft mit dem Schläger eine Blume, die über den Rand der Bahn ragt. Und meine Annäherungen nimmt sie kaum wahr, oder sie ignoriert mich. Ellis erwidert sie nicht, sie lässt mich an sich knabbern, sie ist eine Puppe, und ins gewünschte Gespräch mit ihr komme ich gar nicht.

Über den Parkplatz zu mir zu fliegen und in meinen Armen zu landen war möglicherweise ein überzogener Akt. Sie wähnte sich wahrscheinlich noch auf dem Set und sah in mir diesen Hannes Dombrowski. Nun spielt sie ohne Herz und schwach und liegt zurück. Sie hat keine Chance, das Spiel zu drehen, höchstens mit einem Ass auf jeder der drei letzten Bahnen.

»Das leidenschaftlichere Team liegt in Führung«, flachse ich.

Sie holt aus und schlägt den Ball mit viel Drive in die Büsche.

Ich lade sie auf einen Eiskaffee ein, wir sitzen im Freien mit Blick auf die Gartenanlage mit den achtzehn blauen Bahnen. Ellis hält das Gesicht in die Sonne. Geschlossene Augen. Ein Gesicht, das mir vertrauter ist als das eigene – und die Maske einer Fremden, einer Frau, die jetzt auch zu den Frauen gehört, die eine Affäre haben. Zwanzig Jahre Zusammenleben und Beischlaf scheinen die Sinne eher zu schwächen als zu schärfen. Ich kenne zwar jeden Leberfleck auf Ellis' Haut. Offenbar ist jetzt ein anderer Mann dabei, diese Orte zu erkunden und sich die Flecke zu merken, als wären es Feldmarken in einem Spiel.

»Du hast gar nicht viel erzählt von Lanzarote.«

»Ich dachte, es interessiert dich nicht besonders, du möchtest dir das vom Leib halten.«

»Nein, ich möchte, dass du mir davon erzählst, du hast mich ja nie angerufen, keine SMS …«

»Machst du mir Vorwürfe?«

»Will ich nicht –«

»Es hört sich aber genauso an.«

»Hast du dich verliebt?«

»O Mann, du nervst, und wenn ich mich verliebt hätte?«

»Du wirkst so abgehoben.«

»Ja, mir sind grad Flügel gewachsen.« Sie lacht.

»Ich hoffe, du vermeidest die Bruchlandung.«

»Im Zauberwald?«, fragt sie unterschwellig aggressiv.

»Mach dich nicht lustig über mich.«

»Du bist ein Schisser, Jonas.«

»Also, wie war es auf Lanzarote?« Ich zwinge mich, ruhig zu bleiben.

»Es war richtig gut, es war toll.«

»Und du bist noch nicht ganz daheim angekommen?«

»So könnte man es sagen.«

»Du brauchst noch Zeit.«

»Ja, ich – es ist, als müsste ich die Sphäre wechseln.«

»Du vermisst deine Lanzarote-Family?«

»Ein wenig schon.«

»Du vermisst Hannes Dombrowski.«

»Ja, er ist ein feiner Kerl.«

»Und gut im Bett?«

»Warum fragst du das, Jonas?«

»Ist das wirklich so schwer zu verstehen?«

»Nein, ist es nicht.«

»Nun musst du wieder mit mir vorliebnehmen.«

»Ja, und du bist eine Klette.«

»Ich möchte wissen, woran ich bei dir bin, wie du mich siehst. Uns als Paar. Unser Leben in der Wirklichkeit.«

»Darüber denke ich ja gerade selbst nach.«

Mein Wunsch, Ellis zu erspüren, ist kleiner als meine Neigung, sie zu belauern, und ich glaube, bei ihr ist das auch der Fall.

»Wie es scheint, gibt uns das Leben gerade einen Wink«, sagt Ellis mit einem schönen Lächeln, von dem ich sogleich weiß, dass es einem anderen Mann gilt, einem fernen Liebhaber, den sie vermisst.

Die Stimmung ist gekippt.

»Zurzeit muss ich wohl davon ausgehen, dass meine Frau einen Geliebten hat«, sage ich.

Ich klinge gestelzt und giftig und spüre, wie meine Muskulatur sich kriegerisch aufpumpt.

Ellis schließt die Augen, sie ignoriert mein Gehabe und beendet das Gespräch, indem sie einfach schweigt.

Ich hasse das. Es fühlt sich an, als wäre sie gar nicht anwesend, sondern weit weg. Und ein zügelloser Gedanke befällt mich. Könnte ja sein, dass sie noch Sperma von dem Kerl in sich hat.

Ellis schlägt die Beine übereinander, sie trägt ein Kleid mit gelben Blümchen auf schwarzem Grund. Es rutscht über die Knie. Ungewohnt gerade sitzt Ellis da, etwas förmlich, das Haar ein blonder Helm, die Lippen geschürzt und feucht und ohne Rot, weil sie das Gloss in ihrer Nervosität abgeleckt hat. Und schon auf der Anlage, als sie ihre lauen Bälle schlug, ist mir der verrutschte Träger ihres BHs aufgefallen, Apricot, eine Farbe, die sie bisher nie gekauft hat. Es reizt mich, sie zu fragen, wann und wo. Oder ein Geschenk? Doch es bringt jetzt gar nichts, sie zu verärgern, und auch die giftige Frage, was das denn solle und woher sie ihn habe, den sperrigen Oleander, der neuerdings bei uns auf dem Balkon steht, ist nicht hilfreich.

»Diese struppige Kübelpalme –«, sage ich trotzdem.

»Mann, das ist ein Oleander, eine immergrüne Pflanze, die verholzt und weiß blüht –«, holt sie aus, und ihr Lächeln ist zurück, wie aufgetaut.

»Warum hast du dieses Gestrüpp auf den Balkon gestellt?«

»Es ist ein Geschenk, Jonas, jemand hat mir den Oleander geschenkt.«

»Hannes Dombrowski, ja? Schaut er auch regelmäßig vorbei, um das Pflänzchen zu gießen?«

Ich blitze bei ihr ab.

Ich müsste die Hand ausstrecken, um Ellis zu berühren, um sie zu liebkosen, um sie zu schlagen. Ich könnte sie wütend küssen. Ich könnte ihr eine Ohrfeige verpassen. Ich könnte die Hand auf ihr Knie legen, die Finger unter den Saum schieben.

Nichts kann ich.

Unumwunden gebe ich meine Ohnmacht zu. Starke Impulse sind ohnehin ihre Sache. Ich bin gelähmt. Im Moment. Ich schaue tatenlos zu, wie mein Leben eine Wende nimmt, wie es die Bodenhaftung verliert. Ich habe keinen Zugriff mehr.

»Es ist typisch für uns«, sagt Ellis mit weiterhin geschlossenen Augen, bewusst geschlossen, nehme ich an.

»Es ist typisch Jonas und Ellis, dass wir Minigolf spielen und nicht Golf, dass wir auf der Kartbahn Runden drehen und nicht auf dem Nürburgring.«

Ellis öffnet die Augen, ihr Blick macht mich stumm. Sie erkennt in mir das Sinnbild aller Schlappen ihres Lebens vor dem Rampenlicht.

Ohne meine Antwort abzuwarten, als hätte das, was immer ich ihr, mich rechtfertigend, entgegnen könnte, nicht die geringste Wichtigkeit, winkt Ellis den Kellner herbei, und der hübsche junge Tamile eilt auch sofort zum Tisch.

»Ich lade dich ein«, sagt Ellis lächelnd, schaut auf die Uhr und zählt dem Kellner das Geld auf den Tisch.

Gleichzeitig stehen wir auf. Wir gehen nebeneinander zum Parkplatz, von außen betrachtet, hat sich nichts verändert, genauso sind wir vor eineinhalb Stunden vom Parkplatz hergekommen. Ellis hebt elegant die Hand, klettert flink in ihren Mini und startet. Aus irgendeinem Grund, sicherlich um Zeit zu schinden, gehe ich langsam um meinen Passat herum, bevor ich die Tür öffne und einsteige.

Ellis hat sich in eine andere Welt abgeseilt. Ich ersehne sie zurück in mein Leben, das ich viele Jahre unbeschwert hatte. Ich sehe das jetzt überdeutlich. Ich bin in meinem Leben aufgeblüht, ich habe mich wohlgefühlt, weil es mir genügte, weil der Alltag –

Mein Handy vibriert, eine SMS von Yola:
Ruth Mersold sitzt am Tresen. Sie wartet auf dich.

∞ Yola hat Ruth Mersold einen Fruchtsaft gemixt. Die Kantonsrätin ist mit ihrem Handy beschäftigt und hält sich bedeckt, sie verzichtet auf Konversation.

Yola lässt Ruth am Tresen schmoren, keine der Frauen hat ein Interesse an der anderen. Funkstille. Sie sind wie Weiß und Schwarz. Yola studiert Rezepte für den Shaker, sie ist integriert in Glow-M und beliebt in der *Tangente* und die inzwischen unbestrittene Torfrau von Real Madrid Mixed-Team. Doch nach wie vor kann ich schwer einschätzen, wie es in ihr aussieht, welchen dunklen Strömungen Yola ausgesetzt ist und was sie in ihrem Innersten verbirgt.

»Hallo, Ruth«, sage ich. »Welcome, Frau Kantonsrätin, was verschafft mir die Ehre?«

Ruth Mersold lässt sich nicht auf meinen leichten Ton ein, sie ist ganz auf Zack. Und redet und redet und kaut mir ein Ohr ab. Sie trägt eine BRAX-Jeans. Sogar eine über den Knien zerschnittene. Sie ist eine Frau, geht mir durch den Kopf, die sich jedem überlegen fühlt. Eine Frau, die immer Menschen findet, auf die sie herabschauen kann. Und das ist unser niedrigster Instinkt. Ich suche, während Ruth sich wortreich auslässt, das Wort dafür: Dünkel.

Nun habe ich einen neuen Blick auf sie und entdecke die Überheblichkeit in ihrem Gesicht. Die SVP-Politik hat ihre Mimik verändert. Ruth Mersold strengt sich an, ihr Porträt auf dem Wahlplakat zu kopieren. Sie hat das Bild verinnerlicht und verdrängt, dass der Fotograf es mit Photoshop erschaffen hat.

»Dein Vater bereitet mir Sorgen.« Sie ist moderat im Ton, hart in der Sache. »Ich finde es keine besonders gute Idee, afrikanische –«

Ruth Mersold wechselt die Spur. »Dein Vater wohnt in bester Lage. Ringsum gutbürgerliche Nachbarn. Sie legen großen Wert auf ein gepflegtes Wohnquartier. Gehobene Ansprüche, jedenfalls haben sie hohe Bodenpreise bezahlt. Diese Familien, darunter einige wohlhabende Ausländer, sind unsere besten Steuerzahler. Und in dieses kultivierte Ambiente will Marcel Alberding nigerianische Flüchtlinge aufnehmen. Drei schwarze Frauen. Denkst du, dass das gelingt?«

»Davon weiß ich nichts, liebe Ruth, du bist hier an der falschen Adresse. Sprich mit meinem Vater, du kennst ihn ja. Was du hier auftischst, ist für mich neu.«

Ruth Mersold schaut mich an, als zweifelte sie an meinem Geisteszustand. Sie fasst sich schnell wieder, ihr Mund verformt sich zu einem sprechenden Ring.

»Willst du mich für dumm verkaufen? Ich habe diese Information aus zuverlässiger Quelle.«

Sie ist verärgert, es fehlt nicht viel, und sie stampft mit dem Fuß auf.

»Yola«, ruft sie. »Sie wissen auch nichts davon? Sie wissen nicht, dass Ihre Familie demnächst hier eintrifft und beim alten Herrn Alberding wohnen wird?«

Yola bequemt sich herbei, betont langsam. Ohne erkennbare mimische Veränderung fragt sie lässig:

»Wie bitte? Ich fürchte, ich habe Ihre Frage nicht verstanden. Würden Sie das bitte wiederholen? Mein Deutsch ist noch nicht allerbestes.«

Mit einer Stimme, die klingt, als würde Glas mit einem spitzen Nagel geritzt, beendet Ruth Mersold das Gespräch:

»Sie enttäuschen mich ganz enorm, junge Frau.«

Die Kantonsrätin steht auf, pikiert. Sie wird kein weiteres Wort an uns verschwenden. Schickt sich an, die *Tangente* grußlos zu verlassen.

»Darf ich noch kassieren?«, wird sie von Yola gestoppt.

Ruth Mersold wirft einen Geldschein auf den Tresen und rauscht ab, ohne auf das Wechselgeld zu warten. Wir hören erleichtert, wie sie ungehalten die Tür ihres Autos zuschlägt.

∞ Mein Vater hat für Natli Osuba und die Teenager Femi und Maja den oberen Stock seines Hauses herrichten lassen. »Jede belegt ein eigenes Zimmer. Sie teilen das Bad. Sie haben sogar einen Balkon für sich.«

So hat mein Vater sich das ausgedacht.

»Die Küche und das Ess- und das Wohnzimmer nutzen wir gemeinsam. Natürlich auch den Garten.«

Ich hörte mir das an, war erstaunt.

Er hat es sich in den Kopf gesetzt. Und es sitzt darin fest wie ein Nagel in einem Brett.

»Ich behalte mein Schlafzimmer und mein Bad. Ich behalte die Zimmer, die ich genutzt habe.«

Seine Räume, denke ich, als er mich einweiht, in denen nach Mitternacht oft das Licht brennt. In die er ängstlich hineinspäht, in denen bei Vollmond Phantome hausen. Die Geister bleiben unsichtbar und knacken mit den Gelenken. Und ein Duft gängelt ihn, der würzige Duft, den seine Frau von den Bergen ins Unterland mitbrachte, Emma, die nie darin gewohnt hatte. Das Haus war immer zu groß für einen Mann, der ohne Frau und Kinder lebte. Ein Haus kann zu still und zu leer sein. Zugleich überlege ich bang, ob mein euphorischer Vater nicht einen Fehler begeht, ob sein Mut nicht ein kindischer Übermut ist? Ich fürchte, dass sich der alte Mann zu viel vorgenommen hat und zu viel aufhalsen wird. Die Frage quält mich, ob ich ihn in seinem Zweckoptimismus nicht hätte bremsen sollen? Genau deshalb hat er mich nicht mit ins Boot genommen. Ich hätte ihm das auszureden versucht. Am besten mit der Unterstützung von Yola, deren Skepsis mich bestätigt hat, ihre berechtigten Vorbehalte. Yola hat Angst vor nachteiligen Veränderungen. Afrikanische Familien sind Labyrinthe, aus denen man nicht mehr herausfindet. Die Familie weist dir deinen Platz zu, Punkt. Nun ist es müßig, so zu denken. Das Datum rückt näher heran. Yolas Abwehr bröckelt und schlägt in Vorfreude um. Zappelig zählt sie jetzt Tage und Stunden.

Und ich bin am Flughafen Zeuge, als die Tochter und die Mutter sich nach einer Trennung von fast drei Jahren wieder gegenüberstehen. Und die Schwestern. Wir erspähen die Frauen und meinen Vater bei den Gepäckbändern, beobachten sie durch die großen, dicken Scheiben.

Endlich kommen sie heraus.

Nach dem Moment des ersten Augenkontakts, in dem eine Menge vergessen und verziehen werden muss, löst sich die Versteinerung, und sie fallen einander in die Arme. Sie juchzen und lachen und weinen und tanzen, vier afrikanische Frauen in der Welcome-Zone am Flughafen.

Und mein Vater und ich, berührt und erleichtert.

Wir laden die Koffer ein und fahren zum Haus meines Vaters, wo die Frauen ihre Zimmer beziehen und ihre Sachen einräumen und palavern und uns Männer aus den Augen verlieren.

Wir mischen uns nicht ein, wir gehen aufgewühlt in die Küche hinunter, wo Nina Feldes, die Studentin und Aushilfe in der *Tangente*, schon dabei ist, ein Essen herzurichten, Gemüse und Salate und Käse und Fisch und Fleisch und herrliche Brote und Säfte und Bier und Wein. Wir feiern das Fest des Wiedersehens und des Neubeginns, wir sind unverbesserliche Optimisten.

∞ Ich steige in meinen VW Passat ein. Ich steige aus meinem VW Passat aus. Ein Bewegungsmelder könnte die Häufigkeit ermitteln.

Die Tage gehen fließend ineinander über. Die Zeit ist das von Experten als physikalische Unmöglichkeit deklarierte Perpetuum mobile. Ich verstehe diese von der Wissenschaft geächtete und von Träumern geliebte Maschine nicht, bin jedoch froh, dass die Zeit wegrieselt.

Mit meinem marineblauen Passat bin ich jeden Tag auf derselben Strecke unterwegs, die grauen Straßen gehen auch ineinander über: Doch sie bleiben da. Ich hake eine Liste ab. Alle Angelegenheiten, die erledigt werden müssen, werden erledigt. Die Arbeit strukturiert den Tag. Damit ist mir geholfen, es verdrängt meinen Kummer: die Ellis-Leere.

Denke ich an Ellis, leuchtet mir die verbreitete Theorie, dass die wesentlichen Dinge einfach seien, überhaupt nicht ein. Ellis und ich sind ein furchtbar kompliziertes Paargebilde.

Und um Fredy Wimmer steht es schlecht. Es ist nicht mehr viel zu machen und im Nachhinein ein Pech, dass es ihm nie richtig dreckig ging und er keine ernsthaften Beschwerden hatte, sondern mit altersgerechtem Strahl pinkelte, zumindest bis vor Kurzem, und zweimal in der Woche Sex hatte, überdurchschnittlich oft, als wäre alles in bester Ordnung.

Dabei ist seine Prostata vom Krebs zerfressen.

Er wird sterben.

Caro hat es mir gesagt.

Nein, das stimmt so nicht ganz. Aus dem, was Caro Wimmer mir in der *Tangente* nach und nach berichtet hat, habe ich den Schluss selbst gezogen.

Caro ist unglaublich belastbar. Vor dem vernichtenden Wissen und Hintergrund ist es schwer zu kämpfen, und irrational, mutig zu rufen, *wir geben nicht auf*. Zumindest Caro gibt nicht auf, sie sagt nicht Ja zum Schicksal. Caro sagt Nein zum Schicksal. Sie denkt: *Bitte nicht*. Ich habe versucht, sie aufzumuntern, und sie weinte an meinem Hals.

Ich bin auf dem Weg zum Krankenhaus. Vor dem Haus meines Vaters halte ich an und hupe. Mein Vater tritt heraus und bringt mir Rosen. Ich spähe durch die halb offene Tür, ob sich Natli oder eines der Mädchen zeigen. Natli eilt hinter meinem Vater her, sie ruft etwas mir Unverständliches, hebt die Hand, ich sehe die hellen Innenflächen rosa aufblinken, und aus den Fenstern der Mädchenzimmer klingt Musik. Femi und Maja hören Radio Energy. Mein Vater und ich deuten eine Umarmung an, die vielen Rosen sind zwischen uns. Er hat einen grandiosen Strauß geschnitten, er hat sein heiliges Gewächshaus dafür geplündert.

»Für Fredy«, sagt er. »Bestell ihm liebe Grüße, drück ihn von mir, sag ihm, ich – ich weiß nicht.«

Mein Vater senkt sein Gesicht in die Blumen.

»Ich sollte Fredy auch besuchen, ich möchte es unbedingt tun. Zu meiner Schande muss ich gestehen, dass ich einen Bogen um jedes Krankenhaus mache. Ich kann kein Krankenhaus betreten, ich bin ein Hasenfuß, ich getraue mich nicht über die Schwelle, und schon gar nicht auf die Onkologie, verstehst du das, Jonas?«

»Die Rosen sind fantastisch«, antworte ich. »Denkst du, dass so viele das Richtige sind? Das ist ein Strauß für eine Hochzeit oder für eine Beerdigung. Und ich gehe da auch nicht gern hin.«

»Rosen sind nie falsch.«

Er geht zum Haus zurück, neben dem Eingang stehen Fahrräder. Keine der Frauen lässt sich mehr blicken. Ich begleite ihn zur Tür. Bei der Verabschiedung erschnuppere ich den veränderten Geruch meines Vaters, er verströmt einen Hauch Kardamom.

∞ Ich parke vor dem Krankenhaus. Es wurde vor ein paar Jahren aus rotem Backstein gebaut. Mit hohen Fenstern. Als ich mich, mit dem bombastischen Rosenbukett in der Glastür gespiegelt erkenne, bekomme ich weiche Knie. Ich bin froh, dass ich unterwegs im Supermarkt noch eine Tipp-Kick-Figur für Fredy gekauft habe.

Im langen Flur mit vielen abgehenden Türen bleiben zwei ältere Frauen stehen und bewundern die Rosen. Und mir ist, als flechte ich in das betäubende chemische Krankenhausgeruchsgemenge eine himmlische Duftspur.

Fredy freut sich über den Besuch. Ein junger deutscher Pfleger stellt meinen für jede Vase zu großen Strauß in einen blauen Plastikeimer.

Fredy ist blass und abgemagert, sein üblicher stacheliger Dreitagebart fehlt. Die Glätte der hohlen Wangen lässt ihn so krank aussehen.

Bei jedem Aufenthalt in einem Krankenhauszimmer fällt mir das eigenartige Licht auf. Ich glaube, es hat mit dem vielen Weiß zu tun, mit den Decken, Kissen, Laken und hellen spiegelnden Böden. Es ist ein brutales Licht, das die Versuchung stärkt, augenblicklich wieder abzuhauen.

Wir sprechen über Krebs und die im Halbfinale der Champions League gescheiterten Bayern.

»So eine Scheiße.«

Über Gott, den wir Nichtgläubigen für eine Nebelkerze halten, und ein eventuelles Leben nach dem Tod verlieren wir keine Worte. Der elendige Haarausfall und dass er so unsäglich wackelig auf den Beinen ist, bereiten Fredy mehr Sorgen als die Frage, ob es ein Leben nach dem Tod gibt. Wir sind beide nicht überzeugt vom Prinzip Ewigkeit, und alle weltlichen Angelegenheiten hat Fredy mit Benno Kohn geregelt.

Fredy Wimmer hat Metastasen wie Piranhas.

Sein Augenweiß ist gelb, die Lippen sind wächsern, die Zähne lang. Fredy Wimmer hat das Gesicht eines Pokerspielers, der nicht länger verbergen will, dass er auf die Verliererstraße geraten ist.

»Du schaffst das, Fredy.«

»Natürlich, ich schaffe es. Mit der Hilfe von *Exit*.«

Ich zucke zusammen und denke, ein Tipp-Kick-Spieler hat keinen Sinn ohne einen Ball, den man wegkicken kann. Hätte ich einen Ball gekauft, könnte ich ihn jetzt auf Fredys Nachtkästchen legen und das Fenster öffnen. Wir könnten versuchen, ihn aus dem Fenster zu schießen. Falls der Kick gelingt und eine vorbeifliegende Elster den Ball mit dem Schnabel fängt, wird alles ein gutes Ende nehmen.

»Caro will nichts von der Option *Exit* hören, Caro

will nicht über Sterbehilfe sprechen. Glaub mir, Albo, alles, was jetzt noch ansteht, muss ich nicht unbedingt haben. Mir fehlt die Demut, ich habe Angst.«

Und seine Angst springt über.

Ich fürchte, er könnte mich um den Freundesdienst bitten, diese Sache mit ihm durchzustehen, ich fürchte, Fredy ins Sterbezimmer von *Exit* begleiten zu müssen. Wenn er den Cocktail trinkt – ich glaube, das wäre zu viel für mich.

Er unterlässt diese Bitte, Fredy weiß, dass es zu viel verlangt wäre, dass es kein Freundesdienst wäre, sondern eine Zumutung. Und ich weiß, dass es keine *Sache* ist, die saloppe Bezeichnung ist eine Verharmlosung – es ist eine Hinrichtung.

Fredy kreist mit der Nase über dem Strauß und atmet tief ein: »Dein Vater und seine Rosen, einfach genial. Ich freue mich jedes Mal, wenn ich an seinem Garten vorbeifahre.«

Er spricht leise, mit brüchiger Stimme, das Reden strengt ihn an, und er muss sich mehrmals räuspern, um die Atemwege freizubekommen.

Beim Abschied umarme ich den Freund lange und vorsichtig, damit er nicht zerbricht. Wir weinen lautlos und wissen, es ist unser letztes Mal. Es ist unsere letzte Begegnung. Ich werde Fredy Wimmer nie mehr sehen.

»Du schaffst es und kommst zum Champions-League-Finale«, plappere ich unter der Tür aufgesetzt fröhlich. »Deine alten Freunde erwarten dich in der *Tangente.*«

Wir boxen nochmals die Faust gegeneinander.

»Bingo, ich wette auf Barcelona«, sagt Fredy heiser. »Messi und der bissige Suárez werden es richten. Dabei schlägt mein Herz für Juventus.«

∞ Natli Osuba ist vierzig Jahre alt, klein und rundlich, sie erinnert mich an eine Hummel. Natli trägt eine große bernsteinfarbene Brille mit dicken Gläsern, die schweren Lippen sind pink geschminkt.

Ihre beiden Teenager-Töchter sind zugänglicher als sie, langgesichtig, und aufgeschossen. Beim Gehen schlenkern sie die Beine, einen Fuß setzen sie tapsig vor den anderen und erinnern an die Gangart schwarzer Fohlen.

Scheu sind sie nicht, aber übervorsichtig, und sie bemühen sich, immer Deutsch zu sprechen. Sie waren in Abuja auf der Schweizer Schule. Entwickelt sich alles im Sinn meines Vaters, dürfen sie das Gymnasium besuchen. Er spricht in dieser Sache mit dem Schuldirektor und trägt sich auf der Sponsorenliste für die neue Turnhalle ein. Er hat die ganze Problematik mit Benno Kohn und Marina Rocchinotti ausführlich erörtert.

Die Besprechungen haben sie vor Marinas Mann geheimzuhalten versucht. Und Rocchi tut so, als hätte er tatsächlich nichts davon mitbekommen. In dieser speziellen Rechtsfrage tiefer zu blicken ist nicht sein Auftrag, dafür ist die kantonale Fremdenpolizei zuständig.

Rocchi gibt den einsamen Wolf. Er dreht Runden und beobachtet den sündhaft teuren Schlitten und die funkelnde, schnelle Yamaha, die vor dem Haus im Sand parken. Der selbst erteilte Überwachungsauftrag lenkt ihn von anderen Dissonanzen ab. Es wird zum Zwang. Dort, im Sand, wird er zuschlagen. Der aufrechte Gesetzeshüter Rocchi mit seinem neuen Taser. Wenngleich auch diese Angelegenheit in die Zuständigkeit einer anderen Stelle fällt. Das ist ja überhaupt seine Krux: Die Polizei hat zu viele Abteilungen und Dienststellen und Departements, alles ist in Monokulturen organisiert, die nicht kommunizieren und nicht harmonieren und betriebsblind sind.

Sobald wir im kleinen Raum der *Tangente* oder oben in meinem Büro die juristisch heikle Lage von Natli Osuba, Maja und Femi auseinanderlegen, orakelt mein Vater: »Der Ermessensspielraum, den das Gesetz offenlässt, soll zugunsten meiner Schützlinge genutzt werden.«

Marina, die Chefin des Einwohnermeldeamts, nennt diesen Spielraum *Grauzone*.

»Wir müssen Recht und Gesetz ausreizen«, betont Benno Kohn.

Genau das fordert ihn heraus, die Kopfarbeit, und der gewiefte Anwalt sagt seine Unterstützung zu.

»Think positive«, ruft mein Vater und macht Handzeichen, als hätte er mit Benno Kohn einen Code vereinbart.

»Ich rufe dich an.«

Seit die drei Frauen in seinem Haus wohnen, bleibt mein Vater nicht mehr so lange in der *Tangente* sitzen und trinkt weniger Alkohol. Es zieht ihn nach Hause zu den scharfen Chilis und dem gebratenen Ziegenfleisch.

»Es gibt eine Grauzone«, wiederholt Marina. »Ich weiß das nur zu gut.« Sie steht auf unserer Seite, sie wird ihr Möglichstes tun. Obschon es Rocchi missfällt und er sich benimmt, als wäre er auf diesem Auge blind, verstärkt Marinas Verhalten seinen Verdacht, sie habe sich in Benno Kohn verguckt. In den schwulen Rechtsanwalt mit der knalligen Bruno-Banani-Brille. Diese Verwirbelung in seinem Polizistengehirn treibt ihn zum kleinen See, wo er Garn und Haken auswirft, auf den Schwimmer starrt und brütet und brütet.

Er fährt mit dem Rad zum Angeln, der Weg führt am

fraglichen Ort vorbei. Neben der brombeerfarbenen Mercedes-S-Limousine steht ein Kleinbus, ein Peugeot Expert, der seine beste Zeit längst hinter sich hat. Diesen schrottigen Kleinbus hat Rocchi im Sand bisher noch nie gesehen, die Farbe wäre ihm aufgefallen. Ein Schlammgrün.

Rocchi entgeht nichts.

Zwei Stunden später tigert er nochmals hin. Als Fußgänger und Zivilperson, Mimikry, ein älterer Mann, der mit dem Fernglas Vögel beobachtet.

Der Kleinbus hat ein bulgarisches Kennzeichen. Kein Mensch zu sehen. Stille. Ein paar freilaufende Hühner, ein Hahn, dem er nicht traut. Hähne sind angriffslustige Vögel mit scharfen Krallen und einem gefährlichen Schnabel. Der Garten ungepflegt, niemand erntet die Zucchini. Es passt ins Bild. Hochgeschossener Kopfsalat, ungenießbar. Das geht gar nicht. Leute, die in solch ärmlichen Verhältnissen leben, lassen ihr Gemüse nicht vergammeln.

Rocchi ist sich sicher: Drogen oder geraubte Kunst oder Schwarzgeld, hundert Prozent eine illegale Kiste.

Er macht ein paar Fotos mit dem Handy.

∞ Yola düst mit ihrer Vespa zwischen der *Tangente* und dem Haus meines Vaters hin und her. Sie denkt nicht daran, aus der kleinen Wohnung über meinem Büro auszuziehen, sie liebt ihre Bude mit Kochnische und Bad und abgeschrägten Wänden und einem aufklappbaren Dachfenster.

Die vier Frauen sind im Dauergespräch, sie reden und palavern und streiten. Die Körper, ihre Stimmen und Bewegungen, schaffen einen Raum, in dem sie gänzlich aufeinander bezogen sind. So erlebe ich das. Ich höre und sehe sie, ohne zu verstehen. Sie umarmen sich, sie schubsen einander. Und ein fremder Duft erfüllt das Haus. Sie führen Verhandlungen. Und wenn alle gleichzeitig schnattern, nehmen sie meinen Vater und mich nicht mehr wahr, sie blenden uns Weißhäute aus.

Frage ich Yola, worum es in ihrer Debatte geht, schaut sie mich groß an. Ihre Augen fragen, *weißt du das nicht?* Meine Augen antworten, *doch, ja, schon.* Aber es stimmt nicht. Die wortlose Verständigung gelingt mir am besten mit meinem Vater. Vielmehr schien mir das in der Kindheit der Fall zu sein. Jetzt nicht mehr. Auch mit Ellis ist es eine Illusion. Wir tun so, als würden wir daran glauben. Zurzeit haben Ellis und ich uns mit dem Patt abgefunden, wir schweigen aneinander vorbei. Jeder ist froh, die Gedanken des anderen nicht lesen zu können.

Yola, Natli, Femi und Maja lachen wenig miteinander. Mit mir und meinem Vater lachen sie fortwährend. Sie haben ihre Geheimnisse. Klar. Sie lachen mit uns, weil wir ihnen keine Fragen stellen, solange sie lustig sind.

Aus ihren Zimmern schallt rhythmische afrikanische Popmusik. Dass die Frauen tanzen, habe ich noch nie beobachten können. Einmal habe ich es mir eingebildet. Wegen der sich schnell bewegenden Schatten an der Wand des Raums, in den ich von draußen hineinspähte.

Ich habe mit Yola gesprochen.

Sie begleitet mich zum Friedhof.

Das Grab meiner Mutter ist ein blühendes Rosenbeet, mein Vater hat es eingerichtet und betreut es liebevoll. Grabpflege ist für ihn eine Art Gebet für Ungläubige, er hat sogar eine Rose gezüchtet, eigens für sie, die lachsfarbene Emma Alberding mit dem zitronengelben Blattrand.

»Diese wunderbare Rose wächst auf ihrem Grab und sonst nirgendwo auf der Welt«, hat er mir erklärt, und ich sage es Yola auf dem Friedhof, als ich ihr das Grab zeige und ihr von meiner Mutter erzähle.

»Mein Vater spricht ihren Namen nicht mehr aus«, teile ich ein Geheimnis mit Yola. »Seit Emma im Eis gefunden wurde, bringt er ihren Namen nicht mehr über die Lippen. Er sagt auch nicht mehr ›meine Frau‹. Er zieht die dritte Person Einzahl vor, als wäre seine Frau eine Fremde gewesen, ja, für ihn ist sie zu einer Fremden geworden. Sie hat sich in seinem Kopf in eine tot im Gletscher aufgefundene Person verwandelt: in eine junge Frau.«

Yola schaut mich an, ihr Gesicht ist flach, und die Augen sind leer. Ich weiß nicht, ob ich mit meinen Worten einen wunden Punkt berührt habe, einmal mehr habe ich die Empfindung, die Miene Yolas nicht deuten, ja nicht einmal lesen zu können.

»Im Sarg lag eine junge Frau«, wiederhole ich stumpf. »Und mein Vater, der vor dem Sarg stand, war ein alter Mann«, fasse ich zusammen. »Und ich, der Sohn, war schon älter als die Tote –«

Yola verschränkt die Arme vor der Brust, das macht sie nur selten, sie stülpt die Unterlippe vor, innen rosafarben, außen blauschwarz.

»Ich habe einmal von einem Mammut gelesen«, sagt sie mit falsch klingender Munterkeit. »Das Mammut ist im Permafrost erhalten geblieben. Die Forscher wollen mit dem Biomaterial einen Klon herstellen. Könntest du dir das vorstellen, einen Klon deiner Mutter?«

Und weil ich, vor den Kopf gestoßen, nicht weiß, warum sie mir diese komische Frage stellt, schlage ich nicht weniger hilflos zurück. »Und du, Yola? Könntest du dir das vorstellen: einen Klon deines Vaters?«

Sie schaut mich an, nie hatte sie derart aufgerissene Augen, sie schüttelt den Kopf und läuft weg, läuft über den Kiesweg zum Friedhofstor und hinaus.

Yola ist mit ihrer Vespa weggefahren und erst am anderen Tag wieder zur Arbeit gekommen, mit einem Gesicht und Verhalten und Ton, als hätte es den Vorfall nicht gegeben. Sie will dieses Thema fallen lassen.

Es gibt schwierige Dinge, die man von sich wegschiebt, ich weiß das, ich kenne es, Hand aufs Herz, auch von mir selbst. Man schiebt auf, worüber man nicht sprechen kann noch sprechen will, und hofft, dass es sich wie von selbst erledigt, dass die Zeit es killt.

∞ Ich fahre mit Dieter Bodrop und Benno Kohn zur Fünfzig-plus-Messe.

In den weitläufigen Hallen fühlt sich keiner von uns fremd. Dies festzustellen überrascht mich. Wir gehören eindeutig dazu, wir, drei gestandene Männer, sind Zielpublikum und schwimmen mit im vieltausendköpfigen Schwarm der eigenen Generation.

Salopp, sportlich, beschwingt, keine Angst vor Farben.

Ellis ist in Halle 8 leicht zu finden, sie ist ein Shootingstar. Umwerfend sieht sie aus, gestylt von ihrer Visagistin. Ellis arbeitet für eine deutsche Firma, die Biokosmetik für die reife Haut anbietet. Mit der Fingerkuppe nimmt sie einen kleinen Klacks Wundersalbe aus einer silbernen Dose mit violettem Schriftzug und tupft sie elegant auf weibliche Handrücken, die sich ihr entgegenrecken. Mit dem neuen Ellis-Lächeln verteilt sie die schneeweiße Masse, die sofort einzieht.

»Das Feeling ist super, der Duft verführerisch.«

Im Weiteren empfiehlt sie ein Produkt gegen die haarfeinen Fältchen um die Augen, dieses Spinnennetz, das eine Frau angreifen muss, bevor es ihr Aussehen beeinträchtigt.

»Und das leidige Abschminken, puh, meine Damen. Eine hochwertige, die Haut schonende und pflegende, in der Tiefe reinigende Milch macht es uns leicht, Ja zum Genuss zu sagen.«

Ellis ist bezaubernd, sie hat das Gefühl für die richtige Distanz und trifft den Ton. Sie trägt ein lindgrünes Top von Versace, ein leichtes Jäckchen von Jil Sander und, ganz leger, verwaschene Jeans von Armani, Jeans ohne Löcher im Stoff über den Knien und an den Schenkeln. Löcher in der Kleidung, zerschnittene Jeans sind für die attraktive Frau ab fünfzig ein No-Go, *attraktiv* ist ab fünfzig ein Synonym für *sexy*.

Ellis hat mich noch nicht bemerkt, Dieter und Benno sind in ihrem Bann. Sie wird fortwährend von Messebesucherinnen angesprochen. Frauen wie sie, die Ellis aus der TV-Werbung kennen, leger und trendy gekleidet wie Ellis, möchten ein Selfie mit ihr machen.

»Du erkennst die fünfzigjährige Frau daran«, raunt Benno mir zu, »dass sie kein graues Haar hat, wohlriechend und gepflegt ist und uns Männern die Sanduhrfigur in Erinnerung ruft, die sie zitiert.«

Er muss es wissen, er ist schwul.

Ich winke Ellis, sie soll wissen, dass ich extra ihretwegen zur Messe gekommen bin. Aus keinem anderen Grund. Ich bin da, um sie zu sehen und ihr zu zeigen, dass ich es bewundernswert finde, mit wie viel Elan sie durchgestartet ist.

Ellis Nemec sieht mich nicht. Dabei bin ich ein

Mannsbild, ein Typ mit einem kräftigen und zarten Rücken, der sich nicht verstecken muss. Es gibt durchaus Frauen, die mich sehen und wahrnehmen. Die mich nicht von der Bettkante stoßen würden. Ich fürchte, Ellis gehört nicht mehr dazu.

Wir drei Männer ziehen weiter zur Weinlounge, das entspricht Dieter und Benno, und es würde meinem Vater gefallen, ich verbuche es unter Weiterbildung.

Essen und Trinken ist ein Riesenthema für Babyboomer.

Und, was mich überrascht, ebenso die Wohnungsverschönerung. Radikale Wohnungserneuerung ist angesagt. Entsorge die alten Möbel und richte dich jung ein, schließlich trägst du auch nicht mehr deine zwanzig und dreißig Jahre alten Klamotten und benutzt schon ewig kein Telefon mehr mit Schnur und Wählscheibe und schaust schon lange HD- oder Digitalfernsehen.

Und selbstverständlich ist das Reisen wichtig.

Großer Beliebtheit erfreut sich das Wochenende im Wellnesshotel: Sie legen dir warme Steine auf den Bauch, sie empfehlen Schokobad, Katzenpfotenmassage und Fango. Der perfekte Abschluss ist Kuschelsex im Himmelbett.

Ich sollte Ellis zu einer Kreuzfahrt einladen, sie wäre hocherfreut. Mir graust leider davor: zu viel blaues Meer und zu viel blauer Himmel und ein langweiliger, schnurgerader Horizont. Zwei Wochen Untätigkeit, es wäre der Horror bei meinem Bewegungsdrang. Ich begehe die Dummheit, meine Einwände einem der Reiseveranstalter in witziger Form anzuvertrauen, als hätte er Sinn für meinen Humor.

»Oh, da sind Sie ganz falsch informiert, mein Herr. Unsere Kreuzfahrtschiffe haben natürlich ein bestens ausgestattetes Fitnessstudio an Bord. Alle Maschinen, alle Schikanen, viele Spiegel.«

Mein Gesichtsausdruck animiert ihn zum Weiterreden.

»Sie können am Morgen an Bord auch laufen. Die Runde misst tausend Meter, eine blaue Linie führt Sie der Reling entlang, treppauf und treppab, von Deck zu Deck, rund um das Schiff.«

Er drückt mir Prospekte in die Hand.

»Schwimmen, Badminton, Kricket, Schach und Skat.«

Ich bin Fußballer.

Ist es spitzfindig, anzumerken, dass ich Fußball auch deshalb vorziehe, weil zwischen dem Ball und meinem Körper kein Gerät steht, kein irgendwie gearteter Schläger? Und dass ich einen Ball lieber mit den Füßen führe als mit den Händen? Gerade weil es schwieriger ist.

Ich greife an den Hals, finde keinen Knopf, ich trage ein T-Shirt, doch es ist viel zu warm in der Halle. Der Fünfzig-plus-Wahn schnürt mich ein. Jede Person, die hier aktiv und optimistisch herumläuft, huldigt einem Bild von sich, welches gar niemand sieht. Best Ager wähnen sich fünfzehn Jahre jünger, als sie sind, das ist ein statistischer Wert.

Tausendfach dieselbe Mütze, dieselbe Frisur, derselbe Kleidungsstil. Und die Farbe Beige. Das sind die flotten Siebzigjährigen, die sich in der Fünzig-plus-Jungschar aufgehoben fühlen und im festen Glauben sind dazuzugehören. Sie haben trübe Augen, faltige Hälse, rötliche Nasen, dicke Ohren und ein gemeinsames übergeordnetes Interesse an Anti-Aging-Salben und vitaminisierten Getränken und Riegeln, an vitalisierenden Kapseln und Präparaten, an indianischen Gesundheitssandalen und dem Barfußlaufen nachgebauten Schuhen. Sie stehen auf

Fahrräder mit Elektroschub und tragen digitale Fitnessarmbänder, sie knabbern bunte, die Gehirnfunktionen belebende Kekse. Sie teilen eine positive Voreingenommenheit für alles, was *Aufbau* und *Baustoff* im Namen trägt.

Die Besucherzahl übertrifft die Erwartung. Mehr als vierzigtausend Personen werden es sein, die sich alle jung glauben. In der Bilanz sind das sechshunderttausend unterschlagene Jahre.

Ich gehe nochmals zurück zu Ellis' Stand und winke.

Sie sieht mich nicht.

Ich bin unsichtbar.

Ich dränge mich in die erste Reihe vor, jetzt kreuzen sich unsere Blicke, ich lache Ellis an. Endlich nickt sie mir zu. Lässt aber nicht durchscheinen, jedenfalls merke ich nichts davon, dass sie meine Frau ist und sich freut, mich hier zu sehen. Ihr Blick ist aus Eis, und die Gewissheit lähmt mich, dass ich für sie ein Mann bin, der keinen der ihr wichtigen Werte repräsentiert. Ich rage nicht heraus, ich verschwinde im Heer der Namenlosen, über dem sie steht, über das sie gebietet.

Ich sollte mir einen schicken Sommeranzug zulegen und nicht ständig in Sneakers herumlaufen, ich sollte ein schönes Hemd statt der ewigen T-Shirts tragen, einen Stetson statt der Mütze mit dem Schriftzug *Tangente*. Ich sollte mir Dombrowski zum Vorbild nehmen, Hannes, mit dem Ellis insgeheim flirtet, dessen Blicke sie vielsagend erwidert, dessen Worte sie hört, dessen Charme sie erregt, den sie anspricht und kurz berührt. Viel zu lang. Ellis und Hannes ziehen ihre Show ab. Ellis Nemec und Hannes Dombrowski sind das Traumpaar und Aushängeschild der Messe.

Ich wende mich ab.

Ich bin erschossen.

Bei der Demonstration *Fit mit leichter Kost* dürfen Fragen gestellt werden. Benno zwinkert mir zu. Er richtet sich an den Küchenchef: »Ich habe gelesen, es soll für das Gedächtnis gut sein, das Steak mit Ginseng anzubraten.«

In einer anderen Abteilung testet Benno Kohn verschiedene Gymnastikgeräte, eine schwingende Röhre, ein Gummiband, einen Stepper. Dieter Bodrop schaut sich Pilates-Spielzeuge näher an, Knetbälle und Gummigewichte.

Ich setze mich auf einen Hometrainer, ein ausgetüfteltes Gerät. Ich kann die Leistung eingeben, die ich treten will. In Kilowatt. Das ist perfekt für Leute, die zu Hause strampeln wollen. Nichts für mich. Ich will draußen Fußball spielen.

Zu meiner Überraschung kauft Dieter an einem Stand das elektronische Armband Fit-Bit. Es misst Blutdruck und Puls und den Kalorienverbrauch. Sitzt man zu lange still, meldet sich Fit-Bit und scheucht einen vom Stuhl. Fit-Bit zählt die Schritte, die man geht, und erkundigt sich, ob man genügend Wasser trinkt, und mahnt, du atmest zu flach.

»Es liest sogar deine Gedanken«, sagt Benno Kohn, der dazugekommen ist, nicht als kaufwilliger Kunde, sondern als Spötter.

»Fit-Bit sagt, du denkst zu oft an Sex.«

Und schon bevor ich den Mund öffne, weiß ich, dass das, was ich gleich daherplappern werde, am klügsten ungesagt bliebe:

»Läuft etwas zwischen dir und Marina Rocchinotti?«

Er verzieht das Gesicht.

»Rocchi hat den Verdacht.«

»Rocchi ist ein Idiot.«

»Er fürchtet, Marina habe sich in dich verliebt. Sie besucht dich im Büro, ihr besprecht in der Lesegruppe dieselben Romane und trefft euch im Hinterzimmer der *Tangente*. Rocchi ist das nicht entgangen.«

»Es ist der falsche Ort für so ein Gespräch«, lässt Benno mich abblitzen.

∞ Yola schmollt.

Sie sitzt am Tresen, buckelt den Rücken. Sie füllt die Spülmaschine nicht, reinigt die Tische nicht, kümmert sich um keine der Arbeiten, die zu erledigen ihr Job ist. Yola verweigert sich, obwohl wir einen Ansturm erwarten. Hasans Freunde treffen sich in der *Tangente*.

Hasan Suker heiratet Ilka Gül.

Das stinkt Yola gewaltig.

Die hasserfüllte Yola wünscht der jungen Braut in vier Jahren fünf dicke Kinder an den Hals. Sie selbst will, ebenso wie Ellis, kinderlos und unabhängig bleiben.

»Genau dies, Albo, habe ich hier begriffen«, verkündet sie lautstark. »Eine Frau muss ihr eigenes Geld verdienen. Aus keinem anderen Grund bin ich in meiner Bude geblieben und nicht ins Haus deines Vaters gezogen. Ich brauche Abstand von meiner Familie, meine Mutter würde mir ständig dreinreden.«

Yola steht auf, langsam, ihr Gewicht hat sich verdoppelt. Sie geht hinter den Tresen und mixt sich einen Drink. Sie weiß, dass mir das missfällt. Alkoholische Getränke zu verkaufen ist unser Geschäft. Die Person, die den Drink serviert, soll gefälligst nüchtern bleiben.

»Für Hasans Sippe die Bedienung sein zu müssen«, beschwert sich Yola, »das ist zu viel verlangt.«

Dafür ist Yola Wundaba zu stolz, zu verletzt in ihrem Stolz. Ich verstehe das. Und akzeptiere es nicht. Höchstens Hasan würde sie bedienen, mit einem bittersüßen Lächeln würde sie ihm vor der Hochzeitsfeier K.o.-Tropfen in sein Getränk schütten oder zermahlene Filmtabletten, eine Packung Viagra 100.

Hasan, der Sack, soll leiden. Die käsige Ilka soll leiden. Yola leidet auch, vielmehr: Yola hat gelitten und ist darüber hinweg. Irgendetwas in ihr hat den Schmerz in Wut verwandelt. Und in Trotz. In Trotz gegen das Leben. Yola Wundaba ist unversöhnlich und nachtragend und sinnt auf Rache. Ihr Körper strahlt das aus.

Die Familie des Bräutigams hat das McDonald's-Hotel gemietet, die Zeremonie findet in der neuen Moschee im Industriepark statt, gefeiert wird im Biergarten des *Goldenen Esel*.

»Ich bediene diese Türken nicht«, sagt Yola.

»Und warum nicht?«

»Das fragst du mich?«

»Du trittst in Streik?«

»Genau, du hast es kapiert.«

»Und du bist entlassen.«

»Albo –«

»Du arbeitest in der *Tangente*, Yola Wundaba, du bist meine Angestellte. Und du willst ein Profi sein. Jeder Gast wird bedient, das solltest du inzwischen begriffen haben, egal, welche Hautfarbe, Religion, welches Geschlecht. Er hat ein Anrecht darauf, verstanden? Und er bezahlt mit Schweizerfranken. Auch klar. Wir werden einen fetten Umsatz machen. Und du wirst dich reinhängen. Dein Trinkgeld kannst du im Wald vergraben.

So funktioniert die *Tangente*. Der Gast ist willkommen, und der Umsatz ist willkommen. Es spielt keine Rolle, dass du denkst, ›Hasan ist ein Arsch und Ilka ist eine Schlampe. Und ihre Freunde bediene ich nicht.‹«

Yola funkelt mich an. In ihrer Muttersprache beginnt sie zu schnattern, ich verstehe kein Wort, dafür verstehe ich heute, was ihre Augen mir sagen. Ich lasse Yola sich austoben. Den Vorfall mit Ilka, der mich dazu brachte, mein Cornetto in den Abfall zu stecken, habe ich niemandem gegenüber erwähnt. Ich verdränge das. Und die mir höchst unangenehme Braut wird auch nicht in die Bar kommen. In der *Tangente* werden wir es mit einer türkisch-schweizerischen Schar Männer zu tun haben.

∞ Mein Vater findet beipflichtende und hasserfüllte Zuschriften in seinem amerikanischen Briefkasten aus blauem Blech. Seine Mailbox wird gestürmt, und er fragt, woher die Leute seine Handynummer wohl haben.

»Die Zustimmung ist einstweilig noch größer als die Ablehnung«, stellt er fest. »Doch ich fürchte, meine Mailbox ist eine Zeitbombe.«

Der braunstichige Chef der *Partei National Orientierter Schweizer* hat auf Facebook zwei Fotos von Marcel Alberding gepostet. Das bereitet meinem Vater großen Kummer. Er hat sich mir anvertraut und mich gebeten, weder Natli noch Yola damit zu behelligen, wir haben mit Rocchi gesprochen und mit Benno Kohn.

Die PNOS ist hauptsächlich in der Nordwestschweiz aktiv, in der Agglomeration ESCAPE, und hat auch Anhänger in Glow-M. Der rechtsextreme Chef hat sich vom rechten Rand der SVP abgesetzt und Mitläufer gefunden, Rassisten, Neonazis und Schlimmfinger.

Auf einem der Fotos steht Marcel Alberding mit Natli Osuba unter einem von Rosen durchwachsenen Baum. Ein Märchenbaum. Aus einer anderen Welt, könnte man glauben.

Aus einer besseren Welt.

Die PNOS sieht das anders und baut eine bewaffnete Sturmtruppe zur Abwehr schwarzer Flüchtlinge auf.

»Mit der SVP hat das gar nichts zu tun«, erklärt Ruth Mersold. »Das kann ich euch schwören.«

Auf dem ersten Foto blicken Marcel Alberding und Natli Osuba zu der Rosenpracht hoch. Auf dem zweiten Foto sieht man meinen Vater vergnügt mit Femi und Maja auf dem Rasen vor der Villa Pingpong spielen.

Genauso wie die drei es jetzt tun.

Ich schaue ihnen mit verschränkten Armen zu, bis mein Vater mich auffordert, mitzuspielen. Die Mädchen sind besser als mein Vater. Ich stelle mich neben ihn an die Platte. Mein Vater ist unbeweglich und nicht ganz bei der Sache. Er steht viel zu nah am Tisch und mir ständig im Weg. Ich fühle mich beengt. Der Tisch ist für uns zu schmal, und auf der anderen Seite hüpfen und tänzeln zwei Mädchen herum, die sich auch ständig in die Quere kommen.

Pingpong macht keinen Spaß.

Bei jedem Spiel wird mir klar, warum Tischtennis nichts für mich ist. Die blaue Platte ist zu klein, der Ball fliegt zu schnell, Tischtennis ist die schnellste Rückschlagsportart der Welt. Es ist doch absurd, mit so viel Kraft auf ein Bällchen aus Zelluloid zu schlagen, das weniger als drei Gramm wiegt. Jeder Schlag erinnert mich an die Wucht, mit der man mit der Fliegenklatsche gegen eine Mücke antritt. Die Kraft würde ausreichen, um einen Hund zu erschlagen.

Nach zwei Sätzen, beim Spielstand eins zu eins, legt mein Vater den Schläger auf den Tisch und bittet mich ins Haus. Obwohl ich Pingpong nicht liebe, hätte ich den dritten Satz gern noch ausgetragen. Es geht mir gegen den Strich, Unfertiges aufzugeben. Ich bringe die Dinge gern zu einem Ende.

Femi und Maja sitzen bereits auf der Hollywoodschaukel, als hätten sie uns zuliebe so lange am blauen Tisch ausgeharrt. Die beiden sind nicht zu durchschauen, sie scheinen sich mühelos in ein fremdes Ganzes einzufügen. Ohne mit der Wimper zu zucken, ohne erkennbare Schwierigkeiten. Ich sehe sie nie weinen, höre sie nie klagen, sie sind geschmeidig und gefügig. Die Mädchen wollen unbedingt alles richtig machen, haben sich schon in der Bibliothek der Schweizer Botschaft mit Videos und Büchern auf das neue Land vorbereitet und in der Küche die Speisen kennengelernt.

»Jonas«, ruft mein Vater ungeduldig.

Er steigt die Treppe hoch in sein Arbeitszimmer, öffnet eine Schublade seines Schreibtischs und legt einen A4-Umschlag auf den Tisch.

»Er ist zugeklebt«, fängt mein Vater an. »Ich hoffe, er muss nie geöffnet werden.« Er lehnt sich gegen den Schreibtisch und wirkt mit einem Mal erschöpft und abwägend. Wie ein Reisender, der schon lange unterwegs ist und vermutlich falsch gefahren, dem die Anzeige sagt, dass das Benzin knapp wird, dass er einen Zwischenhalt machen und tanken und seine Route nochmals überdenken sollte.

»Die Geschichte, wie ich sie im Kopf habe, ich vertraue dir das an, Jonas, hat zwei Versionen. Plan A: Es läuft gut, Natli und Maja und Femi bleiben hier, sie wohnen in meinem Haus und integrieren sich, Natli Osuba kann als Lehrerin unterrichten, die Mädchen besuchen die Schule und lernen einen Beruf.«

»Das ist auch mein Wunsch«, sage ich bestimmt, um nicht schweigend dazusitzen.

»Natürlich ist es falsch, damit zu rechnen, dass das erfüllt wird«, fährt er fort. »Weil ich dies bedenke, liegt der Umschlag auf dem Schreibtisch. Er ist verschlossen und versiegelt. Ich übergebe ihn Benno Kohn. Benno legt ihn ungeöffnet in den Safe seiner Kanzlei. Falls die Sache schiefläuft, kommt Benno Kohn auf dich zu. Er ist mein Rechtsvertreter, er ist mein Testamentsvollstrecker. Plan B ist gut durchdacht. Du bist nun eingeweiht. Es könnte der Fall eintreten, dass Plan B umgesetzt werden muss.«

Ich bin unangenehm berührt, er schweigt, weicht aber meinem Blick nicht aus. Ich warte, ich erwarte erhellende Details. Es geschieht nichts. Mein Vater hat mir das aus seiner Sicht Notwendige mitgeteilt. Mehr nicht.

»Ich weiß, was nun in dir vorgeht«, sagt er mit ruhiger Stimme. »Dennoch will ich nicht diskutieren, ich habe dich informieren wollen, ich habe meine Gründe.«

Mein Vater geht zügig in Richtung Tür, und es ist ihm zuzutrauen, dass er mich in seinem Arbeitszimmer zurücklässt, dass ich vergeblich auf weitere Ausführungen warte.

»Tja«, sage ich mehr zu mir selbst.

Damit ist das Thema erledigt. Mein Vater denkt, dass das so hinnehmbar ist. Dass sein Sohn doch bestimmt damit leben kann. Mich verwundert, wie blind ich ihm vertraue. Ich liebe ihn, das ist der Punkt. Er ist nicht mein bester Freund, er ist mein Vater. Väter, die Freunde sein wollen, erliegen einem Irrtum. Ich liebe ihn, weil er sich um derartige Überlegungen gar nicht kümmert. Er gibt sich keine besondere Mühe, liebenswürdig zu sein. Die Liebe zu ihm ist das Muster in meinem Leben, das sich nie verändert hat, die Form ist zeitlos.

∞ Natli Osuba ist eine kluge und achtsame Frau. Langsam geht sie die Main Street hinunter. In sich gekehrt. Sie hat die Fühler eingezogen. Sie wandelt unter einer Tarnkappe. Am liebsten wäre Natli Osuba Luft.

»Es gefällt mir in Glow-M«, beteuert sie.

Und vor meinem Vater hat sie großen Respekt.

»Marcel ist sehr, sehr gut zu uns.«

Natli Osuba hilft im Garten und im Gewächshaus. Sie lernt, mit Rosen umzugehen. »Die stechen«, lacht sie. Und Natli hat die Küche zum Leben erweckt, deren Potenzial meinen Vater eingeschüchtert hat.

»Was soll ich denn kochen für mich? Mir genügt die Mikrowelle«, hatte er sich seit Jahren herausgeredet, wenn ich das Thema ansprach, weil ich bezweifelte, dass er sich vernünftig ernährt.

»Ich habe mehrere Optionen«, hatte er mich beschwichtigt. »Ich bestelle beim Snoopy-Food-Kurier, oder Yola bereitet mir in der *Tangente* eine Köstlichkeit zu, ich liebe ihren Flammkuchen *Hem* mit Thunfisch, oder ich bediene mich im Einkaufszentrum an der Salatbar oder lasse mir leckere Gerichte to go einpacken, das schmeckt fabelhaft.«

»Du übertreibst, um vom Thema abzulenken. Du bist ein Schlitzohr.«

Er lachte, er lachte über sich selbst.

»Du isst meistens allein. Ist das gesund für dich?«

»Oh ja, ich esse nur Gesundes, ich esse Manchego-Käse, ich trinke Wein aus dem Ribera del Duero und lese Hemingway.«

»Fühlst du dich dabei nicht einsam?«

»Falls ich Gesellschaft wünsche, gehe ich zu *Grilly* im Einkaufszentrum, bei *Grilly* treffe ich Rentner. Und junge Verkäuferinnen, die Zigarettenpause machen. Eine Wurst vom Grill und ein Brötchen und ein schönes Bier, was willst du mehr?«

Diese Zeiten sind vorbei.

Nun strömen Düfte aus der Küche, die ich noch nie gerochen habe, man erschnuppert sie schon beim Hereinkommen. Natli Osuba kauft zwar im Supermarkt und im Bioladen dieselben Früchte und Gemüse und Fleischstücke wie ich, zerschneidet sie aber auf afrikanische Art und verwandelt sie beim Kochen. Es kommen Gerichte auf den Tisch wie noch nie im Haus meines Vaters, manche betören einen, und andere sind gewöhnungsbedürftig. Sogar Ellis, die Marcels *afrikanisches Experiment*, wie sie es nennt, mit Skepsis verfolgt, hat nach langem Herumblättern in ihrer Agenda einem Besuch zugestimmt.

Femi und Maja freuen sich riesig. Sie kennen alle TV-Spots und finden Ellis toll, Ellis ist für die Girls ein blonder Engel, ein Star.

»Ich bin keine große Köchin«, meint Natli.

Und die Mädchen essen am liebsten Burger mit Pfefferkruste und Zwiebelringen. Unterlegt mit Grünem. Begleitet von Pommes. Und Ketchup von Heinz.

Wobei *Mädchen* die falsche Bezeichnung ist, Maja ist siebzehn, Femi ist sechzehn. Durch die afrikanische oder asiatische Brille betrachtet, könnten sie schon Babys haben, ein Baby an der Brust oder im Tragetuch auf dem Rücken. Wie einst ihre Mutter, die Yola mit achtzehn geboren hat. Oder sie könnten mit einem Kinderwagen den harmlosen kleinen Fluss entlangspazieren, zusammen mit den ebenso jungen Müttern, die aus allen Windrichtungen hierhergekommen sind. Die Sprache verortet sie. Und letzthin ist eine von ihnen so ausschließlich mit dem Handy beschäftigt gewesen, dass sie nicht bemerkte, wie ihr Kinderwagen über die Böschung in den Fluss rollte. Als sie aufschaute, stand der Buggy im Wasser, und das Kind war bei den Fischen. Suchtrupps haben es nach zwei Tagen geborgen. Rocchi musste die verzweifelte Mutter vernehmen. Die Schuldgefühle waren stärker als die Trauer, er musste die junge Mazedonierin daran hindern, sich das Gesicht zu zerkratzen.

Darüber haben wir beim Essen im Haus meines Vaters gesprochen. Ich erzählte den Vorfall mit dem Handy. Ellis lobte das afrikanische Essen. Speisen, die so scharf waren, dass mir Tränen kamen, aß sie manierlich mit Messer und Gabel und ohne das Gesicht zu verziehen. Pfeffersuppe, Yam, Kochbananen, Leber und getrocknetes Ziegenfleisch. Jede Mimik des Widerwillens hätte die Perfektion ihres Make-ups zerstört. Ihre Beherrschung war vollkommen und ärgerte mich.

»Ich bin auf Flammkuchen geeicht«, sagte ich und trank ein Glas Perrier in einem Zug leer.

»Ich koche so lala, ich bin als Lehrerin besser«, sagte Natli. »Ich habe mich im Flüchtlingszentrum angeboten, ich möchte Deutsch unterrichten und dolmetschen.«

»Das afrikanische Essen ist fantastisch«, erklärte mein Vater. »Leider harmoniert es nicht mit Rotwein.«

»Es ist dafür zu scharf«, stimmte Ellis zu.

»Afrikaner trinken lieber ein Bier«, sagte Natli.

Die Teenager Femi und Maja finden die Geschirrspülmaschine keine Selbstverständlichkeit. Und sie erklären, es sei fast ein Wunder, dass immer sogleich das Licht angeht, wenn man den Schalter dreht oder auf einen Knopf drückt, und sie können kaum glauben, dass ununterbrochen warmes und kaltes Wasser aus der Leitung fließt und dass das Wasser nicht zu laufen aufhören würde, wenn sie den Hahn nicht zudrehten, dass das Wasser Tag und Nacht weiterfließen und das ganze Haus überschwemmen würde.

Ellis hat alle für sich eingenommen. Nach dem Essen gab sie den Mädchen Schminktipps und Ratschläge für die Pflege ihres widerspenstigen Haars und schenkte Natli Osuba einen silbernen Topf mit Creme für die reife Haut, ein erlesenes Produkt der Kosmetikfirma, für die sie gerade eine neue Kampagne macht.

∞ »Du denkst nie: ›Es ist ein Wunder, aus der Leitung fließt Wasser.‹ Ganz selbstverständlich fließt Wasser aus der Leitung. Kein Schweizer zweifelt daran«, erklärt Yola. »Für Afrikaner ist es ein Wunder. Dafür zweifelt ihr an Gott.«

»Du nicht?«

»Nein, ich denke gar nicht über Gott nach. In Afrika wird Gott nicht infrage gestellt, man glaubt an Gott und an Götter. Afrikaner zweifeln an der Trinkwasserversorgung, sie zweifeln an der Stromversorgung, daran glauben sie nicht.«

Nach diesem Gespräch, das wir am Tag darauf in der *Tangente* während der Arbeit führen, gehe ich in mein Büro hinauf und hole ein Geschenk herunter, Handschuhe, die ich im Internet erworben habe.

»Torwarthandschuhe?« Yola nimmt sie in die Hände

und prüft sie. »Gebrauchte Torwarthandschuhe?« Yola steckt die Hände hinein, riesig sehen sie aus, wie die Hände einer Comicfigur.

»Es sind die Handschuhe von Hope Solo«, sage ich stolz und mit Begeisterung. »Hope Solo hat sie bei der letzten WM getragen.«

»Hope Solo?«

»Die Torfrau der US-Amerikanerinnen, die Weltmeisterin, die beste Torfrau der Welt«, erkläre ich mit leiser werdender Stimme.

»Hab ich nicht gewusst, das ist cool.«

»Ich dachte, Hope Solo ist dein Vorbild.«

»Du bist mein Vorbild, Albo, mein Ziel ist eine Bar.«

∞ In Glow-M steigt jedes Jahr das Ethno-Food & Folklore Festival, der Andrang ist riesig, die Besucher bilden Trauben vor den Ständen, und über der Main Street hängt eine exotische Duftwolke, die den Kerosinschweif überschreibt. Ich frage mich jedes Jahr, ob die Asiaten oder die Afrikaner ihre Speisen mit mehr Heldenmut würzen, und warum ich mit geschlossenen Augen erkenne, aus welcher Weltgegend ein Mensch stammt.

Es riecht nach Rösti.

Zu meiner Verwunderung stelle ich fest, dass nicht Schweizer, sondern Portugiesen die Rösti braten.

»Das ist heuer das Motto«, werde ich von Caro Wimmer informiert. Caro ist Mitglied des Festivalkomitees und betreibt einen eigenen Stand. »Egal, woher eine Teilnehmergruppe angereist ist, sie muss neben den einheimischen Speisen auch eine fremde Spezialität anbieten, ein Gericht aus einer anderen Küche.«

»Und kommt das gut an?«

»Die Besucher schätzen es sehr. Aber einige der Köche würden am liebsten in die fremde Suppe spucken.«

Ich treffe im Gewühle meinen Vater an. Er amüsiert sich prächtig, geht untergehakt mit der etwas verspannten Natli Osuba, die ihre schlaksigen Töchter mit den palmenartigen Frisuren im Schlepptau hat.

Wir geraten in die Duftwolke einer balkanischen Essensbude. Mein alter Vater schnuppert und grinst, er macht gern Witze.

»Zwei Männer: Beide dünsten Knoblauch aus und können einander nicht riechen.« Er macht eine Pause und schaut mich fragend an. »Kennst du ihn schon? Habe ich den schon erzählt?«

»Nein«, lüge ich, um ihm die Freude nicht zu verderben.

»Ein Grieche und ein Türke.«

Und genauso wie mit dem Essen wird es mit den Tänzen gehalten. Jede Gruppe muss einmal fremd tanzen. Zwar in der eigenen Tracht, aber eine fremde Schrittfolge. Die Thailänder legen einen Samba vor, die Schweizer zeigen einen Tempeltanz, und die Marokkaner zelebrieren ein Menuett. Die gemischte Gruppe des Gastlandes Kirgisien streikt, die Kirgisen sind nicht in die Schweiz gereist, um wie Afrikaner zu stampfen.

Mir kommt dies alles spanisch vor. Natli Osuba weiß auch nicht so recht und legt sich die Hand auf den Mund. Sie ist weder eine Tänzerin, noch sind das Kulinarische und die Trachten der Folkloregruppen für sie eine große Versuchung: Alle sind bunt. Tanzen die Tschechen in ihrer Tracht Portugiesisches oder die Portugiesen Tschechisches? Worin besteht der Unterschied? Wie unterscheidet man Tschechen und Portugiesen? Thailänder und Koreaner? Nigerianer und Kenianer? Schweizer und Deutsche und Franzosen?

»Hat es Sinn, sie unterscheiden zu wollen?«, frage ich.

»Auf dem Ethno-Food & Folklore Festival geht es zuallererst um Unterschiede, um Eigenheiten und Besonderheiten«, antwortet Yola.

Mein Vater erklärt feierlich: »Den Italiener erkennst du an der Sonnenbrille und daran, dass er mit der rechten Hand das Smartphone ans Ohr drückt und alles andere mit der linken erledigt.«

Ringsum wird gelacht. Nun ist mein Vater nicht mehr zu stoppen. Er versucht, auch Natli zum Lachen zu bringen: »Die Frauen aus Afrika haben einen Hintern, der dem großen P ähnelt. Und ihre Haut hat einen Knitterschutz.«

Natli lacht tatsächlich. Laut und faltenlos.

»Es ist ein sexistischer Spruch«, regt Caro sich auf. Sie rollt die Augen und rügt meinen Vater. »Es ist dumm, Menschen so zu definieren.«

Mein Vater hält die Klappe. Er schämt sich nicht, ich kenne ihn, aber er wird auch kein Öl ins Feuer gießen. »Ich persönlich«, deklariert Caro gestelzt, »ich persönlich komme ohne Nationalismen aus. Ohne Vorurteile. Die Herkunft und Hautfarbe spielen keine Rolle.«

Wir unterhalten uns mit Caro am buntscheckigen Stand der Asylbewerber. Caro Wimmer ist umgeben von flinken farbigen Jungs. Sie hat ein ehrgeiziges Programm: Jeder Besucher des Festivals soll einen Flüchtling kennenlernen. Jeder Besucher soll einem Flüchtling die Hand reichen.

Der Anspruch verleiht meinem Vater wieder Flügel. Er persönlich kennt keine Berührungsangst mit

Flüchtlingen, drei Frauen aus Schwarzafrika wohnen in seinem Haus. Er selbst fühlt sich bereits als der König von Benin.

Bei einer Vorführung andalusischer Tänze treffen wir Leslie und Dieter Bodrop. Sie schleckt mit ihrer breiten Zunge ein Magnum, er stochert auf einem Pappteller herum. Farbe, Geruch, Konsistenz: Appetitlich sieht sein Essen nicht aus. Wie es schmeckt? Dieter weiß es selbst noch nicht.

Femi und Maja haben wir verloren, sie sind mit einer Gruppe weggedriftet. Volksmusik ist nichts für ihre feinen Ohren, die Tänze und Kostüme sind doch wirklich komisch. Ihnen steht ein nabelfreies Top. Und sie haben sich die Beine eingeölt. Eine nationale Tracht mit karierter Schürze finden sie zum Lachen. »Es sieht nicht sexy aus«, hat Femi gesagt. »Wie sich die Tänzerinnen auf der einen Seite aufreihen – und auf der anderen die Tänzer. Was für ein Theater sie veranstalten müssen, um zusammenzukommen.«

∞ Die Colgate Kickers sollen sich beklagt haben, weil sie keine Nike oder Sawa Shoes erhalten, wie gewünscht, sondern Turnschuhe von Migros. Ruth Mersold regt sich darüber auf, Caro Wimmer weiß, dass die Jungs sich diskriminiert fühlen. Ruths SVP beteiligt sich am Ethno-Food & Folklore Festival. Unter Ruths Leitung unterhält sie einen Stand. Bei der Volkspartei gibt es den beliebten Schweizer Hartkäse zu probieren. Nebst Käsesorten aus dem Rest der Welt. Je ein Laib mit weißer und gelber und roter Rinde und sogar ein Laib mit schwarzer Rinde liegen auf einem Brett nebeneinander. Selbstredend werden

Flyer und Broschüren mit Klartext verteilt. Das Ethno-Food & Folklore Festival ist ein Anlass im Sinn der SVP: Aus aller Herren Länder reisen farbenfrohe Gruppen an, und nach ihrer Darbietung, nach dem hochverdienten Applaus, kehren sie anstandslos in die Heimat zurück, dorthin, wo sie hingehören.

Wie die Nasen der Gäste von anderen Kontinenten wohl auf einheimische Düfte reagieren? Wie nehmen Afrikaner und Asiaten die Körperausdünstung waschechter Schweizer wahr?

Ich denke, ich rieche gut, Ellis hat sich noch nie beklagt. Bloß neulich irritiert an mir geschnuppert, als ich von einem Essen im Haus meines Vaters nach Hause kam: Natli hatte ein Huhn geröstet – ich glaubte beim Essen, mein Bauch gehe in Flammen auf.

Auch mein alter Vater riecht gut, nach Moschus, er zieht Moschusrosen in die Bäume, die Blätter sind dunkelgelb und weiß und kräftig rosa, und ihr Duft soll aphrodisierende Wirkung haben.

Ethno-Food & Folklore Festival.

Natli Osuba möchte umkehren, sie möchte nach Hause. Mit *nach Hause* meint sie das Haus meines Vaters. Sie hasst das Gewimmel auf dem Festival, sie hat Angst. Sie genießt den Blick auf den alten Rosenbaum. Auf dem Festival gibt es von allem zu viel: Musik und Tanz und Menschen und Gerüche und Stimmen und Essen.

»Natli sollte sich besser einbringen, sie sollte sich engagieren«, sagt Ellis. »Natli sollte sich beim Verein Schweiz-Afrika melden, bestimmt wäre sie willkommen.«

»Ellis hat die gleiche Augenfarbe wie Candice Swanepoel«, schwärmt Maja. »Ich habe das bei unserem Essen gesehen.«

Maja schaut mich an, als wäre es mein Verdienst. Ich bin der Mann dieser Klassefrau. Das spricht für mich.

»Ja, das stimmt«, sagt Femi voller Ehrerbietung.

Ihre Mutter lässt sich nicht leicht beeindrucken, ihr Temperament ist noch im Stand-by-Modus. Natli ist zurückgenommen, gedämpft, und hockt am liebsten mit weit von sich gestreckten Beinen auf ihrer farbigen Decke auf dem sattgrünen Rasen und tut gar nichts. Man möchte glauben, sie meditiert.

»Nein«, sagt sie, »ich bete nicht.«

Natli Osuba lässt Zeit verstreichen, sie verschwendet oder vergeudet Zeit, wie es ihr beliebt. Und damit gebietet sie darüber.

Caro Wimmer säuselt: »Wir haben die Uhr, Afrika hat die Zeit.«

»In Afrika haben die Leute zu viel Zeit«, ärgere ich Caro. »Sie lassen sich von der Zeit aufhalten. Sie sind in der Zeit gefangen.«

Mein Vater lässt CDs von Fela Kuti laufen.

»Meine Generation«, feixt er. »In Afrika kennt jeder Fela Kuti, alle lieben seine Musik.«

Shuffering and Shmiling.

Natli Osuba baut eine tief sitzende Müdigkeit ab, eine körperliche und seelische Erschöpfung. Sie muss überwunden und auskuriert werden. Bald schon wird sie loslegen, sie wird uns überraschen. Das derbe Auflachen nach dem P-Witz meines Vaters war ein Vorgeschmack. Morgen wird sie eine Uhr tragen, eine moderne Swatch mit einem durchsichtigen Gehäuse, damit sie die Arbeit der Zeit beobachten kann.

∞ Ist es denn falsch, mit seinem Leben einverstanden zu sein? Mit einer Sportbar statt eines Grandhotels, mit einer Eigentumswohnung mit Blick auf den Zauberwald statt einer Villa mit Blick auf das Matterhorn?

Ich gehe mit meinem Vater ins Kino, und wenn Caro Wimmer neue Bilder ausstellt, freue ich mich auf die Vernissage. Das großformatige Gemälde im Wohnzimmer möchte ich nicht missen. Ich schaue es an, und es tut mir gut, die Farbigkeit inspiriert mich, und ich höre die Talking Heads, wenn ich lange davorsitze. Wenn die Bar es zulässt, besuche ich gern ein Konzert. Und ich lese manchmal das Buch, das mein Vater für mich auf dem Tresen liegen lässt, als hätte er es vergessen. Zuletzt ein Buch von Teju Cole, der über Nigeria so schreibt, dass man denkt, ein großartiges Land, zum Glück muss ich nicht dort leben.

Man gewöhnt sich an sein Leben. Zufriedenheit ist das passende Wort. Zufriedenheit ist mein angestrebter Modus. Gerade jetzt spüre ich das. Zufriedenheit ist negativ besetzt, keiner lässt sich den Schriftzug als Tattoo stechen.

»Ist dein Leben nicht langweilig?«

»Nein, warum?«

Die *Tangente* floriert. Mein Team ist eingespielt, jeder bringt sich in die Arbeit ein, wir lassen uns ständig Neues einfallen. In der fußballfreien Zeit ist die Bar einmal im Monat für Karaoke geöffnet. Der abgetretene Nelson Fonseca, Tanja Schmidt und Ruth Mersold hatten Karaoke vorgeschlagen. Eine Gaudi, aus meiner Sicht, besonders wenn die Kantonsrätin *Surfer Girl* singt, einen alten gefühligen Heuler der *Beach Boys*.

Den Vorschlag des Dartclubs, eine Zielscheibe zu montieren, habe ich abgelehnt, und auch dem Vertreter der Spielautomaten AG habe ich eine Absage erteilt. Die Maschine ist zwar rentabel, macht aber einen Heidenlärm. Gehirnamputierte Typen hämmern mit den Fäusten darauf herum, wenn der Kasten kein Geld ausspuckt.

Und wir wählen in der *Tangente* den Helden des Monats. Sein Foto hängt gerahmt an der Wand. Unser Held des Monats kann ein Sportler sein, ein lokaler Held oder ein Stammgast. Mein Vater und ein geniales Rennpferd haben die Wahl schon gewonnen.

Der Eingangstür gegenüber hängt eine Schwarzwälder Kuckucksuhr. Läuft ein Gast ein, während der Kuckuck ruft, erhält er einen Gratisdrink. Die Namen der Schlauberger, die versuchen, daraus Profit zu schlagen, und wie zufällig immer zur vollen Stunde hereinspaziert kommen, könnte ich aufzählen. Sie amüsieren mich. Der Spaß ist mir den Drink wert.

Kuckuck. Kuckuck.

Meistens stimmen sie in das Gelächter mit ein.

∞ Schon am Morgen auf dem Balkon, einen Kaffee in der Hand, freue ich mich auf den bevorstehenden Tag, auf meine Arbeit in der *Tangente*. Zu einem guten Tag gehört auch eine Stunde Fußball. Lässt der Betrieb das nicht zu, werde ich mürrisch und zappelig. Deshalb will ich einen Basketballkorb montieren. Ein paar lockere Würfe zwischendurch, gar nicht schlecht. Ein Tag ohne Bewegung ist für mich wie für Gläubige ein Tag ohne Gebet.

Mein Vater schaut herein. Er ist ein treuer Gast. Taucht er ein paar Tage nicht in der Bar auf, mache ich mir Sorgen.

Meine Freunde treffen sich in der *Tangente* und palavern über Fußball und Brüssel. Über die gefährlich heiße Welt reden sie, aber nie über Gott. Gott hat keiner von ihnen auf dem Schirm. Und heute wird missbilligend über Bundes-Bern gestritten, mit einiger Lautstärke, über den Beschluss des Parlaments, die Verjährungsfrist für eingefrorene Vermögen von Diktatoren und Oligarchen einzuführen.

Ein vitaler älterer Mann, teurer Anzug, Typ Varoufakis mit offenem weißen Hemd, betritt die *Tangente* und setzt sich grußlos an den Tresen. Yola fragt ihn nach seinen Wünschen. Er deutet mit der Hand auf die grüne Flasche mit gelbem Etikett: J & B. Der fremde Herr möchte aber nicht einen von Yola abgemessenen Whisky, er will die Flasche und ein Glas, um sich selbst einzuschenken.

Solche Wünsche sind für uns kein Problem.

Rocchi wirkt angespannt, der Polizist geht kurz hinaus. Auf dem Parkplatz steht eine brombeerfarbene Limousine, Mercedes S-Klasse.

Der Fremde lehnt auch Eiswürfel ab, er füllt das Glas großzügig und betrachtet es, als enthielte es Sprengstoff und nicht Whisky. Er schnuppert über dem Scotch und nimmt einen Schluck.

Seinen Hut legt er nicht ab.

»Es ist ein Hut mit einem Rand aus Stahl«, wird mir Rocchi zuflüstern. »Der Träger schleudert ihn vom Kopf weg. Der Hut besitzt die Flugeigenschaften eines Frisbee und zertrümmert dem Feind den Schädel. Oder spaltet ihm den Adamsapfel.«

Rocchi fotografiert den fremden Mann, während er auf seinem Smartphone scrollt. Ich werfe Rocchi einen scharfen Blick zu. Die *Tangente* ist ein Freiraum, kein

Einsatzgebiet der Polizei. Der Typ ist hier Gast. *Bitte lass das sein.*

Rocchi ignoriert mich.

In einem Augenblick der Stille springt der Kuckuck aus dem Türchen und ruft.

∞ Rocchi fährt Streife, er liebt es, ziellos durch die Gegend zu gondeln, die Straßen zu kontrollieren und auf den Polizeifunk zu achten. Leider gerät Marina in sein Suchfeld. Seine Frau verschwindet mit Benno Kohn im Zauberwald. Rocchi verliert sie aus den Augen. Das Paar durchquert den Wald, tritt auf der anderen Seite wieder heraus. Er weiß das nicht. Seine Frau und Benno Kohn sitzen bei der Tennisanlage auf einer Bank und reden. Auch das entgeht dem Mann im Streifenwagen.

Von dem Treffen der beiden sollte er nichts erfahren. Der Zufall macht, was er will. Rocchi ist ein gerader Mann und Polizist, ein italienischstämmiger Zürcher Polizeibeamter, ein Officer mit zementierten Werten. *Pflichtbewusstsein* und *Verantwortungsgefühl* nennt er es selbst.

Benno Kohn vertritt die Interessen Natli Osubas und ihrer Töchter Femi und Maja. Mein Vater hat den Anwalt damit beauftragt. Benno Kohn versichert Marina Rocchinotti auf der Bank bei den Tennisplätzen, dass die drei Nigerianerinnen Gäste von Marcel Alberding sind. Sie haben ein gültiges Visum, andernfalls wären sie nicht hier.

Alles ist korrekt.

Ihr Verhalten weckt Verdacht, die Frauen benehmen sich nicht wie wohlhabende afrikanische Urlauber. Natürlich unternehmen sie Ausflüge, mein Vater kutschiert sie durch die Schweiz und zeigt ihnen die berühmten Sehenswürdigkeiten, Seen und Berge und Schlösser.

Vorwiegend halten sie sich in Marcel Alberdings Garten auf, namentlich die Mutter. Und es sieht ganz so aus, als wollten sie bleiben, als wollten sie in Glow-M sesshaft werden.

Maja und Femi möchten aufs Gymnasium. Natli will dolmetschen und unterrichten. Das verstößt gegen das Gesetz. Natli darf nicht einmal den Haushalt ihres Gastgebers führen oder in der *Tangente* aushelfen, das wäre Schwarzarbeit. Offiziell sind sie mit einem Touristenvisum für drei Monate eingereist. Mein Vater und ich haben die Situation mit ihr besprochen. Natli versteht das, einleuchtend ist es nicht. Und sie ohne Entlohnung arbeiten zu lassen wäre Ausbeutung. Das begreift Natli noch weniger. Mein Vater hat die Flugtickets bezahlt, und Natli darf mit ihren Töchtern in seinem Haus wohnen. Obendrein kommt er für ihren Lebensunterhalt auf. Er hat die Frauen mit Yola zum Shoppen geschickt, sie sollen europäisch eingekleidet werden.

Benno Kohn schlägt vor, Natli Osuba beim Gärtner eine Weiterbildung machen zu lassen. Ist das nicht eine clevere Idee? Natli hält sich wegen der Rosenzucht in Glow-M auf. Stellt mein Vater sie anschließend als Rosengärtnerin und Haushälterin mit Arbeitsvertrag ein, könnte das Visum verlängert und in einer nächsten Etappe in eine Aufenthaltsbewilligung umgewandelt werden. Der portugiesische Gärtner muss noch überzeugt werden, am besten mit einer Bargeldspende. Seit seiner Einbürgerung findet er, dass wir in der Schweiz schon mehr als genug Ausländer haben.

Die Kantonsrätin Ruth Mersold ist auf dem Einwohnermeldeamt vorstellig geworden und hat die Chefin auf den Status der drei Nigerianerinnen angesprochen. Aus ihrer Sicht sei er nicht ganz lupenrein.

Marina hat sich nicht einschüchtern lassen. Es besteht kein Anlass, die Frauen zu überprüfen. Sie sind unauffällig.

Aus ziviler Sicht sind Natli, Femi und Maja alles andere als unauffällig. Sie fallen extrem auf. Dass sie da sind, ist Rocchi natürlich nicht unbekannt. Er darf Personen kontrollieren. Er ist dazu berechtigt. Und so fort. Er darf sich Natlis Führerschein zeigen lassen, ein internationaler Führerschein, korrekt, er darf ihren Pass sehen, mit Visum, korrekt. Er kann Maja und Femi aufhalten und ihre Papiere prüfen. Er hat die Kompetenz.

Rocchi fährt stundenlang Streife, sein Blick ist eher nach innen orientiert, der Polizeifunk schweigt. Die schwarzen Frauen interessieren ihn nicht.

Rocchi nicht in diese nigerianische Angelegenheit einzuweihen war ein Fehler. Marina mauschelt und tuschelt ständig mit Benno Kohn. Sie hat etwas zu verbergen, so beurteilt der Polizist die Konstellation und hegt einen Verdacht, einen falschen Verdacht. Seit Neuem erkennt er in seiner Frau wieder die feurige Italienerin, hinter der alle Männer her sind, insbesondere Benno Kohn.

Benno ist in Rocchis Kopf nicht schwul, er ist bi.

»Rocchi tut so, als wäre er ahnungslos«, sagt Marina und meint die nigerianische Scharade. »Mein Mann ist ein miserabler Schauspieler«, spottet sie und schmatzt mit ihren vollen roten Lippen. Sie rechnet gar nicht mit der Idee, er könne ein anderes Skript im Kopf haben.

»Rocchi findet sich mit der Mehrdeutigkeit nicht zurecht«, folgert Benno Kohn.

»Er ist ein Stockfisch«, behauptet Marina.

Rocchi hat ein schweres Herz. Und hasst Grauzonen. Wenn er einmal zu grübeln angefangen hat, grübelt er ohne Unterlass, als gäbe es kein Morgen. Es wäre für den fehlgeleiteten Polizisten gut, zu wissen, dass Marina und Benno zur Durchquerung des Zauberwalds sieben Minuten benötigt haben, genauer siebeneineinhalb, weil sie den seltenen Pirol sehen und eine Weile stehen bleiben. Der Vogel ist wunderbar. Gelb und Schwarz das Gefieder und Gold in der Kehle.

∞ Rocchi sitzt nach dem Dienst niedergeschlagen in der *Tangente*, das vierte Helle vor sich.

»Ich muss zu viele Dinge schlucken. Im Morgengrauen ist ein Auto gegen den Findling gedonnert, der unter der Autobahn als Verkehrsteiler liegt. Was ich schon dreimal schriftlich bemängelt habe. Es knallt dort regelmäßig.«

Der Gletscher hat den Brocken bei seinem Rückzug nach der Eiszeit nichtsahnend dort zurückgelassen.

»Der junge Mann ist in einem Renault Mégane verbrannt. Als ich ankam, stand die Freundin unverletzt vor dem verkohlten Leichnam, der eben noch ihr Freund war, mit dem sie eine halbe Stunde zuvor im *Alpenrock* getanzt hatte.«

Rocchis Blick wird glasig.

Nebst seiner Frau Marina bereiten ihm auch entsetzliche Verkehrsunfälle und blutige Szenen häuslicher Gewalt Kopfschmerzen. Und der glänzende Mercedes S frustriert ihn. Die brombeerfarbene Limousine steht vor dem schäbigen Haus im Sand und lacht den Polizisten aus. Und an der Wand des hölzernen Schuppens hängt ein Plakat: Die aufgehübschte Ellis Nemec empfiehlt eine Bodylotion.

Rocchi ist nicht befugt, eine Hausdurchsuchung zu veranlassen oder durchzuführen. Das würde als Amtsanmaßung geahndet und hätte disziplinarische Folgen. Polizeiwillkür wird im Kanton Zürich nicht geduldet. Hände weg von allem, was nicht im Pflichtenheft steht.

Rocchi hat auch den schnellen Aston Martin Rapide S überprüft. Tessiner Kennzeichen. Nicht als geklaut gemeldet. Was hat so ein Schlitten im Sand zu suchen? Warum parkt neben dem Mercedes S neuerdings ein Aston Martin? Und noch ein Rätsel: Stehen beide Luxuswagen vor dem Haus, ist der schrottige Kleinbus weg, was geht hier vor?

»Ich bin zur Passivität verdammt – die Hände sind mir gebunden«, beschwert sich Silvio Rocchinotti.

Ein weiteres Indiz spricht gegen die Personen, die im Sand verkehren. Rocchi meint nicht den Hut mit dem stählernen Rand. Er fragt sich, warum der Hund im Kleinbus eingesperrt wird. Der Peugeot Expert dient bestimmt nicht ohne Grund als Hundehütte. Nähert sich jemand, schlägt der Rottweiler an.

»Öffnest du die Hecktür, springt er dir an die Gurgel.«

»Wegen Marina musst du dir keine Sorgen machen«, lasse ich Rocchi wissen. »Du bist auf einer falschen Fährte.«

Er sitzt immer noch in der *Tangente*. Um sich zu entspannen, blickt er auf den Fernseher. Juventus Turin spielt gegen Real Madrid. Rocchi schüttelt den Kopf und grunzt. Er merkt mit einer alkoholbedingten Verzögerung, dass die Aufzeichnung des Hinspiels läuft. Ohne Ton. Als sich der Sieg der Italiener erneut abzeichnet, klopft Rocchi sich auf die Schenkel. Verkehrte Welt.

Großartig. Dass Juventus Turin Real Madrid auch in der Aufzeichnung wieder besiegt, freut ihn riesig.

Es ist kaum zu fassen.

»Das Finale wird supersuper, mach mir noch ein Helles.«

»Genug ist genug«, sage ich.

»Nein, Heilandsack. Ich will noch ein Helles.«

»Marina und Benno treffen sich wegen der Lesegruppe«, lüge ich. »Es geht um einen Roman, den mein Vater vorgeschlagen hat, *Das Tal der Puppen*, den sie nicht lesen möchten. Sie haben ein anderes Buch im Kopf.«

»Hm, hm, ein afrikanisches?«

∞ »Warum? Willst du mich auf den Arm nehmen?«

Ellis funkelt mich an. Sie ist auf Zwischenstation zu Hause. Ich erzähle ihr von Fredy Wimmer. In ihren Ohren klinge ich falsch, und Ellis sagt, dass sie mit Caro telefoniert, dass auch sie Fredy besucht habe.

»Er hat sich riesig gefreut.«

Bevor Ellis sich über mich geärgert hat, habe ich gesagt: »Wir werden uns nicht mehr sehen. Nie mehr sehen. Nicht auf dieser Welt.«

»Was heißt: ›Nie mehr sehen‹? Und was heißt: ›Auf dieser Welt‹? Glaubst du denn, du triffst Fredy Wimmer anderswo? Auf einem Fußballplatz im Himmel? Was soll dieser pathetische Unsinn? Du kannst zum Krankenhaus fahren und Fredy sofort wiedersehen.«

»Nein, Ellis, das bringe ich nicht. Ich bin ein ... nein. Ich bin kein Voyeur. Ich will ihn in Erinnerung behalten, wie er ...«

»Fredy lebt, es ist zu früh für die Erinnerung.«

»Er wird sterben.«

»Caro sagt, es gibt ein neues Medikament. Der Hammer. Nun wird es zum ersten Mal klinisch getestet. Fredy ist dabei. In diese wichtige Gruppe werden nur ausgewählte Patienten aufgenommen, Patienten, die eine echte Chance haben.«

»Fredy möchte mit *Exit* abtreten.«

»Will er das? Fredy sichtet seine Reportagen für das Buch. Er hat mir das Material gezeigt, toll.«

»Fredy beschreibt die Flughafenregion als urbanen Besiedlungsteppich. Eine dicht bewohnte Mittelland-Stadt vom Bodensee zum Genfersee. Ballungsraum und Niemandsland.«

»*Exit* ist definitiv vom Tisch, Caro will das nicht, und *Exit* hat die Sterbebegleitung abgelehnt.«

»Warum?«

»Laut *Exit* ist Fredys Leben nicht menschenunwürdig.«

»Fredy hasst die Vorstellung, dass wir mitbekommen, wie es mit ihm bergab geht. Er möchte ein positives Bild über die Runden bringen.«

»Ich schätze Fredy anders ein. Er ist nicht eitel.«

»Fredy möchte es uns ersparen, ihm beim Sterben zusehen zu müssen. Er will sein Elend nicht teilen, schon gar nicht mit uns allen, und daran wird sich auch nichts ändern.«

»Du glaubst, Fredy möchte, dass ihr ihn als Helden verehrt, als den allwissenden Fredy Wimmer, als den beharrlichen Dauerläufer auf dem Fußballplatz, als den witzigen Debattierer in der *Tangente*?«

»Genau, Ellis. Du hast es auf den Punkt gebracht.«

»Du bist ein Feigling, Jonas.«

∞ Die Krückstöcke des Seniorenweltmeisters sind auf den Steinplatten zu hören, er humpelt zu uns in den Garten, ein schiefes Lächeln. Mein Vater blickt erschrocken auf.

»Tut mir leid, wenn ich ungelegen komme, dass ich einfach so hereinplatze«, sagt der Seniorenweltmeister. »Ich habe euch am Grill gesehen und dachte, jetzt oder nie.«

Mein Vater entspannt sich. In letzter Zeit hat er anonyme Briefe erhalten und Anrufe, die ihn das Fürchten lehren. Irgendein Typ hat mit selbstklebenden Buchstaben *SUGAR DADDY SIEH DICH VOR* auf eine Pappe geschrieben und in den Briefkasten gesteckt. Marcel Alberding ist nicht mehr wohl in seiner Haut. Es gibt Nachbarn, die ihn schneiden, Nachbarn, die ihn nicht mehr grüßen, und andere, die vieldeutig lächeln, die aus dem doppelsinnigen Lächeln und Kopfschütteln gar nicht mehr herausfinden.

Und nun humpelt am heiterhellen Nachmittag der Seniorenweltmeister herein, dieser sehnige Alte, den man nie anders als in Sportlerbekleidung gesehen hat, der seine rote Cap mit Schweizerkreuz und der goldenen Aufschrift *Weltmeister* trägt.

»Darf ich?«, fragt er und setzt sich auf einen Hocker.

»Ein Unfall?«

»Eine chronische Entzündung.«

Ich stehe am Grill, mit einer kleinen Flasche Wasser. Die Glut ist perfekt. Ich wende vorsichtig St. Galler Bratwürste und Koteletts vom neuseeländischen Lamm, die Natli in einer afrikanischen Marinade präpariert hat.

Natli steht mit einem kleinen Bier in der Hand unter dem riesigen Baum, der Birke mit den eingeflochtenen Rosen, sie kann von dem Anblick und Duft nicht genug bekommen. Sie wirkt klein und kompakt. Die spillerigen Mädchen sitzen in der Hollywoodschaukel, die mein Vater für sie angeschafft hat, den iPod eingestöpselt, und hören ihre Musik.

»Das Nichtstun ist der Horror für mich«, fängt der Seniorenweltmeister mit belegter Stimme an und unterbricht, um einen Schluck aus der mitgebrachten Flasche zu nehmen, ein isotonisches Getränk.

»Es ist für keinen Motor gut, wenn er abgewürgt wird«, sagt er nach der Trinkpause und schraubt den Verschluss der Flasche wieder zu. »Ich bin jede Woche einhundertzwanzig Kilometer gelaufen, jetzt laufe ich null.« Er verzieht das Gesicht zu einer Grimasse, am liebsten würde er mit dem Fuß aufstampfen. »Noch nicht einmal der Kopf hat es begriffen«, setzt er seine Rede fort. »Das Herz wird es nie verstehen. Mein Herz ist eine Uhr. Morgens um neun beginnt es zu ticken, mein Herz weiß, dass neun Uhr ist, und legt los. Tocktock-Tocktock. Aber ich darf nicht loslegen. Dasselbe Elend um Mitternacht. Tocktock. Saison der Nachtläufe. Das Herz gibt von selbst Gas, das Herz platzt schier. Und ich gebe nicht Gas. Ich darf nicht trainieren, ich darf nicht Gas geben.«

Er sitzt da mit seiner blauen Flasche und den dick bandagierten Knöcheln. Den Kopf gesenkt, man sieht das Schweizerkreuz und den goldenen Schriftzug. Ein Sportler, der mit dem Körper hadert. Beide Achillessehnen glühen. Dicke, heiße Kabel.

Der Weltmeister ist kein enger Freund meines Vaters, die beiden Männer verbindet ein Zufall, auf dem Friedhof liegen die Gräber ihrer Frauen nebeneinander.

Mein Vater hat den Friedhof mit frischen Rosen aufgesucht. So lernten sich die Männer zufällig kennen. Der Seniorenweltmeister erzählte, dass er seit dem schrecklichen Tod seiner Frau wie ein Besessener laufe, jede Woche schneller, jeden Monat länger. Laufen oder in die Psychiatrie. Das waren die Optionen nach dem Tod seiner Frau. Ein Drama, sein Trauma. Sie ist im Einkaufszentrum kopfüber die Rolltreppe hinuntergestürzt.

»Ich arbeite das ab«, vertraute er meinem Vater an, der seitdem Rosen auf beide Gräber legt.

»Ich lief und lief, bis mir alles wehtat, Lunge, Herz, Knochen, Muskeln«, führte er aus. »Ich stürmte in den Körperschmerz hinein, um den Seelenschmetter zu überwinden.«

Das war vor vielen Jahren.

Er hat es geschafft, inzwischen läuft er täglich am Friedhof vorbei und salutiert auf der Höhe des Grabes seiner Frau.

Ich biete dem unglücklichen Weltmeister eine Bratwurst an.

»Ich bin nicht gekommen, um zu jammern«, sagt er feierlich. »Ich bin hier, um Ihnen zu danken, Herr Alberding, um Sie zu beglückwünschen.« Er steht auf, zieht seine Cap, macht eine leichte Verbeugung: »Ich bewundere Sie.«

Mein Vater steht verdutzt da, ein Glas Wein in der Hand.

»Ich denke an das Rennen um den See Genezareth, im Januar findet es statt, bekannt als Tiberias Marathon«, fährt der Weltmeister fort, nun wieder im Sitzen. »Ich bin den Marathon in drei Stunden, siebzehn Minuten und sechsundvierzig Sekunden gelaufen. Bestzeit in meiner Kategorie. Ich will sagen: Es ist großartig, in so einem Feld zu laufen, alle Hautfarben, alle Nationen, Männer und Frauen, alle Altersklassen. Jeder Läufer muss dieselbe Strecke bewältigen, jeder kämpft und beißt sich durch, jedem tut etwas weh, Zipperlein, jeder achtet auf seinen Atem, jeder trinkt und verpflegt sich an den Ständen für alle. Man läuft im Feld. Ein paar Tausend Füße, Asics und Puma und Adidas und Nike erzeugen ein tolles Geräusch. Und du hast den Geruch von Schweiß in der Nase. Alle Menschen schwitzen. Alle. Wir Menschen sind Brüder, das sagt der Sport, das ist Marathon. Wir laufen friedlich nebeneinander und miteinander, und wir laufen gegeneinander, logo, das ist Sport. Darum bin ich hier, um Ihnen zu sagen, Herr Alberding, dass ich es ganz großartig finde, dass Sie die drei Frauen bei sich aufgenommen haben. Ganz großartig finde ich das, one world.«

∞ Zuoberst auf meiner To-do-Liste rangiert die Vorbereitung für das große Champions-League-Finale. Wir bauen unsere Leinwand auf. Ich freue mich darauf. Der FC Barcelona spielt gegen Juventus Turin. Wir erwarten ein paar Dutzend italienische Fans von aufgedreht bis überdreht. Wenn viele Deutsche kommen, verändert sich das Klima, viele der deutschen Gäste schlagen sich auf die Seite von Barcelona.

Die Juve-Fans werden überschwänglich feiern, falls ihre Mannschaft das Spiel gewinnt. Bei einer Niederlage, nach zehn Minuten Ratlosigkeit und Depression, werden sie ausgiebig feiern, weil ihre großartige Mannschaft das Finale erreicht hat und bestimmt gewonnen hätte, wenn … So oder so wird es eine Nacht überbordender Italiener.

Das gilt nicht für die erfolgsverwöhnten, wenig leidensfähigen Anhänger des FC Barcelona. In ihrem Weltbild, und das unterscheidet sie von den Juve-Fans, fehlt die Niederlage. Sie sind unbesiegbar, wenn sie verlieren, werden sie schmollen.

Verläuft der Abend für die *Tangente* bestmöglich, verbrüdern sich die Fans beider Mannschaften und feiern zusammen. Juventus Turin und der FC Barcelona sind beispiellos. Und ein Team muss verlieren. Das ist ein Gesetz. Die eine Mannschaft ist eine großartige Siegermannschaft, und die andere Mannschaft ist eine großartige Verlierermannschaft.

Yola arbeitet den Einsatzplan für das Personal aus und telefoniert mit unseren Aushilfen. Sie hat die türkische Hochzeit zufriedenstellend gemeistert. Ich habe sie dafür nicht besonders gelobt. Sie will ein Profi sein und selbst eine Bar führen. Irgendwann werde sie die *Tangente* übernehmen, hat sie erklärt.

»Du bist nicht mehr der Jüngste, Albo.«

Ich schaute sie an. Sie lachte nicht, sie hatte keinen Witz gemacht, sie merkte nicht einmal, wie erstaunt ich war. Yola meinte, was sie sagte, und es stimmte, es war nicht als Kampfansage gedacht, sondern ein töchterliches Angebot, das mich freuen sollte. Nachfolge gesichert.

Nach ihrem nigerianischen Verständnis bin ich ein alter Mann. Kein entspannter Silver Ager, sondern ein Golden Ager, um nicht zu sagen, ein End Ager. Die Lebenserwartung nigerianischer Männer liegt unter fünfzig Jahren. Nehme ich die afrikanischen Zahlen als Richtlinie, habe ich mich statistisch bereits überlebt.

Natürlich habe ich einen anderen Maßstab. Ich bin der Chef der *Tangente* und will diese Position noch möglichst lange ausüben. Klugerweise sollte ich aufhören, über mein lädiertes Knie zu sprechen. Yola missversteht das und mein Humpeln als Ausdruck allgemeiner Hinfälligkeit.

Es gibt eine weitere Beklemmung in meinem Leben, die Hauptsorge, die alles andere zum Nebenschauplatz degradiert.

Ellis Nemec.

In unseren Gesprächen benutzen wir die Worte, um etwas zu verbergen, statt um es zu erhellen. Ellis ist der Mensch, der mir am nächsten steht, und ich fürchte plötzlich um diese Nähe und betrachte alles durch das Prisma des Verlustes.

Ellis Nemec.

Sie stellt unser Leben auf den Kopf. Ich kann mich an die rasche Umgestaltung nicht gewöhnen. Vielmehr, ich will mich nicht gewöhnen. Ich will das Bewährte nicht aufgeben. Ich sehe die Gründe dafür nicht ein und zeige zu wenig Entgegenkommen.

Ellis hat einen lukrativen Vertrag mit dem Kosmetikkonzern DOVE abgeschlossen. Sie wird a) auf Messen Produkte präsentieren und b) die Produkte mit Plakaten bewerben. Ältere Menschen sollen auf schön gestaltete Plakate enorm positiv ansprechen. Und wegen des neuen Vertrags, erklärt sie mir, will Ellis in München, am Firmensitz, eine Wohnung mieten. Starten wird Ellis mit einer *Selbstwertgefühl-Kampagne für Menschen über fünfzig*. Ellis habe dafür, sagte man ihr bei DOVE, die ideale Haut und die ideale Ausstrahlung.

Ellis hat das gefragte Profil.

Das klingt schmeichelhaft und liegt in der nahen Zukunft, es ist noch Zukunftsmusik. In der Gegenwart sieht der Plan so aus: Ellis ist zur Einstimmung nach Prag geflogen, um sich neue Brüste machen zu lassen.

∞ Vor dem großen Spiel bleibt mir kaum Zeit für meine Aufzeichnungen. Dabei sind sie hilfreich für mich, ein Versuch, Ordnung zu schaffen, Beständigkeit zu finden und mein Sicherheitsgefühl zurückzuerobern. Eine festgeschriebene Welt. Ich stehe früher auf, ich schaufle mir tagsüber eine Stunde frei. Jetzt schreibe ich gegen Mitternacht ein paar Sätze auf, bevor ich nach Hause fahre, in die leere Wohnung, wo ich den Pingpongball, den ich im Garten meines Vaters zerdrückt und eingesteckt habe, in die Hand nehme und Richtung Papierkorb werfe. Fällt der kleine Ball in den Papierkorb, heißt das: Ich liebe Ellis. Treffe ich daneben, heißt das: Ich liebe Ellis nicht.

Es ist fast schon ein Zwang.

Ich schaue auf die im Notizbuch vollgeschriebenen Seiten und die Zeichen auf dem Bildschirm, sie suggerieren mir, dass ich mein Leben im Griff habe.

Das habe ich doch? Ja.

Muss ja.

Im richtigen Leben drängt alles in Richtung Finale. Kribbelig werde ich deswegen nicht. Wesentliche Elemente sind gesetzt: Datum und Ort und Zeit – und es wird einen Sieger geben. Welche Mannschaft das Spiel gewinnt, ist für meine Planung nachrangig. Es gibt trotzdem viel zu tun. Viel Bier und viele Tränen werden so oder so fließen. Hätte ich zehn Hände, könnte ich zwanzig gebrauchen. Mir passt das.

Während ich die Zahl der Flammkuchen erwäge, funkt mir ein Gespräch dazwischen, das ich vor einiger Zeit mit Ellis geführt habe.

Wir standen auf dem Balkon, Ellis vor dem Oleander, der mitgenommen wirkte, weil niemand ihn goss. Sie hatte sich einen Drink eingeschenkt, vielleicht auch schon den dritten, und lehnte sich plötzlich schwer an meine Schulter.

»Ziehst du in München bei Hannes Dombrowski ein?«

Ich hatte den Schauspieler gegoogelt, er gehörte neu zum Ensemble des Volkstheaters.

»Hannes hat es mir angeboten.«

Unerwartet gab sie mir einen Klaps und küsste flüchtig meinen Nacken und legte die Hände auf meinen Rücken. Mit den Fingern fuhr sie meine Wirbelsäule hinunter bis zum Steißbein. Ob das ein Ablenkungsmanöver war? Trotzdem wünschte ich, mit Ellis zu schlafen, in sie zu stoßen, in ihr zu kommen, in der Hoffnung, dass die Zeit dabei einen Hüpfer rückwärts machte und alles wieder so wie früher wäre.

Der Wunsch verflog.

Ellis war mehr als beschwipst. Sie umarmte mich. In meinem Gehirn mahlte der Gedanke, dass ich nun zum letzten Mal die mir vertrauten Brüste spürte.

Lass mich, dachte ich, ohne es zu wollen, verlass mich endlich.

∞ Die *Tangente* ist noch geschlossen, ich erledige Schriftliches. Jemand pfeift vor dem Haus durch die Finger. Ich kenne den Pfiff, Rocchi weiß, dass ich um diese Zeit oft schon im Büro sitze. Ich schaue aus dem Fenster, er steht neben seinem Kia Carens in der Sonne und winkt mich herunter.

»Was ist los?«

»Ich wusste es, ich wusste es. Und ich konnte nichts unternehmen.«

»Augenblick, ich komme gleich.«

Ich nehme mein Perrier mit, lasse für Rocchi unten in der Bar einen Kaffee einlaufen und trete aus dem Haus ins gleißende Licht. Ich weiß, dass Rocchi es liebt, mit der Tasse in der Hand und ans Auto gelehnt, für die Länge eines Kaffees zu plaudern. Doch heute tritt er von einem Fuß auf den anderen, er steht unter Strom.

»Das Haus im Sand«, beginnt er gleich. »Ich habe es immer gewusst. Ich bin Polizist, ja, ich weiß, dass etwas nicht stimmt, ja, und darf nicht eingreifen.«

Rocchis Konflikt.

Ich bin der Blödmann vom Dienst, ist seine Formel.

Wir stehen auf dem Parkplatz.

»Das Haus im Sand?«

»Kein Mercedes S parkt mehr vor der Bude, und der Kleinbus ist ebenfalls verschwunden.«

»Warst du gerade dort?«

»Hühner gackern herum, Kaninchen springen gegen die Gittertür. Ich ging zum Haus, schaute durchs Fenster. Alle sind abgehauen. Ich drücke die Klinke, nicht abgeschlossen. Das Haus ist leer. Im Wohnzimmer liegt ein Hund. Sie haben den Rottweiler erschossen. Fliegen summen um ihn herum, und der Gestank, so eine Scheiße. Ich wusste es, Albo, ich habe es immer gewusst, dass hier etwas stinkt, dass hier etwas faul ist.«

Die Tasse in der einen Hand, die andere zur Faust geballt, steht er neben dem Kia Carens und schaut in die Richtung des verlassenen Hauses. Man kann es nicht sehen. Ich blicke selbst in Richtung Sand, als hätte ich bessere Augen. Das Haus liegt in einer Mulde verborgen, man kann es ganz bestimmt nicht einsehen, wir imaginieren es.

»Es hat mich gejuckt, ich musste den Ort überprüfen. Der tote Rottweiler, das viele Blut, ich rief die Kriminalpolizei an. Die sind jetzt dort.«

»Beruhige dich, Rocchi, dir waren die Hände gebunden.«

»Sag ich ja, das habe ich die ganze Zeit gesagt.«

»Jaja, ich wollte es dir bestätigen. Ich wollte dir sagen, dass ich dich verstehe, dass ich an deiner Stelle ebenfalls wütend wäre.«

»Der Hund, die Fliegen.«

»Hast du schon erzählt, Rocchi.«

»Ach, leck mich, Albo.«

∞ Der dunkelrote Nissan Pulsar biegt auf den Parkplatz ein. Mein Vater steigt auf der Beifahrerseite aus. Natli bleibt im Wagen sitzen. Mein Vater hat den schneeweißen Kia Carens von Rocchi erkannt und den Polizisten in Zivil gesehen. Natli fährt mit dem Nissan weg. Das Auto sieht wie immer frisch gewaschen und gewachst aus und fährt beinah geräuschlos.

Rocchi reagiert nicht, er hat jetzt den Blick, der ins Leere geht, der durch die Dinge dringt, als wäre die Welt ringsum aus Glas, die Mauern, die Menschen aus Glas, und nichts geht ihn etwas an.

»Ich wollte einmal vorbeischauen und fragen, ob ich helfen kann«, sagt mein Vater. »So wie es aussieht, spielt das Wetter mit. Du wirst wohl die Leinwand aufbauen und die Stehtische herankarren lassen?«

Er stutzt, als bemerkte er den Polizisten erst jetzt.

»Hey, Rocchi, wie geht es dir?«

Rocchi mustert meinen Vater. Er hat keine Lust auf Small Talk. Er will dem alten Mann weder rhetorische Fragen beantworten noch bohrende Fragen stellen müssen, er will sich von ihm schon gar nicht anlügen lassen.

»Rocchi hat nicht den besten Tag«, nehme ich den Freund in Schutz.

»Mhm-m«, murrt der ungehalten.

»Im Sand, ein unschöner Vorfall«, sage ich. »Darf ich das erzählen?«

»Mhm-m«, stöhnt Rocchi. »Erzähl, was du willst, Albo, es geht mich nichts an, es geht mich einen Dreck an, ich habe mit der Sache nicht das Geringste zu tun. Genau besehen ist gar nichts passiert, es hat sich bloß alles verändert.«

»Zumindest hast du die Polizei gerufen.«

»Haha, der Polizist in Zivil ruft die Kripo an.«

Ich fasse für meinen Vater zusammen, was sich zugetragen hat, und Rocchi fällt mir ins Wort: »Warum, warum haben sie den Hund erschossen?«

»Ich könnte mir jetzt einen Old Monk genehmigen«, sagt mein Vater ruhig. Das Haus im Sand interessiert ihn nicht besonders.

»Ist Yola nicht hier?«

»Yola macht eine Fortbildung.«

»Fährt sie mit der Vespa zur Schule?«

»Ja, sie macht jeden Weg mit dem Roller. Sie geht keinen Schritt mehr zu Fuß.«

» Yola ist klasse, sie packt es.«

»Am liebsten würde sie mich in den Ruhestand schicken und die *Tangente* übernehmen.«

»Gar nicht übel, nicht ganz falsch gedacht«, sagt mein Vater. »In ein paar Jahren, Jonas, bist du fällig.«

Mein Vater grinst, er ist nicht ohne Schadenfreude.

»Und du, Rocchi?«

»Was soll mit mir sein?«

»Hast du auch gute Aussichten? Du trübsinniger Angler. Stehst am See, ich fahre vorbei und hupe, du reagierst nicht, du starrst wie hypnotisiert auf den Schwimmer.«

»Beobachtest du mich mit dem Feldstecher?«

»Komm einmal zu uns in die Lesegruppe.«

Ich schaue meinen Vater entgeistert an. Rocchi ist für den abrupten Themenwechsel jedoch dankbar, die Taktik meines Vaters geht auf.

»Die Lesegruppe? Ehrlich. Ich habe schon überlegt, meine Frau in die Lesegruppe zu begleiten. Benno Kohn ist doch auch dabei?«

»Kennst du Håkan Nesser?«

»Kenn ich noch nicht, nein.«

»Sein Barbarotti steht verdammt nah bei dir. Gunnar Barbarotti und du, ihr seid verwandte Seelen. Polizisten auf verlorenem Posten.«

»Klingt gut, ja.«

»Bei Nesser … liegt einmal eine Dogge oder ein fetter Rottweiler im eigenen Blut«, erwähnt mein Vater.

»Ja? Warum wurde der Hund erschossen?«

»Der Hund wusste zu viel«, flachst mein Vater.

Rocchi findet die Bemerkung nicht witzig.

»Ein Polizist muss auf dem Dienstweg wandeln, auch wenn es ihm nicht passt«, sagt mein Vater.

Rocchi rührt sich nicht.

»Hast du etwas von Hemingway gelesen?«

Rocchi schaut meinen Vater genervt an. »Was soll das, was hat Hemingway mit dem toten Rottweiler zu tun?«

»Ich werde dir *Schnee am Kilimandscharo* schenken«, verspricht mein Vater. »Auf der Höhe von sechstausend Metern wird das Skelett eines Leoparden gefunden, ausgebleichte Knochen.« Er schaut Rocchi mit ausdrucksloser Miene an: »Was zum Teufel wollte der Leopard dort oben?«

»Ja, warum war der Leopard dort oben?«, fragt Rocchi.
»Tja, warum ist die Banane krumm?«

∞ Eine Stunde vor dem großen Spiel betritt zu meiner Überraschung Fredy Wimmer die *Tangente*. Er wirkt zerbrechlich und eher wie eine Erscheinung, so durchsichtig ist er geworden, ein mit Pergament bespanntes Gerippe. Wenn er lacht, und er lacht dauernd, sieht man seine langen Zähne, die Haare sind verschwunden, und zum ersten Mal fällt mir auf, wie groß seine Nase ist, wie spitz. Schau nicht hin. Wichtig ist: Fredy stakst wundersam auf eigenen Füßen. Ich gehe auf ihn zu, umarme ihn vorsichtig, damit er nicht zerbricht.

»Hey, hey«, sage ich mit erstickter Stimme, »ich habe es ja gewusst, dass du ein Juve-Fan bist und dir das Spiel nicht entgehen lässt.«

Seine Frau strahlt. Sie reiht sich in den Kreis der Juve-Fans ein, sie trägt das Trikot der Italiener wie Fredy, auf dessen Rücken *Pirlo* steht.

»Pirlo ist inzwischen sechsunddreißig, Freunde«, raunt er. »Magic Pirlo wird einen Freistoß verwandeln. Wenn er sich auf den Schuss konzentriert, sieht es aus, als manipulierte er die Zeit.«

»Wie ist die Wettquote?«

»Hundert zu sechzehn beim Sieg von Barça, hundert zu fünfhundertvierzig beim Sieg von Juve.«

Fredy Wimmer klettert auf den Hocker. Trotz des Pirlo-Trikots sieht es nicht so aus, als ob er eingewechselt werden könnte. Er bestellt ein stilles Wasser mit einem Löffel Honig drin.

»Ich bleibe besser hier drin«, sagt er.

Draußen auf dem Parkplatz gruppieren sich die Gäste um die Stehtische. Zwei Drittel Männer. Viele in den Farben ihres Clubs. Sie tragen Mützen, Schals. Und Trikots. Die Frauen favorisieren Slim Fit, die Männer ziehen Größe XL vor. Junge Frauen in engen Jeans haben das Emblem ihrer Mannschaft auf den Po aufgebügelt.

Ich trage ein T-Shirt mit dem Aufdruck *Tangente*.

Yola hat uns mit diesen Trikots ausgestattet, und auf den Rücken hat sie unsere Namen aufdrucken lassen. Ich heiße nicht Albo oder Jonas, auf meinem Rücken steht *Boss*, und was soll's, ich kann gut damit leben. Die Bezeichnung ist korrekt.

Yola hat in der Barackensiedlung hinter dem Bahnhof Gutscheine verteilt und Asylbewerber eingeladen. »Hereinspaziert zum großen Spiel.« Sie hat dort die beiden Männer aus Eritrea angeworben, die beim Transport und Aufstellen der Stehtische geholfen haben.

Ein paar farbige Männer sind gekommen, keine Frauen. Die Männer tragen keine Club-Embleme. Sie halten sich zurück, sie bekommen von uns ein Getränk spendiert und einen Flammkuchen *Champ*, den wir an diesem festlichen Abend als Special anbieten. Die Jungs fiebern für Barcelona.

∞ Auf dem asphaltierten Parkplatz, unter der leuchtenden Leinwand, sind Yola Wundaba, Nina Feldes und ihre Helfer ein eingespieltes Team. Sie nehmen Bestellungen auf, vor allem Bier, und tragen Gläser zur Spülmaschine. In der Küche arbeitet Natli Osuba. Sie will uns helfen, unbedingt. Natli schiebt Flammkuchen in den Backofen und schneidet die fertigen in Achtel. Ich bringe sie zu den

Tischen, um das Team zu entlasten. René Duriet, der Freund von Benno Kohn, zapft Bier. Das ist sein Job bei großen Anlässen, René erledigt das mit Sorgfalt und Schwung, Fußball ist eh nicht sein Ding, mit Bier kennt er sich aus, und es war für mich keine Frage, dass er seinen Job behält, obwohl Ruth Mersold, die SVP-Kantonsrätin, sich darum bemühte. Die Politikerin wollte das Bierzapfen ehrenamtlich übernehmen und Volksnähe beweisen. Ich habe Nein gesagt. Die *Tangente* ist keine Plattform für Populisten. Ruths Argument, viele der fußballbegeisterten neu eingebürgerten Schweizer wählten die SVP, zählt für mich nicht.

Die Kartmädels sind anwesend.

Nina Feldes hat sich etwas Besonderes ausgedacht. Ein Trikot mit den Clubfarben beider Teams. Ein Trikot mit blauen und roten, schwarzen und weißen Längsstreifen. Sie trägt es statt des *Tangente*-Shirts. Dass niemand das Streifenmuster kapiert, stört sie nicht. Oder Nina merkt es gar nicht. Auf jeden Fall ist die Idee einer Komparatistin würdig. Es gibt Spielzüge, die Nina nicht versteht, weil sie zu einfach sind. Dafür ist sie ein prima Teamplayer und ganz schön körperbetont. Nina und Yola ziehen die Fäden und behalten die Übersicht.

Checke ich die Lage, stelle ich ein Farben-Plus für den FC Barcelona fest und ein Lärm-Plus für Juventus Turin. Außerdem sind viele Deutsche anwesend, unbeirrt als Bayernfans gekleidet, die, was Bayernfans schwerfällt, bis zum ersten Tor die Klappe halten.

Erfreut entdecke ich Mladen Krstić und Esther DeSoto. Sie sind ständig in Bewegung – mit Blicken und Händen aufeinander zu. Schauen Esther und Mladen einander entzückt an, sind sie ganz wunderbar blind. Berührt sich ein Quadratzentimeter seiner Haut mit einem Quadratzentimeter ihrer Haut, knistert es hörbar. Der kleine Fleck Haut versprüht mehr Funken als bei anderen Paaren ein Quadratmeter.

Die altgedienten Paare stehen da und tauschen sich auch mit andern aus.

»Albo, Albo!«, Natli Osuba ruft meinen Namen.

Sie hat drei Flammkuchen mit den Tischnummern in die Durchreiche gestellt. Die herrlich duftenden Kuchen liegen auf runden Holzbrettern, ich hole sie und trage sie hinaus.

Tisch zwölf, ein mir nicht namentlich bekanntes, älteres Paar. Tisch neunundzwanzig, Tanja Schmidt und ein Mann im höheren mittleren Alter, der einen schönen Hut trägt und wie Tanja ein Barça-Trikot. Tisch neun, eine gemischte Gruppe, junge Juve-Fans mit bemalten Gesichtern.

Nach dem Servieren gehe ich strahlend zu Mladen und Esther. Die beiden Schönen lassen widerwillig voneinander ab und mustern mich, als käme ich von einer anderen Welt.

»Das Wetter steht auf unserer Seite«, fasst Mladen sich und legt den Arm um Esthers Hüfte. Am breiten Handgelenk funkelt die Breitling Navitimer. Esther lehnt den Kopf gegen Mladens Schulter und streift mit ihrem herrlichen Setterhaar seinen Hals. Ich kenne einige Paare, bei denen man das Bett anzünden müsste, damit in ihrem Schlafzimmer etwas brennt. Bei Mladen und Esther lodert es bereits lichterloh. Ich wünsche den beiden, dass es klappt. Ich hoffe, dass er in seinem Dickschädel ein paar Dinge korrigierend zurechtgerückt hat, fürchte aber auch, dass er noch nichts von den Eizellen im Gefrierfach weiß, ihrer traurigen Mitgift.

»Ich hätte lieber die Bayern gesehen«, erklärt Mladen. »Ganz bestimmt taktieren die Italiener das Spiel kaputt.«

»Fredy hat ein Tor von Pirlo bestellt«, erwähne ich.

»Fredy? Pirlo? Ist Fredy hier?«

»Er sitzt am Tresen, ja.«

»Fredy muss ich unbedingt schnell die Hand schütteln«, sagt Mladen zu Esther.

Warum sind Mladen und Esther zum Finale gekommen? Um uns allen zu zeigen, dass sie ein Liebespaar sind? Ich kann mir vorstellen, dass sie einander mitten im Spiel einen eindeutigen Blick zuwerfen und verschwinden.

Wir unterhalten uns weiter am Stehtisch. Ein schönes Paar, ich stelle mich in die Mitte und lege jedem einen Arm um die Schultern.

»Toll, euch hier zu haben«, sage ich.

»Ja, Albo, und bring uns einen Flammkuchen.«

Wir stehen zu dritt vor der Leinwand und schauen hoch, wo der Werbeblock beginnt, vor dem ich mich fürchte. Ich habe gewusst, dass er ausgestrahlt wird. Die einzige der Kartfrauen, die beim Endspiel in der *Tangente* fehlt, wird gleich überlebensgroß auf der Leinwand zu sehen sein. Ellis Nemec. Mit Hannes Dombrowski.

Das attraktive Paar ist bei der verheirateten Tochter und dem Schwiegersohn zu Besuch. Zu viert (zwei Generationen) schauen sie vom Balkon auf einen sandigen Bolzplatz hinunter, wo ihr süßer Enkel (dritte Generation) mit seinen Freunden Fußball spielt. Jedes der fröhlichen Kinder hat eine andere Hautfarbe, obwohl man auf die Farbe der Haut nicht schaut.

Es wird still, während der Werbespot mit Ellis läuft, herrscht eine merkwürdige Stille auf dem Parkplatz. Als hätte es allen die Sprache verschlagen. Aus der *Tangente* dringt ebenfalls kein Laut. Ich höre ein Flugzeug am Himmel, die Maschine nach Sidney donnert übers Haus. Ich bin in meiner Verlegenheit dankbar, zwischen Esther DeSoto und Mladen Krstić zu stehen. Nicht mehr als Albo der Große, der dem frisch verliebten Paar wohlwollend die Arme um die Schultern gelegt hat. Ich bin jetzt der unglückliche Freund, der von ihnen anteilnehmend gestützt wird. Ellis ist abwesend und hat doch die stärkste Präsenz, sie hat sich in eine andere Sphäre davongestohlen, wo sie mit einem Schönling mit silbergrauer Föhnwelle, perfekt überkronten Zähnen und einem unerhört sympathischen Lachen glücklich zusammenlebt. Natürlich schläft Ellis mit dem Kerl. Seine kräftigen Hände haben genau die richtige Größe, um ihre Brüste zu bedecken. Jeder sieht das. Jeder hier auf dem Parkplatz vor der Leinwand weiß das. Es ist sonnenklar. Die haben viel Sex. Und es ist überhaupt nicht hilfreich, so zu denken, derart destruktiv. Es vergällt mir das große Spiel, auf das ich mich doch gefreut habe.

Ich höre Leslie Bodrop kreischen.

Sie rennt aus der Bar ins Freie und fliegt auf mich zu.

Nach dem Werbeblock wird die Aufstellung der Mannschaften bekannt gegeben. Ein Ruck geht durch die Gäste, Pfiffe sind zu hören, der Parkplatz ist dicht bevölkert, die Juve-Fans schreien auf, man versteht kein Wort, sieht die Grafik, ein stilisiertes Spielfeld mit den eingeblendeten Namen, und das spricht Bände.

Leslie Bodrop steht vor mir und trommelt mit harten Fäusten gegen meine Brust: »Toll, toll, du hast eine ganz, ganz tolle Frau, Albo.«

Ich bin wieder gefasst, bin wieder bei mir, finde mein Lachen wieder und pendle als Albo und Boss zwischen der Bar und dem Parkplatz.

In der *Tangente* sitzt eine kleine Gruppe bei Fredy Wimmer. Rocchi und mein Vater, Dieter Bodrop und Benno Kohn, der natürlich vor dem Tresen bleibt, hinter dem sein Geliebter René in einem *Tangente*-Shirt Bier zapft und Charme versprüht. René Duriet hat ganz schön dicke Muckis, sehr gut definiert, dahinter steckt mordsmäßig viel Training, man sieht die kugeligen Bizepse, seine Mäuse, sich unter der Haut bewegen, während er den Hahn bedient und die Gläser füllt und mit dem hölzernen Spachtel Schaum abstreift und nachschenkt. In der *Tangente* geht kein Glas Bier über den Tresen, das nicht bis zum Eichstrich gefüllt ist.

∞ Ellis hat ein neues Auto gekauft, das verblüfft mich, ich dachte, der zweifarbige Mini Cooper sei unantastbar. Sie ist aus Prag zurückgekehrt, mit einem neuen Auto und mit neuen Brüsten.

Sie macht bei mir einen Zwischenstopp.

Spät am Abend, wenn ich nach Hause komme, parke ich meinen marineblauen VW Passat neuerdings neben ihrem flaschengrünen BMW. Es ist ein spritziges 2er-Cabrio, eine Schönheit. Sie hat es nicht im Autohaus Bodrop ausgewählt und gekauft. Leslie und Dieter haben die Untreue bisher nicht kommentiert. Für mich ist es ein alarmierendes Zeichen.

Ich sehe unsere Autos nebeneinanderstehen. Nachbarn, die zum Parkplatz hinunterschauen, könnten vermuten, ein neues Paar sei eingezogen. Ich humple über den harten Asphalt zum Lift. Das Knie tut entsetzlich weh, ich muss unters Messer.

Die neuen Brüste?

Als Ellis sich für die Verschönerungsfahrt nach Prag entschieden hat, steckten wir tief in der Krise. Wir dümpelten. Wir haben nicht mehr geredet. Wie könnte ein Paar, das im Alltag auf jede Bemerkung des anderen überrissen reagiert, über neue Brüste sprechen?

Ellis hat sich nicht mit mir beraten, sondern die Vergrößerung still beschlossen. Eigenmächtig, ja. Ich hatte das zu schlucken. Das war meine Situation. Keine gute Zeit. Ellis hatte mit Marketingmenschen und Stylisten über ihr Äußeres verhandelt. Über ihr Haar, ihr Gesicht, ihre Figur. Mit Werbefritzen. Nicht mit mir.

Die Implantate? Rechts und links je zweihundertfünfzig Gramm.

Soll ich die neuen Tatsachen mit Humor nehmen? Ellis' neue Brüste? Kennt jemand einen Witz, der die Lage entschärft? Einen Witz, über den wir beide lachen könnten?

Ich finde den richtigen Ton nicht, bin verstimmt und ziehe Schweigen vor. Vielmehr: Ich ziehe ignorantes Darüberhinwegsehen vor. Als wäre da nicht eines schönen Tages unübersehbar mehr und in anderer Form vorhanden gewesen.

Nach der langwierigen Verheilung, während der Ellis im Gästezimmer hauste, zog sie sich eines Abends im Schlafzimmer aus und drehte eine Pirouette. Langsam und todernst und dennoch mit einem Lächeln.

»Sie sind schön geworden«, staunte ich.

»Und wie fühlt es sich an?«

Ich schloss die Hände um ihre Brüste.

»Gut, ja, sehr gut. Sie sind kühl. Sieht so aus, als wären meine Hände kleiner geworden.«

Sie gluckste.

Ich drückte sie sachte.

»Sei vorsichtig.«

Ich liebkoste sie.

Ich war vorsichtig, behutsam und zärtlich. Wir schliefen miteinander. Wir liebten einander, der Ausdruck erfasst es besser. Aus meiner Perspektive. Und ein wenig war mir, als müsste ich es neu lernen. Der Körper speichert Berührungen, und er vergisst Berührungen. Meine Haut hatte vergessen, wie oft wir nahtlos zusammen gewesen waren.

Wir liebten uns bei offenem Fenster. Vom Zauberwald drangen späte Balzgesänge der Vögel und der Frösche zu uns herein. Ellis in meinen Armen. Erregend die Duftnote ihrer Bodylotion.

Am Morgen, als ich aufwachte, war Ellis weg.

In jeder größeren Stadt findet eine Fünfzig-plus-Messe statt. Ellis war ausgebucht, umworben und sehr begehrt. Es stand ihr gut.

Ich blieb nachrichtenlos und hatte viel Zeit, um nachzudenken, nicht vorrangig über ihre neue Körbchengröße.

Ellis hatte Sex gewollt. Sie hatte mich zielstrebig ins Bett geholt. Ich gab die Testperson, ich war der Mann, an dem sie die Wirkung ihrer neuen Brüste testete. Ob die köstlichen und teuren neuen Brüste funktionierten. Was die Upgrade-Brüste, diese dicken Möpse, mit dem verdatterten Vorkoster anstellten, Ellis wollte nicht zuletzt auch wissen, wie es sich für sie selbst anfühlte.

»Und?«

»Wie beim ersten Mal«, hatte sie erschöpft und mädchenhaft kokett geseufzt, »sehr gut, es hat sich absolut gelohnt.«

∞ Der Sommer ist endlich da.

In einer Rehaklinik in den Bergen vertraue ich folgende Überlegungen meinem Notizbuch und dem Laptop an. Bei offenem Fenster langsam schreibend. Die würzige Luft der Bergwelt strömt in mein Zimmer, und manchmal erschrecke ich, wenn irgendwo draußen im Dunkel Steinschlag die Stille zertrümmert. Die Stille ist nicht der Vorbote schlechten Wetters oder eines weiteren Unheils, sondern das Ergebnis der Leere. Und der Wind kann so stürmisch sein, dass man meint, ihn zu sehen. Dabei sieht man die heftigen Verformungen, die er bewirkt.

Aber ich greife vor.

Weil ich nicht aus der Zeit kann, ähnelt mein Leben einem Fortsetzungsroman. Man liest weiter – man lebt weiter. Zwang und Gier. Von Folge zu Folge. Es ist eine Serie. Es ist eine Soap. Ein Innehalten gar nicht vorgesehen. Doch in meinem Notizbuch kann ich die Zeit aufhalten. Das Aufschreiben schafft die Bedingung, damit die Zeit rückwärtslaufen kann.

Ich ahnte nichts Böses, als Rocchi zur Tür hereinkam. Und erfasste doch blitzschnell die Situation, seine Körpersprache, sein Gesicht, bevor er den Mund aufmachte, um die schlimme Botschaft zu überbringen, und genau in dieser Lücke, als er noch nicht sprach und ich es schon wusste, schoss ein starkes Betäubungsmittel in meinen Körper. Ich spürte den Schmerz nicht. Mit anderen Worten: Ich hatte Stromausfall.

»Dein Vater ist verunglückt«, sagte Rocchi.

Er umarmte mich, er klopfte mir wie einem Kind auf den Rücken, ich sagte nichts, in meinen Adern war das Blut gefroren, und ich hatte keine Tränen.

Wenn ein Herz stillsteht – verschwindet jedes Mal

ein Leben. Ein Individuum scheidet aus der Zeit aus. Das Leben aller anderen geht weiter. Man steckt eine neue Kerze an, wenn die alte abgebrannt ist.

Auch nach einem Todesfall.

Ich funktionierte, ich ließ nichts an mich heran, ich weiß nicht, wie ich das handhabte, wie mein Körper das bewältigte und das Element in meinem Körper drin, welches man *Innenwelt* nennt, wo gerade meine Seele geschreddert wurde und mein Geist sich umwölkte.

Der irritierende Tod meines Vaters erzeugte ein mächtiges Echo in den Medien. Die Umstände, der offensichtliche Zusammenhang. Die Zeitungen berichteten darüber, das Fernsehen, die Radiostationen, alle.

Ich habe den Rummel mit Verspätung wahrgenommen.

Als es geschah –

Zunächst –

∞ Am Grab meines Vaters stand ich neben Ellis Nemec. Ein erstarrtes Paar. Ich hatte meinen Vater verloren. Und ich hatte die Liebe meines Lebens verloren. Meine rechte Schulter berührte Ellis' linke Schulter nicht. An meinem linken Arm hatte sich Yola Wundaba untergehakt, und um uns herum reihten sich die Freunde auf. Sehr krumm und dünn Fredy Wimmer mit seiner einfühlsamen Caro, Mladen Krstić und Esther DeSoto, er hatte den Arm um ihre Schulter gelegt und sie den Arm um seine Hüfte geschlungen, als wollten sie zusammenwachsen, als müssten sie einander bestätigen und beschützen. Und Tanja Schmidt stand reglos da, weinend, ohne den Silver Ager mit dem schönen Hut, und Marina kullerten die Tränen über die Wangen, und Rocchis Gesicht war versteinert, und Benno Kohn stand neben seinem muskulösen Freund, ein gesittetes Paar mit dunklen Sonnenbrillen. Und Dieter und Leslie Bodrop schnieften und trauerten mit gesenktem Kopf.

Ich kann gar nicht alle aufzählen, die Stammgäste der *Tangente*, die Kartmädels, die Jungs von Colgate Kickers, die mein Vater unterstützt hatte, der Seniorenweltmeister im Anzug und mit Krawatte, die rote Cap in den Händen, Hasan Suker und die schwangere Ilka Gül von der Eisdiele, wo mein Vater oft ein Cornetto Stracciatella gekauft hatte, alle fanden sich an diesem frühen traurigen Morgen auf dem Friedhof ein. Und im Hintergrund hielt sich auch Hannes Dombrowski auf, der Ellis nach der Trauerfeier in seinem Opel Mokka mitnehmen würde. Ich glaubte, ihn aus den Augenwinkeln gesehen zu haben, für einen Moment errang die Eifersucht Oberwasser. Das Haar jetzt schwarz und gegeelt, ein wenig gekrümmt stand Hannes Dombrowski da, die schlechte Haltung mochte von den hinter dem Rücken verschränkten Händen herrühren. Und Nina Feldes war gekommen. Mit ihr hatte sich mein Vater oft unterhalten. Er liebte es, mit der jungen Komparatistin zu streiten, sie betrachtete die Storys mit einem halben Jahrhundert jüngeren Augen als er.

»Mannomann, Salter ist gut. Oh mein Gott, dein Hemingway, Marcel, ständig die Jagd und Töten, stumpfsinnig, und das ganze Kämpfergehabe, ich muss das nicht haben, Machozeug.«

Mein Vater hatte gelacht.

»Kann ich verstehen, kann dich sehr gut verstehen, geht mir bisweilen auch auf den Sack. Im Handumdrehen, wie aus heiterem Himmel, ist er … Hast du Hemingway im Lesegerät?«

»Ja, die Erzählungen.«

»Klick *Francis Macomber* an.«

»Hier ist die Geschichte«, sagte Nina.

»Kannst du scrollen? Hat das Gerät eine Suchfunktion?«

»Ja, selbstverständlich.«

»Francis Macomber ist vor einem Löwen ausgerissen«, sagte mein Vater zur Einführung. »Später macht es in seinem Kopf Klick. Er ist mit dem bezahlten weißen Berufsjäger Wilson unterwegs:

›Wissen Sie, ich würde gern noch einmal einen Löwen probieren‹, sagte Macomber. ›Ich habe jetzt wirklich keine Angst vor ihnen. Schließlich, was können sie einem schon anhaben?‹

›Sie haben recht‹, sagte Wilson. ›Das Schlimmste, was er tun kann, ist, dass er einen tötet. Wie geht es noch? Shakespeare. Verdammt gut. Sehen, ob ich mich erinnern kann. Hm, verdammt gut. Pflegte es mir seinerzeit selbst vorzuzitieren. Warten Sie. ›Meiner Treu, was geht's mich an, ein Mann kann nur einmal sterben, wir schulden Gott einen Tod, und wie's auch gehen mag, wer dieses Jahr stirbt, braucht's im nächsten nicht mehr zu tun.‹ Verdammt schön, was?‹

Und nun die Überraschung«, sagte mein Vater, »eine halbe Seite weiter schreibt Hemingway über Macomber:

Angst weg wie durch Operation. Etwas anderes wuchs an ihrer Stelle. Das Wesentliche, was ein Mann hatte. Machte ihn zum Mann. Frauen kannten es auch. Keine Scheißangst.

Gewiss hatte Nina ihr Lesegerät auch auf der Beerdigung in der Handtasche. Ich werde ihr einmal die verpackten und verschnürten Manuskripte meines Vaters zum Lesen geben.

Alle sind gekommen, um Abschied zu nehmen und mich zu unterstützen. Um mich zu trösten. Selbst Ruth Mersold hat mir ihr Beileid ausgesprochen und wiederholt versichert, wie sehr sie das, was geschehen ist, bedauert und verurteilt.

Nun steht sie am offenen Grab mit weißen Rosen, die Oberlippe weit vorgewölbt. Sie versteht jetzt, was sich zusammengebraut und entladen hat, sie weiß jetzt noch besser, was zu tun ist. Kurs halten.

∞ Ich habe mir lange überlegt, ob es richtig wäre, meinen Vater ins Grab seiner Frau zu betten, damit sie das Grab teilen, wie sie das Bett geteilt haben. Ich bin davon abgekommen. Mein Vater schlief die längste Zeit seines Lebens allein in einem Bett.

Der Friedhofsgärtner zeigte mir einen Platz unter einem Baum, unter einem japanischen Kirschbaum.

»Hat sich Ihr Vater diesbezüglich geäußert?«, fragte der Gärtner.

»Nein, das hat er nicht.«

»Es tut mir sehr leid«, sagte der Mann. »Versuchen Sie, trotz der schweren Stunde praktisch zu denken. Ein Grab muss gepflegt werden. Darum rate ich Ihnen, Ihren Vater ins Grab der Mutter zu legen. Ihre Eltern wären wieder vereint. Das ist ein schöner Gedanke, nicht? Und nur eine Grabstätte müsste gepflegt werden. Die nächsten dreißig Jahre.«

Ellis und Yola teilen die Auffassung des Gärtners, und Rocchi betont ebenfalls die sachliche Seite. »Du gehst vom Grab des Vaters zum Grab der Mutter, ein Hin und Her, ich weiß nicht.«

»Ich fürchte, ich gehe da nicht so oft hin.«

»Kann ich gut nachvollziehen. Der Friedhof ist für mich ebenfalls nicht gerade ein Sehnsuchtsort. Die Verstorbenen sind ein Volk für sich.«

Zuletzt habe ich mich gegen die vernünftige Variante entschieden. Im Leben getrennt, im Tod vereint: Nein, nein, aus dem Moment heraus wusste ich, dass mein Vater unter den japanischen Kirschbaum gehörte. Er sollte ein Grab für sich haben. Das war angemessen. Er hatte den Namen seiner Frau nie mehr ausgesprochen, nachdem sie im Eis gefunden worden war. Ob er ihn nicht mehr über die Lippen brachte oder nicht mehr aussprechen wollte: Ein Grab, in dem sie beide lägen, und ein Grabstein, auf dem ihre beiden Namen stünden, wäre eine Verfälschung. Mein Vater ist ein Mann ohne Frau gewesen.

Im Streit mit Ellis habe ich festgestellt, wie unterschiedlich wir zu einer Entscheidung gelangen. Sie denkt ein Problem durch, analysiert, teilt ein, wägt ab, entscheidet. Sie zerlegt die Dinge. Sie weiß, wie man einen Elefanten aufisst, Stück für Stück. Ich funktioniere komplizierter. In meinem Kopf dreht sich ein Karussell. Für und Wider paradieren vorbei. Plötzlich steht das Karussell still, und ich weiß, was ich zu tun habe.

Ich vermisse meinen Vater.

Ich bin todtraurig.

Warum? Warum? Ich verstehe das nicht.

»Die Täterschaft hat Brandbeschleuniger benutzt«, sagt der Feuerwehrmann.

Ich vermisse meinen Vater. Ich vermisse ihn schrecklich.

∞ Auch nach der Ankunft der drei Frauen aus Abuja haben mein Vater und ich unser Frühstückritual mit den knusprigen, in den Kaffee getunkten Croissants fortgesetzt. Unser Verhältnis hat sich nicht verändert. Die Frauen standen nicht zwischen uns. Wir spielten Pingpong, er zeigte mir die gelben Rosen im Baum. Die filigrane alte Birke sah großartig aus, die weiße Borke, die gelben Rosen, mein Vater war stolz, und ich war berührt. Mit wie viel Zuwendung und Kenntnis er seinen prächtigsten Rosenbaum pflegte.

Wir waren zweimal im Kino gewesen, in der Nachmittagsvorstellung, weil ich am Abend in der *Tangente* arbeiten musste, und es war erhebend, nach dem Film aus dem dunklen Kinoraum in den hellen Tag hinauszutreten und in die Sonne zu blinzeln. Nie erlebe ich die wirkliche Welt als luzider, erfundener und kostbarer als nach dem Nachmittagskino.

Er kam weiterhin gern in die *Tangente*. Nicht zuletzt wegen Yola. Den Flammkuchen *Hem* mit den breiten Lauchzwiebelringen und den Thunfischfilets, den sie für ihn zubereitete und der eigens für ihn mit frischem Thymian belegt wurde, blieb sein Lieblingsessen.

Mein Vater war gesprächig, freundlich, es ging ihm gut, ich habe miterlebt, wie wohl er sich in der Hausgemeinschaft mit Natli Osuba fühlte, wie sicher. Die Angst, in der Nacht isoliert zu sein, aufzuwachen und sich nicht bewegen zu können und keine Hilfe zu erhalten, war verflogen. Er hatte eine gute Zeit, er fühlte sich wohl in Natlis Gegenwart, er gewöhnte sich an ihre schweißtreibend scharfen Speisen und freute sich, weil Natli für die Asylbewerber dolmetschte. Natli machte in der Lesegruppe mit. Er hatte Maja und Femi in die Badeanstalt begleitet und sie schwimmen gelehrt, es war ein guter Sommer. Die Nachbarn waren ihm egal, einige hatten ihn angepöbelt, andere gingen auf Distanz, und die meisten von ihnen waren Fremde geblieben, indifferent wie eh und je.

Die Drohbriefe ignorierte er.

Real Madrid Mixed-Team war aufgelöst.

Tanja Schmidt hatte sich bei einem Zweikampf die Nase gebrochen. Die geschwollene Nase und die ständigen blauen Flecken auf den Beinen. Tanja stieg aus. Das war ein Wink für mich. Mein Knie gab keine Ruhe, mit diesem kaputten Knie konnte ich nicht einmal Tennis spielen. Ich war vollkommen desillusioniert, die Situation frustrierte mich, und ich überlegte, die Operation zu machen, statt in den Sommerurlaub zu fahren. Ich hatte schwere Bedenken, nicht jedem Knie hilft das Messer des Chirurgen. Ich kenne Fußballer und Läufer und Tennisspieler, die nach der OP weiterhinkten.

Der Seniorenweltmeister riet mir zu Cortison, Piroxicam und Ibuprofen und einem Heiler im Allgäu. Er kann nicht mehr laufen. »Mein Leben«, gestand er, und der Alte sprach mir aus dem Herzen, »mein Leben hat seinen Inhalt verloren.«

∞ Ich hatte die Sirene gehört, das war die Feuerwehr. Nichts Alltägliches und nichts Außergewöhnliches, ich machte mir nicht groß Gedanken.

Bis Rocchi kam.

Ich fuhr sofort hin.

Der alte Baum stand in Flammen, jemand hatte die riesige, von Rosen durchzogene Birke in Brand gesteckt. Sie brannte lichterloh, und ringsum war Nacht, das Feuer knatterte, Holz knackte, ein Knall, und Funken stoben hoch.

»Brandbeschleuniger, unbestritten«, wiederholte der Kommandant. Und der Stamm war angesägt worden, auch das konnte ermittelt werden.

Die Feuerwehr sicherte das Haus und legte mit Schläuchen eine Leitung. Der Baum war nicht zu retten. Erste Priorität hatte die Bekämpfung des Funkenflugs, das Feuer durfte nicht überspringen. Es galt, das Haus und die Nachbarhäuser zu schützen.

Eine riesige Fackel im Garten.

So hell, man musste sich mit der Sonnenbrille schützen.

Für meinen Vater war die Priorität nicht eindeutig gewesen.

Er hatte sich dem Baum genähert, als wären Flammengestöber und Hitze kein Hinderungsgrund. Er ließ sich nicht stoppen. Natli Osuba soll versucht haben, ihn zurückzuhalten, er schüttelte sie ab. Der brennende Baum krachte über ihm zusammen.

Man hat Marcel Alberding nur mehr tot bergen können.

Unter Schock glaubte er wohl, den Brand, das Lodern mit dem Feuerlöscher aus der Garage bekämpfen zu können.

Plan B.

Benno Kohn rief an und bat mich zu sich in die Kanzlei. Der gelbe Umschlag musste geöffnet werden. So hatte es mein Vater gewollt. Benno Kohn las mir das Schriftstück Punkt für Punkt vor. Er stellte die Rechtslage dar. Plan B war zugleich das Testament.

Benno schaute mich an, als wollte er noch etwas hinzufügen, verzichtete aber darauf und umarmte mich.

Ich war nicht überrascht, dass Natli Osuba bereits Bescheid wusste. Mein Vater hatte Plan B mit ihr besprochen, und als kluge Frau hatte Natli ihm zugestimmt. Benno Kohn, der Testamentsvollstrecker, regelte nun die Formalitäten, die der Todesfall mit sich brachte. Mein Vater hielt seit Langem eine Beteiligung an einer Farm in Südafrika, genauer: an einer Lodge im Krüger-Nationalpark. Er hatte das Folgende mit seinen Miteigentümern besprochen und ausgehandelt: Natli Osuba geht in den Krüger-Nationalpark, mein Vater hat ihr seine Anteile überschrieben. Sie ist die neue Mitbesitzerin und wird auch Mitarbeiterin. So kann sie mit ihren Töchtern legal in Südafrika einreisen. Die Flüge für drei Personen sind gebucht, Maja und Femi ziehen mit ihrer Mutter weiter. Hierzubleiben wäre für sie wie Spießrutenlaufen gewesen: Fotografen und Reporter und Kameras.

Yola bleibt hier, Yola hat sich in Glow-M eingelebt und will unter keinen Umständen weg. Das freut mich.

»Ich hasse Nigeria nicht«, soll Natli Osuba bei einer Besprechung in Benno Kohns Kanzlei gesagt haben. »Ich hasse die Verhältnisse, die Intoleranz, die Gewalt, die Korruption in Nigeria.«

Und zu mir sagte Natli, nach meinem Gespräch mit Benno Kohn, im Haus meines Vaters: »Ich will niemals mehr in einem Land leben, das keine Demokratie ist. Ich habe Angst vor dem Gottesstaat, ich will in einem Rechtsstaat leben.«

»Demzufolge ist Südafrika nicht unbedingt dein Traum?«

»Kein europäisches Land wird uns aufnehmen, in der Lodge bekomme ich dank Marcel eine Chance, und wonach ich mich am stärksten sehne, ist Normalität.«

Ich bewunderte ihre Tapferkeit, ihre Klaglosigkeit, ihre Bereitschaft, nochmals neu anzufangen.

»Ohne deinen Vater –«, Natli Osuba brach den Satz ab.

Yola steckt in der Verfinsterung fest. Sie wird das Licht wiedersehen, die Traurigkeit, die sie übermannt hat, wird wieder davonziehen. Ich weiß nicht, woher ich diese Zuversicht nehme, vielleicht ist es irrational, so zu denken, aber ich denke, dass es das gibt, den Hoffnungsschimmer.

∞ Die Ermittlungen ziehen sich hin.

Die Polizei geht nach wie vor von einem vorsätzlich gelegten Feuer aus. Jemand wollte den Baum abfackeln und wusste, wie das zu tun ist.

Wir kennen das Motiv nicht, das komplexe Warum.

Der Brandstifter ging gezielt vor und muss um die Gefährlichkeit der Tat gewusst haben. Diesen Standpunkt teilt auch die Presse.

Neben dem Sachschaden hat der Täter auch die Gefährdung von Menschenleben billigend in Kauf genommen.

Benno Kohn verwendet im Gespräch mit Journalisten den Begriff *vorsätzliche Tötung*. Er fordert, dass der Staatsanwalt seine Anklage darauf aufbaut.

Leider konnte bisher erst Anzeige gegen Unbekannt erhoben werden. Von einem Gerichtstermin sind wir noch weit entfernt, und trotz des vermutlich rechtsradikalen Hintergrundes wird die Untersuchung nicht gerade forciert. Benno Kohn, unser Anwalt, stimmt in diese Kritik mit ein. Die Täterschaft ist flüchtig. Kein Täter hat bis jetzt einen Namen, noch keiner hat Handschellen gesehen.

∞ Ellis ist bisher nicht richtig aus unserer Wohnung ausgezogen. Sie kurvt elegant in den Fünfzig-plus-Welten herum und lebt halbherzig noch mit mir zusammen. Nein. Halbherzig ist falsch. Sie lebt nicht mehr mit mir zusammen, muss es richtig heißen. Ellis geht noch sporadisch bei mir ein und aus. Sie hat die Schlüssel behalten. Zum Begräbnis meines Vaters ist sie von Hamburg hergeflogen.

Beide sind wir froh um ihre Termine. Ihre Abwesenheit entbindet uns von quälenden Gesprächen. Hannes hat mich abgelöst. Es ist höchste Zeit, den Oleander in die Mülltonne zu stopfen.

Trennung und Todesfall. Gleichzeitig. Der doppelte Verlust überfordert mich. Ich bin wie neutralisiert. Gefühlsamputiert. Und ständig von Frauen umgeben. Die Kartmädels umsorgen mich, legen die Arme um mich, die Hände auf mein Haar und verstrubbeln es, sie drücken, streicheln, herzen mich, reden mir gut zu und muntern mich auf: Dabei kann ich mit Bemutterung überhaupt nicht umgehen. Ich hatte nie eine Mutter, ich hatte immer einen Vater.

Mit Tanja Schmidt war ich im Kino und beim Chinesen.

Die Kluft zwischen Ellis und mir ist seit dem Begräbnis noch tiefer geworden. Gerade weil ich es für ein Missverständnis halte, für einen schrecklichen Irrtum, dass Ellis sich von mir trennt, muss ich die Tatsache für mich selbst wiederholen: Wir sind kein Paar mehr.

Ellis hat mir nach der Beerdigung gestanden, sie habe sich unendlich verliebt.

»In meinem Bauch flattern Schmetterlinge, und ein Hormonschub folgt dem anderen. Ich habe ausschließlich Hannes im Kopf. Es lässt sich nichts dagegen unternehmen. Es ist mit Macht gekommen. Es ist Liebe. Und ich will überhaupt nicht dagegen ankämpfen. Tut mir leid, Jonas, ich bereue es nicht, denn ich bin glücklich.«

Ellis strahlt ein Selbstvertrauen aus, das nicht vorgetäuscht ist, ein verzücktes Einverständnis mit der Welt, und meine Festung wankt, sie droht einzustürzen.

Ellis hat sich ins Gästezimmer zurückgezogen und bereitet den endgültigen Abschied vor. Leb wohl, Zauberwald. Und auf dem Balkon blüht der Scheißoleander.

Ich bin entsetzt darüber, wie formlos und leicht eine Trennung vonstattengeht, wenn das Paar nicht verheiratet ist, wenn es nicht die Hemmschwelle von Recht und Gesetz zu überwinden gilt und kein Ehevertrag besteht und die Partner keinerlei materielle Ansprüche erheben.

Ciao, das war's. Es ist – wie nicht gewesen.

Formal leicht. Doch alle Leichtigkeit, die Beschwingtheit ist dahin, alles in mir drin ist zäh und stockt und dehnt sich trotzdem wieder weiter, ohne jäh zu zerreißen, ohne absehbaren Schluss.

Heftig ist es, wenn ich auf meiner Tagestour an unserem Haus vorbeifahre und der Opel Mokka auf meinem Parkfeld steht. Hannes Dombrowski ist in der Wohnung, er leert Schubladen und Fächer und trägt Umzugskartons nach unten. Komme ich nach so einem Tag nach Hause, wirkt die Wohnung jedes Mal um eine Stufe verlassener, unbewohnter. Viele Regale sind halb leer, in der Küche wird das Geschirr weniger, die Kaffeemaschine ist weg, ein Schuhregal fehlt, im Bad sind Fächer ausgeräumt, und in der Garderobe hängen keine Kleider von Ellis mehr. Eines Abends, als ich nach Hause kam, wurde mir mit einem Schlag klar, dass nun das Ende gekommen war: Der Erinnerungsschrank war fortgebracht.

Ich befinde mich ebenfalls auf dem Rückzug. Ich habe das an meinem veränderten Verhalten bemerkt. Ich war mir nicht sicher, ob ich Ellis erzählen sollte, dass mein Vater seine südafrikanischen Anteile Natli Osuba abgetreten hat. Er hat ihr die Lodge aus steuerlichen Gründen nicht vermacht, sondern für den symbolischen Wert von einem US-Dollar verkauft. Ich zögerte. Was ging Ellis das jetzt noch an?

Eine Partnerschaft, in der eine Angelegenheit von dieser Tragweite verheimlicht wird, ist tatsächlich am Ende. Ich wollte es nicht wahrhaben. Wir waren am Ende. Ich erzählte es trotzdem.

Ellis nahm die Entscheidung ohne erkennbare Emotion zur Kenntnis. Sie stand vor dem offenen Koffer und packte ihn für eine längere Abwesenheit. Ich spürte, dass es mir egal war, in welche Stadt sie flog und in welchem Hotel sie logierte, ich wollte es gar nicht wissen.

»Es war der Wille deines Vaters«, sagte sie trocken. »Er hat seine Anteile an der Lodge nach seinem Gutdünken verschenkt.«

Es ist bestimmt die Sicht eines gehörnten Mannes, der Frau, die ihn verlässt, zu unterstellen, sie habe die Nase gerümpft und die Brauen zu ältlichen Bögen hochgezogen.

Immer öfter, wenn ich den Abzählvers mit dem Pingpongball spiele und das zerdepperte Ding Richtung Papierkorb werfe, verfehle ich das Ziel: Ich liebe sie nicht.

Ich liebe sie nicht mehr.

Mit Verlaub, ich möchte gar nicht mehr ihr Mann sein.

Ich liebe sie noch.

∞ Vor sechs Wochen habe ich ein neues Knie erhalten, aus Titan und Kunststoff. Nach der Operation und den erforderlichen Tagen im Krankenhaus halte ich mich nun seit Längerem in der Rehaklinik auf. Der Kontakt mit Ellis ist spärlich, seit Wochen habe ich sie nicht mehr gesehen. Tanja Schmidt hat mir zu Hause beim Packen geholfen, und Leslie Bodrop hat mich in die Berge gefahren. Wir haben unterwegs die ganze Ellis-Geschichte aufgerollt. Leslie ist eine sachbezogene Frau mit amerikanischem Möglichkeitssinn. Und was die Familie betrifft, hat sie Talent für den glücklichen Anschein.

»Du fühlst dich zurückgewiesen und alleingelassen«, sagte sie. »Ich verstehe das.«

Ich schwieg, ich ließ das Gesagte so stehen, es tat mir gut, verstanden zu werden.

»Zwanzig Jahre«, fuhr Leslie fort, »das ist kein Pflänzchen, das man mitsamt der Wurzel ausreißen kann. Zwanzig Jahre, das ist ein Baum mit hartnäckigem Wurzelwerk.«

Leslie schimpfte nicht über ihre Freundin.

»Ellis ist das sonnenklar«, sagte sie, »Ellis ist der Typ Ja oder Nein. Und sie ist stark genug, die Konsequenzen zu tragen.«

»Leider spricht nichts gegen deine Einschätzung«, antwortete ich, äußerlich ruhig bleibend. »Denk an das Cabrio, das sie nicht bei euch gekauft hat.«

Leslie ging nicht darauf ein.

Ich zwang mich, ruhig zu bleiben, und ich hasste mich dafür, dass ich ruhig blieb, statt loszuwettern. Statt eine Schimpftirade loszulassen und Hannes Dombrowski abzuschießen, diesen Knilch mit der schwarzen Hornbrille, der in mein Leben eingebrochen war. Statt Ellis zu verfluchen, die durch mein Leben gezogen und zu ihm übergelaufen war, obwohl ich den schöneren Rücken hatte.

»Ich verstehe überhaupt nicht, was Ellis getan hat, wie sie sich verhält, dass Ellis eine Beziehung einfach so hinwirft, zwanzig Jahre. Das ist die eine Seite. Und das Gegenteil, die andere Seite, verstehe ich auch, ich verstehe es total«, sagte Leslie beim Fahren und starrte geradeaus auf die Straße.

Sie fuhr die Serpentinen mit Geschick und Freude, die Passfahrt machte ihr Spaß, ihre Hände und Füße arbeiteten unabhängig von ihren Gedanken, Äußerungen und Empfindungen.

Als stünde es mir zu, ja, als könnte es mich trösten und Leslie zum Weitersprechen ermuntern, legte ich die Hand auf ihren Oberschenkel und ließ sie dort.

»Ellis hat sich sträflich verliebt, großartig«, sagte Leslie. »Und sie hat Mut. Und natürlich leidet auch sie. Ellis ist restlos glücklich und verdammt unglücklich zugleich, es ist ein Auf und Ab, Albo. Es ist keine Kleinigkeit, jemanden zu verlassen.«

Ich hätte jetzt gern geweint. Aber ich hatte keine Tränen.

»Ich stand auch mal am Rand«, gestand Leslie. »Ich wollte Dieter verlassen, ich fühlte mich enorm zu einem anderen Mann hingezogen, ich war verknallt, und bei uns schien alles festgefahren.«

»Du bist bei Dieter geblieben.«

»Ich habe mit dem alten Leben weitergemacht«, sagte sie und schluckte trocken.

»Ihr seid doch ein prima Paar.«

»Ich könnte Ellis' Schritt verurteilen, Albo. Ebenso gut könnte ich meinen Nicht-Schritt verurteilen.«

Sie sagte *Schritt* mit einem starken amerikanischen Akzent.

∞ Das Sorgenknie erholt sich planmäßig, und ich nutze die langen Tage auch, um meine Notizen und Aufzeichnungen in eine Reihenfolge zu bringen, in einen Ablauf, der Sinn ergibt.

»Du bist echt tapfer«, sagte Tanja Schmidt beim Chinesen, nicht eben schmeichelhaft, nein, ich konnte das nicht als Kompliment auffassen.

»Schaffst du dir einen Erklärungsapparat?«, fragte Nina Feldes, sie schreibt mir gelegentlich eine SMS.

Was alles ist passiert?

Und wie hat es sich angefühlt?

Und wie fühlt es sich jetzt an?

Wie halte ich es aus, ein Mann mit Stromausfall zwischen Fühlen und Denken zu sein? Mit einem Gehirn, das seit dem doppelten Schock in meinem Leben gern Dinge verwischt.

Wie lebt es sich damit?

Am Grab meines Vaters, als er unter dem Kirschbaum beigesetzt wurde und wir, ich als Erster, einer nach dem anderen eine Schaufel Erde in die Grube warfen und jeder eine Rose dazugab, fühlte ich mich vollkommen verlassen, aber auch getragen, zur gleichen Zeit. Das machte es möglich, mich dem Strom der Ereignisse einfach zu ergeben.

Ich stand da, das Gesicht aus Stein, die Organe aus Wachs, und glaubte, wie durch ein Fernglas in meine Wohnung am Zauberwald hineinsehen zu können, und zugleich in das nun leerstehende Haus meines Vaters.

In das ich nicht einziehen werde.

Ich hatte lange hin und her überlegt. Wie komme ich ohne Ellis am Zauberwald klar? Wäre ein Tapetenwechsel nicht die Lösung? Könnte ich mit dem Fluch, der darauf lastet, im Haus meines Vaters leben? Die Frage entschied sich in den magischen Augenblicken, als Erdschollen auf den Sarg polterten. Nein, mein Vater ist nicht zu meiner Mutter ins Grab gezogen, und ich ziehe nicht ins Haus meines Vaters. Ich werde das Haus meines Vaters räumen lassen und verkaufen. Ich überlege, in der Wohnung am Zauberwald zu bleiben und Ellis auszuzahlen.

Mladen Krstić schaffte den abgebrannten Baum mit einem Bautrupp aus dem Garten. Er musste die Wurzeln der hundertjährigen Birke mit dem Bagger ausgraben. Nach dem Aufräumen richteten die Männer und der portugiesische Gärtner den Rasen wieder her, sie füllten Erde in das Loch und legten Rasenziegel darüber.

Der Baum steht nicht mehr da, der Baum fehlt, der Baum fehlt allerdings nur denjenigen, die wissen, dass er im Garten gestanden hat, einhundert Jahre hatte er da gestanden, der Baum war älter als das Haus, älter als alle Häuser im Viertel, älter als jeder Mensch, der hierhergekommen ist. Jeder, der hier wohnt, hat den Baum gesehen, als er in sein Haus gezogen ist. So selbstverständlich stand er da, ein Prachtbaum voller Rosen, dass man vergessen hatte, welch Glück es war, einen so freundlichen Riesen in der Nachbarschaft zu haben. Nun macht die Lücke es sichtbar.

Während meiner Reha führt Yola Wundaba die Bar. Jeden Morgen skypen wir.

Ich bin dankbar für die Konstellation, und Yola erkennt darin ihre Chance. Der Boss ist außer Haus, sie ist die Chefin. Wozu, wenn nicht, um sich jetzt zu bewähren, besucht sie die Fachschule. Yola zeigt allen, was sie draufhat, ihr Vertrauen in das eigene Vermögen ist gestärkt. Mein Vater, der schlaue Fuchs, hat sie in Plan B einbezogen und ihr seine Anteile an der *Tangente* vermacht. Zuerst habe ich leer geschluckt. Was hat er sich dabei gedacht?

So oder so: Yola Wundaba ist meine Juniorpartnerin.

»Du kannst das Testament anfechten«, hatte Benno Kohn mich unterwiesen.

»Mein Vater hat in seinem Leben nie etwas veranlasst, das sich zu meinem Nachteil ausgewirkt hat«, war meine Antwort. Außerdem ist mein Erbe beträchtlich.

Die neue Konstellation ist gut für mich persönlich und für die Bar. Yola Wundaba und ich. Wir werden uns auf eine neue Weise zusammenraufen müssen. Denn Yolas Welt hat sich auch verändert. Sie ist mächtig stolz und etwas eingebildet, nun zu den Eigentümern der *Tangente* zu gehören. Ihr Ego leuchtet. Seit dem Anschlag, dem Tod von Marcel und dem Wegzug ihrer Familie ist sie auch launisch, im Handumdrehen explosiv und nicht ohne Ängste. Sie springt in die Ereignisse hinein und katapultiert sich wieder hinaus. Zum Glück landet sie wie eine Katze, die sieben Leben hat, immer halbwegs auf den Beinen. Und zum Glück hat sie Nina Feldes in die Bar geholt. Nina fängt Yola auf.

∞ »Nach meiner Rückkehr werde ich um meine frühere Position kämpfen müssen, sonst bin ich zukünftig lediglich der Grüßonkel der *Tangente*«, sage ich mit einem Augenzwinkern zu Rocchi, der mich schon zweimal in der Reha besucht hat.

»Die *Tangente* hat sich verändert«, berichtet er, »Nina Feldes ist jetzt Yolas erste Mitarbeiterin.«

»Ich weiß es«, bestätige ich Rocchi. »Yola hat das mit mir abgesprochen.«

»Auf der Fachschule hat sich Yola mit einem Typen mehr als angefreundet«, sagt Rocchi. »Sein Auto bleibt die ganze Nacht vor der *Tangente* stehen.«

Die Klinik, für die ich mich entschieden habe, ist ein umgebautes Hotel in einem hoch gelegenen grünen Tal. Das Gebäude steht einsam zwischen zerzausten Bäumen und von Flechten bedeckten Felsbrocken. Bergfinken lärmen herum, die Luft ist so frisch, dass man die süßen Abgase der Autos riecht, die auf den Parkplatz fahren. In der Nacht duftet es nach Harz und Kamille, und ich höre ferne Glocken. In der Nähe grasen sandfarbene Lamas, die hier prächtig gedeihen.

Ich werde jeden Tag von einer Physiotherapeutin traktiert. Sie heißt Wanda und hat die Figur und Ausstrahlung einer Siebenkämpferin. Die Übungen kosten mich viel Überwindung, ich schwimme, ich strample auf einem Hometrainer und bewege Gewichte in der Kraftmaschine. Ich langweile mich dabei, die Physiotherapie ist für mich Pflicht. Kür wäre mit Ball. Wanda nimmt mein neues blasses Knie in ihre sicheren Hände, dehnt und knetet und bewegt es vorsichtig, als modulierte sie das Hightechding neu, und das genesende Gelenk verhält sich wie ein ihr höriges Tier.

»Ich habe starke, widersprüchliche Gefühle«, vertraue ich Wanda an. »Meine Gefühle fließen ineinander, und ich kann sie weder trennen noch auseinanderhalten.«

Wanda hört mir zu, ihre Finger kneten mein Knie.

»Wo im Körper haben Gefühle ihren Sitz, Wanda?«

»Du fragst, ob Gefühle mit Organen korrespondieren?«

»Wo spürt man ein Gefühl zuerst?«

Wanda unterbricht die Behandlung nicht, sie drückt eine Hand auf mein Knie, umfasst mit der andern die Wade und zieht sie nach oben, langsam dehnend.

»Wenn ich von meinen Patienten ausgehe«, sagt sie, ohne lange nachzudenken, als fände sie den Gedanken nicht absurd: »Die Trauer manifestiert sich in den Augen. Die Angst in der Magengrube. Die Wut steckt in der Lunge. Verlust und Schmerz ergeben sich der Schwerkraft.«

»Und Liebe? Und Hass?«

»Der Hass ist ein Gift im Blutkreislauf.«

»Und die Liebe?«, hake ich nach.

Sie stößt einen lang gezogenen Seufzer aus und hält mein Knie mit beiden Händen umschlossen, was ihm enorm guttut.

»Du kennst ja das zugeordnete Zentralorgan«, sagt sie und zieht langsam an meinem Knie.

»Die Liebe und die Nase«, sage ich. »Aua, das ist ein bisschen zu viel.«

Der amerikanische Chirurg hat mir vorgehalten, dass ich zu lange gewartet habe. Der Schnösel hat gut reden. Ich hätte die Operation schon vor zwei Jahren machen sollen. Jaja. Dr. Yürük lag mir damit auch in den Ohren. Kein schützender Knorpel mehr. Knochen auf Knochen.

Dr. Yürük hat mich nie verstanden. Der Nichtsportler. Hätte ich die OP schon vor zwei Jahren gemacht, hätte ich zwei volle Jahre weniger lang Fußball gespielt. Das wäre fraglos gut für das Kniegelenk gewesen, wiederum schlecht für meine Moral.

Ich will mein Knie ganz auskurieren, und dafür nehme ich den Aufwand und die Monotonie im Fitnessraum und mit Wanda in Kauf, ich beiße mich durch, weil ich wieder Fußball spielen will. Hey, ich bin ein Babyboomer, der in kurzen Hosen über den grünen Rasen rennen muss, den Ball am Fuß, auf dem Rücken die Fünfzig, im Herzen die Fünfunddreißig. Ich liebe die Illusion, ich ziehe die Selbsttäuschung vor, ich will die ganze Wahrheit nicht sehen. Ich will meine Nockenschuhe wieder anziehen und aufs Feld. Ich will den verdammten Kunstrasen küssen. Gestern und vorgestern, das interessiert mich nicht. Die Vergangenheit existiert nicht mehr. Sie wildert in den Köpfen, eine große Angeberin. Ich bin auf das nächste Spiel fokussiert. Ich will, ich will, ich will wieder Fußball spielen.

Ich schlucke ein paar Tabletten.

Danach wandere ich schmerzfrei und geknickt an Krücken neben Rocchi durch den zur Anlage gehörenden Park. Mittendrin befindet sich eine Minigolfanlage.

Wenigstens ein kleiner Ball.

Die Vögel lärmen im Verborgenen, sie sitzen in dichten Baumwipfeln und spielen sich auf, und hoch oben am Himmel zieht ein Flugzeug eine Schleife, es dreht in den Anflug hinein, bald wird es über Glow-M zum Sinkflug ansetzen und landen.

Ich möchte nach Hause.

Ein prächtiger Tag. Die Luft ist in den Bergen durchsichtig und kühl, zumindest glaubt man im Gebirge viel öfter an Makellosigkeit als unten im Flachland, im Flughafengebiet, wo der Geruch von Kerosin alltäglich ist. Und der Himmel über den Gipfeln mit dem ewigen Schnee ist tiefblau. Wenn ich erhabene Bäume sehe, wettergeprüfte Kiefern, den ausladenden Bergahorn, denke ich an meinen Vater und stelle mir vor, wie gekonnt er hier oben Rosen in ihre Krone hineinklettern lassen würde.

»Ich habe versucht, mir nicht zu viele Gedanken zu machen«, fängt Rocchi an. »Es funktioniert nicht.«

»Du warst bei der Bergung meines Vaters dabei?«

»Ja.«

»Du hast seine Leiche gesehen?«

»Ja.«

»Ich habe mir den Anblick erspart«, sage ich zu Rocchi. »Der Tote war bereits identifiziert, und man hat mir davon abgeraten, meinen Vater nochmals sehen zu wollen, seine verkohlten Überreste.«

»Das war auch besser so.«

»Der riesige Baum lodert wie eine Fackel ... und mein Vater geht mit einem Feuerlöscher hinaus, warum?«

»Bei den Aufräumarbeiten wurde der Feuerlöscher gefunden«, sagt Rocchi. »Er lag da wie eine Bombe mit abgeplatztem Lack.«

»Hast du meinen Vater identifiziert?«

»Ja.«

»War Natli Osuba dabei?«

»Ja.«

»Danke, Rocchi.« Ich umarmte ihn.

»Im Sand, das mysteriöse Haus«, wechselt Rocchi das Thema, »das Haus wurde plattgemacht.«

»Soll dort neu gebaut werden?«

»Weiß ich nicht. Mladens Firma hat die Grube zugeschüttet. Sie haben den Platz planiert.«

»Damit ist der Fall erledigt.«

»Das macht mich verrückt, Albo. Irgendeine strafbare Sache? Es gibt weder Beweise für eine Straftat noch eine Anzeige. Ein totgeschossener Hund ist kein Mordopfer. In meinem Kopf geistert der Fall weiter, in meinem Kopf geistern zu viele zugeschüttete Fälle herum. Die Behörde stellt die Ermittlung ein. Punkt. In meinem Kopf ermittelt ein Drehwurm.«

∞ »Ich weiß nicht, warum mein Vater so gehandelt hat, derart kopflos.«

»Es passt eigentlich nicht zu Marcel«, sagt Rocchi. »Marcel war nicht der kopflose Typ, ich dachte immer, dein Vater weiß, was er sagt, und er weiß, was er tut.«

Beim Herumstöbern in seinem Haus ist mir ein Zettel in die Hände geraten. Der Zettel steckte in der Erstausgabe des Buches *Männer ohne Frauen*, mein Vater hatte einen Satz Hemingways daraufgeschrieben:

Niemand weiß, woraus er gemacht ist. Nicht einmal er selbst.

Ich legte den Zettel zurück, und als ich das Buch schloss, war mir, Hemingways Gedanke sei der Schlüssel.

»Als mein Vater den brennenden Baum sah und die Tragweite der Situation erfasste, griff er zum Feuerlöscher«, sage ich zu Rocchi. »Er griff zum Feuerlöscher wie Hemingway zur Jagdflinte. Niemand glaubt, dass Hemingway beim Reinigen des Gewehrs Pech hatte. Dass im Lauf eine Kugel steckte, von der er nichts wusste.«

»Spinnst du, Albo?«

»...«

»Nein. Du bist auf dem Holzweg, Albo. Selbstmord passt nicht zu deinem Vater. Es war ein Unglück. Und, verzeih mir, wenn ich ihn so sehe: Dein Vater neigte zur Selbstüberschätzung, er hat sich überhoben, er hat den Kopf verloren, er hat den Feuerlöscher mit einem Löschzug verwechselt, er hatte einen fatalen Aussetzer.«

»Und der gelbe Umschlag, Plan B, sein Testament?«

»Das passt zu deinem Vater, Albo. Er hat alle Möglichkeiten bedacht.«

»...«

»Die Täter haben eine Birke angesägt und angezündet«, holt mich Rocchi in die Realität zurück. »Für die Kriminalpolizei ist das nicht Alarmstufe Rot.«

»Es waren Rechtsradikale, die PNOS«, rege ich mich auf. »Es waren Fremdenhasser«, sage ich laut. »Die PNOS steckt dahinter, denk an die feindselige Facebook-Ansage.«

»Das ist dein Verdacht, den ich teile, und es ist Spekulation.«

»Ich bin mir ganz sicher.«

Ich merke, dass ich wie Rocchi selbst klinge, wie sein Echo, und presse die Lippen aufeinander.

»Ich kenne das Scheißgefühl, Albo. Weißt du, wie oft ich mir schon ganz sicher war? Hundert Prozent sicher und nicht befugt einzugreifen?«

Was die Brandlegung betrifft, will die Polizei abwarten, die rechte Szene steht unter Beobachtung. Punkt. Bisher gibt es nicht einmal Indizien. Es gibt Ungereimtheiten und Verdachtsmomente. Die Ermittlung stockt. Nächstens wird ein Schlussstrich daruntergezogen. Zu den ungelösten Fällen gesellt sich ein weiterer ungelöster Fall.

Eine alte Birke wird abgefackelt, na und?

Ein alter Mann überschätzt sich selbst oder handelt unter Schock falsch, na und?

Rocchi betrachtet seine Hände, seine Puma-Pfoten. Der üble Bruch ist verheilt. Rocchi bewegt die Daumen, beide sind gleich gut beweglich, und macht Fäuste, er knackt mit den Gelenken. Und steckt die Hände in die Hosentaschen, resigniert, zum Nichtstun verurteilt.

Er kickt einen kleinen Stein weg.

»Es ist total unbefriedigend. Ich schaffe es nicht mehr, zu viel begrabene Wahrheit. Ich muss da raus. Ich muss einen Schlussstrich ziehen. Ich muss einen neuen Job suchen. Ich habe mich um die Hausmeisterstelle beworben: für die Mehrzweckhalle.«

»Du verblüffst mich.«

»Ich bin gelernter Elektriker, samt Meisterprüfung. Mit moderner Haustechnik kenne ich mich aus. Ich bin geschickt mit den Händen. Mir macht kein Handwerker so schnell etwas vor. Das Schriftliche ist für mich auch kein Problem.«

»Damit erfüllst du alle Voraussetzungen?«

»Ich denke schon.«

»Du hast sogar einen guten Leumund.«

Er lacht.

Aber Rocchi hat auch den falschen Jahrgang. Das behalte ich für mich.

∞ Die Berge und die Krücken liegen hinter mir. Bin wieder jeden Tag in der *Tangente* und einmal in der Woche in der Praxis von Dr. Yürük.

»Das Knie ist wiederhergestellt, soweit wie möglich«, sagt Dr. Yürük. »Es ist das typische rechte Knie eines Rechtsfüßers, der zu viel Fußball gespielt hat. Sie sollten sich nicht beklagen, Herr Alberding, Sie sollten sich an die Nase fassen und einen Schlussstrich ziehen.«

»Und sonst noch etwas? Irgendetwas Neues?«

»Der rechte Fuß ist auch beschädigt. Das Gelenk des großen Zehs, und der Zustand des Nagels – das Nagelbett ist tot. Da ist Ihnen zu oft einer draufgestiegen. Ein Achtzig-Kilo-Mann mit Nockenschuhen.«

Er lächelt, er hat ein Ohrfeigengesicht.

»Sie sind vierundfünfzig, Herr Alberding. Sie möchten weiterhin Fußball spielen. Das würde ich an Ihrer Stelle allerdings nicht tun.«

»Ja, ja, ich habe verstanden, Sie predigen das schon ewig.«

»Vielleicht ist der Hinweis hilfreich, dass Sie aufhören sollten, weil Sie ihre Beine noch mehr als dreißig Jahre lang täglich brauchen werden.«

Ich bin nicht einsichtig. In mir regt sich Widerstand gegen die Drohgebärde. Dem humorlosen Dr. Yürük werde ich es zeigen. Wäre da bloß nicht der bestialische Schmerz. Ein Stich bei jedem Ballkontakt. Ein Stich bei jeder Treppenstufe.

Yola hat mir den Kopf zurechtgesetzt.

Sie hat zwei lange Nägel vergolden lassen. In der *Tangente* hinter dem Tresen sollen sie in die Wand. An den ersten Nagel will Yola die Handschuhe der besten Torwartfrau der Welt hängen, die Handschuhe von Hope Solo. Und daneben, an den zweiten Nagel, meine Fußballschuhe, die Schlappen des besten Sechsers aller Zeiten: von Real II.

∞ Ich habe die Lichter gelöscht und die Bar zugesperrt und bin mit Dieter Bodrop zu unseren Autos gegangen. Wir haben uns auf dem dunklen Parkplatz umarmt und verabschiedet. Dieter fährt einen neuen Volvo Sedan. Er startet zuerst, und ich folge ihm bis zur Kreuzung, wo unser Heimweg sich trennt. Dieter ist verlässlich und treu, ein Freund, der mir ohne viel Aufheben den Rücken stärkt.

Dass Ellis und ich auseinander sind, beschäftigt die Freunde. Es geht ihnen nah. Alle haben uns für ein strapazierfähiges Paar gehalten, eine stabile Verbindung.

»Ich dachte, bei euch läuft es rund.«

Dieter Bodrop hat das gesagt. Die Männer dachten so. Die Frauen, die Kartmädels waren weniger überrascht. Niemand, den sie kennen, ist fähig, derart radikale Schnitte zu machen wie Ellis. Sie hat eine ganz eigene Waagschale.

Das letzte Mal, als ich sie sah, trug sie ein kurzes, unter der eindrucksvollen Brust gerafftes granatrotes Kleid. Sie gefiel mir gar nicht.

Objektiv betrachtet, ist Hannes Dombrowski ein Gegenspieler, der einem Respekt abnötigt. Er hat einen Namen und ein Gesicht und einen Charakter. Eigentlich spricht die Wahl für Ellis. Dombrowski ist ein guter Schauspieler und ein gut aussehender Mann und gut situiert, er ist klug und bringt sie zum Lachen und zum Schreien im Bett.

Ich wähle einen Umweg um das ehemalige Haus meines Vaters herum und lasse auf der nächtlichen Heimfahrt meine Freunde und ihre Frauen paradieren. Es ist für keines der Paare ganz so super gelaufen, wie sie es sich ausgemalt hatten. Wobei mir auffällt, dass meine Freunde ihre Situation weniger hinterfragen als ihre Frauen und sie nicht als unerfreulich empfinden. Sie tun sich nicht so schwer. Keiner von ihnen möchte die Stränge seines Lebens neu verbinden und knoten müssen.

Ich muss das tun, ich habe keine andere Wahl.

»Die Macht ist auf unserer Seite«, hat der unverbesserliche Dieter Bodrop eben noch in der *Tangente* erklärt. »Die Macht der Gewohnheit.«

»Meiner Erfahrung entspricht das nicht.«

»Meine Leslie ist an mich gewöhnt.«

Sein bestes Stück, das ich vom Duschraum kenne,

drängt sich in meine Gedanken, und ich vermute, dass Dieter Bodrop sich täuscht.

Oder hat er einen Witz gemacht?

»Geht es dir auch gut, Albo?«, hat er gefragt. »Du wirkst so bekümmert.«

»Ich glaube, die Frauen werden das Kommando übernehmen.«

»Meine Leslie hat das längst getan«, grinste er. »Unsere Frauen fordern immer mehr, sie haben die Hosen an und tragen einen hübschen Rock darüber.«

Meine Leslie? Zweimal *meine Leslie.* Gibt es denn viele identische Leslies, und er hat eine davon abbekommen? Genau wie ich eine Ellis? Ich schwöre, nie mehr *meine Ellis* zu sagen und nie mehr *meine Ellis* zu denken. Und nie mehr *Ellis, meine Frau.*

Ich bin ein Mann ohne Frau. Und eine wichtige Frage, die ich geklärt geglaubt habe, ist wieder offen.

Tanja Schmidt hat mich gefragt, ob mein neues Knie einen Tangokurs verkraften könnte. Benno Kohn rät mir, die Wohnung am Zauberwald zu verkaufen. Ich will bleiben. Leslie Bodrop hat mich gefragt, ob zwischen Yola und mir etwas laufe. Fredy Wimmer liegt wieder im Krankenhaus. Caro wird nachgesagt, sie habe einen Liebhaber in Marokko. Marina hat mir in einem vertraulichen Gespräch gestanden, eine Affäre mit Dieter Bodrop gehabt zu haben, von der weder Rocchi noch Leslie wüssten. Tanja möchte mich bekochen. In meinem Kopf dreht sich ein Karussell ohne Bremse. Mein Vater, Grönemeyer und Hemingway fahren vorbei, sie sitzen gestikulierend auf großen hölzernen Tieren.

Niemand weiß, woraus er gemacht ist. Nicht einmal er selbst.

Ich steuere den marineblauen VW Passat durch die

feuchtheiße Nacht nach Hause. Ich fahre ohne Musik. Obwohl *Männer* zu hören nicht schlecht wäre. Seit dem Tod meines Vaters verfolgen mich, sobald ich Musik höre, die Schallplatten, die in einer Rille hängen geblieben sind oder immer an derselben Stelle zurücksprangen. Jeder Song wirft mich in eine bestimmte Zeit zurück, mit jedem Song bleibe ich in einer Rille hängen.

Und ein Orchesterstück mag ich überhaupt nicht mehr, Ravels *Boléro*. Mein Vater hat mich zu einer Ballettaufführung ins Opernhaus eingeladen, seine Begeisterung steckte mich an. Die Musik hastet los und verwandelt sich in ein tosendes Geschiebe, in jede Minute wird mehr hineingepresst, jede Sekunde wird aufgebläht, bis die Welt platzt.

Alles endet wie eine Seifenblase.

Das ist meine Empfindung.

In Wirklichkeit ist die Welt nicht geplatzt, ist die Welt keine Seifenblase und nicht verschwunden. Das Leben geht weiter in seinem Gleichschritt, es kann gar nicht innehalten. Es ist allerdings nicht so taktsicher wie *Boléro*.

Mein Vater hat Seifenblasen mit Rauch gefüllt. Ich fülle beim Schreiben Seifenblasen mit Zeit.

Sie schweben davon.

Auf die meisten Fragen gibt es eine Antwort.

Zumindest für Leute, die das Wort *Zufall* als Antwort zulassen. Für die anderen kann ich als stocknüchterner Wassertrinker nicht *Schicksal* vorschlagen. Obwohl das süße Wort für viele denselben Tröstungswert besitzt wie für mich ein Snickers.

∞ Yola ist mir zuvorgekommen und hat zu meiner Freude neben dem Seiteneingang zur *Tangente* einen Basketballkorb anbringen lassen. Ich werfe jeden Tag ein paar Körbe, das macht Spaß und strapaziert kaum das Knie, ich steige nicht hoch wie eine dreistufige Rakete, um den Ball in Zeitlupe einzutüten, ein Dunking liegt für mich außer Reichweite.

Schneit ein Freund herein und ruft: »Albo, komm mit dem Ball raus«, ergibt sich manchmal ein Spiel. Es ist eine Freiheit, die ich mir seit einiger Zeit nehme.

Das Spiel plätschert dahin, nichts Ernsthaftes.

Man müsste irgendwo an einer kleinen Schraube drehen, und mein Knie wäre wieder heil und stabil, und wir würden weiterhin Turniere mit Rocchi im Tor spielen. Dass er seine Hand gebrochen hat, war vollkommen unnötig, und Fonseca hätte die kalte Schulter Esther DeSotos nicht als einen Beschluss des Schicksals hinnehmen und sich in den Porsche setzen und losbrausen sollen. Er hätte sich zu uns an den Tisch setzen sollen, um mit uns zu lachen, als Tanja verkündete, es sei an ihrem zwanzigsten Geburtstag jenseits ihrer Vorstellung gewesen, jemals vierzig zu werden. »Huch, und nun bin ich jenseits der fünfzig.«

Auch Hannes Dombrowski hätte nicht ins Spiel kommen müssen. Warum hat ein beliebiger Castingfuzzi ihn mit Ellis Nemec verpaart? Dombrowski hätte eine Knoblauchwurst essen sollen, statt sich mit Moschus zu parfümieren. Ellis hätte in ihm einen Clown sehen können. Einen Schauspieler mit Mundgeruch und abstehenden Ohren. Aber sie hat in Hannes einen Helden erkannt, ihren neuen Liebhaber. Er hat ihr Herz erobert, und sie hat mein Herz gebrochen. Eine Notwendigkeit kann ich nicht erkennen. Nichts, das zwingend gewesen wäre.

An einer anderen Schraube hätte gedreht werden müssen, und mein Vater hätte den Feuerlöscher nicht geholt.

»Geh nicht in die Garage«, hätte Natli ihn gewarnt. »In der Garage haust ein Leopard.«

Er hätte auf Natli Osuba gehört, und die beiden wären zusammen nach Ketchum in Idaho gereist, um Hemingways Grab zu besuchen.

Die meisten Dinge, die geschehen, sind, obwohl unwiderruflich, nicht zwingend, nicht unbedingt notwendig, nein. Ich sehe keine besondere Dringlichkeit. Keine Unausweichlichkeit. Sie haben als Ursache oft einen Fehler, der vermeidbar gewesen wäre. Ein harmlos anmutender Fehlpass hat das Spiel entschieden.

Über Fehlerketten und ihr Zustandekommen will ich mich nicht ausbreiten. Stattdessen lasse ich einen dunkelroten Nissan Pulsar auf den Parkplatz der *Tangente* einbiegen. Dämmerung. Wir spielen Basketball. Das alte Real II. Mein Vater steigt aus und wandelt auf uns zu. Er sieht ein wenig derangiert aus, als käme er gerade aus einem Bett, in dem er nicht alleine schläft. Wir unterbrechen das Spiel und klatschen mit ihm ab. Er ist schon lange nicht mehr hier gewesen. Mir fällt auf, dass er die blaue NY-Giants-Cap nicht trägt. Sein Kopf ist vollkommen kahl. Mit einer Bewegung der rechten Hand schiebt er die verspiegelte Sonnenbrille nach oben und sagt:

»Hey, Jungs, lasst mich auch ein paar Körbe werfen.«